魅丽文化 天下同萌

风月不相关 · 2

白鹭成双 / 著 /

昭雪篇

百花洲文艺出版社
BAIHUAZHOU LITERATURE AND ART PRESS

图书在版编目（CIP）数据

风月不相关．2 / 白鹭成双著．-- 南昌 ：百花洲文艺出版社，2018.7

ISBN 978-7-5500-2827-2

Ⅰ．①风… Ⅱ．①白… Ⅲ．①言情小说－中国－当代 Ⅳ．① I247.5

中国版本图书馆 CIP 数据核字（2018）第 106415 号

风月不相关．2

白鹭成双 著

出版人	姚雪雪
责任编辑	郝玮刚 蔡央扬
特约编辑	孙宇航 余竹青 张丽君
封面设计	黄　梅
出版发行	百花洲文艺出版社
社　址	南昌市红谷滩新区世贸路 898 号博能中心 A 座 20 楼
邮　编	330038
经　销	全国新华书店
印　刷	湖南凌宇纸品有限公司
开　本	880mm×1230mm　1/32　　印张 10
版　次	2018 年 9 月第 1 版第 1 次印刷
字　数	267 千字
书　号	ISBN 978-7-5500-2827-2
定　价	38.00 元

赣版权登字 :05-2018-220

网址　http：//www.bhzwy.com

图书若有印装错误，影响阅读，可向承印厂联系调换。

目　录

CONTENTS

目 录

CONTENTS

第一章

断弦的秘密

平静地看着她出去后，殷戈止沉默了许久，喊了一声："观止。"

观止走到床边看着他："主子有何吩咐？"

"这个月的消息可到了？"

观止微微一顿，叹了口气："到了，不是好消息。"

殷戈止在找一个旧人，每个月都会这么问上一遍，三年了，他还在问，观止也依旧还是摇头。

又看了门外一眼，殷戈止叹息："罢了，准备用早膳吧。"

"是。"

风月的早膳做得很利索，没一会儿就端上来了，脸上重新挂上盈盈笑意，仿佛刚醒时那凶狠的目光只是殷戈止的幻觉。

"有好消息。"殷戈止拿起筷子，慢条斯理地说了一句。

要是别人这样说话说一半，风月肯定会提起椅子就砸过去！有好消息不会直接说啊？停顿干吗？等人鼓掌啊？

然而，这话是殷大殿下说的，她一笑，伸手鼓了鼓掌："哇，什么好消息？"

殷戈止道："周臻善失踪的事情已经传开了。"

眼眸一亮，风月笑了："那冷大人也该闭嘴了。"

她昨儿吓唬冷严的时候就知道，就算他半信半疑尚在犹豫，只要听见周臻善失踪的消息，必定不会再管赵麟之事。毕竟做贼心虚，别的贼都获罪的获罪，失踪的失踪，剩下的一个贼，哪里还敢去营救同伙？

冷严一闭嘴，太子殿下再使点手段，她马上就能安安全全地出去晃悠了，也能回梦回楼了！

"除掉赵麟，护城军统领和都尉都换人，太子可以高兴半个月。"殷戈止道，"你也可以暂时休息一段时间。"

"好嘞！"风月兴高采烈地应下，拿起筷子就道，"正好房间里养着的草也该浇水了，等消息下来，奴婢就回去。"

殷戈止正在夹菜的手一顿，他侧头看她："你倒是自觉。"

"做咱们这行的，多多少少得有点眼力见儿啊。"她骄傲地抬了抬下巴，道，"公子是喜欢清静之人，奴婢也不能总是打扰。"

她也知道自己很吵？殷戈止抿唇，点了点头。

院子里花开得灿烂，风月用完膳就跑来跑去的，帮着观止修剪了花枝，还清扫了院子。

殷戈止冷眼旁观，阴阳怪气地道："扫那么干净做什么？又不是你住。"

这话够酸，风月打了个寒战，提着扫帚蹦蹦跳跳地跑到他面前，笑着问："您想奴婢留下来？"

"谁想你留下？"

"那奴婢就不留。"风月认真地看着他，一本正经地道，"您是上，奴婢是下，您说什么奴婢就听什么，所以公子，想要奴婢留下来，就开口直说；不想要奴婢在眼前晃悠，也可以开口直说，奴婢都能听您的。"

殷戈止抱着胳膊靠在柱子边，皱眉看着她，没吭声。

想了想，风月又道："还有个忙可能需要殿下相帮。"

"说。"

"护城军里有个叫李勋的人，以前是攻澧前锋营的百夫长，平昌之战后因罪退回不阴城，做了护城军的教头。"风月道，"这个人不常出门，整日酗酒，奴婢想请他去梦回楼坐坐，但人微言轻，不知殿下可否……"

“他与你有仇？”殷戈止问。

风月掩着唇呵呵笑了一阵，甩了帕子，媚眼直抛：“您怎么把奴婢想得那般可怕呢？没有仇就不能请出来坐坐了吗？”

殷戈止眼神幽深，看着她认真地点了点头。

指名道姓地要请人出来坐坐，不是有仇，谁信呢？

“好吧。”放弃伪装，风月认真道，“是有点仇，所以打算问候一下，殿下能看在奴婢办事还算妥帖的分上帮个忙吗？”

“可以。”他轻描淡写地应下，甚至连什么仇都没问，转身就进屋去了。

风月想了想，觉得这人应该不会敷衍她，于是安安心心地接着打扫。

观止在打扫客房，见风月进来，便说了一句：“这院子自从您来了，就干净了不少。”

风月笑道：“我刚来的时候，这儿也挺干净的，还有别人住吧？”

“没有啊。”观止摇摇头，道，“我们在这儿住了一年了，客房从来没进过人。每次洒扫，我只将这儿表面的灰尘擦了，免得万一有客人，看着也太失礼了。”

风月感觉脑子里有光闪过去，跟上次的一样，只是这次没人打扰，她一把就抓住了那光，轻轻吸了口气。

“姑娘怎么了？”观止问。

“没……没事。”风月揉了揉头，笑道，“大概是有点累了，我先去歇会儿。”

观止不疑有他，转身就继续擦桌子。风月抿唇，扶着脑袋出门，边打扫庭院边慢慢地想。

上次派人去将军府找东西，越过了重重机关，翻遍了整个书房，结果是什么也没找到，她一直觉得有别的暗格没有被发现。但现在想想，也许易国如根本没将重要的东西放在书房。设置那么多机关，也不过是虚张声势而已。

有问题的是客房。

将军府主院的客房说是从来没人住，所以满是灰尘。可是，使臣府就观止一个下人，都知道打扫的时候顺便把客房的灰尘扫了。将军府奴仆成群，难道就没有人想到要收拾客房吗？就算不给人住，打开门一阵灰尘扑过来，也不符合易国如的性格啊，宅子都修得那么完美，客房里的灰尘不知道扫？

唯一的可能，就是那房间里放了重要的东西，易国如吩咐过不用打扫，所以才会那么脏。

风月有些激动，捏紧了拳头，定了定心神之后，才继续若无其事地打扫庭院。

一击不中，将军府已经加强了戒备，更换了机关，想再次得手，得继续等。

风月深吸一口气，抬头看了看天。

不阴城很快迎来了一场轰轰烈烈的雷雨，大雨之后，天气放晴，夏天就到了。

民间议论护城军都尉贪污之事，已经闹得沸沸扬扬，太子趁势上禀皇上定罪落案，朝中求情之声渐微。六月初，赵麟被判斩监候，所有家产充公，子孙三代流放出城，不得回都。

听见消息的风月原地转了三个圈圈，吧唧一声亲在殷戈止的脸上！

殷戈止嫌弃地擦了擦她的口水，道："你可以回梦回楼了。"

风月正想谢个恩啥的，这人却又补上一句："不过好生待着，别想接客。"

"为啥？"风月一愣。

嗤了一声，殷戈止点了点她的脑门："记性不好？你名义上已经被徐怀祖赎身了，不是吗？"

什么叫搬起石头砸自己的脚？她当初为了赖在这使臣府，所以才那么说的，谁承想还不能挂牌了？

风月鼓了鼓嘴，道："好吧，不做明娼，成个暗盗也不错。"

"暗盗？"看她一眼，殷戈止问，"想偷什么？"

做了个"猛虎扑食"的动作，风月举着爪子龇牙咧嘴地道："偷人性命！"

殷戈止眼里有一丝笑意闪过，他伸手拍了拍她的脑袋："去吧，动作麻利点，不要让人察觉了。"

"嗷呜"一声，风月扭头就往外跑。

姑娘们夏天穿得更少，薄纱下肌肤若隐若现，挥着小手绢儿的姿态也更迷人，饶是白天，整条招摇街都荡漾着一股子快活味儿。

风月带着灵殊爬进狗洞的时候，抬眼就看见了正在后院里快活的断弦。

由于这样的场景不是第一回撞见，风月显得格外镇定，伸手就捂住了后头灵殊的眼睛。

断弦却不怎么镇定，惊叫一声拢了衣裳，轻轻推了面前的恩客一把，然后扭曲着脸瞪着她："你不能走大门了是不是？"

风月抱歉地笑了笑，拉着灵殊就跑！灵殊一边跑还一边问："大白天的，断弦姑娘在后院做什么啊？"

"小孩子不该问的别问！"风月弹了弹她的小脑袋，溜回自己的房间坐下，心情甚好地给花盆里的野草浇了浇水。

没一会儿，门就被人踹开了，熟悉万分的声音阴阳怪气地响起："哟，这不是风月姑娘吗？听闻被有钱人家赎了身，怎么又灰溜溜地回来啦？"

风月勾唇一笑，道："我要是不回来，你挤对谁去啊？"

断弦瞪眼看了看她，冷哼："谁稀罕挤对你？你跟何愁不在，我的生意可好了，棺材本都有了。"

"是吗？那我就放心了。"风月道，"何愁马上也要回来了，你有了棺材本的话，以后少赚点也没关系。"

听了这话，断弦脸都绿了："你回来就够让人糟心的了，她还回来干什么？怎么这年头被赎出去的妓子都要被送回来？"

风月伸手放了银子在灵殊手里，打发她去买绿豆糕，然后笑眯眯地将断弦拉进屋子，歪着脑袋问她："还想报仇吗？"

一听这话，断弦愣了愣，有些愕然地看她一眼："你怎么知道……"

"不用管我怎么知道，叫我一声姑奶奶，我可以帮你把仇人请来喝喝酒，你觉得如何？"风月抬了抬下巴。

断弦神色凝重，抿着唇退后一步，直接朝她跪了下来，膝盖磕在地毯上，发出沉闷的响声！

风月蹲下来看着她，低声道："明日黄昏，我陪你去会会他，如何？"

断弦眼里有火花迸发出来，像黑夜里划过的光，亮得让人不敢直视。

她狂喜，身子微微发抖，嘴巴张张合合好几次，才终于吐出声音来：“当真？”

“当真。”风月点点头，直视她，道，“只是，人来了，你也得听我的，不可轻举妄动。”

不可轻举妄动？断弦脸色一僵，接着五官微微扭曲，恼恨道：“只要他出现在我面前，我不管用什么法子，都一定会杀了他！你叫我别轻举妄动？”

“我就是知道你会这样，才让你听我的。”风月轻轻叹了口气，道，“杀一个畜生，然后把自己的性命赔进去，值得吗？”

“值得啊！要不是为了杀他，我为什么还活着？”断弦眼里慢慢充血，声音嘶哑起来，像苟延残喘到最后的老人，浑身上下只靠一口气撑着。

风月伸手捏了捏她的肩膀，道：“你杀的话，他只会痛快地死去，算什么惩罚？不如交给我。你这条命，还得留着给你妹妹年年祭拜，不然到了地下，她都得饿肚子，多不好啊。”

断弦身子一顿，愕然地抬头看着她：“你到底是谁？怎么会知道我妹妹的事情？”

她的故事，只在进梦回楼的时候告诉过金妈妈。金妈妈说过，除了梦回楼的东家，不会有第四个人知道此事。

“我是谁重要吗？重要的难道不是你大仇将报？”朝她抛了个媚眼，风月道，“你也得感谢何愁，要不是她，赵麟和周臻善不会倒得那么顺利，咱们也别想这么轻松地动李勋，还没有太严重的后果。”

断弦瞳孔微缩，震惊地抬头看着风月，眼里思绪流转，片刻之后恍然大悟，却是更加震惊：“您……”

“入梦回楼之时，金妈妈答应过你们，有仇必报。但你们也答应过她，报仇之后从良，过安生日子，不轻贱性命。”风月笑得可爱，歪着脑袋道，“说到要做到啊。”

断弦情绪翻涌，百味杂陈，缓了好一会儿，还是没忍住，扑过来抱着风月号啕大哭！

“哎哎，你鼻涕！”

“东……”

“东你个鬼，我是风月！以后还得跟你抢生意的那位！”

“我……”

“你行了吧你，哭花了脸跟鬼似的。”风月跌坐在地上，嘴上一点没留情地挤对她，手却很温柔地摸了摸她的脑袋。

这下断弦哭得更凶，整个梦回楼都听见了动静。

金妈妈扭着身子冲上来，还带着微云等人，撞开门就问：“怎么了？怎么了？”

“风月，你欺负断弦了？”

风月干笑两声，朝着门口无奈地摊手：“她大概是太想我了，看我回来，给激动的。”

这也太激动了啊！金妈妈摇头，扯着嗓子道：“行啦，有姑娘回来是好事，哭什么哭啊，多不吉利，洗洗脸准备晚上接客啊！”

把鼻涕和眼泪全擦风月身上，断弦深吸一口气，又慢慢地吐出来：“舒坦了。”

风月嫌弃地拈着自己的衣裳，摇头道：“我不舒坦了，我要沐浴！”

断弦“扑哧”一声笑出来，而后深深地看她一眼，哑声道：“去吧，风月姑娘。”

“好嘞。”拿了换洗衣裳，风月飞一般地冲下了楼。

使臣府。

坐在院子里看了一下午的书，殷戈止心情不是很好，瞧着院子里的花花草草，怎么瞧怎么不顺眼。

“主子？”善解人意的观止道，“您要是不喜欢这些，不如就让人来清理了？”

“不必。”殷戈止道，“让你查的事情查到了？”

“嗯。”观止拱手，“那李勋与风月姑娘没什么渊源，倒是在平昌战役之时戕害过不少民女，后因为澧国民情汹涌而被迫退回不阴城，只当个守城军的教头。”

戕害过不少民女？思忖一二，殷戈止摇头，这点小事，实在用不着他出马。

“那就请他明日黄昏到梦回楼一叙吧。”

“是。”

梦回楼的生意已经回转了不少，食色之人，大多也只看重美色，谁管那些个纷争纠葛？所以这天黄昏，李勋到梦回楼门口的时候，看见的就是姑娘们迎风招展，恩客们络绎不绝。

“好地方啊！”李勋脸上露出兴奋的神色，心想殷大皇子邀他来这种地方，肯定不是想审查他，便放心地跨进了门。

金妈妈一瞧见他就笑嘻嘻地引他上楼：“大人这边请啊。”

三楼之上一片黑暗，没一间屋子亮着灯，李勋有点奇怪：“这层楼被人包了？”

“可不是吗？有大方的客人包下来了，只接待您一位。”金妈妈掩唇一笑，站在二楼的楼梯上不走了，“您只管上去就是，里头啊，姑娘不少，不管闹出什么动静，都没人会去打扰的。”

这么好？搓了搓手，李勋意味深长地笑了两声，然后提起衣摆就往上跑。

所有的屋子都是黑的，但有一间屋子开着门，里头隐隐有姑娘的娇笑声。

他经常逛窑子，但梦回楼这种花销挺大的地方，是没怎么来过的，有此机会，当然要好好放纵一番了！

兴奋地跨进那屋子，李勋先拱手：“殿下，卑职来迟，还望恕罪！”

旁边有香软的身子缠上了他，纱巾在他面前一晃，咯咯笑道：“大人来这么迟，可让奴婢们好等。公子说了，要先伺候好您，要是伺候不好，咱们就没赏钱了！”

“是呀。”又有姑娘靠过来，玉手将他的腰带一扯，声音酥得令人骨头发软：“来嘛，咱们先来玩捉迷藏。”

一口酒喂过来，李勋张口就喝，任由她们用腰带蒙住他的眼睛，他笑道：“殿下待卑职真是不薄啊！如此，那卑职也不推辞了！”

说着，他伸手就往旁边的人抓去。

姑娘们四散开去，笑声不绝于耳。李勋素来是好色之人，更喜欢玩花样，对这游戏当真是喜欢极了，出手飞快地抓着个姑娘，那姑娘便笑道：

“奴婢微云。”

说完就挣脱开，跑了个没影儿。

李勋大笑，接着抓一个，问：“你是谁啊？”

“奴婢金玲呀。”

抓上了瘾，李勋转着圈儿，突然自己左脚绊右脚，狠狠摔在了地上。

屋子里的笑声戛然而止。

觉得有些奇怪，李勋撑着身子想爬起来，却摸到了一点布料，心里一喜，立马就顺着那衣裳将人抱在了怀里：“哈哈，以为不出声，我就抓不住了？你是谁啊？”

“奴婢是小琴呀。”阴森森的声音，带着悠长的尾音，李勋听得一激灵。

小琴？

他猛地扯下眼上遮着的东西，眼里赫然映入一张惨白的鬼脸，眉眼间都是稚气，嘴巴血红，眼下青黑，似哭似笑地看着他道：“大人不记得小琴啦？”

一股子凉意从脚底板升到心窝，李勋吓得后退几步，好半天才惊叫出声：“鬼啊——”

“咯咯咯。”慢慢地朝他爬过去，“小琴”幽幽道，“大人不是最喜欢奴婢了吗？说要奴婢伺候一辈子的呀，现在奴婢来伺候您了，您别走呀……”

“啊——”李勋浑身抖着四处乱窜，却发现这屋子里一个人都没有！背后的东西很缓慢地爬着，他却有死亡将近的窒息感，猛地去拉门。

“哗啦。”门外挂着的铁链响了一声，却打不开。

惊恐万分，李勋“啊啊”乱叫着，一边回头看朝自己爬过来的“鬼”，一边猛地砸门：“救命啊！救命啊！”

“这不是奴婢该喊的吗？”幽幽的声音在屋子里回荡，“小琴”伸手就抓住了李勋的脚踝，“大人可记得奴婢是怎么死的？”

“我不记得！我不记得了！”李勋慌乱地否认。

一股子尿骚味蔓延开来，“小琴”嫌弃地松了手，慢慢地站起来：“大人不记得，奴婢记得呀，奴婢是被大人弄死在床上的……奴婢才十四岁啊，大人！”

恐极生怒，李勋四处看了一眼，猛地拿起桌上的烛台朝“小琴”砸过去！

尖尖的烛台从耳边划过，风月眯眼，心想幸好是她来扮鬼，要是断弦，估计就处交代在这儿了。

风月还在想着呢，头顶上猛地掠过一阵风，烛台瞬间就不见了，也不知为何，李勋砸到墙上去，“砰”的一声响，然后滚落在地上。

眨眨眼，风月抬头看了一眼房梁，然后继续爬到李勋身边，“呜呜呜”地哭：“大人还想再杀奴婢一遍，那就怪不得奴婢了……奴婢要缠着大人，时时刻刻都陪着大人！”

惊恐地看着她，李勋一口气堵在心口，上不去又下不来，终于晕了过去。

“啧，就这点胆量？”拨开披散的头发，风月起身，端了桌上的酒，又给他灌下去点儿，然后拍了拍手，“姑娘们，动作麻利点儿。”

躲在里间的一群姑娘鱼贯而出，断弦走在最后，眼里余恨未消。

风月拍了拍她的肩膀，道：“别让他死得太痛快，乖，听我的。”

“是！”点头应了，断弦闭眼壮了壮胆，接着就叫人将李勋抬起来扔到床上，然后一群人围着等。

李勋醒来的时候，只觉得眼前一片花白，好不容易缓过神来，就听到旁边的姑娘关切地问他：“大人，您怎么了呀？”

惊慌地侧头，见是个正常的姑娘，李勋长出一口气，问：“你们刚刚都在吗？”

“在啊。”金玲道，“咱们正玩得好好的，您就晕倒了！”

当真是撞鬼了？李勋皱眉，只觉得头痛欲裂，抬眼看向四周，发现床边围了三个姑娘，也没仔细看，就问：“你们叫什么名字？”

“奴婢微云。”

“奴婢金玲。”

最后一个姑娘低着头没吭声，李勋奇怪地看着她：“你怎么不说话？”

断弦缓缓抬头，笑得诡异，幽幽道：“奴婢小琴。”

似乎被厉鬼的爪子扼住了咽喉，李勋瞪大眼，眼白突出，瞳孔紧缩，一边往床里头退，一边拿起枕头疯狂地朝断弦砸：“鬼啊！”

断弦侧身躲开，一脸委屈："奴婢怎么就是鬼了？"

金玲和微云护着断弦，就见李勋像是疯了一般，不停地发着抖。

门打开，风月拢着杏色的袍子进来，关切地问："哎呀，这是怎么了呀？大人，您没事吧？"

说着，她又斥了旁边三个姑娘一声："你们怎么伺候的？"

一看见她，不知怎么的，李勋觉得分外有安全感，伸手过来抓着风月的手腕，颤颤巍巍道："快让她们出去！快让她们出去！"

"大人别紧张，她们伺候不周到，奴婢会好生教训的。"风月临时充当了一下金妈妈的角色，朝他笑得春暖花开，偷偷朝断弦使了个眼色。

断弦颔首，低头跟着其余两个人一起出去。

屋子里没别人了，李勋却依旧惶惶不安，整个人显得格外焦躁，用力抓住风月的手腕："你们这儿有鬼……有鬼！"

"大人说笑。"风月柔声安慰他，"咱们楼里一向人多，哪里来的鬼呢？一定是大人看错了。"

"那个小琴……那个小琴……"李勋僵硬地摇着头，道，"小琴已经死了很久了，怎么会在这里？"

"小琴？"风月莫名其妙地看着他，"方才是微云、金玲和断弦三位姑娘，哪有什么小琴？您听错了吧？"

听错了？李勋一愣，扫视了一眼这房间，急促地喘着气，许久才缓过神来。

是他听错看错了吗？应该是的，这世间哪里来的鬼？小琴死了那么久，怎么可能这个时候才来找他？

捂着被子冷静了好一会儿，李勋缓了过来，白着脸道："那……应该是我听错了。"

"大人休息一下，奴婢给您倒杯茶。"风月起身，走到前头的圆桌边，拿起茶杯，轻轻往桌上一放。

"吱呀"一声，门被推开了，却没人进来。

李勋一惊，侧头看过去，就见一抹白色的影子披头散发地爬了进来。

"啊啊啊！"惨叫声直穿云霄。

风月忍不住捂了捂耳朵，端着茶好奇地回头看他："大人又怎么了？"

“鬼！鬼！当真是鬼啊！你看！”有风月在，李勋还说得出话，猛地跳下床，将风月拉着，躲在她身后。

顺着他指的方向看了一眼，风月一脸莫名其妙：“哪儿有鬼啊？奴婢怎么没瞧见？”

她瞧不见？心里剧烈一沉，李勋吓得差点不能呼吸，张牙舞爪地跟她比画：“地上……地上爬着的！爬过来了！”

低头看了看，风月伸手往地上那“鬼”的头顶摸了摸，还是一脸茫然：“没有啊。”

那“鬼”抬起头来，露出一张惨白的脸，猛地朝李勋的方向张开血盆大口。风月蹲在李勋旁边看向他，表情茫然，眼里却有一丝阴森闪过，微微勾起了唇。

此情此景，实在是比他一个人遇见鬼更加可怖！李勋想呼吸，却怎么也喘不上气，瞪着她们看了半晌，白眼一翻，又晕了过去。

“真是不禁吓啊。”风月摇头，伸手将旁边断弦披散的头发别到耳后，轻声问，“会用刀吗？”

“本是不会。”断弦冷哼，“看见他，不会也得会。”

“很好。”拍拍手，风月去关了门，然后抬头看着房梁上头道，“观止大人，帮个忙呗？”

殷戈止说他没空参与这种小事，所以把观止借给她防身，幸好观止来了，不然方才她还真可能打不过李勋。

房梁上衣袂一展，殷大皇子面无表情地落在了她面前。

风月：不是说不来吗？这是啥？惊喜？

“要做什么？”他不耐烦地问。

自己要来，还这态度？风月撇嘴，心想这位大爷是越发不好伺候了。不过眼下有求于人，她还是笑道：“帮忙守一下，等会儿他要是疼醒了，您抬抬贵手，把人打晕怎么样？”

看她一眼，殷戈止道：“你想凌迟他？”

掩唇一笑，风月摇头：“奴婢是那么血腥的人吗？咱们这些个弱女子，怎么会做那么残忍的事情？顶多挑断他手筋脚筋，让他动弹不得，再让断弦好生伺候他。”

断弦捏着匕首，有些犹豫，看了殷戈止一眼。

这人虽不知是什么来头，但毕竟是个外人，瞧见她们做这些事情，会觉得她们蛇蝎心肠吧？瞧瞧，都不说话了。

犹豫片刻，断弦伸手扯了扯风月的衣袖，小声道："姑娘……"

断弦话还没说完，殷大皇子开口了："挑的时候小心些，别让他流血过多死了。我这儿有药，还能吊着他的命。等挑完了，先不送他回去，就在梦回楼待着吧，还有用。"

断弦："……"

"好。"风月认真地点头，然后转头看着她问，"你想说什么？"

"……突然没什么想说的了。"咽了口唾沫，断弦道，"动手吧。"

想起自己惨死的妹妹，想起自己这半世的飘零，断弦捏着匕首的手分外有力，风月一指地方，她手起刀落，半分不差。

"啊——"

李勋疼醒了，剧烈地挣扎起来。然而，他刚睁开眼，还没看清楚四周是什么情况，殷戈止一巴掌就将他重新送进了黑暗。

"很好！"风月笑嘻嘻地看着殷戈止，"公子真是神功盖世，威震四方！"

殷大皇子轻哼一声，不屑地道："这点小事。"

果然人都是喜欢被夸奖的啊！风月伸手就抱了他的大腿，她要是有尾巴，一定摇得特别欢："再小的事情，只要是您做的，奴婢都觉得格外震撼！"

斜睨她一眼，殷戈止道："快点弄完。"

"嗯。"断弦用匕首一点点撕裂李勋的手筋脚筋，刀刃和血肉厮磨的畅快之感，总算让她心里好受了些。

这个该千刀万剐的畜生！她很想一刀直接送进他胸口，但是想想风月的话，不能太便宜他了！

做过多少孽，就用十倍的代价来偿还吧！

李勋疼得撕心裂肺，但一旦疼醒，迎接他的就是殷戈止的一记硬掌，以至于最后一根脚筋挑断的时候，断弦觉得，床上的人已经死得差不多了。

"好可怜啊。"风月假意擦了擦眼泪，然后认真地看着断弦道，"这位恩客这么可怜，你就好生照顾他几日吧。木轮椅在后院，早就准备好了的。”

断弦笑了，接过殷戈止的药给李勋吊命，然后拿白布包扎他的伤口，分外温柔地道：“奴婢会好生伺候的。”

保证他一睁开眼就看见小琴，做梦也不得安稳！

床上满是血腥，殷戈止瞧着，道：“你要是帮我一个忙，今日恩情一笔勾销不算，我还能让你暂住使臣府。”

“什么忙啊？”风月问。

“这个人，也算是周臻善的亲信。”殷戈止低头凑在她耳侧，小声道，“赵麟已经定案，周臻善也丢了命，可不少该死的人还活得逍遥，你想个法子，借他之手，传一封信去冷严那里。”

眼波流转，风月笑了，食指往他心口一点，娇嗔道：“就您最坏了！”

然后立马去拿纸笔。

于疼痛中昏睡的李勋脑子有过片刻的清醒，他想到了今日请他来的人是谁，也想到了那殷大皇子最近的动作，不由得惶恐不已。

他得找人救命啊！

挣扎着醒过来，四肢疼痛无比，完全不能动弹，尖锐的痛觉刺激得他又是一阵惨叫！

“大人别紧张啊，等伤口愈合了就不痛了。”幽幽的声音从身后传来，李勋一惊，这才发现自己坐在木轮椅上，背后的人正推着他，不知道要往哪儿去。

“你……你想做什么？”他喘息，回头看了这人一眼。

断弦笑得动人又阴森：“奴婢什么也不想做啊，只想送您回家。”

送他回家？李勋神志不是很清楚，只觉得难受万分，不如死了痛快！

疼啊……

不阴城下着小雨，断弦没撑伞，就这样步履缓慢地推着李勋回李家院子。

风月吐着瓜子皮，站在露台上看着远处那慢慢被烟雨吞噬的影子，心情愉悦。

“你笑什么？”旁边的殷戈止嫌弃地看着她，“跟你又没什么关系。”

嚼着瓜子转过头，风月道：“善有善报，恶有恶报，看着难道不是一件痛快事吗？”

殷戈止嗤笑一声，冷声道：“你以为天底下所有的恶人，都会有自己该得的报应？”

捏瓜子的手一顿，风月不高兴地嘟嘴：“您就这般看不得奴婢开心吗？”

“早点收拾回去做饭吧。”冷漠地起身，殷戈止道，“是时候用膳了。”

风月瞪大眼，下意识地抓着桌子问：“奴婢还得回去做饭？”

“不然呢？”殷戈止平静地道，“方才你帮了我的忙，所以恩赐你，可以回去继续住。”

谁要这种恩赐啊！她在梦回楼多自由啊，鬼才愿意去给人当丫鬟！风月皱眉。可一回头看见床上那血腥场面，再想想方才那疯子钻自个儿被窝里缩着，她干呕了一下，顿了顿，还是决定领赏谢恩。

“奴婢这就回去做饭啊，不过院子里没什么菜了，咱们顺路去买点吧！”

买菜？殷戈止皱眉，一脸嫌弃地道：“你让我去买菜？”

“不然呢？”看看他身后，风月道，“您也没带观止出来啊！”

这么无聊的事情，殷大皇子绝对不做，一甩脸子转身就走！谁爱买谁买去！

然而，走到楼下，外头小雨变成了大雨。而他，没带伞。

惆怅地看了一眼天空，殷戈止觉得不该一时兴起跑过来看的，还是该让观止来，哪怕在院子里闲着，也比陪这女人疯来得好。

“走吧！”撑开桃红色的油纸伞举在他头顶，风月笑眯眯地拉着他往雨里跑。

“我是大澧的皇子。”隐忍地看着前头的路，殷戈止开口吐出了这么一句。

“嗯，奴婢知道。”风月像小鸡啄米似的点头，道，“您很威风，也很厉害。”

“所以呢？”

还让他这么威风的人去买菜？

“所以……”踮着脚踩着水，风月突然转头看他，眼里波光动人，她笑着道，“所以奴婢喜欢您啊。”

一脚踩在水里，水花微微溅起，带了几轮涟漪。

殷戈止侧头，深深地看了她一眼。

“你们梦回楼的女人，挂牌之前，是不是都训练过如何说话哄客人开心？”

风月扭着腰笑得花枝乱颤，对着他眨眨眼，万分得意地道：“所以奴婢是让您开心了？哎呀呀，那可真是本事见长。”

头顶上的伞被她撑得摇摇晃晃的，雨水从伞檐落下来，打在他的肩头。殷戈止皱眉，伸手捏住她撑伞的手，将人往自己怀里带了带。

风月一愣，抬眼就看见他长而密的睫毛，下意识地咽了口唾沫。

这人，长得可真好看。

雨打在伞上，噼里啪啦的，伞下却像是另一个世界，宁静又旖旎。

良久之后，殷戈止别开头道：“我来撑伞。”

“好。”风月垂了眼，乖乖巧巧地依偎着他，往集市而去。

下雨天的集市几乎没什么人买菜，卖菜的小贩都躲在旁边店铺的屋檐下，人挤人的，挤得殷大皇子眉间都有了“川”字。

风月蹦跶在前头，买得不亦乐乎。不知是不是不阴城的小贩们朴实，菜价肉价都很低，有的大婶甚至双颊飞红地多送她一棵白菜。还有小姑娘支支吾吾的，最后摆着手不收她的钱，白送她一斤豆子。

“买这里的菜真划算啊！”风月抱着一大堆东西，也没敢让后头的爷搭把手，等走出了人群，才回头看他，得意地展示了一下自己怀里的东西，“一共才一钱银子不到！”

殷戈止脸色阴沉地瞪着她，没说话，撑伞就走。

“哎哎哎！”风月抱着一大堆东西艰难地跟上去，可怜巴巴地道，“您不帮忙就算了，别走那么快啊，这都是咱们自己要吃的！”

下颌线收紧，殷戈止侧头看她，居高临下地问：“拿不动了？”

风月立马点头，眨巴着眼睛：“您……纡尊降贵一下？”

殷戈止轻哼一声，低骂了一声“麻烦”，然后伸手过来。

风月一喜，正想把东西塞他手里，却见这人越过她递过去的东西，将伞插在她怀里的东西里，身子一低，双手一搂，径直将她抱了起来！

鞋上沾着的水在空中划了条弧线，本来摇摇欲坠的肉和菜现在全在她怀里兜着了，踏实得很。风月愕然，腾出手捏着伞柄，茫然地眨了眨眼。

殷大皇子面无表情，权当她是个装菜的篓子，抱着就往使臣府走。

观止正无聊地在门口看雨，冷不防就看见自家主子抱着一大堆东西回来了，定睛一看，那堆东西下头还压着个人。

“这……风月姑娘？”

风月干笑两声，虚弱地道：“观止大人，你再不来帮把手，我就要被压死了！”

回过神的观止连忙帮着搬运东西，一片片的芭蕉叶拿到手里一看才发现，嘿，竟然是肉和菜？

震惊地看了一眼自家主子，观止道：“您这么高兴，难不成是因为头一次去菜市，很新奇？”

殷戈止拂了身上的雨水，没理他，一脸冷漠地进了屋子。

风月看着那背影，用手肘捅了捅观止，问：“你从哪儿看出来你家主子很高兴了？他一路上眼里那叫一个电闪雷鸣啊！比这雷雨还可怕！”

观止轻笑着摇头，道：“我家主子很高兴，没有生气，姑娘请放心。”

是吗？这么表里不一？风月撇撇嘴，又摇摇头，分给他一半的东西，然后跟他一起抱着食材去厨房。

第二章

这都是套路

天阴沉得可怕，断弦将李勋送到李家门口，便止住了步子。李勋淋着雨大喊大叫，院子里没一会儿就有人出来，愕然地看着这场景，小声问：“大人这是怎么了？”

李勋没有正室，院子里的女人要么是战俘，要么是强抢的民女。

断弦微笑，招手让那姑娘过来帮忙把他抬进去，然后道：“大人出了点儿意外，我是来照顾他的。”

李勋瞪大眼看着那姑娘，吼道：“快把她赶走！她是个鬼，是个鬼！”

这声音委实可怕，小姑娘吓得转头就跑，一边跑一边尖叫，惊得四周打开的房门都纷纷再度合上。

竟然没一个人来看看他到底怎么了。

李勋有点儿绝望，眼神都涣散了，看着断弦道：“你杀了我吧。”

断弦一阵娇笑，问：“大人这就不想活了？”

痛苦地闭上眼，李勋眼泪直流。

断弦轻蔑地笑了一声，放开那木轮椅，转头就在这宅子里四处看。宅子不大，五间卧寝、一间前厅、一间书房，她轻而易举地找到了书房里李勋的印章，拿出风月给的信，轻轻巧巧地盖上，然后出去，笑道："大人深陷苦难，奴婢这就替大人发信求救，希望能有人救大人于水火。"

李勋惊恐地看着她，快崩溃了："你能不能消失？"

"不能。"断弦伸手捏了捏他包扎好了的手腕，勾唇轻笑，"奴婢会好好伺候大人的。"

"轰隆"一声雷响，大雨倾盆，肆意冲刷着不阴城。

使臣府里烛光盈盈，仿佛将满城烟雨都隔绝在外。风月的晚膳做好了，殷戈止放下书，看了一眼满满当当的桌子，心里莫名地觉得踏实。

不过踏实归踏实，嘴上还是忍不住挤对一句："真慢。"

指了指自己的手，风月道："大夫让我阴雨天小心呢，会痛，奴婢忍着痛给您做晚膳，还嫌奴婢慢？"

看了她的手一眼，殷戈止眉心微皱，起身到旁边的柜子里翻了瓶东西出来："拿去用。"

她双手接着那小瓷瓶，只觉得入手温润，打开瓶塞闻了闻，药香四溢，是顶好的伤药。

"多谢殿下。"风月一点不客气地收下，厚着脸皮道，"今天天气这么不好，奴婢可以睡您身边吗？"

"怎么？"斜睨她一眼，殷戈止道，"你还怕打雷？"

风月耸肩："大概是怕吧。"

澧国大皇子殷戈止，顶天立地，战功赫赫，看起来毫无弱点。但风月知道，这厮有个传出去很丢人的秘密，那就是——怕打雷。

以前同他睡的时候，遇见过一回打雷的天气，这厮浑身僵硬，抱着她死活不撒手。事后问他是不是怕，这位殿下编了个很弱的借口："没有，只是冷。"

想起来风月都想大笑三声，然而，殷戈止极其要面子，不给他面子的人基本都死了，念着这个，风月也得装作什么都不知道，她楚楚可怜地道："可以吗？"

殷戈止面无表情，半晌才勉强答应："可以。"

风月努力憋着笑，飞快地吃了三碗饭，收拾了碗筷，让观止去接灵殊，然后老实地上床给人家暖被窝了。

雷声轰鸣，殷戈止脸色微白，挥袖灭了灯，上床就将风月圈在怀里。

风月贴着他，一声雷下来，她就“哎呀哎呀”地喊：“好怕呀！”

抱着她的人，就名正言顺地手一紧，将她搂得死死的。

风月咧嘴笑，问：“殿下也怕打雷吗？”

“不怕。”

“轰隆——”话刚落音，巨大的雷就在屋子正上空炸响。

风月瞬间觉得腰身一紧，被人勒得差点儿没喘过气！

“殿下！”风月咳嗽两声，哭笑不得，“不是不怕吗？您轻点儿啊！”

他脸上表情纹丝未动，手臂僵硬，语气平静：“你怕而已。”

“是是是，奴婢怕。”风月点头，“那殿下握着奴婢的手吧？”

殷戈止抿紧了唇，伸手找到她的手，缓缓地十指相扣。

堂堂大皇子的手，握过寒铁长戟，提过敌人头颅，现在却一片冰凉，还轻轻发抖！

实在憋不住了，风月仰头大笑：“哈哈哈——”

她背后一寒，殷戈止狠狠地捏了她一把：“笑什么？”

“奴婢……奴婢没笑啊，哈哈哈……”风月乐不可支，笑得直打滚儿，努力想给殷戈止留点儿面子，但是打雷天气里的他实在是太可爱了，像没了刺的刺猬，软绵绵的，还要吓唬人！

殷戈止黑了半张脸，咬牙切齿地道：“闭嘴！”

“好。”伸手把自己的嘴捏成鸭子嘴，风月收住了笑声，一本正经地嘟囔，“不笑了，奴婢保证！”

结果话没落音，又是一道响雷，殷大皇子吓得微微一抖，身子瞬间僵硬如铁。

“噗！哈哈哈——”这下捏着嘴也不管用了，风月知道必定大祸临头，但是，实在没法忍着不笑啊！于是一不做二不休，她趁着这人还没反应过来，挣脱开他就往床下跑。

“你给我回来！”床上的人一声怒喝。

风月边躲边擦眼泪：“奴婢……奴婢缓缓再回来，免得被您掐死了！”

殷戈止磨牙，身子发冷，不得动弹，心里只想把风月掐在手里，掐成一只青蛙！

“轰隆——”雷声不断，他闭眼，紧紧抓着枕头，努力让自己入睡。

有些弱点是天生的，真的不是他能选择的，要是可以的话，他愿意用自己五成的武功，换上天让他不怕打雷！

正想着呢，他突然觉得身上一暖。

殷戈止正浑身戾气，一睁眼就看见风月穿着小兜肚，笑得很是温柔，趴在他身上。

体温从她裸露的肌肤穿透他的衣裳传到他的心口，他眉头突然松了开来。

“您很冷吗？”她笑得奸诈。

殷戈止很想说不冷，堂堂七尺男儿，怎么能对个女人低头？可是……她身上当真是很暖和啊，他微微眯起眼睛，手搂着她，压根舍不得放开。

风月眉眼潋滟，手往他衣襟里伸，摸着他冰凉的胸膛，干脆将人腰带解了，敞开衣裳，整个身子覆上去。

温暖瞬间传遍四肢，殷戈止睁眼看着她，突然觉得胸腔里的东西跳得厉害——大概是被冷着了，一感受到温暖，就急不可待地快速跳动起来吧。他想，留着这人在院子里也不错，至少这种天气，可以给他暖暖身子。

外头的雷声好像没那么大了，殷戈止伸手，按着她的腰肢，轻轻地舒了口气。

这一晚上，两人当真是什么都没做，就这么抱着睡了一个踏实觉。殷戈止甚至做了个梦，梦见那不知名姓的人抱着他，怪声怪气地安慰：“别怕啊，打雷没什么的，抱着我就好了。”

梦里满是芬芳的香气，以至于他睡得极好，算是一年多以来最好的一次。

第二天睁开眼，殷戈止眼前映入的就是风月那一双眨巴眨巴着的大眼睛。迷茫了一会儿才想起昨晚发生了什么，殷大皇子脸色瞬间变得很难看！

风月反应极快，推开他就滚下床，捂着脑袋道：“哎呀哎呀，昨晚的雷声吓死奴婢了！幸好有殿下在！”

这虚假的笑意，浮夸的语气，怎么看都有点儿找死的味道。殷戈止冷笑，撑着床就要下来，却听到外头观止道：“主子起身了？那奴才进来了。”

瞳孔猛地一缩，殷戈止飞快地伸手，捞起地上那不要脸的只穿着兜肚的人，狠狠往被子里一塞。

观止推门进来，端着水道："风月姑娘买的石灯可真不错，昨儿那么大的风雨，一个都没倒。"

"你下次进来，先敲门。"殷大殿下不悦地打断他的话，"横冲直撞的像什么样子！"

被自家主子吼得一激灵，观止一拍脑门，想起来这院子里还有人，连忙低头道："属下知错！"

"行了，出去。"

"是。"观止将水盆放在架子上，退了出去。

殷戈止没好气地道："起来洗脸。"

风月扒拉下被子，露出一双滴溜溜乱转的眼睛，"嘿嘿"笑了两声，伸手捡了地上的衣裳就想穿。

"你脏不脏啊？"有洁癖的大爷不舒坦了，"扔地上了还穿？"

风月委屈地撇嘴，道："奴婢没带别的裙子来啊！"

殷戈止嫌弃地看她一眼，披了衣裳起身，打开柜子就扔了一套袍子给她："先穿着，等会儿让灵殊给你送来。"

拿着袍子看了看，风月心里叹息，老老实实地换上。只是她这身板儿跟殷戈止那身材差太多了，袖子长了好大一截，衣摆也拖在地上，无奈之下，只能拢了袖子，将衣摆捞起来抱在怀里，露出一双细长的腿。

殷戈止眯眼。

时辰还早，今日没什么事，他觉得可以就在屋子里待着，不用出门了。

冷府。

冷严一大早就收到一封信，本是不怎么在意地打开，却被里头写的东西吓得脸色发白。

周臻善失踪，朝里不少人说是畏罪潜逃，但到底没有证据，于是护城军统领的职位还给他留着。冷严也抱着一丝侥幸，希望周大人能回来理一理这混乱的局面，给他指条出路。

谁知道李勋竟然说周大人是畏罪潜逃了，罪证都在殷戈止手里，他也被抓了起来，希望冷严去营救，不然他知道的事情，会全部成为呈堂证供，落在殷戈止的手里。

怎么会这样？！

李勋是周大人的人，周大人难不成把秘密都告诉他了？不至于吧，他算个什么东西？

心思百转，冷严定了定神，立马起身去找人。

断弦在李勋的床头坐了一晚上，时而哭泣，时而浅笑，李勋吓得一夜未眠，完全崩溃，眼神瞧着都有些痴傻了。

他说："我错了，我知道错了，我不该害死你。可是你死都死了，为什么不放过我？"

断弦微笑："知错就有用，那律法何为？"

"律法……"喃喃念了两声，李勋失笑，"律法是管百姓用的，还能管到我头上？你死无对证，除非你自己动手把我杀了，不然谁能定我的罪？"

看了一眼外头的天色，断弦起身，朝他笑了笑："我也想亲手杀了你，但是有人跟我说，不能轻贱自己的性命。与其杀了你去抵命，不如等着看你死。"

李勋眼神微动，有点高兴："你不杀我了？"

"脏了手。"断弦朝他露出一个诡异的笑，"我等着给你收尸。"

她不杀他，他怎么可能会死？李勋笑得脸都扭曲了，眼神戒备地看着她，看她缓缓离开了这房间，他有种劫后余生的狂喜。

然而，这种狂喜只持续了一炷香的时间，就在他大声喊着院子里的女人来救自己的时候，一个黑衣人从天而降，扛着他便飞出了院子。

尚未愈合的四肢经这么一折腾，他痛得大叫，然而那人并未理会，带着他到了他府邸后头的小巷，一把将他扔在角落。

李勋疼得号哭，睁眼看了看面前的人，不由得又是一阵狂喜："大人！"

冷严悲悯地看着他，问："你没事吧？"

"幸好大人相救，幸好大人相救啊！"李勋抖着声音道，"卑职要被他们害死了……要死了……"

"别怕。"冷严和善道，"你先告诉我，你知道些什么？"

李勋微微一愣，很是茫然地看着他："什么？"

"你不是说知道一些东西，要是落在殷戈止的手里，会成为呈堂证供？"冷严皱眉。

"我……"李勋脑子里一团糨糊，"我"了半天也没说出什么有用的东西来。冷严不耐烦了，就问了一句："你跟殷戈止说过什么吗？"

"没有啊！"李勋想摇头，可头刚一转，脖子上就是一凉。

"没有就好。"冷严松了口气，笑了笑，挥手让旁边的人收了长剑，道，"那你去死吧，别留着当祸患了。"

李勋眼睛陡然睁得很大，愣怔地看着前头的人，他们冷漠地转身，走得头也不回。

为什么啊？他想不明白，为什么要杀了他啊？

他不敢呼吸，一时半会儿也没死，就这么愣怔地看着前方。

石板路上传来脚步声，李勋抬了抬眼睛，就看见"小琴"冲他笑。

她道："下地狱去吧，十八层，少一层都不行！"

这话像是诅咒一般，他觉得浑身疼极了，扭曲着身子倒在地上，挣扎一番之后，咽了气。

鲜血遍地，断弦红了眼，她站在巷子口，看着那肮脏的尸体，身子突然觉得很轻。她抬头看了看澄澈的天空，咧嘴笑起来，跪下来朝着西面拜了几拜。

"琴儿，大仇已报，好生轮回。来生，别找我这种没用的人当姐姐了。"

几场大雨之后，不阴城迎来了骄阳当空的天气。叶御卿坐在刑场监斩台上，看着赵麟人头落地，愉悦地勾了勾嘴角。

"殿下，护城军肩负卫城安民之重责，如今却官职空缺，无人主事，还望殿下早些任命新的都尉和统领。"有老臣语重心长地道，"罪臣赵麟所为，致使民怨沸腾。重新任人，定要服众才行。"

叶御卿微笑，看着他问："大人觉得是任用老臣好，还是给年轻人一些机会更好？"

"这……微臣觉得，任人唯贤，任人唯能，年纪倒不是首要。"

"有大人这句话，本宫就知道该怎么做了。"叶御卿颔首，"让朝中三品以上的将军，每人举荐一人，择日到校场比试，最后选两个拔尖的出来吧。”

这法子没少用，也公平，对各家都好交代，老大臣没什么意见，拱手就应了，然后传旨下去。

于是这天，风月正使劲儿往殷戈止嘴里塞点心呢，就听见观止来禀告：“主子，安、徐两家少爷过来了。”

殷戈止皱眉推开风月的手，道：“请进来。”

“是。”

风月正坐在他大腿上呢，跟逗孩子似的喂他，他看起来很嫌弃，杏仁酥吃起来却是极快。一听这话，她当即规规矩矩地站在了旁边，方才脸上谄媚的表情一扫而空，端庄得像是刚受完教回来的世家小姐。

瞥她一眼，殷戈止摇头，然后看向门口。

“徒儿给师父请安！”两家少爷进来，齐声行礼。

“这几日我忙碌，没能顾上你们。”殷戈止问，“可有懈怠？”

“没有！”徐怀祖答得飞快，笑眯眯地道，“不仅没有，反而更加勤奋呢，昨儿跟世冲对练，赢了他好几次。”

殷戈止挑眉，看向神色不太好的安世冲：“怎么？世冲倒是松懈了？”

“不敢。”安世冲颇为懊恼地叹了口气，道，“最近一段时间，父亲总带着我四处串门，与人结交，忙碌之中，练得是要少些。”

殷戈止自然是知道这回事的，毕竟这还是他给安国侯的建议，没想到安国侯的动作倒是挺快，把他这小徒弟折腾得都没时间练功了。

“马上会有选拔护城军统领和都尉的比试。”殷戈止道，“你们既然来了，那就做好在这里住上几天的准备。”

两人一愣，徐怀祖很是惊讶地道：“徒儿们就是为这事来的，不过……师父怎么知道得这么快？”

还以为师父总是在自己院子里待着，消息闭塞，故而他们来报信，顺便求师父多指点一二，谁知道……

“我怎么知道的，你们不用在意。”起身拂了拂袍子，殷戈止抬眼，看着他们道，“你们需要在意的是，怎么样才能把那两个位置拿下来。”

啥？两家小少爷傻眼了，对视一眼，都在对方的眼里看见个愣头青。

"师父。"安世冲皱眉,"我与怀祖资历尚浅,年纪又轻,故而这次比试,只是想去凑凑热闹,与人交手试试。那统领和都尉之职……"

"资历尚浅,那就多经历点东西。"没理会他那小心翼翼的表情,殷戈止直接道,"这次的比试就是一个很好的经历,你们要参加,就给我赢,我的徒儿,要是输给外人,我会觉得很丢脸。"

说罢,他转身就往外走。

风月眨眼,拎着裙子跟在殷戈止后头走,路过两个少年身边的时候,挤眉弄眼地道:"你们师父,十六岁便击败澧国名将,成了三师统领了。年龄小,阅历少,实在不算什么弱处,反而是优点。"

就因为年轻,所以经得起失败,也敢拼敢闯。就是因为阅历少,所以才得去拼一把,以丰富自己的阅历啊。

安世冲恍然,看一眼旁边的徐怀祖,后者眼里尚有犹疑,但还是跟着师父一起往外走。

庭院的空地上,风月躲在旁边伸长脑袋围观,就见殷戈止脱了外袍,穿一身玄衣,折了她辛苦修剪的树枝当兵器,先教安世冲招式连贯,后纠徐怀祖用力不当。那身姿,瞧着还真有一代宗师的样子。

她本来觉得本事特别高强的人大多有些怪癖,当得了英雄,当不了师父。但殷戈止倒是不同,教起人来一点也不藏私,而且十分有耐性,都没皱过眉,比对着她的时候温柔多了。

怎么会有这样的人呢?风月想不明白,趁着他过来坐着休息的时候,便问了一句:"殿下,您不怕教会徒弟,饿死师父吗?"

殷戈止轻飘飘地睨她一眼,道:"我倾囊相授,为的是让他们能有我七八分的成就。"

风月眨眼,起初还不明白这句话是什么意思,等反应过来之后,嘴角就抽了抽。

这厮要不要脸啊?意思是他全教出去,人家也只能达到他七八分的境界。天赋异禀了不起是不是?作为一个后天努力型选手,风月愤愤不平地道:"勤能补拙,您怎么知道人家不会通过刻苦,追上您那两三分?"

似嘲似弄地扯了扯嘴角,殷戈止凑近她,低声道:"刻苦可以弥补一些东西,就像爬山,爬得慢的人可以通过时间追上前头会爬山的人。但是，到了悬崖峭壁，不会爬的人再刻苦也没有用，只能看着会爬的人登上顶尖的位置，望而兴叹。”

他说话的语气很平静，但可能是表情太欠揍了，风月气得磨牙，忍不住就跳下石凳，狠狠地踩在他脚背上。

殷戈止眯了眯眼，侧头看她，眼神冷漠。

风月笑得花枝乱颤的，收回自己的蹄子，很是真诚地道：“没注意看下头，踩着您了，疼吗？”

“晚膳少吃点。”殷戈止淡淡地道，“胖了不少。”

风月：“……”

徐怀祖练着练着，眼神就往殷戈止那头飘了飘，脚下一个瞬步就挪到安世冲旁边，小声道：“哎哎，快看那边。”

专心致志的安世冲被打扰，抬头皱眉看过去，就见自家师父在走廊旁边的长石凳上坐着，旁边一身红衣的风月姑娘蹦蹦跳跳的，不知是被气着了，还是怎么的。这两人一个静如山，一个动如水，但凑在一起，怎么就这么合适呢？

“你觉不觉得，师父挺喜欢风月姑娘的？”徐怀祖挤眉弄眼地道，“咱们是不是快有师娘了？”

安世冲收回目光，摇了摇头：“不会的。”

“为什么啊？”

“因为身份不合适。”

想起自家师父的身份，又想了想风月姑娘的身份，徐怀祖叹了口气，头一次吐出了一句诗：“恨不相逢未嫁时啊！”

安世冲嘴角抽了抽，挥剑就冲他打，咬牙道：“不知道诗的意思就别乱念，丢你们徐家的脸！”

徐怀祖横刀接着这一招，撇嘴：“觉得合适就念了嘛，管那么多做什么？”

安世冲哭笑不得，干脆抽剑跟他打个痛快。

于是那头为人师表的殷大殿下在调戏完姑娘回过头来的时候，就见自己两个徒儿已经打得如火如荼了。

“哇，怎么这么激烈？”风月兴奋地看过去，“您觉得谁会赢啊？”

“要打个赌吗？”殷戈止道，“输了的人，明天一个人去买菜。”

“好啊好啊！”单纯的风月点头应了，“那我押徐少爷！”

“好。”殷戈止气定神闲地点点头，抬眼看向那头，轻飘飘地道，“世冲，攻他下盘。”

安世冲反应极快，转身一个扫堂腿！徐怀祖堪堪躲过，身形晃了晃。

“剑谱第三式。”

安世冲立马挥剑左右横切，逼得徐怀祖倒退几步，一刀横在他面前。

“鹞子翻身，到他身后。”

“剑谱第九式，指他命门。”

风月瞠目结舌地看着，不是看这两人过招，而是看面前这丝毫不要脸的人：“殿下？”

殷戈止侧头，理直气壮地看着她：“师父教徒弟，有哪儿不对吗？”

“……是没哪里不对。”深吸一口气，风月苍凉地抬头看了看天空，幽幽道，“您高兴就好。”

那头安世冲点到即止，赢了一局，眼里神采奕奕。徐怀祖则是喘着气，委屈万分：“师父偏心！”

“她偏心你，我自然要偏心世冲。”殷戈止一脸正气，“这才叫公平。”

徐怀祖：“……”

风月无辜地傻笑，乖乖地捏着帕子，当个花瓶，再也不打算乱说话了。

练完功之后，两人吩咐随从回去拿些换洗衣物。

风月准备好晚膳，笑眯眯地招呼他们来吃。

瞧着这热闹多了的庭院，又看看那灯光温暖的屋子，以及满桌色香味俱全的菜肴，徐怀祖忍不住感叹了一句：“还是有个女儿家在好啊！”

殷戈止面无表情：“哪里好了？”

“先前过来，感觉师父挺孤独的。”徐怀祖口无遮拦，“现在瞧着，觉得像是多了个师娘，师父都温和了不少。”

正在端菜的风月手一僵，殷戈止也皱了皱眉，嗤了一声，挑了那两个字来念：“师娘？”

安世冲狠狠踩了徐怀祖脚，他吃痛，委屈道：“实话实说啊，风月姑娘是很有师娘的感觉，哪怕以后你们不在一起了，看见她，我也能想起师父来。”

屋子里的气氛瞬间凝固。

这世上有很多不会说话的人，但是能顶着殷戈止这恐怖的眼神还乱说话的，就徐怀祖一个。

风月都觉得后背发凉啊，很想说：少爷，您自个儿找死，能不能别带上我？我还要好好过日子的啊，不想这么快死！

结果徐家二少爷后知后觉地道：“我是不是说错话了？师父不喜欢风月姑娘？”

这压根不是喜欢不喜欢的问题啊！风月呵呵笑着，扯了扯他的袖子：“少爷，厨房里还有两盘菜，您陪奴婢去端吧？”

“好啊。”瞧着气氛不太对劲，徐怀祖溜得飞快，拉起风月就蹿出去，走得远了，才皱眉问，“我说错什么了？”

风月叹息：“你们师父一向看不起妓子，奴婢这样的身份，您怎么敢说是师娘？”

看不起吗？徐怀祖皱眉：“看不起他还偏留你在这院子里做什么？”

风月耸肩：“大概因为奴婢做的菜比观止做的好吃。”

“可是……”徐怀祖皱眉，“我就觉得师父挺在意你的，你俩在一起也过得不错，开个玩笑而已嘛。”

“您还是歇会儿。”风月摇头，“别再开玩笑了。”

徐怀祖点头应了，叹了口气：“我还以为师父是个十全十美的人，想不到也有瑕疵。”

“嗯？”进了厨房把菜放在他手里，风月问，“什么瑕疵？”

“就是对感情之事。”徐怀祖道，“喜欢就喜欢，不喜欢就不喜欢，扯这些身份啊什么的，多折腾人啊。”

微微一顿，风月失笑。

感情之事分明就是这世上最难应付的，比骑马打仗难多了。要是一句简单的喜欢不喜欢就能有个结果，那这天下的痴男怨女，可都解脱了。

不过徐家这少爷还小，想来也没经历过什么儿女情长，说出这样的话来，也不意外。

“菜凉了，走吧。”

"嗯。"

屋子里气氛缓和了点，几个人尚算平静地用了膳，两个徒弟去继续练功，殷戈止拎着风月到了房间里。

"你……"他抬眼，还没开口，对面的人就蹦得老高。风月一个劲地摆手道："您不必教训奴婢，奴婢可没徐少爷说的那些想法，奴婢明白自己的身份，知道自己是来做什么的，绝对不会对您有什么非分之想！"

殷戈止皱眉，冷笑道："你倒是有自知之明。"

"那是那是，不然奴婢怎么能在您身边伺候呢？"风月觍着脸笑，"比起易小姐，奴婢实在差远了！"

轻轻白她一眼，殷戈止道："换个人比吧，她不如你。"

啥？风月眨眼，头一次听殷戈止说这么耿直的话，倒是有点不适应："为什么啊？您不是挺喜欢她的？"

"喜欢归喜欢。"殷戈止沉吟片刻，道，"但与她相处太累。"

风月微微一怔，耸肩："也是，毕竟不是谁都像奴婢这样能不要脸地哄着您的。"

"你说什么？"

"嘿嘿，没什么。"风月朝他做了个鬼脸，转身就跑，"奴婢去看看灵殊。"

话刚落音，人已经跑得没影了，他想再说点什么都不行。

殷戈止皱眉，这人上辈子一定是只青蛙，喜欢鼓嘴就算了，跳得还快！

不过，跟她在一起，竟是让他格外省心和舒坦。

勾了勾嘴角，殷戈止转身，还是打算去尽一下师父的职责，尤其多关爱一下徐怀祖。

三天之后，选拔大会在校场轰轰烈烈地展开了。殷戈止带着两家少爷，还有丫鬟风月和随从观止，安静地站在人群之中。

"来了好多人啊。"风月嘀咕，"都快赶上每年各家送闺女进宫的阵仗了。"

观止低声道："赵麟一案在民间颇有影响，本来这种比试是不会让百姓围观的，但太子殿下特赦，邀了文武百官，也放了百姓在栅栏外头看，以求公正。”

这么一来是挺公正的，但看了一眼候场台上站着的众多老将，风月摇头，这些人可是输不起的啊，更何况在这么多人面前输。要赢比赛不难，可赢了就要得罪一大片人，划算吗？

临行前殷戈止就拉着两个少年嘀咕了好一阵子，具体嘀咕了什么，风月不知道，但看徐怀祖一脸兴奋，安世冲满眼担忧的样子，那多半就说的不是什么好事。

她正想着呢，突然听得那台上的叶御卿道：“殷殿下也来了？听闻带了爱徒，可是打算与在场各位一较高下？”

换作平时，听到这种话，殷戈止会高冷地给个眼神，然后沉默。但意外的是，今儿他回话了，声音还不小：“自然，既然来了，总要带点东西走。”

“哦？”太子殿下兴致盎然地看着他们，“殿下的意思是，您这两个入门不到一个月的徒儿，能从一众老将手上讨得好？”

殷戈止颔首。

“哈哈哈！”叶御卿大笑，“本宫就喜欢与您这样自信满满的人打赌，殷殿下，当着这么多人的面儿，咱们开个赌局如何？”

“请殿下赐教。”

“好说，很简单，您的两个徒儿，要是有一人能进前两名，本宫愿意奉上两百斤天山寒铁。”叶御卿道，“那寒铁一共就这么点儿，今年刚送进宫，还没铸造成器，很是适合两位少爷。但，若是没进，殿下不妨当着众人的面，对本宫行个大礼，如何？”

这话语之间火药味儿极重，众人听得议论纷纷。

要不是知道这俩是什么德行，风月也会被这剑拔弩张的阵仗吓唬住。可她此时只是翻了个白眼。

要殷戈止这样的人对烨国太子行大礼，那是不可能的。

“好。”殷戈止应了，转头目光凌厉地看着自家徒儿，冷声道，“你们只管尽全力，不用顾忌对手身份和其他，若是有丝毫放水之处，为师便将你们逐出师门！”

“师父！”两家少爷慌了，殷戈止却冷漠地一挥袖子，将他们留在了候场台上。

“这殷殿下可真狠啊，刚收的徒弟，又不是什么没身份的人，竟然这么严厉！”

“这怪得了人家吗？太子殿下打的这赌也太狠了，分明是要人家难堪。就算是质子，可澧国又不是烨国属国，人家的大皇子朝咱们太子行大礼，那不是折澧国的颜面吗？”

“就看那两家的小少爷争不争气了。”

听着四周的议论，风月看着前头走过来的人，忍不住摇头。

太阴险了！这样一来，安、徐两家的少爷不管遇上什么对手，都可以名正言顺地将什么尊老之类的东西抛在一边，对面的对手甚至能理解他们，输了也不会太过怨恨。

敢情嘀咕那么久，就是对戏去了啊？叶大太子也是厉害，想法都能跟殷戈止对上，还配合得天衣无缝。

果然当皇子的人都不是什么好货色！

比试开始了，殷戈止拉着风月在旁边看，一张脸波澜不惊，眼神也没个起伏。

风月忍不住道：“您好歹紧张一下啊，万一两位少爷输了呢？”

“拿什么输？”殷戈止抬了抬下巴，指着旁边安排上台顺序的人，唇齿不动，声音极轻地道，“太子的人。”

风月愣了一下，又看了看台上站着的七八个人，咬牙道：“这也太黑了！”

“为了速战速决而已。”殷戈止道，“而且，恕我直言，今日来的其他人，都不是有本事的，只是想争个位置享福罢了。这样的人，压根不是他们的对手。”

殷戈止对自己的徒弟很有信心，并且，安世冲和徐怀祖的弱处只有他能看穿，这些老家伙还嫩了点。

徐怀祖第六个上台，将胡子都白了的老将胖揍一顿，一边揍一边跟人家道歉：“实在冒犯，师命难违啊！”

老将一边吐血，一边摇头：“也委实怪不得你。”

“砰！”老将落地，带着成全的微笑，鼻青脸肿地被人抬走了。

徐怀祖笑了笑，突然觉得更喜欢自家师父了，实在很对他胃口啊！

上台来的人有力气大的，有出手快的，但是徐怀祖觉得一点也不难对付，哪怕用很简单的招式，也能将他们掀下台去。

他微微皱眉，突然觉得烨国的将领们，除了易大将军和自家老爹，其余的人，能真正上战场的，恐怕不多，是安逸太久了吧？

“请。”最后一个上台的是安世冲。徐怀祖回神，咧嘴一笑：“我不跟你打，我第二。”

安世冲脸色一沉：“为何？”

“你昨晚不是落枕了吗？”徐怀祖道，“胜之不武。”

“少废话！”安世冲低斥一声，余光扫了一眼远处观看的人，“这场比试要的就是公正，你闹什么？”

说着，安世冲拔剑就朝徐怀祖命门刺。

堪堪躲开，徐怀祖叹息：“你这人就是太守规矩了，没趣得很。”

说罢，他还是提刀迎上，一招一式，倒比方才认真了不少。

叶御卿长长地叹了口气，对旁边的老臣道：“竟然当真是英雄出少年，本宫是不是损失很惨？”

旁边的老臣拱手笑道：“当真能得人才，殿下的两百斤寒铁便不算什么损失。”

“哦？”叶御卿摇着扇子问，“宁大人也觉得这两人是良才？”

宁国忠是皇帝身边的老臣，说话一向有分量，但是这太子殿下的脾性，他一贯摸不透，所以在太子殿下面前，他遣词用句都分外谨慎。

看了看太子的态度，宁国忠还是决定说点好话，拱手道：“虽然这两位年纪轻轻，但能战胜诸多老将，且无人说不服之语，老臣觉得，甚是难得。今日比试，众人都看在眼里，选这两位为官，想必也无人不服。”

正说着呢，台上就一阵叫好声，叶御卿抬头看去，就见方才还没什么悬念的战局，现在打得是高潮迭起。使剑的蓝衣少年潇洒灵活，舞刀的灰衣公子力气颇大，双方各有来往，过了五十几招，却是难分胜负，众人看得连连鼓掌。

“真不愧是殷殿下的徒儿啊！”宁国忠捻着胡须感慨了一句，道，“要是殷殿下当真能放下两国之间的成见，替我烨国培养人才，那该有多好。”

叶御卿眼神深深地看着台上，笑着摇头：“能有两个已经是难得，你还贪心。”

宁国忠捻着胡须笑：“那这两人，殿下可想好了如何安置？”

假意思忖片刻，叶御卿勉为其难道：“这两人打完，再论论治军之法，若是当真文武双全，那便将护城军里空着的位置给他们。”

宁国忠颔首：“殿下能任人唯贤，也是我烨国社稷之福啊。”

听着夸奖，叶御卿很受用，转头看了远处的殷戈止一眼，正想来个智者之间了然于心的默契对视，谁知道一眼看过去，差点气死。

殷戈止抱着胳膊靠在旁边的木桩上，斜睨着面前的人。风月蹦蹦跳跳的，双手合十，不知道在说什么。两个人分明是跟安世冲和徐怀祖关系很亲近的，却没一个关注台上的情况。

什么人啊？敢情只有他一个人在这里机关算尽，要把官帽扣在那两人头上？

叶大太子不高兴了，扇子收拢，磨着牙吩咐旁边的人：“去听听他们说什么！”

“是！”

风月腰扭得都成蛇精了，面前的人还是一脸冷漠，她很气，鼓着嘴道：“不就是一碗面吗？您不能要求低点儿？”

“我的要求已经很低了。”殷戈止淡淡地道，“用调好的汤汁煮面，难道不是正常的？”

“哪里正常了？”风月垮了脸，“我们家煮面都很简单的，白水煮了，捞出来再放调料和汤汁。”

“那样不入味。”

“可简单啊！”

殷戈止深深地看了她一眼，道：“你想偷懒就直说。”

“那奴婢就直说了！”风月握拳，“晚上约好了去接何愁，奴婢煮面想偷懒！”

殷戈止长长地叹了口气，心想自个儿最近是不是太温柔了，以至于面前这人胆子越来越大？

“好——”四周猛地响起一阵暴喝，吓得两人都抬头往台子上看去。

徐怀祖将刀抵在地上撑着身子，笑嘻嘻地冲面前躺在地上的人道：“服不服啊？”

安世冲白眼直翻：“不服。”

“不服也是我赢了！”朝他做了个欠扁的鬼脸，徐怀祖转头就朝太子殿下坐着的方向拱手。

安世冲黑着脸站起来，也拱了拱手。

风月松了口气：“打完了啊，看大家的反应，好像打得不错。”

殷戈止点头，一脸“我的徒弟当然很不错”的表情，看了叶御卿的方向一眼。

“嗯？”

“怎么了？”瞧着他眼神有点古怪，风月也顺着他的目光看过去。

结果就看见叶御卿难得阴沉着脸，看起来很是不高兴。

一般不高兴，这位主子都能不动声色，现在这是被谁惹了，不高兴得这么明显啊？风月眨眼，低声对旁边的人道：“太子殿下看的好像是咱们这边。”

“嗯。”

“咱们做错了什么吗？”

“没有。”殷戈止淡淡地道，“太子殿下应该只是饿了。”

瞧着时辰，正好是下午容易饿的时候，风月了然地点头，同情地看了叶御卿一眼。

比试结束，两家少爷被宁国忠留了下来，去校场旁边的阁楼里谈话了。殷戈止拉着风月正打算走，冷不防被护卫拦住了。

护卫拱手道：“殷殿下，太子有请。”

殷戈止挑了挑眉，看了风月一眼，果断搂着她一起往太子起驾的方向走。

“公子，”风月干笑，有种不好的预感，“您二位大人物谈事情，奴婢这样的小人物，是不是该先回去了？”

“主子没走，当丫鬟的就可以走了？”殷戈止冷笑，“想得美。”

“可是……”风月眨眨眼，“奴婢压根不知道发生了什么，这样奴婢会很慌张。”

殷戈止慢慢走着，轻声问：“知道了就不慌张了？”

“对啊对啊！”风月点头！

“那好。”搂着她的手紧了些，殷戈止将她抱上来，凑到她耳边低声道，“太子大概是看咱们在他钩心斗角的时候讨论晚膳的问题，觉得我们很闲，所以打算给点刺激。并且，就最近城中发生的事情来看，这刺激不会小。”

风月倒吸一口凉气，立马挣扎起来：“那奴婢就不用去了吧？啊？跟奴婢没什么关系吧？”

给她一个轻蔑的眼神，殷戈止勾唇：“跟你关系可大了，走吧，知道发生了什么，可就别慌了，不然我会认为你刚刚是在骗我。”

风月：“……”

虽然她大概能猜到是什么事情，但看着这人的模样，她当真是有点慌。

任何盘算和计划在遇上殷大皇子的时候，都会发生无数意料不到的情况，以至于压根没人能在他头上打算盘。她那算盘打得颤颤巍巍的，也不知道能不能响。

为什么世上会有殷戈止这种阴险毒辣又臭不要脸的人呢？害她连活着都觉得心惊肉跳。

叶御卿在沙场外头的农家院子里等着，见他们进来了，很是温柔地招手：“两位这边请。”

风月笑着行礼，刚想说自己就站在旁边，便听得叶御卿道：“风月坐啊，不是想吃面吗？这儿刚好有。”

啥？看了看桌上的三碗面，风月好奇地道：“您是怎么知道的？”

他是怎么知道的？叶御卿磨牙，他让人偷听的啊！还以为这两人在说什么了不起的机密大事，结果就是为了晚上吃什么样的面！

那一瞬间太子殿下觉得自己很蠢，虽然没哪里不对，但就是感觉受到了侮辱。

“殿下神通广大，有千里眼顺风耳都不是什么怪事。”殷戈止施施然坐下，伸手将筷子递给风月，镇定地道，“有什么话，不如边吃边说吧？”

叶御卿抿唇，吐了口浊气之后，重新挂上了温柔如水的笑意，摇着扇子看着面前这两个说吃就吃的人，道：“赵麟被斩首那天，驿站有很多信使离开了不阴城，殿下怎么看？”

殷戈止优雅地吃着面，头也不抬，道：“护城军是不阴城的盔甲，统领更换这种大事，发生在易大将军不在的节骨眼儿上，自然是有人要传信的。”

“可是，离开的信使比本宫想象中的多了太多。”叶御卿眼神有点凝重，“区区武将，再怎么战功赫赫，也不该有这么多人为之耳目。”

“是蜀锦，自然有人喜欢往上头添花。”殷戈止道，“易大将军的荣耀是他自己打出来的，也是你们皇室奖赏歌颂出来的，养虎为患的道理，历代君王都该明白。”

“哦？”想了想，叶御卿笑道，“可是虎也有镇国之功，我烨国可不能重蹈贵国覆辙。杀了一个关苍海，皇位是稳了，可敌国外患，是再也解决不了了。”

风月拿着筷子的手一僵，又垂着眼若无其事地夹面条。她听得旁边坐着的人道：“关将军之事具体是何原因，在下还不甚明白，也无意评说。只不过比起关将军当年归还兵符，遵听圣旨的做法，贵国易将军，倒是更有主见。”

叶御卿沉默。

这两人说是统一了立场，但在风月看来，压根还是同船不同航，太子要的是在易国如的脖子上拴一根锁链，方便君权掌控，为国所用。但殷戈止表面上是这样的立场，心里压根就想一刀捅死易国如。

只有易国如没了，烨国对澧国的威胁才能降到最低。

早晚他们之间还得有个了断，不过眼下……喝了一口汤，风月笑眯眯地看着他们。

她跟着他们做同样的事，就足够了。将来的鹬蚌相争，也伤不着她。

“将军府里应该有门生的名册。”良久之后，叶御卿开口道，“殿下可有把握拿出来？”

“没有。”殷戈止想也不想，直接拒绝，“这种事情，在下不方便。”

把他当暗卫用吗？将军府那种虎狼之地，还进去偷东西？

意料之中的回答，叶御卿笑了一声就转头看着风月道：“珠儿说她最近心情不太好，想跟你聊聊天，风月姑娘可否替本宫去安慰安慰？”

一口汤差点呛着，风月委屈地问："奴婢可以拒绝吗？"

"不可以哦。"叶大太子咧嘴露出洁白的牙齿，笑眯眯地道，"明日，本宫便让人去接你。"

第三章

嬷嬷的教训

掐不住殷戈止，还掐不住你吗？

以上是风月在叶御卿眼里看见的意思。

呵呵笑了两声，她泪眼汪汪地扭头，看向殷戈止：“您也去吗？”

殷戈止放下筷子，深深地看了叶御卿一眼，双方眼神在空中碰撞、厮杀，一阵电闪雷鸣之后，叶御卿展扇而笑：“风月姑娘都去，殷殿下自然要去，不然珠儿闹起性子来，也没人能拦得住。”

风月咽了口唾沫，觉得自己就是一条小鱼，而殷大殿下是条大鱼，太子殿下则控制着鱼钩，就等着鱼钩被大鱼和小鱼“哐哧”咬进嘴里。

“咬着钩”的殷戈止不情不愿地道：“既然殿下都这么说了，那就去吧。”

“钓着鱼”的叶御卿笑得很欢，摇着扇子道：“如此，那你们就先回去准备准备吧。”

殷戈止起身，点了点头就往外走。

风月还在思考自己这条小鱼是不是要进哪条大鱼的肚子里了，脚步没跟上，于是听见太子殿下在她耳侧道：“姑娘厉害，殷殿下似乎很是在意姑娘。”

风月一阵战栗，连忙摇头：“殿下，奴婢没那么有本事的，殷殿下最在意的还是易小姐。”

“哦？”看了前头的人一眼，叶御卿眼神晦暗，“从何得知？”

“他自己说的。”风月真诚地道，“奴婢两个耳朵都听见了，他说他喜欢易小姐，但是喜欢归喜欢，却不知道怎么讨她欢心，所以相处不是很愉快。”

看她这模样不像撒谎，叶御卿点了点头，示意她跟上前头的人。

风月立马拎着裙子风风火火地冲了出去。

将军府的东西，要偷可没那么简单。太子给任务给得轻松，他们做起来却难如登天，鬼知道殷戈止是不是一时想不开了，竟然答应。

回到使臣府，关上房门，风月一本正经地看着面前的人道：“您有什么计划吗？”

“没有。”殷戈止道，“临时受命，毫无准备。”

“您可真是遇上麻烦了。”风月眯着眼睛笑了笑，在他面前站着，左右走了三个来回，得意地指着自己的鼻尖道，“不过还好，您还有奴婢这样的宝贝。”

宝贝？上下打量她几眼，殷大皇子眼里的嫌弃之意浓得都要溢出来了。

挺直了腰杆，风月哼道：“奴婢知道您厉害，不用人帮忙，也看不起奴婢这样的弱女子。但是殿下，要是奴婢知道将军府重要东西的藏匿之所呢？”

殷戈止眼眸微微一亮，伸手将她拉到面前来：“你怎么什么都知道？”

“这是奴婢的本事。”风月撇撇嘴，就势往他膝盖上一坐，力灌丹田，狠狠地压下去！

然而这点力道根本不痛不痒，殷戈止理都没理，捏着她肩膀就问：“在哪儿？”

“等去了再告诉您。”风月妩媚一笑，挣开他，跟只蝴蝶似的扑腾两下就没了影儿。

殷戈止皱眉。

为什么他都不知道的事情，她却总是知道？难不成易大将军也曾去过梦回楼？

想想也不可能，她定然是使了什么厉害的手段。这样的女人……

这样的女人，怀抱却出奇温暖，是不是很奇怪？

殷戈止摇摇头，回过神来，喊了观止来收拾点衣物，再准备些特殊的东西一并带去将军府。

傍晚，易将军府。

易掌珠自然是不可能想跟风月聊什么天的，奈何太子殿下坐在她面前，笑眯眯地道："你向来大度善良，风月也已经出了那凄苦之地。到底是要伺候你殷哥哥的，你便留她在府上，教教规矩如何？"

"珠儿教她规矩，殷哥哥不会心疼？"易掌珠道，"易府上的嬷嬷，可都是出了名地严厉。"

叶御卿一顿，而后道："随意教教就可以了，不必那般认真。再说，你殷哥哥最近遭遇了不少次暗算，本宫的意思是，让他在将军府上躲躲，也能睡几日安生觉。"

想起殷戈止，易掌珠撇嘴，犹豫半晌，还是点了点头。

殷戈止这个人，从被父亲带回烨国开始就只同她说话的，下人都知道他喜欢她，可是……也不知道是怎么的，她最近总觉得他好像没有从前那般喜欢自己了。

"主子。"见太子走了，点钗连忙出来，"您不是看那风月不顺眼很久了吗？这可是个好机会啊！"

"嗯？"茫然地看她一眼，易掌珠问，"什么好机会？"

"教训她的好机会啊！"点钗道，"既然是太子要您教她规矩，您不如把她交给荀嬷嬷。"

荀嬷嬷？一听这三个字，易掌珠就打了个寒战，惊恐地看她一眼。

将军府这种地方，就算她是易国如的掌上明珠，小时候学规矩也是一点都不敢懈怠的，当时还有别家的小姐跟她一起，在这个从宫里出来的嬷嬷手底下学规矩，学了半年不到，个个出来都是端庄万分，但……再也没人想看一眼荀嬷嬷了！其手段之狠戾、心肠之歹毒，实在是恐怖至极！

易掌珠觉得把风月交给荀嬷嬷，的确是一个不错的主意，也不能算她故意刁难啊，毕竟她自己都是从这位嬷嬷手底下学出来的。

敲定了这件事，易掌珠飞快地通知了当年一起学规矩的三个小姐妹来府上看热闹。

于是第二天，风月跟在殷戈止后头踏进将军府的时候，就看见四朵水嫩嫩的花排成一排，站在门口朝殷戈止笑得灿烂极了。

看也没看其他三个，殷戈止径直走到易掌珠面前，低头对她道：“打扰了。”

其余三个姑娘一阵低呼，捧脸的捧脸，揉帕子的揉帕子，易掌珠还算镇定，笑道：“殷哥哥这边请。”

殷戈止抬脚就走，风月背着包袱想跟上，却被旁边的人抢了先。三个大屁股往她面前一横，很是端庄地将她挤到了后头去，顺带还给了她一个不是很友善的目光。

风月咋舌，低头看了看自己的衣裳，今儿穿得挺像良家妇女的啊，哪儿又得罪人了不成？

殷戈止显然是不会回头管她的，风月就老老实实地跟着走。前头三位姑娘也没有特意为难她，只嘀嘀咕咕着，时不时看一眼前头高大的男人，双颊飞红；时不时又扭头看一眼后头的她，眼神意味深长。

风月抓抓下巴，她算是看懂了，这仨应该是易掌珠的朋友，并且对殷戈止很是崇拜，看着他时眼睛里都冒星星。

“殷殿下这张脸当真是好看啊……”穿鹅黄色裙子的姑娘感叹道，“我以为徐家公子已经够俊朗了，谁知道天外有天！”

“你可当心点吧！”旁边穿粉色长裙的姑娘挤了她一下，笑道，“这话传到徐公子耳朵里，你这未过门的媳妇也不用过门了，直接扣个七出之条！”

穿绿色裙子的姑娘摇头：“若词，你别挤对怀梦，你说说，你家给你选的夫婿，可有这殷殿下半分好看？”

宋若词不说话了，看着前头殷戈止的背影，长长地叹了口气。

的确是殷殿下最好看，可是，除了易掌珠，谁能有那么好的命陪在他身边啊？

想到这里，宋若词就回头看了风月一眼，皱了皱眉，嘀咕：“也不知道徐家从哪里弄来的这么个丫头，瞧着就不正经。”

风月微笑，开口道：“青楼弄来的。”

啥？三个人都是一顿，瞬间就不往前走了，纷纷上来围住她，一个个眼睛睁得圆圆的：“青楼？”

“是啊。”风月一本正经地点头，“奴婢在青楼里做生意，被殷大皇子点了很多回。大概是床上功夫不错，殿下很是喜欢，所以徐家少爷就赎了奴婢，当个人情送给他了。”

深闺里的小姐，哪听过这么没羞没臊的话，当下一个个涨红了脸，吞吞吐吐了半晌才有人骂出声来：“你竟然是那种地方来的！”

“那种地方怎么了？”风月眨眼，“很多男人去啊，饶是外头衣冠楚楚的贵家公子，到了青楼也会露出禽兽的真面目，不是很有趣吗？”

她说得太理直气壮了，以至于三家小姐都找不到话来反驳！

现在当妓子的人，都这么理直气壮？

喘了两口气，宋若词皱眉问：“你叫什么名字？”

“奴婢风月。”

风月？宋若词皱了皱眉，冷哼：“还真是人如其名，一身风尘味儿。”

“过奖。”风月微微一笑，颔首行礼，“您也是人如其名，十分有诗词雅韵之气。”

被她噎得瞪眼，宋若词恼怒地道：“你别太得意了，等会儿就让你跟着荀嬷嬷去学规矩！”

“多谢。”风月点头。

看她一脸无畏，孟长姜同情地摇头：“你定然不知道荀嬷嬷是什么人。”

“小心脱层皮！”冯怀梦跟着吓唬，“咱们这些个有身份的姑娘，都免不得做半年噩梦，对你，她可更不会仁慈！”

眨眨眼，风月看了看她们脸上那种恐吓的神色，后知后觉地惊慌了一下：“是吗？”

“哼，到时候你就知道了。”指了指前头走远了的易掌珠和殷戈止，宋若词道，“殷殿下可不会救你，瞧瞧，有掌珠在，他连你没跟上去都不知道！”

风月很想说，就算没有易掌珠在，殷戈止这种后脑勺不长眼睛的人，也不会看见她没跟上去的。

但是，瞧着面前这三位活蹦乱跳、张牙舞爪的姑娘，她莫名觉得挺好玩的，也不想打扰了她们吓唬人的兴致，于是很是配合地瞪大眼，双手捂唇，瑟瑟发抖地道："奴婢可以不去吗？"

"不可以！"宋若词表情凶狠，"等你们安顿好了，你立马就得去！"

风月眨眨眼，耷拉着脑袋，眼里水汪汪的。

看着她这样子，三位大小姐很是满意，相互笑着使眼色，然后齐刷刷地在她面前转身，端庄地踩着碎步继续往前走。

前头的殷戈止勾了勾嘴角。

"殷哥哥，"易掌珠高兴地道，"你也同意珠儿的做法？"

殷戈止回过神，有点茫然地看着她："什么做法？"

小脸一垮，易掌珠道，"你没认真听吗？珠儿觉得夏日炎炎，外头的乞丐和贫民都没件薄衣裳穿，所以想筹钱做百十来件薄衣裳发给他们。"

"有你在，真是不阴城贫民之福。"殷戈止道，"春日送粮，夏日送衣，秋日送茶，冬日送炭，贫民的日子，倒也不比普通百姓差。"

易掌珠莞尔一笑，低头道："珠儿也不求什么好名声，只觉得做这些事情，自己开心。"

"可你没发现，不阴城的贫民越来越多了？"殷戈止问。

"发现了啊。"易掌珠皱眉，"就是这事让我颇为头疼，爹爹不理解我，让我别做这些事了，可难道就因为难民更多了，我就不能做善事了？"

殷戈止深深地看她一眼，道："能，但善而有度，才是正道。"

这是什么意思？易掌珠一愣，接着脸色就白了："殷哥哥在责怪珠儿？"

"没有。"

这话不是责备是什么？说她善而无度，不是正道？可她又没伤天害理，做让自己开心的事情而已，凭什么要受人指点！

易掌珠有些气恼："殷哥哥不想伸以援手，珠儿不勉强，但你也不必这样说话，多寒人心！"

殷戈止微微皱眉，揉了揉眉心，一时竟然不知道该怎么跟她解释，干脆停了步子，回头看着后面：“风月。”

正在努力发抖的风月姑娘一听这声音就条件反射似的蹦去了他身边：“奴婢在！”

“若是你，会何以渡贫民？”

风月挑眉，伸手指了指自己：“殿下，奴婢就是贫民，为什么还要去渡贫民？”

这睁着眼睛说瞎话的本事跟谁学的？啊！那么大个梦回楼！

殷戈止深吸一口气，道：“那假如你有钱，想让贫民过上好日子，会如何接济？”

“这个好说啊。”风月道，“梦回楼里差人呢，他们想吃饭，来当下人都可以，再不行还可以去码头运货，那儿的脚夫跟奴婢都挺熟，能给不少活儿干。”

易掌珠瞪大眼看着她，完全不能理解：“你所谓的帮助别人，就是让别人去给你干活儿？”

“那不然呢？”风月笑道，“大家都是人，都有手有脚，我都能干活养活自己，凭什么他们就要吃白饭？如果直接给贫民救济，让他们吃饱穿暖，那谁还愿意好好干活儿养家糊口？都等着您来养不就好了？”

“你强词夺理！”易掌珠横眉道，“简直是闻所未闻，见所未见，人家没钱吃不起饭是一回事，可好歹是正经人家的姑娘，你倒是好，打着发善心做好事的旗帜，让人家姑娘进那种风月场所！”

“易小姐。”风月勾唇，“奴婢没有逼着她们来，只是给个活下去的机会而已，至于她们选不选，不在奴婢担心的范围内。再者，不愿去青楼干活儿的，抑或是觉得累，不想去码头当脚夫的，都是还能活下去的人，觉得自己有选择的余地。这样的人，大概是不需要接济的。”

“你……”易掌珠当真是生气了，“你这种没做过善事的人，站在这里一张嘴就想指点江山？从你这些话就能知道你这人一丝同情怜悯之心都没有，还跟我争什么？”

“善而有度，易小姐。”风月摇头，“不然就是伪善。”

殷戈止看向风月，眼里光华流转，难得有了点欣赏，就像看自家养大的小狮子，终于长得跟自己一个德行了一样。

易掌珠脸上一白，看看她，又看看殷戈止，气得好半天才吐出一句话来：“你们是一伙的！”

风月无辜地看着她，低头行礼：“易小姐过奖，比起殿下，奴婢实在差得远。”

易掌珠冷笑一声，道：“我看你还是早点去学规矩吧，在我将军府上，还敢跟主子顶嘴！”

“掌珠别急，她这会儿就要去见荀嬷嬷了。”殷戈止笑着道。

旁边看得目瞪口呆的三个姑娘回过神来，纷纷道：“包袱让别人拿去放好，咱们带她去见嬷嬷！”

“走了走了，别在这里惹人烦。”

身子被推搡了几下，风月把包袱交了出去，看了殷戈止一眼，便很是乖顺地跟着她们走。

殷戈止没拦着，眼神漠然。

看他这样子，易掌珠才算缓过气来，颇为恼恨地跺脚：“殷哥哥，你也觉得她的想法是对的？”

有前车之鉴，殷戈止闭嘴不再说话，转身就走。

“殷哥哥！”

什么是善，什么是恶呢？殷戈止觉得跟易掌珠说不明白，他也从来不喜欢当什么善人。世间轮回自有定数，他没兴趣插手上天的安排，谁能活成什么样，就让他们自己决定好了。

他会欣赏和尊敬善人，但绝对不支持愚蠢的善举。

想要筹钱，还是去找太子吧。

风月被带着往后院的方向走，一路上三个姑娘都是沉默，也没说什么挤对她的话，跟刚刚推搡着她走的样子完全不同。

她有点好奇，就问了一句：“易大小姐是不是经常找你们筹钱做善事啊？”

此话一出，三个人瞬间都成了苦瓜脸。宋若词瞪她一眼，道：“筹钱不筹钱的关你什么事？掌珠做的是好事，家家户户都赞颂呢。”

“所以，被赞颂的是她，出钱的是你们？”风月咋舌，“这买卖不错。”

这层纸捅破了就有点难堪了，宋若词铁青了脸，不说话，倒是旁边的冯怀梦小声道："她做的是好事，谁也拦不住。"

或者说，谁也没好意思拒绝，毕竟易大将军的地位在这里，他的掌上明珠，谁敢得罪？

其实几家小姐心里也苦啊，自己的月钱全给易掌珠不说，还得被怂恿着去问家里要善款。一次两次的也就罢了，年年都有，年年都来，换成谁也吃不消。可一旦开了头，谁也不好意思说不给了。

刚刚风月说那些话的时候，她们真的很希望她能把易掌珠说服了。然而……终究是道高一尺，魔高一丈。

唉，做善事是挺好的，可是被易掌珠绑着一直做，也真的很累。

风月同情地看了她们一眼，道："想做善事，自己也可以做，何必每次跟在她后头，被人牵着走？"

自己做？三位姑娘齐刷刷地摇头，抛头露面的事情，只有易掌珠做得来，反正她不愁嫁，可她们不行。

"到地方了。"

看了看前头的院子，宋若词等人停住步子，都不敢继续走，只伸手给她指："那扇门，你去敲开，就说是来学规矩的！"

瞧她们这跟到了鬼门关一样的神情，风月是当真好奇那荀嬷嬷了，当下也没犹豫，上前就在门上叩了三声："嬷嬷？"

院子里没半点动静，风月等了一会儿，那院门才"吱呀"一声，缓缓地打开了。

穿着分外工整的嬷嬷板着一张脸站在门后，看她一眼，微微低头，算是问礼："找老身何事？"

这张脸上已经满是皱纹，头发花白，可高高梳起的发髻上当真是一根头发丝儿都没乱，灰褐色的交领齐腰襦裙，瞧着就有一股子刻板严谨的味道。

风月微笑，屈膝还礼："听人说奴婢要在您这儿学规矩，故来打扰。"

远处三家小姐已经躲了起来，偷偷摸摸地往这边看着，在看见荀嬷嬷出来的时候，三个人都忍不住一哆嗦。

"这老东西怎么还活得这么精神啊？"宋若词撇嘴，"都多大岁数了。"

"她活得精神，不正好可以好好折磨那青楼的姑娘吗？"孟长姜摆手，"反正现在挨罚受训的又不是咱们。"

说得有道理，其余两个人点头，然后吩咐奴仆去搬三张椅子来，就坐在院子外头嗑瓜子。

易掌珠跟殷殿下在一起，定然是不会理会她们的，她们也是闲得无聊过来看个热闹，就看看那如花似玉的姑娘会有个什么下场好了。

院子门打开，荀嬷嬷让了路，风月乖巧地走进去，顺带关上了门。

"你们还记得咱们上的第一堂课是什么吗？"同情地看着风月的背影，孟长姜问。

宋若词嗑着瓜子点头："怎么能不记得呢？第一堂课是站姿，光站着不算，头上还得顶一碗水，滚烫的！"

冯怀梦叹息："也是咱们三个命好，能顶着不掉，换了人，指不定碗掉下去就毁容了呢。"

说是这么说，荀嬷嬷给的碗却分明是下头有底座的，要不是站着睡着了，一般都掉不下来。宋若词撇嘴，盯着那关上的门道："要是能进去看就好了。"

"你去吧。"孟长姜连连摆手，"咱们在这儿坐着就成了。"

刚才被荀嬷嬷的眼神一扫，她们都觉得心惊肉跳，更别说去里头了。

没出息的！宋若词张口正要骂她们，却见那关上没一会儿的门，突然又开了。

荀嬷嬷走出来，喊了个家奴过去，吩咐道："拿套府里的丫鬟衣裳来。"

"是。"

什么情况？还要先换衣裳再调教？三个姑娘很是好奇，伸长脖子看着，却见风月换了丫鬟的衣裳之后，直接跟着荀嬷嬷从院子里出来了。

这就完了？宋若词瞪眼，很是不敢置信，顾不得其他了，迎上去就问："嬷嬷，调教好了？"

荀嬷嬷看见她，先双手交叠放在腰间朝她行礼，后头的风月以丝毫不差的姿势，同样朝她行礼。

"回小姐的话，这丫鬟规矩已经学得很好了，不用老身再教。"直起身子，荀嬷嬷道，"站立坐行，言行举止，都甚为规范，堪当将军府丫鬟们的模范。”

啥玩意儿？宋若词听傻了，瞪着风月：“她哪里就模范了？刚刚还跟易大小姐顶嘴！”

荀嬷嬷一愣，转头看向风月。

风月低眉顺眼，声音轻柔：“不敢。”

这年头这般貌美还这般沉着踏实的姑娘可不多了，荀嬷嬷觉得怎么看怎么满意，尤其这丝毫不差的礼仪动作，跟她如出一辙，让她想起了自己年轻的时候，在宫里，也是这般……唉，罢了。

荀嬷嬷眼神柔和：“主子要给奴婢委屈受，奴婢只能受着，没道理可说的，你明白吗？”

“奴婢明白。”风月乖巧地低头，“嬷嬷的教训，奴婢定当谨遵。”

说来也没教训她什么，刚一进院子，看她迈的那莲花小碎步，荀嬷嬷就知道这丫头是个懂规矩的，也不知道为什么要被送来。现在看着这宋小姐的态度，荀嬷嬷心里便有了数。

“那就去给大小姐回话吧。”

“是。”

荀嬷嬷领着风月走了，宋若词瞠目结舌地站在原地看着，从后头看过去，这两人连步伐大小和走路快慢都是一样的！

上身端正，莲步轻移。

冯怀梦和孟长姜跑了过来，看着那两人的背影，惊骇地说了一句：“她跟荀嬷嬷一样是个疯子吗？”

宋若词皱眉，看了一会儿，点头：“还真是。”

多少人家的小姐在这个嬷嬷手里生不如死啊，她倒是好，一进那院子就成了第二个荀嬷嬷，到底是怎么办到的？

宋若词有些不甘心，朝其他两人招手：“跟去瞧瞧。”

殷戈止坐在客院的主屋里，旁边的易掌珠板着脸，她这样已经快三炷香的时间了。

“还是不高兴？”殷戈止问。

易掌珠黑着脸摇头：“没有。”

她都说没有了，那他能说什么？殷戈止抿唇，端起旁边的茶抿了一口，却见外头有两抹影子端庄地飘进来。

不看还没什么，一看清那两人的脸，殷戈止没忍住，一口茶喷了出去，吓得易掌珠瞪眼，跟着他的目光往外看。

荀嬷嬷腰杆子挺得笔直，要是不看脚，都看不出她在走动，压根就像是鬼！这场景易掌珠其实已经习惯了，但可怕的是，今儿她旁边还飘了一个。

风月连脸上的表情和眼里的严肃都跟旁边的荀嬷嬷一模一样！她捏着手，踮着脚，飘到他们前头，就跟着荀嬷嬷一起行礼："见过大小姐，殿下。"

连弯腰的弧度都一样！

易掌珠震惊了，看看荀嬷嬷，又看看风月，好半天才问："这是……您女儿？"

荀嬷嬷摇头："老身没这个福气，这丫鬟不知是谁送来的，说要学规矩，但老身觉得，她的规矩已经学得很好了。"

这能不好吗？简直跟荀嬷嬷一个模子里刻出来的一样！易掌珠很是不能理解，看着风月问："你在青楼，怎么会学过这些规矩？"

"回大小姐的话。"风月柔声道，"青楼多贵客，怠慢不得，故而规矩自然也严。"

后头三位姑娘跟着进来了，宋若词立马冲到易掌珠旁边，低头跟她好一阵嘀咕。

易掌珠皱眉，看了风月一眼，缓和了神色道："既然规矩都会了，那就分活儿下去做吧，将军府不养闲人。"

"正好是换季该打扫的时候。"风月微笑，"奴婢可以将府上的灰尘都扫了。"

殷戈止抿唇，看了易掌珠一眼："我只带了她一个丫鬟来。"

言下之意：你把人弄去干活了，谁伺候我？

谁伺候他都比她伺候他好啊！易掌珠咬牙，转头就道："府上什么都不多，就是丫鬟多，待会儿珠儿另外给殷哥哥找个会伺候的。太子哥哥说风月姑娘需要学规矩，就让荀嬷嬷看着她，把府里的灰尘打扫一番吧。"

殷戈止看向风月，后者偷偷眨了眨眼睛，然后屈膝应下："是。"

殷戈止垂眸，没再拦着，起身就道："今日天气不错，既然来了贵府，珠儿不妨带路，四处瞧瞧如何？"

难得他想跟自己散步，易掌珠一时间也没想起自家父亲临走前的吩咐，高兴地应下了。

风月轻轻摇头：有这样的女儿，易国如的报应还真是不会来得太晚。

荀嬷嬷领着风月往外走，走到没人的地方，才轻轻开口问："得罪人了？"

风月颔首："不巧，得罪了大小姐。"

"那你还敢来这将军府？"

风月惆怅地叹了口气，道："不是奴婢要来，是不得不来。"

殷戈止那杀千刀的，怎么可能放她一个人去逍遥呢？

然而不知道其中关系的荀嬷嬷听着这话，眼里瞬间就有了感慨之色："这倒是，同是天涯沦落人，怪不得我看你总觉得亲切。"

嗯？风月一时间没听懂，"同是天涯沦落人"是什么意思？

瞧着前头的路还很长，她干脆跟这嬷嬷闲聊起来："看嬷嬷气度不凡，不像是府院里能养出来的，倒像是宫里的教习嬷嬷。"

荀嬷嬷微微一愣，随即看了她一眼："你倒是好眼力。"

还真是宫里出来的啊？风月眨眼，问道："按照规矩，宫里的嬷嬷出宫，不是自由了吗？您何必还在将军府为奴？"

"你不是也说了吗？"荀嬷嬷叹息，"不是我要来，是不得不来。"

啥？风月有点傻眼，但很快反应过来，垂着眼睛笑道："嬷嬷说笑，您瞧着也是伺候过大主子的人，将军府怎么会为难于您？"

太久没人能聊天了，又难得来个跟易大小姐和各家小姐不对盘的好姑娘，荀嬷嬷笑了笑，很是慈祥地道："就是因为伺候的主子太大了，所以走不了了。"

有故事啊？风月眨眼，也不插嘴，就期盼地看着她。

递了扫帚给风月，荀嬷嬷带着她一边走一边道："老身从前在宫里，是伺候易贵妃的，等到要出宫的时候，将军直接将老身接到了将军府。易大将军为人谨慎，也很疼爱他的妹妹，所以咱们这些伺候过贵妃的人，为了防止舌头长出卖主子，都在将军府养老。”

这种滴水不漏的做事风格，的确是易国如惯常所为。也无怪乎这么多年来，从来没有人抓着他什么把柄，就算有人抓着，那在说出来之前，也多半是死了。

当将军就该当成易国如这样啊！老奸巨猾、机关算尽，多好啊，不像关老头子，死脑筋，要忠心不二，说什么顶天立地、无愧于心，最后还不是死在皇家的刀口下头？有啥意思啊，不如祸害遗千年呢。

唏嘘一声，她问：“嬷嬷，您想出去吗？”

荀嬷嬷轻笑：“我都已经五十三岁了，外头等着我的人，大概也早就同别人过上了好日子，还出去做什么？”

说是这么说，语气里却分明是有怨愤的，好不容易盼着出宫能与良人长相厮守，却被人关在这华丽的牢笼里，半世孤独。

风月道：“好歹出去看看，也比死在这里，连个碑文都不会有的好。”

单纯的丫头，这地方，哪是想出去就能出去的？荀嬷嬷摇头，爱怜地摸了摸风月的发髻：“你要是能出去呀，就帮嬷嬷去城南的荀家村看看，看一个叫阿虎的人已经有几个孩子了。”

这话让人听得鼻子泛酸，风月有点愣怔，随她一起扫着过道上的灰尘，小声问了一句：“宫里当真是有什么见不得人的东西，以至于大将军要这样为难人吗？”

见不得人的东西？荀嬷嬷抿唇，看了一眼四周，轻声答道：“别的老身不知，但这易家，见不得人的东西就多了去了。”

“嬷嬷别说。”风月连忙捂住耳朵，“作为下人，知道得越多死得越快，奴婢才不想死呢！”

荀嬷嬷微微一愣，随即失笑，伸着食指点了点她的眉心：“你这机灵鬼，可惜将军府没个少爷，不然你定然能飞上枝头。”

“飞上枝头的事情奴婢就不想了。”风月认真地看着荀嬷嬷道，“但奴婢会努力出府，替嬷嬷去看看阿虎的。”

眼眶微微泛红，荀嬷嬷张了张嘴，似乎是不知道说什么好，只又摸了摸风月的脑袋，转身陪她扫地。

“老身在这院子里太久了，除了来学规矩的人，再也没人跟老身说话。上天这是看老身太苦了，所以送你这么一个贴心的丫头来。”

“嬷嬷过奖。”慢慢扫着地，风月侧头看了一眼右边。

东院的守卫依旧森严，或者说是更森严了。

“嬷嬷，那里头要扫吗？”她问了一声。

荀嬷嬷抬头看了看东院，道：“那儿只有得了大小姐和将军允许，才能进去。”

“如此，那奴婢就不扫了。”风月笑道，“嬷嬷先去休息，奴婢把这儿的灰尘弄干净，就去复命。”

“好。”荀嬷嬷点头，“我在院子里做些麻团，你等会儿饿了就来吃。”

风月愣怔，喉咙有点发紧。

她是带着目的来的，没想到竟然被人疼爱了一把。这种感觉还真是……意外地窝心。

“好，奴婢等会儿就去。”

荀嬷嬷转身走了，风月看了她的背影一会儿，回过头，拿着扫帚就将府里巡视了一遍。

她能去的地方，基本下人也打扫过了，没什么灰尘。

风月微微一笑，拉着一个家奴就问：“大小姐现在何处？”

易掌珠正和殷戈止一起坐在凉亭里，那三位姑娘因为殷殿下嫌弃，被禁止靠近，只能坐在远处的水廊上叹气。

叹着叹着呢，就看见风月过来了。宋若词瞬间来了精神，立马过去把人拦住：“不是说打扫将军府吗？又过来做什么？”

风月自信地笑道：“扫完了。”

“这么快？骗谁呢？”冯怀梦从宋若词后头伸个脑袋出来道，“你肯定没用心扫。”

风月轻哼一声，摇头道：“奴婢将这将军府里里外外都扫干净了，任何地方三位能找出一两重的灰尘来，奴婢可以受家法！”

受家法？三个姑娘的眼睛“噌”地一下就亮了！将军府的家法可不是开玩笑的，板子直直地往身上打啊，男人都受不住，更何况是女人？

看一眼那边的易掌珠，宋若词掂量了一下，立马跑过去拉着她小声禀告。

“一两灰尘？”易掌珠神色微动，看了看宋若词，转头对殷戈止道，“殿下家的丫鬟可真是大言不惭。”

“怎么？”找不到东西的殷戈止心情不太好，语气都分外沉重。

易掌珠连忙道：“她刚才跟这几位小姐打赌呢，说要是能在将军府里找出个地方有一两重的灰尘，她就甘愿受将军府的家法，殿下，这话，她能说吗？”

看了看远处那穿着人家丫鬟的衣裳，站得笔直的人，殷戈止动了动眉梢，而后道：“她自己说的大话，有什么后果，也都由她自己承担。”

要的就是他这句话！易掌珠笑了，起身道：“那好，咱们去找找吧。”

这院子里有个地方，风月姑娘是绝对不可能去打扫了的，而那儿的灰尘，也绝对不止一两重。

易掌珠走得兴奋，连宋若词都看出来她是胸有成竹。

那青楼的丫头死定了！

殷戈止起身，慢悠悠地跟在后头走，看到易掌珠路过风月身边时笑着说了一句什么，又看到风月自信地屈膝颔首，然后放慢步子跟在这群小姐后头。

那小脑袋瓜里，又在打什么主意？

他眯了眯眼，快走几步，走到她旁边低声问：“在哪儿？”

这丫头眼里满是惆怅，她可怜巴巴地看了他一眼，嘀咕道：“跟着她们走就对了，易大小姐找的地方，就是藏东西的地方。不过殿下，要是奴婢真的挨打了，您能不能放奴婢一段时间的假啊？”

殷戈止微微皱眉：“你找打？”

“不打不行啊。”指了指前头几个满脸兴奋、跑得贼快的姑娘，风月耸肩，“您觉得奴婢不挨打，她们能这样想也不想就带路吗？”

殷戈止心里一沉，狠狠掐了她一把，瞧着旁边的假山，径直将人拉到山石后头，飞快地扯开了自己的衣襟。

“喂。”风月吓傻了，“这都什么时候了，您想干什么？”

“闭嘴。”冷漠地看她一眼，殷戈止道，“把袴脱了。”

风月瞪大了眼。

前头的易掌珠拉着几个人嘀咕了好一阵子，个个都兴奋不已，走路都快了不少。

孟长姜不经意地回了一下头，喊了一声："殿下，走快些啊！"

方才分明跟在她们后头的，怎么一转眼落了那么远？易掌珠也回头，站着等着。

殷戈止面无表情地跟上来，后头的风月低着头，脸蛋红扑扑的。

"怎么了这是？"宋若词挑了挑眉，"可是知道要输了，所以心虚？"

"一言既出，就算输了也没什么好说的。"清了清嗓子，风月道，"但是各位打算去哪里找？东院不是不让外人进吗？"

"无妨。"易掌珠摆手，看着她笑道，"我说可以进，你们就可以进。再说了，也不去书房，就在东院的客房里看看。"

风月脸上陡然现出惊慌的神色，伸手拉了拉殷戈止，又指了指易掌珠，显得分外着急。

见状，易掌珠半点也不耽误，拉起殷戈止就冲进了东院，一把将护卫都推开，径直推开了客房的门。

灰尘铺天盖地而来，呛得几人直咳嗽。易大小姐却特别高兴，一边咳嗽一边指着里头道："这里的灰尘，你扫了吗？"

殷戈止和风月都站得远远的，一个微微惊讶，一个惶恐不已。

"这……奴婢进不来，没有打扫，也是奴婢的过失吗？"风月委屈道，"易小姐要是说这儿奴婢能进来，奴婢一定扫得干干净净的！"

"现在说这些不是晚了？"宋若词哼笑，"是你自己说的'将军府里里外外'，这东院，难不成不是将军府的？"

"奴婢……"

"说好的愿赌服输。"孟长姜道，"你可不能抵赖！"

"掌珠。"殷戈止开口了，还没说下去呢，易掌珠就沉了脸："殷哥哥要替她求情？"

"不是。"他皱眉，"在下只是觉得这屋子脏得过分，先让风月打扫了再让她受家法吧，不然这么脏的地方，谁来清扫？"

有道理，易掌珠缓和了脸色，想了想，道："不过父亲说过，这屋子不用打扫，就这么放着就成。"

殷戈止眯眼，满脸的嫌弃。

易掌珠瞧着，想了想，道："不过打扫一下也是好事，反正没什么贵重的东西，平时也没人住的。风月，你自己打的赌，可要愿赌服输啊。"

风月可怜巴巴地低头道："奴婢认了，只是这屋子这么脏……"

"殷哥哥说要你扫，你不想扫？"

"……不，奴婢扫。"委屈万分地看了殷戈止一眼，风月的眼泪"啪嗒啪嗒"地往下掉，看起来可怜极了，也令几位小姐舒坦极了。

总算能有个机会治治她了！

殷戈止头也不回地往外走："太脏了，在下先走一步。"

"是。"宋若词应着，推了推易掌珠，"大小姐也去歇着啊，这儿有咱们监工，保证她不敢偷懒！"

"好。"易掌珠点头，连忙追着殷戈止出去。

接过家奴递来的帕子和扫帚，风月扯了纱巾遮住口鼻，深吸一口气，轻轻地跨进那满是灰尘的客房。

第四章

卖艺不卖身

宋若词等人是不会进去的，就掩了口鼻站在庭院里瞧着，幸灾乐祸：“早知如此，何必当初啊！这下可好了，要受家法了！本来还以为殷殿下能救她，谁知道殿下不但不救，反而让人扫客房，哎呀，真是可怜。”

阴阳怪气的声音，绕着十八个弯儿飘过来，风月觉得有些好笑。

冯怀梦低声道：“将军府上的家法可是不轻啊，她要是被打死了怎么办？”

“那谁管呢？她自己愿赌服输，用家法的也不是咱们。”轻哼一声，宋若词笑吟吟地让人又搬了凳子来，跟其余两人继续坐着嗑瓜子。

这客房里有很多杂乱的脚印，应该是易大将军或者其他无意间闯入的人踩的。但放眼看去，花架和床上都蒙着灰尘，一点手印都没有。

要是易国如当真藏了东西在这里，那肯定会留下印子才对。

拧了帕子，风月开始一点点地清扫，按照寻常机关的窍门，将这屋子里所有的东西都弄开看了看。

没有。

灰头土脸地蹲在屋子中央，有那么一瞬间，风月怀疑是自己多想了，找错了方向。不然会藏在哪里呢？这屋子简直一目了然……

等等。

踩了踩脚下，风月眯眼。

唯一有印子的地方，可不就是这地板吗？

她提了桶水进来，慢慢往地上倒，方石铺的地面，渗水不是很严重。但倒完一桶水，静下来仔细看的时候，风月笑了，飞快地找到花架下头那块渗水极快的地砖，正想伸手去敲——

“打扫干净了就出来。”院子里的护卫皱眉道，“别乱碰里头的东西。”

风月惊得一哆嗦，立马收手，努力擦着地面。

“行了，这都半个时辰了，你再拖也得受家法，差不多得了。”宋若词在外头喊，“出来吧。”

顺手取了耳环放在那块地砖上，风月起身，擦了擦脸上的灰尘，提了水桶就往外走。

护卫谨慎地关上门，顺便将她押去了主院。

殷戈止若无其事地在喝茶，易掌珠一脸唏嘘地看着她进来，有些怜悯地道：“都已经这么惨了？那家法也不用太重，二十下吧。”

殷戈止抿茶的动作一顿，又若无其事地饮一口碧螺春，垂着眼，仿佛下头那人跟他完全没有关系。

易掌珠虽然有时候很恼他的冷漠无情，但当他这种态度用在别人身上的时候，她当真是很高兴。

“奴婢谢易小姐恩典。”下头的人行了礼，老老实实地趴在了长凳上。

刚刚起哄起得凶的三个姑娘坐在旁边看热闹，宋若词是看得挺欢，另外两个却没吭声。

要说她们跟这姑娘有什么仇吗，那也没有，压根不认识。抵触她也是因为易掌珠不喜欢她，当真要把人打一顿……也实在过了。只是，都这个节骨眼上了，她们也说不得什么，还是选择沉默。

提着廷杖的人进来，搓了搓手，等易掌珠点头之后，便抡起那廷杖，狠命地往风月屁股上一打！

“啊呀！”风月大叫，声音穿透九霄。殷戈止吓得手里的茶杯差点没端稳，黑着脸瞪她一眼。

风月没接住他的眼神，她脸上充满了痛苦、后悔、不甘和凄凉，随着那廷杖一下下地打，“啊呀”之声跌宕起伏，曲调由低到高，在最高点陡然虚弱，接着就是一阵抽泣，感情丰富，表情到位。

执杖的家奴嘴角抽了抽，手顿了顿，抬头看了易掌珠一眼，欲言又止，又看了看殷戈止，在对上后者冷冽的眼神之后，啥也不想说了，“啪啪”地继续打！

冯怀梦听得不忍心极了，哆哆嗦嗦地道：“家里还有事，大小姐，我跟长姜就先回去了。”

“这么着急？”看了她们一眼，易掌珠道，“那若词呢？”

宋若词撇嘴，很是不满地道：“我家里正闲着呢，要走她们先走就是了。”

冯怀梦抿唇，拉着孟长姜行了礼就一溜烟地跑了，跑出去老远还听得见风月凄惨的叫声。

“真是要打死人了。”孟长姜唏嘘，“太用力了吧？”

冯怀梦摇头，正想说什么呢，就听得一个阴森森的声音：“谁被打了？”

孟长姜吓得往旁边一跳，抱着冯怀梦的胳膊回头，就见荀嬷嬷一脸严肃地看着她们。她又问了一遍：“谁被打了？”

“……是风月犯事了。”孟长姜立马站得端端正正的，低头道，“她跟咱们打赌输了，大小姐正在给她用家法，二十下板子。”

荀嬷嬷眉头皱了皱，叹息一声，朝她们行了礼，便往主屋的方向走。

“不——”最后一板子落下来，风月朝前伸手，看着殷戈止的方向，眼里满是委屈，最终涣散于无，手也猛地垂了下去。

易掌珠捂着心口看着，心想自己是不是太过分了，怎么把人打成了这样。结果一扭头，她就看见殷戈止满脸冷漠，眼里甚至还有一些嘲弄的意味。

易掌珠微微一愣，就有些看不懂了，殷哥哥不是很喜欢这姑娘吗？为什么人家被打得这么惨，他却一点都不担心？

“抬下去吧。”看人昏迷了，点钗在背后吩咐家奴，“送去下人房那边，收拾个床铺给她。”

“大小姐。”门外有人温和地道，“既然已经用完了家法，那人还是让我带回去继续调教吧，免得又犯了事。”

是荀嬷嬷的声音，易掌珠挑眉，看了看殷戈止，笑着问：“殷哥哥可舍得？”

“随你。”打了个哈欠，殷戈止道，“只是不用派别的丫鬟给我了，不习惯。”

“好。”易掌珠笑眯眯地应了，挥手就让荀嬷嬷把人带走了。

“殿下！”刚刚还昏迷着的人，在要被带走的一瞬间痛苦地睁开眼，哀怨道，“殿下怎么如此狠心？当初赠我耳中明月珰，如今赐我家法二十杖！您不是说会保护我的吗？”

殷戈止挑眉，斜睨了她一眼，目光在她空了的一只耳垂上顿了顿，而后道：“去歇着吧。”

多冷漠啊！多无情啊！多让人喜欢啊！易掌珠觉得先前这人对自己的伤害都可以一笔勾销了，他不是不喜欢自己了，虽然对自己冷淡，可对别人更狠啊，两厢一对比，他还是对自己更好些。

人被带下去了，殷戈止看了看天色，道：“时候不早了，等会儿在下会去一趟练兵场，之后回来歇息，你只管做自己的事情，不必招待。”

“好。”易掌珠道，“我正好抽空去找太子哥哥说夏衣的事情。”

殷戈止点头：“太子殿下最近差事办得好，得了陛下不少赏赐，你同他说，他那般善良的人，一定会鼎力相助，到时候别说夏衣，冬衣都有了也不一定。”

易掌珠眼睛一亮，点点头，立马就回屋去梳妆，准备出门。

风月被扶着回了荀嬷嬷的院子，刚一关上门，就睁开了眼。

“怎么还是撞大小姐手里去了？”看着她，荀嬷嬷叹息，“还以为你那么懂规矩，能躲过一劫。”

风月咧嘴朝她笑了笑：“我没大碍。”

“还没大碍？”荀嬷嬷皱眉看了看她，“将军府上的家法当真不轻。”

“是啊，挺重的，所以奴婢提前垫了点东西。”

站直身子，风月眨眼，拉着荀嬷嬷进了屋子，在她惊愕的目光里，解开穿着的下袴，掏出一块沉甸甸又黑漆漆的护甲来。

“这……”荀嬷嬷傻眼了，“这是什么？”

“护心麟，刀剑不穿，可护心脏要害，是武人经常戴在身上防身用的。”风月笑道，“奴婢早知今日有难，所以有所准备。”

这谎撒得很自然，至少荀嬷嬷被骗过去了，眼里露出赞赏的神色。

风月轻轻松了口气，低头看着这东西。

有两个巴掌张开那么大的一块雕龙护甲，是殷戈止平时戴在胸口的，今日情急，他直接拉她到假山后头，把这东西拆下来给她垫屁股了。

有那么一瞬间，风月甚至想给他行个军礼，问上一句：“将军，卑职今后是否都在您麾下，受您庇佑，替您冲锋了？”

然而不用问也知道，是的，殷戈止这个人极其护短，与他同坐一条船，只要有风浪拍过来，他都会挡。在他身后，比在什么地方都安全。

拍了拍这东西，风月直接塞进自己怀里，然后揉了揉屁股。

这玩意儿材质很特殊，说软不软，说硬也不硬，而且十分轻巧，拿来垫着，虽说是减轻了不少痛楚，但到底还是要受点儿苦的。

风月边一瘸一拐地往屋子里走，边问：“嬷嬷，奴婢晚上跟您睡？”

“老身这儿有多的被子，打个地铺就好了。”荀嬷嬷引着她进门，打开柜子就开始铺床，嘴里絮絮叨叨地说着，“这是冬天的被子，有些热，我拿床凉席给你铺在上头。我这儿很久没人来了，都是我一个人住，你将就些。”

风月点头，突然觉得这嬷嬷好像挺喜欢有人陪着的，也没有那几个小姐说的那般可怕。她们觉得可怕的话……那多半是吃不了学规矩的苦，不像她这种皮糙肉厚的，以往在沙场上站习惯了，做什么都不觉得累。

床铺好了，风月慢慢趴下去，舒服地叹了口气，然后扭头朝荀嬷嬷笑了笑：“多谢嬷嬷！”

对着谁她都能唱大戏，但是对着这种慈祥的老人家，她就想乖乖蹲人家面前摇尾巴。

荀嬷嬷欣喜地叹了口气，将桌上放着的麻团拿给她吃，道：“我话有些多，闲得无聊，给你说说这将军府吧，你别嫌嬷嬷烦。”

“不会不会。”风月笑道，“您说吧，奴婢爱听。”

是真的很爱听啊！本来还要花工夫去打听，而且不一定能打听到，现在有府内老人专门说给她听，求之不得。

荀嬷嬷拿了绷子和绣花针，一边绣手帕一边开口道："说将军府，自然要从大将军说起。易大将军是平民出身，家里做些小生意，地位不高，可功夫不错，会打仗，所以从军没两年就混成了个百夫长。之后就是易小姐……易大将军的妹妹易禹萱，得幸入宫，只一年就封贵妃，连带着易大将军在剿匪之战后就当了将军，恩赐良多。接着同澧国交战，易大将军战功赫赫，皇上就给赐了府。"

风月忍不住问："您就是在易贵妃身边伺候的？"

"是啊。"荀嬷嬷道，"易贵妃容貌艳丽，圣宠十年不衰，只可惜没个子嗣，再得宠也只是贵妃。不过陛下没嫌弃她，恩宠不少，她日子过得也不错。"

无子嗣，不争后位，也不争皇位，那她身边有什么秘密值得大将军把伺候过的宫人都圈养在府里不让走？风月想不明白，眼里满是好奇。

看见她这神色，荀嬷嬷就猜到了她在想什么，微笑着道："能坐稳高位的人，自然是滴水不漏，就算咱们什么也不知道，也出不去这将军府。"

风月小心翼翼地看了看四周，捂着腰撑起身子，凑近荀嬷嬷一点，眨巴着眼睛问："那您当真什么都不知道吗？"

荀嬷嬷眼神有一瞬间的躲闪，她道："知道不知道的，都是要带进棺材里的，有什么要紧？"

"要紧啊！"风月认真道，"奴婢想听！"

她一双眼闪闪发光，像极了那些个茶肆里吃饱了饭没事干要听人秘闻趣事的闲人。荀嬷嬷失笑，反手敲了敲她的脑袋："不是说知道得多死得快吗？"

"奴婢想通了，反正都不知道自己什么时候会被主子打死，那临死前不如多知道点事儿。"咬牙往自己身后看了看，她一脸悲愤。

觉得这姑娘委实有趣，加上也没别的事情做，荀嬷嬷想了想，将手里的绣花针放了，起身去关上了门。

"这么多年了，老身一直想不通一件事。"在她身边蹲下，荀嬷嬷缓缓地道，"贵妃娘娘曾经怀过孩子，皇家的子嗣，无比尊贵，可她自己流掉了，还顺带着害死了一个昭仪。用自己的孩子去对付一个昭仪，不觉得不值得吗？”

皇家秘事啊！风月兴奋起来：“她自己流掉的？”

荀嬷嬷眼神有些迷茫，像是在回忆什么，然后喃喃道：“是她自己心情不好喝多了酒，没日没夜地关在宫殿里喝，大夫明明说过不能喝酒的……之后有一天她不喝了，沐浴更衣之后散了很久的步，然后就撞见了那昭仪娘娘，推搡之中一倒地，孩子就没了。皇上大怒，将昭仪娘娘关进了冷宫。可是老身不明白，要是当真想要这孩子，她怎么会喝那么多酒？可要是不想要……她为什么会不想要？”

风月听得一脸震惊，下意识地说了一句：“该不会不是皇上的吧？”

荀嬷嬷脸色一白，惊恐地看了她一眼。

被她这眼神吓到，风月连忙摆手：“奴婢随口胡说的，嬷嬷别往心里去。”

荀嬷嬷张了张嘴，又闭上了，摇着头长出了一口气，转了话头道：“不过易将军对贵妃娘娘很是关心，在国都的时候一月要进宫去请三次安，也是因着有他在，娘娘才没被什么人欺负。”

“嬷嬷。”风月眨眼，“奴婢能问个问题吗？”

“你问。”

“大将军进宫请安的时候，通常跟娘娘聊些什么？”

荀嬷嬷摇摇头，道：“他们兄妹说话，所有宫人都在外头等着的，没人能进去，自然听不见说什么。”

这样啊，风月点点头，笑着道：“早些歇息吧，奴婢这身子可能要躺两日，正好不用干活儿，可以陪嬷嬷聊天解闷。”

“分明是我说你听，还说是陪我解闷？”荀嬷嬷摇头，“得了便宜还卖乖！”

“嬷嬷最好啦。”风月“嘿嘿”直笑，把脸往枕头里一埋，直接假寐。

荀嬷嬷起身，给她盖好被子，然后打水收拾了院子才上床平躺着，双手交叠放在肚子上，规规矩矩地入睡。

睡着睡着，风月就觉得身子一飘，失重之感让她立马睁了眼！

天已经黑了，今晚连个月亮都没有，很是适合杀人放火，偷鸡摸狗。

正准备去偷鸡摸狗的殷戈止殿下穿着一身黑不隆冬的衣裳，墨发高束，正抱着她飞出荀嬷嬷的院子。

风月小声问："哎哎，您做什么？"

偷东西就好好去偷啊，偷她这个人干什么？

殷戈止嫌弃地看她一眼，径直将她扔在无人的角落，然后伸手直接袭胸！

"喂！"风月咬牙，双手环胸，"殿下，您想要奴婢，也得看看地方吧？"

殷戈止翻了个白眼，扯开她的手，双手扣着压在后头的墙上，而后低头，雪白的獠牙咬开她的衣襟，直接将那片护心麟叼了出来。

风月无语：这厮属狗的吗？

"您不是该去客房吗？"手被放开了，风月尴尬地整理着衣襟，小声问了一句。

殷戈止没吭声，从怀里掏出个东西，递到她面前。

她眯着眼睛在黑暗里看了半天，才看出来这人手里的是她扔了的那个耳环。

已经到手了？风月愕然："这么快？"

府里半点动静都没有啊，连"走水啦"这种声东击西的招数都没用，他就已经拿到了？

轻蔑地看她一眼，殷戈止道："若不是你有两分用处，这么蠢的脑子，我真该让你被打死。"

她蠢？风月瞪眼，反正四周一片黑，谁也看不见谁，她胆子瞬间就肥了："奴婢怎么蠢了？要不是奴婢，您也不会那么容易找到地方啊。"

"所以说你有两分用处。"殷戈止道，"剩下的就是蠢。"

这是成事了有心情来挤对人了？风月眯眼，脚下狠狠地一跺！

"唔。"殷大皇子吃痛，恼怒道，"你做什么？"

"不好意思啊，奴婢看不见，只当这儿有地可以踩呢。"风月无辜地眨眨眼，"既然您已经完事儿了，护心麟也拿回去了，那奴婢回去继续休息了。"

"慢着。"殷戈止抿唇，"还有一件事要你做。"

“什么？”

殷戈止抿唇：“客房里的东西太多了，我一个人没办法全部弄出去，现在都堆在你住的院子后头，你想个办法，天亮了把那些东西运到后门。”

啥？风月脸都绿了：“还天亮了运？您当这儿是使臣府啊，来去自如的？那么多机密东西，奴婢这种丫鬟，怎么跟人解释？”

“这不归我操心。”殷戈止微微勾唇，“我信任你。”

你信任鬼去吧！鬼能飘，她不能！风月气得瞪眼，刚想再说，却被这人面兽心的混蛋扛起来，无声无息地扔了回去。

苍天啊！风月很崩溃，她该怎么办？先不说别的，明儿一早起来，怎么跟荀嬷嬷解释那一堆凭空冒出来的东西？

头疼地把脸埋进枕头，风月想，就当什么都不知道，明儿跟荀嬷嬷装傻好了，死道友不死贫道！

然而，第二天一大早，荀嬷嬷睁开眼的时候，就看见风月笑眯眯地站在眼前。风月拿着毛笔问她：“嬷嬷识字吗？”

荀嬷嬷摇摇头，道：“倒是不曾识字，你想写字？”

“啊……是啊，殷殿下让奴婢练字。”风月心虚地别开脸，“不过嬷嬷要是不识字，那奴婢还是自己趴着练吧。”

瞧着她有些奇怪，荀嬷嬷起身，先洗漱更衣，而后端端正正地坐在她面前问：“天都没亮，殷殿下怎么会来让你练字？”

风月眼睛眨啊眨的，咬着毛笔傻笑：“谁知道主子是怎么想的呢？还给了奴婢一大堆书让奴婢看，都堆在后院了。”

荀嬷嬷好奇地起身，去屋子后头瞧了瞧，果然有一大堆纸和册子，于是回去问风月：“将军府里的书？”

风月点头：“是将军府里的，没错！”

“堆在这里也不像话，殷殿下怎么不让你去书阁看啊？”

“这些……似乎是殿下想拿回使臣府让奴婢看的。”趴在地铺上，她低着头道，“来的时候殿下就说将军府藏书甚多，定要借点回去。”

荀嬷嬷微微皱眉，有些疑惑地看她一眼，这孩子，说话这么紧张，怎么让人相信是真的啊？

荀嬷嬷转头就想出门找人问，结果门刚打开，就见易掌珠身边的点钗带着人过来了，站在外头道：“这些都是殷殿下要的书，殿下说了，让风月先自己搬回使臣府，再自个儿回来复命。”

荀嬷嬷皱眉，看了看她背后的家奴手里抱着的书，又回头看了一眼后院的方向，摇头道：“风月还伤着，怎么可能搬得动这么多书？”

“那奴婢就管不着了。”点钗翻了个白眼，道，“我话带到了，殷殿下的意思是，请风月姑娘午时之前务必回来。”

说罢，她挥手让人将书放在门口，转身就走。

荀嬷嬷脸色有点难看，盯着那些书籍看了一会儿，转头进屋去，很认真地蹲下，问趴在地铺上的风月：“你连殷殿下也得罪了？”

“嗯？”正冥思苦想解决办法的风月冷不防听见这么一句话，茫然地抬头，“殷殿下？”

得不得罪他，他都是那副谁都欠他命的样子啊！

叹息一声，荀嬷嬷道：“方才点钗姑娘来了，又送了一堆书，说是殷殿下让你一个人搬回使臣府去，午时之前要回来……你说说，这不是为难人吗？”

“太好了！”风月兴奋得差点跳起来，抬眼就对上荀嬷嬷震惊的眼神，身子立马就压了下去，语气缓和地道，“奴婢是说，这也太过分了！怎么能这样呢？”

这孩子是被打傻了吧？荀嬷嬷怜悯地看着她，想了想，道：“我替你找人弄辆牛车，你可以把那两堆东西都运回去。”

“多谢嬷嬷！”风月这叫一个感动啊，拉着荀嬷嬷的手就道，“以后奴婢一定不会忘记您的！”

拍拍她的手，荀嬷嬷笑着起身出去。等那影子消失在门口，风月立马就蹦起来往后院跑。

幸好荀嬷嬷不识字，这些机密信件、来往的账本和各种名单，她都看不懂，风月庆幸自己算是逃过一难。挨个仔细地夹进点钗刚送来的书里，风月觉得殷戈止还是有良心的，没当真把这种艰巨的任务交给她一个人完成，不然可能真的要给她收尸了。

牛车找好了，荀嬷嬷帮着风月把书慢慢搬上车，点钗在后门门口看着，对荀嬷嬷这么帮忙有些不舒坦，不过看看风月那一脸痛苦扭着脚走着路的样子，她倒也算爽快。

一堆书从眼前过去，点钗看也没看，直接让人放行。

于是，身残志坚努力干活儿的小丫鬟风月，就抱着藏有将军府最多秘密的书籍，痛苦地走在了回殷戈止老巢的路上。

殷戈止在将军府慢悠悠地喝茶，没一会儿点钗就来复命了，颇为不满地指责了荀嬷嬷两句，又朝他道："倒是辜负了殿下一番磨砺之心。"

"无妨。"他淡淡地道，"不必跟个丫鬟计较太多。"

"是啊。"易掌珠颔首，"咱们还有更重要的事情要做，太子哥哥已经答应给贫民以援手，现在我要去定衣裳的款式和料子，殷哥哥陪珠儿去吧？"

"好。"殷戈止颔首，甚是有风度地跟着她出门，从布庄跟到钱庄再跟到布庄，又陪她在街边吃小摊上的馄饨，再十分体贴地护着她穿过拥挤的人群，整整一上午，一句怨言都没有。

易掌珠感动极了，她觉得自己的殷哥哥又回来了，四周也都是赞叹之声，无不是说她命好，这位公子真是有气势之类的，让人很是受用。

没几个时辰，叶御卿那儿就收到了消息，他愣怔不解："陪着珠儿？"

"是，据看见的人说，殷殿下身边没有别人，目光一直停留在易小姐身上，看起来很是倾心。"

殷戈止一直喜欢易掌珠，他知道，但本以为风月会慢慢取代他心里易掌珠的位置，没想到……得不到的才是最好的？

不过殷戈止喜欢易掌珠是好事啊，虽不能当真在一起，却会因为喜欢她而对易大将军多为宽容。原先他一直担心殷戈止会逮着机会就弄死易国如，现在有易掌珠在，他也能放心些。

摇了摇扇子，太子殿下觉得，至少目前看来，殷戈止是可以完全倚仗的。

午时一到，风月就麻溜地在荀嬷嬷房里继续趴着了。

荀嬷嬷问："都搬完了？"

"搬完了，殿下想必不会再为难奴婢。"风月咧嘴笑得开心极了，抱着枕头道，"可以睡两天安生觉了。"

岂止是安生啊，简直还能做几天好梦，愉快地迎接之后的暴风雨！

太子殿下要的名单很快到手，虽然收到的时候，叶御卿觉得太快了，很是不可思议，但按照名单上的名字去查人，一查一个准儿，都是与易大将军有千丝万缕联系的。

这下就好办了，老虎不在家，家里的少主人直接挥起手里的刀，一刀狠狠地砍了老虎留在家里的尾巴。

冷严获罪，直接被关进了大牢，对着自己亲笔写的书信和来往的账本一脸茫然，压根不知道这些东西为什么会落在太子手里。禁军之中有八十普通护卫、十个将领入狱，史称“御军洗”，一夜之间，很多人在不知道发生了什么的情况下，就蹲在了大牢里。

不阴城又是一日大雨，风月站在凉亭里，捂着腰眼子笑眯眯地道：“狂风暴雨啊，狂风暴雨。”

国都里的军权，最重要的也就是禁军和护城军，太子雷厉风行，在这一个月不到的时间里，把两处都给抽筋扒骨了，稍微有脑子的人都知道，他这是要冲易大将军下手了。

有老臣在朝堂之上以头磕柱，说烨国要重蹈澧国覆辙，将士在边关拼杀，皇权却挥刀对准将士的脊背。

一向温和的叶御卿当即在朝堂上摔了扇子，满脸怒气地道：“廖大人，您此话何意？”

一句话呛得那老臣哑口无言。是啊，谁都知道最近被抓的人都是易大将军的人，但这事岂能放在朝堂上直说？谁的人当了朝廷的官，那都该是朝廷的人！

于是，再有想求情的，都往皇帝的御书房递折子。老皇帝懒得看，转头还是扔给了太子。

叶御卿就抱着这些折子，挨家挨户上门谈心，吓得一群人战战兢兢，再也没敢多说一个字。

殷戈止本该在完事之后就回使臣府的，但他不想走，风月也不想出去，就抱着易大将军府的柱子，笑眯眯地道：“这屋檐大啊，大点好，什么雨也淋不到。”

斜睨她一眼，殷戈止道：“你倒是机灵。”

“过奖过奖，在您麾下，蠢了可就没活路了。”眼睛弯成月牙状，风月一脸谄媚地道，“跟着殿下，奴婢觉得很安心。”

殷戈止嫌弃地睨着他，板着脸问：“是因为觉得我厉害？”

“不！”风月握拳，“是因为您两个徒儿已经坐上了护城军统领和都尉的位置，等于咱们在这烨国的官场里有人了啊！就算不小心进牢里了，以那两位公子对您的尊敬程度，一定会把您抬出来，顺带就能捎上奴婢。”

说着，她一抬下巴就朝他抛去一记秋波。

漠然地无视这秋波，殷戈止道：“你别太得意，当真犯事进去了，他们也保不住你。”

“奴婢知道。”风月道，“不过禁军统领大人获罪入狱，这位置会落在谁手里啊？您可没有第三个徒弟了。”

“禁军是皇室的盔甲。”殷戈止道，“太子只会用忠于皇室之人，这个不用你操心，你还是先将手里的东西整理好，看看还有什么能用。”

易大将军的客房里藏的都是好东西，除了一目了然的账本之类，还有不少没有署名的密信，内容殷戈止没来得及看全。

风月垂眸，笑着应了一声：“是。”

暗地里与易大将军来往的人很多，他们说的秘密也很多，她不是很感兴趣，毕竟这是烨国的事情。

但是，那么多陈旧的信件里，没一封提及了关苍海。

当年殷戈止收到告密信，说关苍海与易国如暗中有往来，出卖了军机。那么现在，往来的信件在哪儿啊？那么重要的信，是不会被轻易烧毁的，可她翻遍了那一大堆的书信，半个字都没有看见。

捏着的拳头紧了紧，又松开，风月笑着抬头问了一句：“殿下，要是哪天易大将军真的犯了大错，证据确凿，烨国的皇帝会处死他吗？”

“不会。”想也不想，殷戈止摇头道，“时局动荡，易国如是烨国的利剑，不管怎么样，他也折不了。”

那为什么关苍海就折了呢？

很想将这句话吼出来，然而吼出来的后果太严重了，她只能生生压下，盯着地面冷静了一会儿，又笑道：“奴婢去忙了。”

殷戈止侧头，盯着她的背影看了一会儿，微微皱眉。

来将军府的人很多，而且大多是半夜来的。可府上就易掌珠一个主事的，并着些什么也不知道的姨娘，让众人一时慌了神。

不过他们慌归他们慌，风月倒是以“学好了规矩要贴身伺候”的理由，趁着易掌珠焦头烂额，悄悄地从荀嬷嬷的院子里混到了殷戈止的房间里睡。

同样是床，殷戈止的床上就铺了凉玉席，不睡白不睡啊！反正大家都是游手好闲看热闹的，凑一起睡啊！

于是这天晚上，月黑风高，当易掌珠披着斗篷推开客院的门的时候，风月就被殷戈止一脚踹到了床底下，玩了一把“狮子滚绣球”。

“殷哥哥。”易掌珠眉目间满是忧愁，一进来就放下了斗篷的帽子，哽咽道，“珠儿不知道怎么办了。”

三更半夜的，这易大小姐也真是不顾名节了，竟然搞夜奔？风月无声地咋舌，这孤男寡女、干柴烈火的，是不是要出点事儿啊？

殷戈止那衣冠禽兽的声音温和地响起：“怎么了？”

还能怎么了？你害得你的小美人儿琐事缠身，人家搞不定了，来找你了呗！风月翻了个白眼，换了个舒坦的姿势躺好，然后准备听个壁角。

易掌珠叹息，犹犹豫豫地开口：“最近出了不少的事情，很多叔叔伯伯都来让我联系父亲，可是这国都离边关甚为遥远，等消息来回，怕是要一个月，他们好像很着急。”

哦，很着急，然后呢？告诉殷戈止能怎样？让他变成鸟人飞过去？风月撇嘴。

“你是女儿家，不必操心这些。”殷戈止道，“做你自己想做的事情即可。”

说是这么说，易掌珠咬唇，眼里陡然多了些怨恨：“可太子哥哥也太过分了！为什么非要同这些人过不去？如今国泰民安的，他们也没犯什么大事，非得革职查办，搞这么严重？”

还没犯什么大事？风月愕然，别的不说，冷严玩忽职守，买卖禁军名额，将毫无武力之人收进禁军吃皇粮，这件事就足够他死一百次了，不叫大事吗？叶御卿是怕处置太狠引起反弹，所以才革职查办，她还觉得严重了？烨国将军府的女儿真可怕。

然而，那个澧国的大皇子，竟然顺着她的话点头："是啊，太子殿下有些急功近利了。"

要不要脸？有没有底线？风月真想吼一声。

易掌珠感动地看着殷戈止道："父亲不在，珠儿能依靠的只有殷哥哥你了，还望殷哥哥帮珠儿想想办法，阻止太子哥哥。"

"掌珠。"殷戈止皱眉，"我只是质子，无权插手烨国之事，实在爱莫能助。"

"那……"易掌珠呜咽出声，"那怎么办啊……太子哥哥跟我对着干，你也帮不了我……"

她越说哭声越大，话没说完，直接抽泣起来。

风月听着，心想这种时候，殷戈止好生安抚一下，抱一抱，亲一亲，那易小姐基本也就被他抓牢了，以他的个性，这种送到嘴边的肉，那是不咬白不咬的啊！

然而，那人却道："回去喝些热茶，好生休息吧，别多想了。"

易掌珠有点委屈，心想自己这一张脸哭得是梨花带雨我见犹怜啊，为什么殷哥哥还让她走？她想不明白，抬眼看着面前这人。

殷戈止神色温和，眼里却没太多情绪，看着她这张只有眼泪没有鼻涕的脸，低声道："时候不早了，你再留在这儿，怕是对名节有损。"

本来就没顾着名节来的，被他这么说了一句，易掌珠涨红了脸，起身就走，走到门口却停了下来，回头看了他一眼，问："殷哥哥当真喜欢珠儿吗？"

"喜欢。"殷戈止淡淡地答。

可书上都说男子喜欢女子，会很想跟她……他为什么每次都将自己推得远远的？虽然她没有献身的打算，可他这半点不感兴趣的态度，也着实让她心里不舒坦。

咬咬牙，她又问："风月姑娘现在是算您的丫鬟还是暖床的？"

"通房丫鬟。"四个字，给了风月一个精准的定位，让床底下躲着的人龇了龇牙。

易掌珠脸色更白了一点，问："殷哥哥喜欢跟她睡？"

"珠儿。"殷戈止脸色微微沉了沉，"注意身份，莫要失言。"

这种话哪是一个高门大小姐能说出来的？

很是耻辱地转头看了一眼，易掌珠就飞快地跑走了，那一眼，当真是充满了不甘和委屈。

殷戈止平静地看着，顺手去关上了门，带上了闩。

他一转头就看到床下面伸出个脑袋，表情诡异地看着他。

"做什么？"他问。

"您不想跟易大小姐睡啊？"风月神色古怪地问。

这话从这种人嘴里说出来，殷戈止就觉得很顺耳，并且嫌弃地瞪过去："瞎说什么？"

从床底下爬出来，风月道："摆明了人家是来求您安慰一二的，您倒好，让人家回去喝个热茶就完事了。殿下，您这样怎么讨女人欢心啊？"

殷戈止看了一眼她寝衣上的灰尘，伸手就把她衣裳扯了，后者还挺配合，一点也没有害羞的样子，任由他剥了寝衣，然后穿着兜肚堂堂正正地站在他面前，继续叨叨："您最近不是总爱表现得很喜欢易大小姐的样子吗？那好歹演到底，别让人家本人怀疑啊。"

"你知道我在演？"殷戈止冷笑，"万一是真的呢？"

"是真是假奴婢不知道，但您这故意要表现的意思，奴婢看出来了。"风月眯了眯眼，"虽不知殿下意欲何为，但戏得做全套，才能让人信服。"

殷戈止伸手抱起她，将她那沾满灰尘的下袴也脱了，然后将人扔去床上，才淡淡地道："卖艺不卖身。"

啥？风月愣怔，仔细想想这五个字，脸都青了。

真不愧是殷大皇子，就是这么厉害，就是这么不讲道理，人家姑娘家家的都没在意损失，他倒还嫌弃人家了？

也不知道易掌珠是倒了几辈子的霉，碰上这么个禽兽，还把他当宝似的！

躺在床上，殷戈止伸手搂着月风，两人像两只虾米似的弯着脚挤在一起。

"明日回使臣府。"殷戈止道，"你还有什么事没做完吗？"

"有。"风月道，"可以把荀嬷嬷带出去吗？"

“将军府的规矩，奴仆不得外赠。”

“那就没有了。”风月闭眼，“奴婢明日去一趟梦回楼，整理些东西，之后再回使臣府跟您请安。”

她的肚子软软暖暖的，搂着手感非常好，殷戈止听着听着就走了神，伸手去捏了捏。

“嗷！”风月下意识地挠了他一爪子，怒道，“不要捏！”

背后的气息瞬间森冷，于是她怒着怒着就软了，可怜巴巴地道：“肚子上很痒，您换个别的地方捏捏。”

肚子上的手微微一僵，身后的人淡淡地道：“你怎么跟猫似的，摸不得肚子？”

“这很正常啊，很多人肚子被摸着都会觉得痒。”风月顺口解释了一句，“吧唧”了一下嘴就靠在他怀里闭上了眼。

殷戈止沉默，一双眼在黑暗里睁着，有点迷茫。

第二天，风月老早就起身，去给荀嬷嬷请了个安。

“奴婢一定会去您说的地方找阿虎的。”风月朝她行礼，认真地道，“若是知道了消息，定当来报。”

“好，好。”荀嬷嬷颔首，眼里隐隐有些水光，“你有这份心就好了。”

有心哪成啊？一定得去做才是，就算看在那一碟子麻团的分上，她也得往那村子跑上一趟。

跟易大小姐辞行时经历了一番挽留与拒绝，最后风月还是高高兴兴地奔向了马车。

“屁股不疼了？”背后有人冷声说了一句。

风月一听，立马“哎哟”一声，抓着车辕，捂着腰眼，十分痛苦地爬进车里去。

嗤了一声，殷大殿下也跟着上来了，斜眼看着她道：“装得太假了。”

“那是，奴婢哪有您会装啊？”风月撇嘴。

旁边坐着的人平静的目光落在她身上。

风月感觉到了杀气，一扭头，立马笑得跟朵迎春花似的：“奴婢是说，不管什么方面，殿下都比奴婢强太多了，是奴婢效仿的榜样，是奴婢前行的方向！”

殷戈止轻哼一声，别开头，坐得笔直：“做好你自己该做的，别的不用多说。”

嘴上这么说，心里听着好话明明还是很爽的！风月撇嘴，掀开帘子看着外头，等到了招摇街附近，立马喊停了车，跟只老鼠似的一溜烟窜了个没影。

殷戈止瞧着，当真是很想不明白，就这种跑得跟风一样的野丫头，人家教习嬷嬷为什么觉得她很好？

风月跑得极快，依旧从后院溜进梦回楼，找着金妈妈就问：“什么情况？”

金妈妈正在嗑瓜子，看见她，一点没惊慌，拉了她到屋子里就给她塞了一把五香瓜子，然后在软榻上坐着道：“烨国要出大事啦。”

“我知道。”风月点头，“我是问易大将军那边是什么情况？”

“等他收到消息，也得半个月之后了，半个月的时间，足够咱们太子殿下将他的手足砍个干净。”金妈妈道，“您着急个什么啊？都不关咱们什么事儿，咱们嗑瓜子就好了，要茶味儿的吗？”

看她这么轻松的样子，也就是没有发生任何对她们不利的事情。风月松了口气，看了看外头：“生意怎么又这么好了？”

“何愁不是回来了吗？”金妈妈道，“花魁的名头还在，凑热闹的人自然多了。我还想给她放个假让她好好休息几日呢，谁知道那丫头跟断弦聊了一会儿之后，坚持要接客。”

断弦？风月皱眉：“不是不让她挂牌了吗？”

大仇已报，不去过自己的好日子，还在这地方待着做什么？

“她说想等您回来，这几日也是歇着的，您放心吧。”金妈妈说着就起身，打开门，伸手一抓就跟抓鸡崽子似的把断弦拎了进来。

“东家。”脸上脂粉全无，断弦看起来竟然有些苍老，不过换了一身寻常的衣裳，倒是挺温良的，尤其是她的眼神，那叫一个欲语还休感恩戴德，完全没了以前的挤对和嘲讽。

“行了，别喊这个。”风月指了指旁边的凳子让她坐下，跷着二郎腿，痞里痞气地问她，“大仇报了还不走？想干什么？”

“……我还想再见您一面。”断弦捏着衣裳，看着她，说着说着眼泪儿就往外冒，“想谢谢您的大恩。”

“得了吧。”伸手拿帕子捂了她的脸，风月撇嘴，“咱俩之间还是相互挤对比较舒坦，别来什么大恩大德永生难忘之类的话，俗！”

“可是……”

“别可是了，我只是给了你一个挣钱的地方，再给了你一个报仇的机会。”风月道，“钱是你自己挣的，仇也是你自己报的，跟我没什么关系，用不着谢我。真的要谢也可以，把你棺材本拿出来给我买点心吃。”

帕子捂在眼睛上，断弦也没去扯，就任由风月这么捂着，嘴巴一撇，两道鼻涕便流了下来。

“咦……”风月嫌弃地皱眉，干脆连她鼻子下头一块儿捂了。

“我挣的银子，都留给您。”断弦艰难地吸着气道，“反正我拿着也没用，已经一个家人都没有了。”

风月微微一顿，皱眉看了她一会儿，道：“你别跟我说大仇报了，你活不下去了，所以打算来谢恩，给我遗产了再去自尽。”

断弦：东家真是很厉害啊，怎么什么都知道？

“歇会儿吧。”风月翻了个白眼，道，“这世上还有很多事情你可以做，难不成好不容易报了仇，你就着急赶着下黄泉去再见李勋一面，跟他去同一个油锅里炸？”

“我为什么要下油锅？”听着听着，断弦就不乐意了，“除了报仇，我可没做过什么坏事。”

“那行，你不下油锅，你排在他后头投胎。”风月摇头，“用你这么多年的处心积虑换跟他殊途同归，你亏不亏啊？”

想想好像也挺有道理的，断弦伸手，拿开了帕子，眼泪鼻涕糊了满脸，看着她：“那我该去哪里，该做什么啊？”

“去睡你想睡的男人，看你想看的风景，吃你想吃的东西。”风月挥手，“咱们梦回楼的人不挂牌了，都是有奖励的，游山玩水的花销，统统可以找金妈妈报销。”

嗯？正在嗑瓜子看好戏的金妈妈瞪大眼：“银子都在您那儿呢！”

“我知道，之后给您，反正我也没空管，瞧您激动的。”风月撇嘴，推着断弦往后门走，“天地广袤，不好好享受一下，怎么对得起人间走一遭啊？”

“可是……”

“别可是了。”到了后门门口，风月打开门闩，朝她灿烂一笑，“没有仇恨的人是最自由的，海阔凭鱼跃，天高任鸟飞。”

说着，她手上微微用力，将断弦推出了梦回楼的后门。

四周的变化好像都慢了下来，断弦睁大眼，慢慢回头，就见风月朝着自己笑得很开心，摆了摆手，缓缓关上了门。

喉咙有点发紧，她站稳脚，朝着那关上的门张了张嘴，却什么也没能说出来。

第五章

勾引一下啊

关上门的风月心情很好，蹦蹦跳跳地回到金妈妈身边。

金妈妈“呸”着瓜子皮，伸手拉了她的手来瞧了瞧，摇头道：“真是不知道爱惜身子，这伤没好好养吧？手上现在还这么一大块瘀青。”

“骨头不痛就行了。”风月道，“干活儿都没感觉了。”

金妈妈微微皱眉，叹息：“您也得心疼一下自个儿。”

“我疼了。”风月痞笑，“做了不少对自个儿好的事情。”

说起这个，金妈妈严肃了神色，拉着她上了三楼，关上了门。

“您送来的东西，我们全部仔细研究过了，其中这字迹的信件来往最多，已经让人在查是谁的字迹。”金妈妈拿了张纸出来，指着道，“不过要是咱们接触不到的人，没有字迹样本，那也就查不了。”

拿过纸来看了看，风月道：“来往内容是什么？”

“就是这个内容有意思。”金妈妈笑道，“没什么要事，全是些诗词歌赋，不像是传递消息的，倒像是友人间的问候。”

友人间的问候？风月挑眉，接过原件一看。

“画楼一夜多风雨，宫漏三声乃入眠。清水淡药裹口舌，牛羊肉糜难下咽。”

这是啥？

翻来覆去看了两遍没看明白，金妈妈又递了别的信来，风月一一展开。

“午时一觉三刻眠，又添桃羹一抹香。”

“世人皆道人参好，独君偏爱野丹药。”

“后宫多有好颜色，百福宫里总是春。”

的确像是友人间的问候，以及跟易大将军说近来自己吃什么，喝什么，什么时候睡觉，皇帝又去了谁宫里之类的。

风月挑眉：“难道是易贵妃写的？”

“易贵妃？”金妈妈瞪眼，“您怎么说到她头上去了？”

“在将军府里听来的。”风月道，“说易贵妃跟易大将军兄妹之情甚笃，看这内容，也许是贵妃写来给大将军汇报自个儿情况，以求大将军安心的。”

“可真够无聊。”金妈妈撇嘴，“那宫门深深，虽说里头不太平，但哪里会饿着她？也不至于吃什么都写来传吧，她身边的人倒是方便，随时都能出宫的。”

“好歹是受宠了十几年的贵妃，这点本事都没有，还怎么混啊？”风月摇头，把这堆信收好，“你都找人临摹下来了吗？”

殷戈止的意思是，总不能让易大将军回来发现自个儿客房里的东西空了，所以这堆东西一边用一边让人抄下来，抄完了就把原件还回去。到时候大将军回来追查，也是什么都查不到。

金妈妈点头：“除了这一堆东西，其他的都临摹得差不多了。”

想了想，风月道：“这个也抄，字迹尽量一样，纸也用一样的。”

“好。”金妈妈应了，又问，“您还要去使臣府？”

“为什么不去？”风月道，“命都在人家手里捏着，不把人讨好些，难不成等着以后被人抹了脖子？”她伸手做了个“抹脖子”的动作，表情很夸张。

金妈妈的神色有点复杂，看了她一会儿，低声道：“郑氏来跟我聊了许多，东家，他们很担心您。”

微微一愣，风月别开了头：“上了年纪的人，都喜欢瞎想，我没事的。”

“可……”

“行啦。”摆摆手，风月道，“您酿的那种酒还有吗？给我带上两坛，送去给殿下尝个鲜。”

金妈妈欲言又止，闭眼叹息。郑氏真是太高估她了，在这位主子面前，谁能说得出什么劝解的话啊？风月这脾气是决定了就非往前冲，压根不管前头是刀山还是火海。

金妈妈不是澧国人，认识风月也只有三年，很多过去的事情风月没跟她说，她也没仔细问过。郑氏要是早些告诉她风月以前很爱慕那殷殿下的话，她说什么都不会让她接这客的。

可是现在，好像已经拦不住了。

抱了两坛子酒，风月临走前去了一趟何愁的房间。

何愁坐在镜子前梳妆，镜子里的人眉目温和，娴静端庄。

“姑娘来了？”回头看见她，何愁笑了笑，“见过断弦了吗？”

“见过了，送走了。”风月抿唇，“倒是你，不喜欢住在小村子里的宁静日子吗？”

“哪里宁静得了？”何愁低眉，“身子静了，心里也还喧嚣。姑娘，这梦回楼里的人，只有得偿所愿了才能真正自由，你难道不知道吗？”

自然是知道的，风月叹息：“如此，那就祝姑娘得偿所愿，只是，不必太过难为自己。”

何愁微微一笑，起身朝她屈膝：“我明白的。”

有“花魁”的名头，又躲过了赵府一难的风头，她应该很快会等来自己想等的人。

风月颔首转身，扛着两坛酒头也不回地离开了。

安世冲和徐怀祖正在使臣府里向殷戈止问安。

两人都穿上了护城军带官衔的铠甲，却还是恭恭敬敬地半跪在殷戈止面前行礼。

“近日琐事缠身，没有跟师父请安，还请师父恕罪。”安世冲低头拱手，声音里满是愧疚。

徐怀祖倒是轻松些，跟着他一起拱手之后，又抬脸笑道：“不过这满城风雨的，咱们没带着一身雨水去打湿师父的衣裳，师父该夸我们。”

殷戈止抬手让他们起来，一本正经地道：“既然已经为官，你们该跪的就是这烨国的君主，穿着铠甲不必跪我。”

“可是，”安世冲皱眉，“师徒之礼不可废。”

“那你们就勤快些练功吧。”殷戈止道，“穿上这身，不代表你们已经大成，只不过是有天时人和罢了。武艺兵法方面，还要继续精进。”

“是！”

“世冲最近是不是遇见不少麻烦了？”殷戈止看着安世冲道，“安国侯抱病，你新上任，想必找你说话的人不少。”

提起这个，安世冲就垮了脸：“师父英明，徒儿年纪尚幼，忝居护城军统领之职，很多人情往来，实在不太明白。”

很多人托着关系来找他，想让他从牢里捞人出来。开什么玩笑，先不说他能不能捞出来，就算能，那也不可能捞啊！但是要拒绝吧，都是叔叔伯伯的，实在也不知道怎么开口，他已经急得几个晚上没睡好觉了。

“这个好办。”殷戈止道，“我师门规矩甚严，他们没见识过，那就让他们见识见识好了。”

啥意思啊？徐怀祖一脸茫然，安世冲想了一会儿，倒是一拱手，飞快地出去了。

于是，等风月慢悠悠地从梦回楼往使臣府走的时候，就看见长宁街上堵满了人。

“师父！”一声焦急的低喝传来，听着有些耳熟。风月挖了挖耳朵，挤开人群去看了看。

嚯，安世冲穿着一身威风的铠甲，却是把头盔取了，朝前头的殷戈止半跪了下去！

百姓们围成一个圈儿看热闹，议论纷纷。风月眨眼，扯了扯旁边的人的衣袖问：“大哥，发生什么事儿了？”

“你是不知道啊。”旁边的人立马唾沫横飞，“这新上任的护城军统领从大牢里领出来一个人，结果在这儿撞上了那个穿白衣裳的书生，不知怎么的那书生就说要赶他出师门，这统领大人就急了，跪下去了。”

风月听得更茫然了，干脆踮起脚去看。

安世冲低着头，很是不甘：“此事并非徒儿想为之，实在是不得已……”

“有何不得已，让你做此辜负圣恩之事？”殷戈止怒斥，“此人分明还要三日才可出狱，你何以提前释放他？”

“这……”安世冲无奈道，“只三日而已，徒儿不过提前求了情……”

“是向圣上求的情，还是向关押他的狱卒求的情？”殷戈止冷声道，“是不是一进这官场，为师就管不得你做什么了？”

“不！”安世冲急声道，“一日为师，终身为父，师父的话徒儿会一直听！”

“那你把他送回去。”

挣扎和纠结的情绪在眼里翻滚，安世冲深吸一口气，哑着嗓子喊了一声：“师父。”

“不送，你就没我这个师父了。”

围观群众基本听清楚了事情的来龙去脉，大概就是护城军统领想了法子把有罪的人提前从牢里带出来了，结果被他家师父发现，师父拦在了这里，师门规矩森严，不允许徒儿做此等乱纪之事，所以要么这徒儿把人送回去，要么断绝师徒关系。

“这白衣书生看着柔弱，没想到这么有风骨！”刚刚那唾沫横飞的大哥赞叹道，“要是多点这样的人，那何至于官官相护，法只束民啊！”

“嘁，我倒是觉得这书生小题大做了，这样的事暗地里大官们做得不少，真这样被抓着了，也不过是送回去了事，半点罪责也没有的。”

“哎，这书生到底是谁啊？为什么那么大的官都听他的话？”

众说纷纭，风月摸着下巴看了半晌，倒只看出一件事儿来——自从拜在殷戈止门下，安世冲不止功夫长进，这演戏的本事也是深得师父真传啊！瞧那委屈的眼神、沮丧的表情，真是让人看得动容。

“徒儿这就去送。”

挥了挥袖子，殷戈止道：“我能抓你一次，就能抓你第二次，你若是还犯此类错误，那就莫怪为师不留情面。”

“是。”安世冲低头应下，带着人就往回走，背影憔悴，步履沉重。

殷戈止转身，一身正气地往使臣府的方向走。人群四散，议论不绝，消息大概很快会传到安居街里头去。

“大哥哥！”有小孩子从旁边扑出来，直接抱住了殷戈止的腿，抬头道，“大哥哥好厉害啊！水生长大了也想像大哥哥一样，能骂坏人，主持公道！”

软软的小孩子，就这么扑到魔王的脚下，风月看得后背发麻。旁边的妇人大概也是畏惧殷戈止那一脸严肃的神色，小心翼翼地想伸手把孩子抱回去。

然而，殷戈止没一脚踹开他，倒是很温柔地低头道：“那你快点长大。”

“好！水生长大了来找大哥哥！”小孩儿高兴地喊，然后就被自家母亲颤颤巍巍地拎走了。

殷戈止侧头，看了一眼那孩子，嘴唇微微勾了勾。

“哎？您在笑啊？”旁边的风月震惊了，都忘记了隐藏，直接蹦到殷戈止面前，伸手戳了戳他的嘴角。

殷戈止的脸黑了下去，他不悦地挥开风月的手：“学的规矩都被你吃了？”

缩了缩爪子，风月撇嘴道：“奴婢是太惊讶了嘛，从来没见您笑得这么温柔啊，还以为您天生不会笑。”

殷戈止嗤了一声，摇着头越过她，继续往前走。

“哎哎，公子，奴婢带了酒回来啊。”风月邀功似的追上去，“咱们今晚不醉不归！”

“晚上有很多事要做。”殷戈止面无表情地道，“没空陪你瞎胡闹。”

风月不高兴地鼓嘴，扛着酒坛子恼恨地走在他后头踩他影子，一边踩一边碎碎念：“金妈妈酿的酒，外头都没有卖的，可好喝了，叫美人酿。”

“金妈妈也算美人？”

“年轻的时候谁不是美人啊？”风月道，“金妈妈也曾一曲倾王侯，十斛珍珠捧呢！”

懒得同她说这些没用的，殷戈止一脸正经，负手行走，活脱脱像个书院里出来的教书先生，身上绑满了教条和规矩，使得平时围着他尖叫的姑娘们都不敢造次了，只远远站着，看着他从前头经过，眼里满是倾慕。

年少无知的姑娘为什么总容易被人的外表欺骗呢？风月直叹气，低头踩着这人的影子，从长宁街踩到了使臣府，一时都没有注意前头这人放着马车不坐要走路的事情，只觉得踩了个过瘾，心里也舒坦不少。

就是扯着酒坛上绳子的手勒肿了。

心疼地朝自个儿的手呼气，再抬头看着那进了书房头也不回的人，风月眯眼想了想，嘿嘿一笑。

不勾引人的妓子，不是好妓子！

殷戈止的确是有很多事要做，安世冲这边的戏演罢，所有的压力就转到他身上来了，之后安世冲拒绝人都会以他为借口，所以顺便，他得替安世冲理清关系，斟酌处理。

烨国朝廷如今人心惶惶，众人都怕下一个进大牢的是自己，所以闹事的人很少，遇见什么矛盾，大家也能私下解决。只是，这样的和平大概只能维持一个月。

这一个月，太子必须拿到更多的筹码，不然当真对峙起来，太子会很不好过。

拿了桌上的账本来看，殷戈止吩咐观止："看紧书房的门，任何人都不要放进来。"

"是！"观止应了，捏着佩刀就站在了门口。

没一会儿，灵殊蹦蹦跳跳地来了，手里端着盘炸花生，好奇地看着他："观止大人，你守在这儿做什么？"

就是为了拦你这种横冲直撞的人啊！观止微笑，低声道："主子在里头忙，吩咐了任何人不得打扰，所以我在这儿看着。"

"哦……"灵殊点点头，又看了看手里的东西，"那他也不要吃花生了吗？刚炸的，很香！"

"主子应该不吃了，你自己吃吧。"

"好。"灵殊点点头，拉着他就在台阶上坐了下来，小手捏了颗花生，天真无邪地往他嘴里送。

观止脸红了，他知道这丫头什么都不懂，喂他吃东西肯定只是因为她心情好，可是，难得有小姑娘喂他吃东西，反正主子的眼睛不能透视，那他吃了也没什么吧？

左右看了看，观止张口就轻轻接了灵殊的炸花生，然后高高兴兴地跟她坐在一起吃了起来。

于是风月很顺利地从窗户翻进了书房。

殷戈止正看得入神，冷不防觉得旁边有人，吓得瞳孔微缩，反手就劈了出去！

“公子。”堪堪躲开这一招，风月撇嘴，眨巴着眼睛道，“奴婢来陪公子看书，您怎么这么凶？”

殷戈止转头看看紧闭的大门，又看看旁边大开的窗户，叹了口气：观止啊观止，让你看紧门，就不能连窗户也一起注意一下？幸好进来的是风月，要是别人，那还了得？

抬眼看向面前的人，他皱眉：“你想做什么？”

这一身红纱衣倒是许久没见她穿了，脸上又上了狐媚的妆，瞧着就不是来做正经事儿的。

“奴婢带的酒，殿下不肯喝，奴婢很伤心啊。”风月拎了一壶酒，嗲声嗲气地坐在殷戈止腿上，媚眼如丝，道，“来尝尝嘛。”

殷戈止好整以暇地看着她，问：“我要是不尝呢？”

“那奴婢喂您。”风月勾唇，仰头就往自个儿嘴里倒酒。

书上是这么画的，在人家怀里仰头喝酒，然后低头妖娆地吻上他，缠绵之意十足，是个男人就得中招！她在客院已经对着镜子练了很久，动作绝对优美！

但是，她忘记了一点，那就是她自个儿嗜酒，太久没喝这酒了，喉咙下意识的反应太强烈，酒一入嘴，“咕嘟”一声就直接咽了下去。

气氛瞬间有点尴尬。

看了看面前这人看傻子一样的眼神，风月干笑两声，立马重新含一口酒，凑到他唇边去。

殷戈止别开头，道：“光天化日，成何体统。”

穿着书生的白衫，还真说起礼义廉耻来了？不知道上次在马车上那啥啥的是谁！总是白日宣淫的又是谁！风月没忍住，朝着房梁翻了个白眼，然后二话不说，直接捏着殷戈止的下巴，狠狠地吻上去！

紫檀木太师椅很结实，就算殷戈止被她这么大力气地压在椅背上，也没有发出丝毫杂音，倒是面前这人，眼里流露出不悦的神色来，半垂了眼，平静无澜地看着她。

这股子假清高的模样，真是让人看得心头火起。风月笑着，眼里透出狠劲来，挤开他的牙关，狠狠将酒给他灌下去。

她伸手抓着他的衣襟，想起他平日里对自己的蹂躏，她借着酒就大了胆子，以口还口，以牙还牙！

清冽的酒香萦绕在唇齿之间，殷戈止眼里掠过一道光，身子却纹丝不动，任由这人扒开自己的衣裳。

嘴得了空，他还嘲讽似的道："想要？"

要你个鬼！风月媚笑，伸手想往下，手腕却被他捏住，不得动弹。

眼神交汇，一个冷静如铁，一个柔情似水，暗地里好一阵拼杀较劲！

但是最后很不幸的是，风月败了，被人裹了件衣裳，打开门扔了出去。

"砰"的一声落在两个无辜吃花生的人中间，风月惆怅地捏了一颗花生，看着观止道："你家主子可真是难伺候！"

本来是软软糯糯的灵殊跟他坐着吃花生呢，一眨眼就变成衣衫不整、浓妆艳抹的风月，观止吓得脸都青了，一颗花生卡喉咙里，差点噎死！

门"砰"的一声关上，观止抖了抖，回头看了一眼，瞬间面如死灰："风月姑娘……"

风月气愤地拉着身上的衣裳："你家主子心情不好啊？送上门的美人都不要，竟然还把我扔出来！"

"……主子在忙事情的时候，一向是不喜欢人打扰的。"观止捂脸，"您何必去找不痛快呢？"

斜着眼睛看了观止一眼，风月伸手搭在他肩上，摸了摸鼻子，像爷们儿一样地指了指天："这么舒爽的天气，不是该快活快活吗？整天忙着算计别人，偶尔也要休息的啊。"

观止心虚地将这位姑奶奶的手抬开，低头道："姑娘说得有道理。"

撑着下巴想了一会儿，风月问："观止大人，你说现在要是我掉河里了，你家主子会不会让人救？"

"怎能不救？"观止瞪眼，"我家主子不是那种心狠手辣的人。"

"那要是大冬天，河水冷得刺骨，只有他一个人在我身边，他也会跳下来吗？"

观止一脸茫然："当然啊，两种情况有什么区别？"

区别可大了，一种是举手之劳，一种是奋不顾身。风月摸着下巴想，观止是很了解殷戈止的人，也就是说，她现在在他那儿已经是很有分量的人了，那么，不搞这些勾引讨好的伎俩，应该也不会有事。

她松了口气，拍拍手，站起来就往外走："你俩继续吃吧，我去准备晚膳。"

"是！"灵殊笑着应了，完全不知道发生了什么，继续给观止塞花生。

观止苦着脸，担忧地看着背后那紧闭的门，麻木地嚼着花生。

主子等会儿出来，会不会怪他失职，然后将他扔出府啊？

使臣府里的日子宁静祥和，还能想这些鸡毛蒜皮的小事儿，可外头的地方，那就是水深火热了。

"这可怎么办啊，房统领？"护城军副统领黎振羽坐在房家后院，急得头发都要白了，"太子行事如此直接，摆明了是不打算给易将军颜面，咱们这些人都是跟了将军好几年的啊，眼下关的关，杀的杀，要是再不想办法，咱俩也难逃这浩劫啊！"

房文心叹息："所有朝中能说话的言官都想过办法了，但太子把持朝政，殷戈止又持闻风令查得他们证据确凿，已经定下的案子，实在是翻不了。"

"那咱们就什么都不做吗？"黎振羽焦急万分，"毛头小子都在我头上作威作福了，谁知道太子殿下还会做出什么事来？"

"你不用太急。"房文心道，"太子殿下就算要整肃朝纲，也不能一下子把所有人都换了，顶多是换些重要位置上的人罢了，还殃及不到你我。等大将军传消息回来，必定能保住咱们。"

"好。"黎振羽皱着眉点头，想了想又道，"不过那殷殿下到底是怎么回事？不是一向与大将军亲近吗？怎么会帮太子的忙？"

房文心嗤笑："这件事很多人想不明白，我却让人查清楚了，太子殿下不是指了安家徐家两个公子给殷戈止当徒弟吗？徐家公子又不知从哪儿弄了个女人送给殷戈止，虽说那殷殿下还是经常照顾着易大小姐，但这男人啊，就容易为色所迷，有那么个美人儿在身边，哪还能全心全意护着易家？定然是分了神。"

“大人的意思是说……”黎振羽轻轻吸了口气，恍然道，“太子殿下是处心积虑要拉拢殷殿下，利用他特殊的身份来对付咱们？”

“太子殿下拉拢殷戈止也不是一日两日的事情了。”房文心不悦道，“只是没想到这回送的女人，当真合了他的心意，真是红颜祸水。殷殿下虽然武力过人，可来烨国一年也没出什么风头，更没插手过任何事情，说明无心掺和烨国之事，也没什么算计，被太子殿下一步步套进去，也是情理之中。”

黎振羽点头，不由得叱骂一句：“同样的年岁，太子殿下的心机怎么就那般深沉，专门害人！得学学人家澧国的皇子，殷殿下能打仗，为人又耿直，所以澧国人才愿意臣服。”

房文心叹息一声，摇摇头，心里也是差不多的想法。

希望殷殿下能早日看穿太子奸计，清醒过来站在他们这边才好！

为人耿直的殷大皇子正收了手里的毛笔，将印章落在最后一桩案子的册子上。

“这个送去太尉衙门，收拾得就差不多了。”他疲惫地动了动脖子，“易将军动作再快，也来不及救他们，全是大罪，能砍的先砍了，不能砍的也都流放出去。再过大半个月，不阴城这大局就算安定了。”

观止兴奋地点头，抱着册子就往外飞奔。

殷戈止侧头，看了一眼外头耀眼的阳光，似乎想起点什么，眼神微动，起身出门。

院子里花香盈盈，风月穿着一身红衣，灿烂得跟阳光一样，举着洒水壶从左边蹦到右边，又从右边蹦到左边，一边浇水一边嘀咕：“辛苦你们在冰山周围长着了，别客气，多喝点水。”

后背冷不防一凉，风月敏锐地眯眼，舌头一转，立马笑道：“能陪在威武无比、玉树临风、顶天立地的殷殿下身边，那是你们的福气啊！要好好珍惜，听见了吗？”

站在她背后的殷戈止嗤笑一声，抱着胳膊道：“你当我是聋子还是傻子，已经说出来的话，还能找补的？”

风月咧着嘴笑着转身，装作什么也没发生的样子，高高兴兴地道：“殿下做完事啦？今儿也是个好天气呢，哈哈哈。”

殷戈止斜睨她一眼，扯了她的手腕拖着人就走。

“殿下？做啥？”看他走向书房的方向，风月瞪眼，“有话好好说啊，奴婢没做错什么吧？”

殷戈止一个字也没应她，伸手想把她扯进门，哪知道这丫头一脚就蹬在了门框上！她气势磅礴地吼：“在烨国不能用私刑的！”

回头看了她这姿势一眼，殷戈止淡淡道：“你力气还挺大。”

风月有点窝囊地放下脚，撇嘴：“奴婢也很想规矩点，可您别吓唬人啊，这么气势汹汹地带奴婢去，像是要扒了人的皮！”

有这么凶？殷戈止皱眉，低头反省了一下，然后手上用力，跟扯破布似的把人扯了进来。

门猛地关上，风月抵在门上，闭着眼就说好话：“殿下您英明神武，真是美得跟外头的花儿一样！奴婢……”

话没说完，嘴被人堵住了，冰凉的唇瓣含着她的，没一会儿就变得火热。风月睁眼，惊愕地看见面前这人眼里的红色。

完了完了，魔王要吃人了！

衣裳被扯开，风月倒是没反抗，只是撇撇嘴说了一句：“光天化日，成何体统啊，殿下。”

“你造的孽，”张口咬在她耳垂上，殷戈止眯眼道，“该你来还。”

她造的孽？风月无语，看着房梁，如果没记错的话，拿着美人酿勾引他已经是十几天前的事情了，这位殿下的反应是不是也太慢了点？

她正想着呢，鼻息间就充斥着美人酿的香味儿，风月眨眼，惊呼了一声。

殷戈止手里拿着酒壶，低头看着她：“喜欢喝这个？”

喜欢啊喜欢啊！风月眼睛都亮了，笑着矜持了一下，然后就抢了他手里的酒壶，仰头就喝。

殷戈止搂着她，眼神深邃地看着，看着她白皙的脖子，以及咽酒时候微微起伏的喉咙，满意地张开嘴，温柔地咬上去。

“咳。”风月差点呛着，感觉自个儿被抱了起来。抱着她的人坐在太师椅上，她被拢在了他怀里。

“好喝吗？”殷戈止问。

风月点头，她从梦回楼拿回来的两坛子早就喝完了，今儿正琢磨着再去拿点儿，没想到他这儿竟然有。

喝完了一壶，风月眼前有点起雾，朦朦胧胧地低头问：“您让人去梦回楼拿的？”

“嗯。”殷戈止接过她的空酒壶，伸手就从书桌下头拿出一坛子酒，又倒了一壶，塞进她手里，“你不是很喜欢喝吗？”

“是啊，这酒是金妈妈用花酿的，很香。”风月眯着眼睛笑，“以前我总是喜欢喝这个，喝不腻，大醉好几天，气得金妈妈把酒藏起来了，可她不知道我鼻子尖，藏哪儿都能闻着味儿找出来。”

看着她又慢慢喝完一壶，殷戈止道：“你酒量不错。”

“那是，上次和太子殿下喝酒，要不是酒量好，我就当真得醉了，说胡话给他听。”风月嘻嘻笑着，媚眼横飞，身子不老实地在殷戈止怀里动来动去，“跟太子喝酒可没意思了，他都不喝，就让我喝。”

掐着她腰的手紧了紧，殷戈止沉了眼神：“正经点的姑娘，就不该跟男人喝酒。”

“啥？正经？”风月瞪眼，接着就大笑，饮完最后一口直接伸手扯下自己肩头上的衣裳，眨巴眨巴着眼睛，嗲声嗲气地道，“您看奴婢是正经的姑娘吗？人家太子给了钱的，奴婢难不成喝酒都不陪了？”

眼里陡然生了戾气，殷戈止手上用力，冷声道：“别以为你喝了酒，我就会当你这些是醉话。”

风月笑着低头，任由他掐着腰，满是酒味儿的唇吻上他的，好一番辗转厮磨，之后“吧唧”了一下嘴：“您嘴唇这么软，说话别这么硬啊，奴婢说两句实话，您生什么气？趁着今儿您终于忙完了，不如不醉不归？”

这人……殷戈止皱眉，不知道为什么，他总觉得风月身上有股子野性，别的姑娘都是闺房里养着的，她是不是在山林间跑着长大的？隐隐还有股子桀骜不驯的味道。

哪有这样的女人？

殷戈止正想着呢，衣襟就被她一扯，怀里的人哼唧两声撕开他衣裳，朝着他心口的位置“吭哧”就是一口。

“嘶——”他皱眉，恼怒地起身，拎上这人就往书桌上压。

“你已经被赎身了。”狠狠地捏着她的手，殷戈止道，“以前的事，就莫要再提。”

嗯？风月眨眼，眼里迷离又迷茫，任由这人扯开衣裳，半天也没想明白这话是什么意思。

不过，书房是个好地方。

灵殊和观止坐在主院门口嗑瓜子，灵殊嗑着嗑着就感叹道：“你家主子一开始还一直嫌弃我家主子来着，这才几个月啊，咱们居然就住到使臣府来了。”

观止摇头：“我家主子表面上的样子，你还是不信为好。他喜欢什么，嫌弃什么，从表情看不出来的，只有行动才能证明。”

“嗯？”灵殊一脸茫然，水灵灵的眼睛里满是不解，“女娲娘娘给咱们这张脸，不就是用来表达正确的想法的吗？你家主子不好好用这张脸，那还要来做什么？”

观止：说得很有道理的样子。

书房里动静不小，外头两人聊得开心，完全没听见。等到晚上的时候，灵殊去问自家主子要吃什么，却是殷殿下开的门，他表情冷淡地道：“让观止去外头点菜送回来。”

“主子呢？”灵殊好奇地问。

“她在休息。”殷戈止道，“刚有些累坏了。”

单纯天真的灵殊什么也不懂，以为这人又让自家主子干活儿了，连忙道：“大夫说过主子的身子不好，要好生休息的，您别折腾她了。”

身子不好？殷戈止嗤了一声：“你家主子身子好着呢，不用担心。”

那力气，能顶上人家两个姑娘。

担忧地看了殷戈止一眼，灵殊叹息，转头就去让观止点菜。

风月睡着了，不知道是太累还是酒劲上来了，睡得格外香甜。殷戈止关上门，回到床边看了看她。

为什么会看上这样一个人？大概是因为……跟多年前的某个人有些像。

说不上具体哪里像，甚至是完全不同的两个人，但给他的感觉有些相似，所以他没忍住，多流连了一会儿。

结果流连到现在，倒是忘返了。

嘲笑了自己一声，殷戈止摇头。

那人有铁一样硬的骨头，有万分潇洒又古灵精怪的性子，更难得的是有一身别的女子没有的傲气，哪怕是床笫之间，也不会任他欺负，仿佛与他是平起平坐，不比他低上一头。

他很欣赏那样的傲气，也觉得那样的人难得，若是光天化日之下相见，他也许会跟她过过招，毕竟她也是会武之人，而且看起来武艺不差。

只可惜平昌之战后回来，他就再也没有见过她，找遍整个东宫都没见着人。

三年过去了，他遇见过很多跟她相似的女子，纠缠过、沉迷过，最后却都没留在身边。倒是这个风月，分明下贱得毫无半点骨气可言，他却觉得她们相像。

到底是哪里像呢？

摇摇头，殷戈止觉得自己可能是疯了。

等她该做的事情全部做完，就让她走吧。至于现在……看在她跟那人有几分神似的分上，可以对她好点。

这个决定是在人睡着的时候下的，于是风月醒过来的时候，觉得天都变了！

殷戈止竟然不用嫌弃的眼神看她了，虽然脸色还是不太好看，可总算是温柔了不少，尤其还让大夫来给她诊脉，之后还给她准备药膳！

“殿下。”风月哆哆嗦嗦地拉着他的衣袖，可怜巴巴地问，“奴婢是不是得了什么治不好的病了？”

殷戈止轻蔑地看她一眼，道：“祸害遗千年。”

风月：“……”

不阴城开始了连续半个月的艳阳高照天气，风月在殷大皇子伟大光辉的照耀下，先是如惊弓之鸟，后来就习惯了，该吃吃，该睡睡，胆子肥了还敢抢他盘子里的点心吃。

叶御卿来的时候，就正好看见风月坐在殷戈止的怀里砸核桃，遇见砸不开的，她还很自然地递给身后的人，那人一只手拿着书，一只手接过她递的核桃，看也没看，捏碎了直接还给她。

然后风月就跟只老鼠似的“咔嚓咔嚓”地吃起来。

这场景实在太过让人意外，以至于叶御卿站在主院门口，愣是没敢跨进去。

“殿下？”看见了他，风月笑眯眯地从殷戈止怀里跳下来，行礼道，“不知殿下驾到，失礼了，您这边坐，奴婢给您二位砸核桃！”

殷戈止放下书，也起身拱手：“殿下请。”

回过神来的叶御卿笑着走进去，在石桌边坐下，看了看他们，道：“本是得了空来瞧瞧二位在做什么，没想到……你们感情不错。”

“哪里哪里。”风月谦虚了一下，“是殿下最近对奴婢很仁慈。”

殷戈止眼皮都没抬，直接问叶御卿：“易大将军那边有反应了？”

“殿下睿智。”叶御卿笑了，“刚得到的消息，北边的战事……败了。”

殷戈止微微挑眉：“区区小国残兵败将，能让战无不胜的易大将军不敌？”

“殿下是常年征战沙场之人，胜败的个中缘由，想必比本宫清楚。”叶御卿抿唇，“听闻易大将军受了重伤，正在回国都的路上。”

风月低头砸核桃，努力让这两位大人物忽略自己，心里却是忍不住犯嘀咕。

战场上绑架百姓坑杀无辜手段阴诡的易大将军，会败给北境小国？那一仗本来就是为着抢功劳去的，烨国兵力都是碾压之势，随便换谁来，都不会败。他怕是听见了国都的动静，在边关待不下去了，无故又不得回朝，所以故意战败，以求回来稳定大局吧？

当将军当成这样，可真够无耻的，她以为易大将军最快也得半个月才有反应，没想到啊没想到，为了保住自己，麾下那么多将士的功勋，易国如都可以不要，边境百姓的生死也可以不顾。

这样的人……也配穿那铠甲，举那旌旗？

第六章 当个坏人吧

“不知殿下如今，可还深爱易家小姐？”叶御卿看了风月一眼，突然问了一句。

风月回神，看向殷戈止。

太子殿下这话问得委婉，其实也就是在旁敲侧击，看易大将军回来之后，殷戈止会站在哪边。

废话，肯定是站在太子这边啊！敌人的敌人就是朋友啊！但，先前做的“任易小姐差遣无怨无悔”的表演也不能白演，殷戈止现在的脸上充满了纠结、不安之色。

见状，风月嘴巴一撇，眼泪立马就出来了：“殿下为何不答？您昨晚不是还说此生最爱乃奴婢吗？”

殷戈止嘴角微微抽了抽，抬眼看她，很快就融入了剧情，皱眉道：“风月……”

“奴婢不听！”风月双手捂住耳朵，愤怒道，“您说过君子一言，快马一鞭！现在为什么答不上来太子的话？”

“易将军于我有救命之恩。”殷戈止叹息，“要不是他，我会死在战场上，连来烨国为质的机会都没有，你明白吗？”

不管风月明不明白，叶御卿是明白了，恍然道：“原来是这样。”

易国如还救过殷戈止的命？怪不得殷戈止一点也不怪罪易国如对澧国的所作所为，反而和易掌珠颇为亲近。

那现在情况就复杂了，他很需要殷戈止这个帮手，可殷戈止明显还念着易国如的救命之恩，这可怎么办？

叶御卿皱眉，正为难呢，却听得风月“哇”的一声哭了出来。

“奴婢不要在使臣府住了！”风月哭得凄凄惨惨的，起身就道，“奴婢讨厌殿下！”

说罢，一跺脚就往外冲。

有那么一瞬间，叶御卿以为自己看见了易掌珠，这场景实在太眼熟了，更眼熟的是，殷戈止想也不想就追了上去，一把抓住她的手腕，痛苦道：“你别胡闹！”

“奴婢哪里胡闹了？”风月气得直哭，“奴婢分明同您说过与将军府有不共戴天之仇！您不让奴婢记仇，奴婢听了，可您到现在心里还念着易小姐！”

“我不是念着她……”

“那您说，易小姐与奴婢之间，您要哪个？”风月瞪眼，一副无理取闹的样子。

殷戈止头疼地叹息：“选你。”

叶御卿傻了。

风月笑了，得意地朝叶御卿比了个手势，然后抹了抹眼泪，委屈地问：“那您答应奴婢的再也不管将军府的事，真还是不真？”

殷戈止眉头深皱，眼里满是无奈，又带着点宠溺，半晌才道：“真。”

风月破涕为笑，张开双臂就扑到他怀里去，撒娇道：“奴婢就知道您最好了！”

殷戈止轻哼一声，弹了弹她的脑门，转头略微尴尬地看着叶御卿道：“让殿下见笑了，这丫头最近被宠坏了，任性了些。”

叶御卿默默地捡回自己的下巴，点头道：“殿下能觅得知己，本宫也替殿下高兴。”

说着，他又看风月一眼。

她的作用能有这么大，他是始料未及的，不过，算是意外之喜。看来女人能祸国，也不是空穴来风，他是没试过被女人左右的滋味儿，这辈子也不打算试。

还是当一个心狠手辣的太子比较安全。

这边松了口，那叶御卿的话就好说多了，当下便道：“父皇的意思是想让易将军安心养老，不必再四处奔波，易贵妃年老，膝下无子，也需要人陪伴，他不如多往宫里走走。”

“殿下的意思在下明白。”殷戈止道，“只是易将军一代枭雄，习惯了金戈铁马，倒不一定能安于无波无澜。”

“有牙齿的老虎，想吃肉也是正常。”叶御卿展开扇子，看着上头的山河图道，“不过没了牙齿的老虎，要安生下来，也挺容易。”

殷戈止抬眼：“殿下颇有大志。”

想拔了易国如的牙？那得看他有没有本事收回兵符。

太子殿下笑得胸有成竹：“北境边关十万兵力驻守不回，易大将军带三千人回京，只要他能进这国都，其余的都好说。”

殷戈止垂眸不语，顺手拿了旁边风月砸不开的核桃捏碎给她。

风月笑道：“多谢殿下。”然后转头把核桃给了叶御卿。

叶御卿正盯着殷戈止看，也没留意风月递的是什么，接过来就捏在了手里。

殷戈止的脸色瞬间就不是很好看了，他抬眼看着叶御卿道：“只要殿下吩咐，在下都会好生配合，今日时候不早，殿下还是早些回宫，别在外头逗留太久。”

说罢起身，朝叶御卿做了个“请”的手势。

太子殿下很茫然，不过想要的态度要到了，还是起身拱手，颇有风度地走出去。

出了使臣府的大门，要上马车的时候，他才想起手里有个东西。打开一看，却是一块核桃仁安静地躺着。

心里一动，叶御卿当街大笑三声，笑不可遏。

“殿下？”冯闯看得莫名其妙，担忧地拱手看着他。

“无妨无妨。”叶御卿摆手，“这江山千秋，在他眼里比不得美人多娇，本宫实在觉得有趣罢了。殷戈止是个不错的人，但可惜啊，怕是只能在我烨国终老了。”

质子在别国终老也不是什么怪事，以澧国现在的实力，殷戈止的确很难回去，冯闯不觉得意外。但他觉得不解的是，殿下为什么会因为这事这么高兴？不是一早就该知道的吗？

上位者的心思，他们这种人是看不透的。扶着太子殿下上车，冯闯也没再多问。

马车缓缓驶远，风月嚼着核桃听着动静，等彻底没声响了，才笑眯眯地侧头看着殷戈止问：“殿下，有赏吗？”

殷戈止伸手拿了核桃仁塞进她嘴里，面无表情地道：“赏你。”

“就这个？”张口吃了，风月微微不满，“奴婢这么配合殿下，殿下不厚赏，好歹也夸夸奴婢啊。”

放下手里的书，殷戈止抬眼看着她问：“你为什么知道我想做什么？”

这颗心也未免太过玲珑，他分明半点没告诉过她自己对易大将军的想法，她却在太子面前给了他台阶下，细思极恐。

风月眨眼，一脸无辜地道：“您想做的事情不是很明显吗？碍着易小姐不想明面上跟易将军作对，可是又不想拂了太子的意思嘛！奴婢懂，所以就用奴婢做借口好了，易小姐那边，您骗骗就成了。”

竟然是这么想的？殷戈止垂眸，微微舒了口气。

“怎么了？不对吗？”风月疑惑。

“多吃点核桃。”殷戈止拿起书来继续看，道，“核桃补脑。”

风月：“……”

晚上的时候，灵殊买了绿豆糕回来，风月把绿豆糕拿出来给她去吃，然后关上门撕开了包糕点的纸。

“易已近京师，传闻重伤，真实情况不得知。城外有异动，护城军自昨日起选北郊沙场练兵。”

北郊沙场？风月眯眼。

易大将军带兵回朝，那几千士兵定然是要驻扎在北郊外的，这是历来的规矩。但护城军怎么会突然换了练兵场？虽说也没什么不妥，可易国如向来多疑，此举定然会让他觉得皇室有防他之心，再加上太子最近的举动，怕是……

安世冲不会无缘无故换练兵场，此事殷戈止绝对知情，甚至有可能就是他出的主意。

想干什么？

烧了信纸，风月坐在桌边，撑着下巴想事情，没想一会儿，外头的灵殊就着急地推门进来道："主子，梦回楼出事啦！"

她浑身一凛，回头皱着眉问："出什么事了？"

"何愁姑娘冒犯了一个恩客，那恩客似乎有些权势，直接要抓何愁姑娘见官！金妈妈让人来传信，问您能不能想想办法。"

何愁？心里跳了跳，风月连忙提着裙子往外走。

"想去哪儿？"经过回廊的时候，旁边响起一个不悦的声音。

风月微微一顿，转头赔笑："您还没歇着呢？梦回楼出事了，奴婢要去看看。"

殷戈止挑眉，起身从凉亭里走过来，站在她面前看着她道："你去看了有什么用？"

无权无势，又已经是被赎身的姑娘，去看自然没什么用。风月眼珠子一转，立马跳起来抱住了这位爷，笑着讨好道："那您去看看呗？"

"麻烦。"

"别啊，好歹奴婢给您的东西都要从那儿来呢，出了事对咱们都没有好处啊，您就当睡不着散个步，去看看吧！"眼睛眨巴眨巴，身子也扭啊扭啊，风月嘤嘤嘤地道，"救人一命胜造七级浮屠。"

殷戈止斜眼看着她，揉了揉眉心："我有一件事正觉得棘手，你要是能帮我解决，那一切都好说。"

"行啊，奴婢能做的都做！"风月拉着他就往外走，"边走边说吧，谁的事儿啊？"

"房文心的。"殷戈止道，"你先前不是说这个人没去过梦回楼，所以不是很了解吗？"

"是这样没错。"风月颔首，"您那单子上的人，也就他一个还没处置好吧？”

殷戈止点点头，出了门，顺手将她抱上马车，然后跟着坐上去，让观止驾车。

“此人行事缜密，这些天我一直在找他的错漏，然而他与易大将军没有直接来往，平时又不常出宫，实在难以抓着把柄。太子本说他来处置，给那人放了假，企图看看他与谁来往，去什么地方。可最近除了见黎振羽那种小角色，他当真是什么也不做。”

风月听得笑了：“是个聪明人啊！”

“以前是易国如麾下猛将，一身战功无病无痛，却甘愿退回来当了个禁军副统领。”殷戈止淡淡道，“易大将军很会调教部下。”

这十几年来，忠于易国如的人，都慢慢从战场上退了下来，到国都各地当了不大不小的官。他举荐的人，烨国皇帝自然不会拒绝，但日积月累，这朝中兵将，大多成了易国如的人，要是真出事，恐怕连皇命都不会听。

老皇帝压根没有居安思危的意识，幸得一个太子殿下颇为聪慧，不然，这天下还当真没人能奈何得了易国如。

只是，太子殿下也激进了些，如今的情况，要么在易国如回来之前将这些爪牙拔干净，要么就将拔了的爪牙，统统安回去，恢复原样，不然等老虎回窝，这一番撕咬，太子殿下未必能赢。

殷大皇子轻轻敲着坐垫，一点也不想承认是自己跟风月弄到的东西使得太子殿下不得不激进，太子跟易大将军斗嘛，他们只是无辜的旁观者而已。

“此事，奴婢会尽力的。”风月道，“但现在，请殿下务必救何愁一命。”

“她很重要？”殷戈止问。

风月皱了皱眉，道：“我梦回楼的每一个姑娘都很重要。”

看她一眼，殷戈止没再说话，伸手拉了她的手放在掌心，轻轻握住。

风月一颗心顿时就安定下来，她抿唇，轻轻舒了口气。

晚上的招摇街依旧是热闹非凡，只是这回梦回楼的门口围满了人，官差刚好到了，正架着何愁，要往囚车上押。

金妈妈在旁边着急地跺脚：“官爷，官爷！我家姑娘有什么过错啊？

没到要见官的地步吧！还用囚车……哎哎，咱们以后怎么做生意啊？”

官差哪肯听她的，照旧押着人。金妈妈见状，立马朝旁边那恩客求情：“您大人有大量啊，有话咱们好好说。”

风月拨开人群，看见那一脸严肃的恩客负手而立，脸上满是恼怒的表情。

“出什么事了？”殷戈止问了一声。

黎振羽正烦着呢，听见这问题就挥手：“别瞎问了，有话去公堂上说吧！”

旁边的房文心却是一愣，看了殷戈止一眼，脸色大变，拽着黎振羽转身就要走。

“房大统领，”房文心步子还没迈开，就听见殷戈止平静的声音响起，“您怎么来了这儿？”

暗暗喊了一声糟糕，房文心僵硬着身子，好半天才缓缓转过头来，朝着殷戈止拱手笑道：“您也在这儿？真是巧了。”

“在下路过罢了。”看了看那边还被押着的何愁，又看了看四周围着的百姓，殷戈止问，“这是闹的哪一出？”

等看清了这人的脸，黎振羽脸都白了，连忙拱手行礼：“殿下，咱们只是来喝喝酒，没想到遇见有人行刺，所以报了官。”

“行刺？”殷戈止疑惑地问，“谁那么不要命，敢行刺二位统领啊？”

趁着他们说话没注意，风月猫着腰溜到何愁身边，将两个官差瞪得松了手，然后拉着何愁小声问：“你动手了？”

“等了这么久，怎么能不动手？”何愁闭眼，嘴唇发白，“但是我高估了自己，低估了他。”

房文心是很少出来的，她等了这么多年也不见他来梦回楼，好不容易遇见一个认识黎振羽的恩客，她花了好大的力气才让黎振羽邀房文心一起来梦回楼。这机会可能一辈子就这么一次，不杀的话，报仇就只能等下辈子了！

但失败了，报仇也只能等下辈子了。

何愁很恨，恨得手都捏得泛白，然而没有用，她可能保不住命了。

正想着，手就被人掰开了。何愁一愣，转头看向旁边的人。

风月笑得很温柔，眼里亮晶晶的，她低声道："真是运气好，幸好是他要弄死你，换作别人，有人可能就当真嫌麻烦不管了。"

这是什么意思？何愁没听明白，一脸茫然，房文心可是禁军副统领啊，为什么幸好是他？

不过很快她就知道了原因——那头施施然站着的白衣公子道："刺杀朝廷命官，关系重大，在下陪大人一起去一趟衙门，问问缘由吧。"

房文心沉默良久，突然开口道："也许是卑职误会了。"

"嗯？"

"卑职也没看清楚那女子是在做什么，只觉得她拿了发簪，看起来像是要行刺，其实也不敢肯定。"

"哦？"殷戈止挑眉，转头看着何愁问，"这位姑娘，你是要行刺吗？"

何愁有点傻眼，被风月掐了一下才回神，连忙低头道："奴婢冤枉，奴婢只是想换个发簪而已。"

"这样啊。"殷戈止点头，"那就不必闹得这么人心惶惶的了，房大人，相请不如偶遇，咱们上去再喝两杯如何？"

房文心哪还有心思喝酒，当下就摇头："卑职还有要事在身，得先走一步，还望殿下海涵。"

先前还喝花酒呢，现在就有要事在身了？风月觉得这借口找得很差劲，然而场面话人家说了，殷戈止也就应了，拱手道："那大人慢走。"

梦回楼门口的官差很尴尬，正想问这人还抓不抓，就被黎振羽挥着手一并带走了。

金妈妈感动得要哭了，上来就朝着殷戈止作揖："多谢公子，多谢公子，您真是慈悲为怀，菩萨心肠……"

菩萨心肠的殷戈止微微颔首，一点也不要脸地承了这夸奖，然后道："换个地方说话吧。"

金妈妈点头，连忙引着他进门。风月低头跟在何愁旁边，一边走一边道："等会儿他问你什么，你就答什么，一点也别遮掩。"

何愁愣怔，有些不明白地看了她一眼，心思几转，最后还是垂了眸子应下。

几人进了何愁的房间，里头还是一片混乱的状况，灯台倒着，簪子放着，床上的被子也半落在地上，碎了的珠玉零零落落地散了半间屋子，倒让人无从下脚。

“失礼了。”何愁颔首，稍微收拾了一番，请殷戈止到桌边坐下。

金妈妈转头去清理围观的姑娘们，门关上后，殷戈止直接开口问了一句：“你杀他做什么？”

何愁身子微微一抖，很想狡辩一下，他怎么就知道自己一定是想杀人呢？但是一想到风月刚刚说的话，她抿唇，犹豫片刻之后道：“有仇。”

“你们梦回楼的姑娘与人有仇的还真不少。”拿起桌上那尖得瘆人的簪子，殷戈止碰了碰簪尖，指头就溢了血。

“公子，”风月低呼，立马过去拿帕子给他捂了手，一脸关切地道，“您没事儿吧？”

斜睨她一眼，殷戈止还算满意，伸手将她抱在怀里，让她好生捏着自己的手，然后抬头继续看着何愁。

“奴婢的仇……不是自己，根本报不了。”何愁垂眸，“他是堂堂禁军副统领，奴婢只是个家破人亡的妓子。”

“所以，仇从何来？”殷戈止问。

何愁叹息：“公子可知一年前的皇恩？恩赏参军作战归来卸甲之人良田百亩。一年前奴婢是个农家孩子，家里有良田，听说了恩旨还觉得皇恩浩荡，谁知道分划田地之时，房统领麾下之人硬是将我家五十亩地统统划归房统领名下，还说是皇上的恩旨，愚民不得反抗。”

说着，她看了看脸上毫无波澜的殷戈止，叹了口气：“占地之事屡见不鲜，他们是官，我们是民，若是只占一半，给我家留个生计，那兴许爹爹就忍了。”

可惜没有，他们被逼得搬离住了十几年的家，她爹一气之下找了师爷，一纸诉状告上衙门。谁知道，等来的不是衙门传召，而是一群穿着盔甲的畜生，直接将她爹活生生打死在他们一家人面前，娘亲当场跟着自尽。她没有反应过来，只知道哭，也不知道跑，被那群畜生压在田地里糟蹋了。八岁的弟弟想来救她，被人一挥手摔出去老远，头磕在石头上，血流了一大摊。

那群士兵是何愁一辈子的噩梦，午夜梦回之时，记得最清晰的就是他们的笑声，以及为首那人分外张狂的一句话：“区区平民，也敢告房大统领？不自量力，死了干净！”

何愁伸手，苦笑道：“可不就是区区平民吗？拿什么与官斗？这一状就算当真能告上去，皇上还能为着一家平民，砍了一个禁军副统领的脑袋？不会的，所以奴婢只能自己来。可惜奴婢不中用，那一簪子没能捅破他心口，反而落在他手里。今日就算逃过一劫，来日恐怕也不会有好日子过。”

感觉到怀里的人身子僵硬，殷戈止顺手摸了摸她的头发安抚了一下，然后道：“既然知道不会有好日子过，那你愿不愿意放手一搏？”

何愁微微一愣，神色复杂：“公子此话何意？”

“城里最近很多高官落马。”殷戈止道，“说不定你再告他一状，他也能得到报应。”

告状？何愁失笑，笑得无奈极了：“奴婢家破人亡，已经什么证据都没了，拿什么告状？”

“告状这种事情，要证据吗？”殷戈止问。

“不要。”怀里的风月认真地接话，然后笑眯眯地看着何愁道，“被占地的肯定不止你们一家，何愁姑娘，只要你能找到其他受害人……找不到也没关系，我给你弄点人出来，去告房文心一状吧。衙门会受理，然后去查，一旦查了，就会有证据，剩下的事情就不必你担心了。”

何愁愕然，震惊地看着这两个人：“这……不要证据……弄点人出来？”

“对，不用讲什么道义，先把坏人弄死，咱们再遵守仁义道德。”风月笑得痞里痞气的，“这种事，这位公子最在行了。”

殷戈止不满地捏了捏她的手，道：“我在你心里就是个坏人？”

“公子，当好人多没意思啊，要被坏人欺负，还要被一大堆规矩束缚，有仇不能报，想杀人不能杀，哪符合您这般潇洒不羁的气质？”风月扭头，一本正经地道，“咱们还是当坏人吧！”

殷戈止摇了摇头，叹息一声，对着何愁道：“她最近有些放肆，不过这些话，姑娘还是听进去吧，今晚不妨就跟着咱们去使臣府，最为周全。”

目瞪口呆地看了看面前这两个人，何愁莫名觉得有点羡慕，而后点了点头，拿了两件衣裳，跟着他们走。

“金妈妈，”风月打开门就吆喝，“回头客啊，咱们这儿有位公子要给何愁姑娘赎身啦！”

这一嗓子使得众多姑娘都看了过来。金妈妈张大了嘴，瓜子都掉地上了，连忙跑过来打算盘：“赎身好啊，赎身好，公子是老顾客了，给抹个零头，承惠三百两整。”

殷戈止很是厚颜无耻地道：“她要赎人，自然是她给银子。”

风月左右张望，很想问“她”是谁啊，结果就见一只狼爪子伸到她的袖袋里，掏出三张百两的大额银票来。

风月瞪眼，这还要不要脸了？

殷戈止面无表情，没办法，他表面上是个一贫如洗的质子。

风月：那也不能拿我的棺材本啊！

殷戈止：等你死了，我给你做棺材。

最后还是风月败下阵来，她只得松了手，任由这人拿走了她的银票，放进金妈妈手里。

金妈妈笑得只见眉毛不见眼的，很是放心地让他们把人带走了。

观止忧心忡忡地赶着马车，心想自家主子要是总这样往府里带人，那使臣府最后会不会就成了梦回楼？

这种担心显然是多余的，殷戈止将何愁放在了客院，然后名正言顺地抱着风月回了主院休息。

“殿下。”风月满目忧愁，“这一状当真能给那房文心定死罪？”

“不能。”殷戈止摇头。

风月柳眉倒竖：“不能还告他做什么啊？咱们直接想法子把他切了吧！”

殷戈止嫌弃地斜睨她一眼，伸手就往她嘴里塞了颗核桃：“多长长脑子，占地罪不至死，麾下的人杀人也可以让下头的人顶罪，可上头还有个磨着刀的太子殿下。”

就算罪不至死，但在这个易大将军即将回来的节骨眼上，叶御卿一定不会让房文心活着。

风月眉头一松，咧嘴就笑，安心地倒在殷戈止怀里，由衷地感叹：“有您在真是太好了。”

至少现在这个时候，她不用孤军奋战。

殷戈止心口微微一软，伸手摸了摸她的头发，将人抱起来，放到床上去：“大夫说你体虚，多休息吧。”

屋子里的灯灭了，使臣府又是一片宁静。

两日之后的太尉衙门门口，何愁一身农妇装扮，带着三十余农民，额头齐刷刷地捆着白布条，举着血红的“冤”字大旗，跪成了一个半圆。

这场景实在壮观，引得百姓纷纷指点询问情况，然而跪了一个时辰，太尉衙门的大门也没开，只有官差出来道：“民案前往京兆尹衙门即可。”

何愁高声道：“民女所告乃禁军副统领，四品官员房文心，京兆尹衙门无权受理，还望太尉大人体察民情！”

此言一出，官差都被吓得进去了，衙门大门依旧紧闭。

于是半个时辰之后，太子殿下“无意间”路过，看着这场景，大为恼怒，上前就让人砸开了太尉府的大门，亲自升堂，询问这群百姓的冤情。

“太子殿下将来会是个很好的皇帝啊。”坐在殷戈止的怀里，风月一边感叹一边喝补药，“能这么路见不平，实在是各国皇子楷模。”

抱着她的澧国皇子冷笑了一声。

被这声音吓得一哆嗦，风月立马转头：“不过再厉害，也比不得咱们澧国的大皇子，上能杀敌，下能草书，受万民爱戴……”

“闭嘴。”殷戈止低斥。

风月一点也没被他吓唬住，笑眯眯地把补药给他分享一口，然后道：“奴婢最喜欢您了！”

殷戈止凶恶的表情僵了僵，然后别开头，嘴角轻抿，眼神瞬间就柔和了不少。

也不知是谁说的，嘴硬的人心最软。风月笑眯眯地看着他，捏着软刀子往他心口一个劲地捅：“您喜欢奴婢吗？”

“不喜欢。”

“为什么呀？”

“……”

“说不出理由，那就是喜欢！”风月笑得花枝乱颤，伸手勾了勾他的下巴，媚眼如丝，“难得能有殿下的喜欢，奴婢真是高兴。”

伸手掐着她，殷戈止道：“你老实点！”

老实了还有什么意思？风月咧嘴，张口就咬在他的下巴上。

使臣府是世外桃源啊，任这不阴城怎么风云变幻，她都能安安心心地跟这人嬉闹。这种与强者为伍的快感，要好好珍惜才是。

房文心被叶御卿扔进了大牢，进去之前恶狠狠地看着何愁道：“我不会放过你的！”

何愁低眉顺目地站着，一言不发，看着他被戴上锁链，她眼里余愁不散。

“这位姑娘。”冯闯过来朝她拱手，“这边请。”

何愁疑惑地看他一眼，道：“该告的民女已经告了，殿下也已经审结，现在要去哪里？”

冯闯没多说，挥手就让人架起她，塞进太尉公堂旁边的小房间里。

“你看起来很恨房大人。”叶御卿坐在那房间里，摇着扇子微笑着看着她，“方才在公堂上字字句句都满是怨气。”

何愁低头：“多谢殿下秉公办案。”

她不恨，那谁来恨呢？

“可惜这案子本宫也定不了他的死罪，你的家人却是已经死完了。”叶御卿叹息，“会不会不甘心？”

看他一眼，何愁皱眉：“当然不甘心。”

“那本宫再给你一个机会如何？”

“什么机会？”何愁眼里一亮，期盼地看着他。

叶御卿笑道：“这儿有一把匕首，你先刺我一刀，接着就会被关在房文心的牢房里。”

何愁微微一震，皱眉道：“奴婢乃弱质女流，不是房统领的对手。”

“这个你不用担心。”叶御卿道，“只要你进去了，便可以杀了他。只是……杀了他之后，你未必能离开。”

“好。”想也没想，何愁点头就应了，接过他手里的匕首，立马便要往他身上捅！

叶御卿哭笑不得，合了扇子挡住她，低声道：“别着急啊，本宫可不能当真受伤。”

说着，他拿出一个鼓鼓的羊皮袋塞进怀里。

何愁看得傻眼，他温柔又坚定地抓着她的手，让匕首抵着那羊皮袋的位置，示意她捅。

冰凉的手被他温热的手掌握着，有那么一瞬间，何愁竟然觉得很舒坦。不过她可没真傻，没忘记眼前这人是谁，她定了定神，手上用力，恰好将那羊皮袋捅破。

鲜血顿时染红了这人绣有龙纹的衣裳，叶御卿痛苦地低喝一声：“抓刺客！”

外头的冯闯早就准备好了，一进来便将何愁带了下去，她手里的匕首也没没收，一路拎着她扔进了牢房。

落在松软的稻草堆里，何愁怔忪片刻，立马回过神，警惕地看着四周。

阳光从小小的窗口照进来，这牢房里就两个人，除了她，另一个人不知怎么的，睡得很沉。

眯着眼睛看清了这人的脸，何愁的手微微颤抖，她捏着匕首慢慢地靠近他，深吸一口气，一刀就朝他心口狠狠扎了下去！

正在嬉闹的风月突然僵硬了身子，皱眉抬头看了一眼天。

“怎么？”殷戈止睨着她，“中邪了？”

“奴婢突然想起一个问题。”风月边喃喃地说着边转头看他，“要是房文心平白无故死在大牢里，官职仍在，想必其家人不会善罢甘休，那他要怎么死，才合情合理？”

殷戈止淡淡道：“被仇人杀死。”

“对啊！”风月眯眼，“所以他仇人要是当真动手了，会是什么下场？”

“杀人偿命。”

一股子凉意从脚底板升到心窝子，风月打了个寒战，抓着他的衣襟就道：“太子想让何愁顶罪？”

“不是顶罪。”殷戈止道，“是她自愿的，她想报仇，太子给她机会报仇。”

可报仇之后呢？风月睁大眼：“她会死的！”

“活着也没什么意思。”

“活着有没有意思也该她自己来说，您在这儿说什么风凉话？”风月怒了，“她可以继续活下去的！”

殷戈止道沉了脸色：“你胆子大了，敢冲我吼了？”

风月委屈地一撇嘴，软了语气：“奴婢也不是要吼您，但……”

“她自己选的路，与你何干？”

“可……”

“她不死，难道让与这事毫不相干的人来死？”殷戈止慢条斯理地道，“说了想当坏人，你就别存慈悲之心，谁也救不得苦厄众生。”

风月红了眼。

她不是大慈大悲的人，可她想梦回楼的姑娘们报完仇都能好好活着，已经够苦的了，老天爷总要给她们一个机会，用时光补偿她们。

抱起她，殷戈止往床榻的方向走，语气冷淡：“与其操心别人，你还是想想自己吧，大夫说你体寒，将来可能不能生育。”

“哦。”风月心不在焉地应着，“不能生就不能生吧，生了还麻烦。”

手一僵，殷戈止眯眼，突然问了一句：“你每次伺候我，事后是不是也要喝绝子汤？”

“这是自然。”风月颔首，“奴婢这样低贱的女人，总不能怀上您的贵种。”

青楼女子都得喝这个的，她也不例外。

殷戈止点头，表情很平静，却伸手毫不留情地将她扔在了床上，“咚”的一声巨响。

风月龇牙咧嘴，捂着腰，哭笑不得：“您这是想让奴婢这么做，还是不赞同奴婢这么做？”

“事后一碗汤，是规矩。”殷戈止面无表情，“你该喝就喝。”

说完，转身就出去了。

躺在床上的风月眯眼，低头想了想，长叹了一口气。

房文心死了，朝廷里一片哗然，有言官当朝站出来指责太子为政暴戾，滥杀无辜，却被太尉府送上来的凶手证词弄得哑口无言。

“本宫暴戾？”叶御卿笑得温和，“本宫只是行律法当行之事，善恶有报，都是他们自己的业果，与本宫有什么干系？”

言官们敢怒不敢言，太子殿下大手一挥，让宗正在不阴城中多做准备，迎接易大将军班师回朝。

爪牙清理了不少，老虎回窝也得疼上一段时间，现在把该收拾的都收拾了，不阴城里的血腥味儿可不能太重。

“殿下。”冯闯在他耳边低声道，“何愁姑娘被关在死牢里了。”

想起那女子眼里的决绝，叶御卿展开扇子笑出了声：“倒是帮了本宫很大的忙，也是一个靠谱的人，正好本宫身边缺个体贴的宫女，你想想办法吧。”

冯闯一愣，不由得皱眉：“殿下，此女子心狠手辣……”

“仇怨太深罢了。”叶御卿道，“现在大仇已报，她怕是对本宫感念于心，想报恩还来不及。如此忠心的姑娘，不留在身边，岂不可惜？”

冯闯想了想，低头应是。

于是何愁行刑这日，风月就坐在何愁本人旁边，目瞪口呆地看着对面的叶御卿。

“太子殿下……”

“她是本宫新收的宫女，叫忘忧。”

殷戈止眼里波澜不惊，喝着茶眼皮都没抬一下，倒是风月激动得两眼水汪汪的，抓着忘忧的手连连道：“殿下真是个好人，殿下真是个大好人！”

忘忧依旧是一副端庄寡言的模样，眼里积郁已散，整个人看起来更加乖顺，朝着她微微一笑：“让姑娘费心了。”

“没事没事。”风月道，“本来以为你要死了，我还在想怎么跟金妈妈交代，现在好啦，可以睡个安稳觉了！”

叶御卿失笑，摇头道：“风月姑娘操心的事情还真不少。”

“是啊是啊。”风月认真地点头，抓了自己的一缕秀发，委屈道，“头发都要操心白了。”

看了一眼她那黑得跟墨水似的头发，殷戈止嗤了一声，摇了摇头。

睁着眼睛说瞎话的本事越来越厉害了。

“说起来，殿下是不是很久没去看珠儿了？”叶御卿侧头看着殷戈止道，“易大将军已经抵达不阴城境内，想必明日就会进城。最近珠儿可受了不少的苦。”

更重要的是，还有很多东西没放回将军府的客房。

殷戈止颔首：“等怀祖到了，在下就要去将军府拜访。”

“徐都尉？”叶御卿挑眉，“您同他一起？”

“自然。”殷戈止道，“徐家先前与宋家定了亲事，两个孩子一直没机会见面，徐将军的意思是，反正都是要成亲的人了，找个由头坐下来喝喝茶，知己知彼也好。”

风月一愣，眨眨眼，突然问了一句：“那宋家小姐的未婚夫，是徐都尉？”

“正是。”

“呵呵”笑了两声，风月道：“奴婢也想一起去。”

上次虽然说是她自己找打的，但宋家小姐那落井下石的高兴样子她现在还记得呢，多好的机会啊，不去看看怎么行！

“自然是要带上你。”殷戈止道，“总要去谢谢人家教的规矩。”

这话说得正正经经的，旁边的两个人都没听出来什么，风月一顿，倒是意外地看了他一眼。

难不成记仇的不止她一个啊？还是说那顿板子打在他护心鳞上，痛在他心口？

莫名更兴奋了一点，风月就伸着脑袋等着徐怀祖来。

叶御卿看着他们，突然侧头问了忘忧一句：“你觉不觉得他们俩越长越像了？”

忘忧一愣，小心翼翼地看了他一眼，而后低头道：“风月姑娘傲视群芳，殷殿下风华绝代，若说相貌，自然是南辕北辙，可若说这一身气质……是挺像的。”

尤其是那种让人瞧着后背发凉的感觉，简直一模一样！

叶御卿摇头低笑，他失了至宝，换了条臂膀，看起来是挺划算的，但是瞧这两人这么好，难免有些微不悦。不过罢了，江山在前，美人何重？

徐怀祖没一会儿就到了，一身灰锦绣着时下盛行的蛇形纹，看起来英气又潇洒，铜冠束发，与别的玉面公子不同，独有一股子大将之风。

“师父，殿下。”徐怀祖一上来就规规矩矩地行礼，笑得露出一排白牙，“该去将军府了。”

叶御卿颔首：“你的终身大事可不能耽误，还请殷殿下这就动身吧。本宫也该回去了。”

“恭送殿下。”徐怀祖低头拱手，看着那绣着龙纹的靴子踏远了，才松了口气，转头喊，“师父……”

这声音里充满着委屈和不甘，殷戈止听得挑眉：“不想去将军府？”

徐怀祖垂头丧气地坐下来道：“男子汉尚未建功立业，谈什么儿女情长？我爹也真是的，生怕徐家香火断了一样，这么早就给我定下姻亲。”

风月笑眯眯地道：“安少爷也定了姻亲呀，您总不能落在他后头。”

说起这个，徐怀祖就更烦了：“可不是吗？他定了亲，所以最近都不跟我一起练早课了，就躲在府里瞎打扮，跟个大姑娘似的！您说说，谁家姑娘能喜欢他那样的？”

殷戈止掀了掀眼皮：“我倒是听说他最近打不过你，所以躲在府里刻苦练功。”

“是这样吗？”徐怀祖皱眉，“那早说啊，我让让他不就好了？都是穿一条裤子长大的，计较什么输赢？”

风月失笑，这徐家少爷性子耿直，安家公子倒是更细腻些，在意输赢也很正常。

“行了，走吧。”殷戈止起身道，“让人家在将军府等太久也不好。”

徐怀祖叹了口气，跟着站起来，走在风月旁边，嘴里念念有词：“真是麻烦啊，要见面，一起出来吃个饭不就好了。非在将军府，我就不喜欢那地方……”

“为何？”风月笑着问。

“总觉得不舒坦，四周都怪怪的。”徐怀祖撇嘴。

四周都是机关，当然怪怪的。风月笑着摇头，问了他一句：“您见过那宋家小姐了吗？”

“没有。”徐怀祖满脸忧愁，“听媒人说了，是个端庄贤惠的姑娘，口舌不多，也会持家，精通书画，写得一手好词。想想也不会太差，但听着也没多喜欢。”

他还是喜欢性子冷清点的，话不多，有主见的那种。不然以后成亲，没事就对他指手画脚，那多烦人啊！

“奴婢见过了，长得还不错，不会辱没您。”风月道，“至于口舌多不多，您得见了才知道。”

“哦？”徐怀祖来了兴趣，“风月姑娘怎么会见过的？”

“上回随殿下去将军府，有幸见识。”

上回？徐怀祖一愣，当即皱眉：“上回观止说您是带着伤从将军府回去的啊，在下一直没问，是出什么事儿了？”

风月眨眼，正犹豫着要不要说，就听得前头慢悠悠走着的殷戈止道：“没出什么大事，就是几家小姐帮着珠儿出气，给了风月点教训。”

好家伙，把她自己打赌找揍的剧情都跳过了，风月咋舌，这听起来像不像告恶状啊？

徐怀祖一顿，接着就沉了脸：“怪不得非得去将军府看人，敢情也是个喜欢攀着高枝狐假虎威的。”

“人到底如何，不能只听媒人说，也不能只听我们说。”踩着矮凳上了马车，殷戈止道，“你去看看才知道。”

点头应了，徐怀祖还是有点恼，伸手将风月扶上车，自己跟着上去，然后沉声道：“师父身边也没别的人，徒儿一直将风月姑娘当成半个师娘，她又是以徒儿的名义送来师父身边的，要是有人欺负她，那就是跟徒儿过不去！”

鉴于上次说风月像师娘被狠狠教训了一顿，徐怀祖这次学乖了，说半个师娘，还小心翼翼地打量了自家师父一眼。

哪知这次殷戈止完全没在意，反而颔首道：“你有心了。”

……这是被认可了？徐怀祖愕然，看了看殷戈止，又看了看他旁边乖乖依偎着的风月，下巴差点掉了。

几天没见，这两位的感情怎么好了这么多？

徐怀祖伸手抬了抬下巴，缓缓握拳！既然师父都默许了，那他一定要为风月姑娘讨个公道！

宋若词满心欢喜地在花厅里等着，手里的帕子揉得都要烂了。易掌珠觉得好笑，道：“这么紧张做什么？他又不吃人。”

“您不知道，出来的时候母亲就跟我说，一定不能留差了印象，不然婚事坏了也说不准。”

徐家公子年纪轻轻就当上了护城军都尉，这样的好亲事，就算是王公贵族的女儿，也难得一遇。既然落在她头上了，她就得好好掌握才是！

易掌珠笑着摇头，正想打趣她两句，就听得点钗进来道：“主子，人都到门口了。”

第七章

不毁一桩亲

放下茶盏，易掌珠连忙出门去迎，宋若词跟在她后头，脸上绯红一片。

门口家丁站成了两排，殷戈止带着人下车，就对上了易掌珠温柔又委屈的眼神。

她嗔怪道：“殷哥哥终于舍得来看珠儿了。”

殷戈止微微颔首，挥手让人去搬车上的东西：“近日闲暇，你府上事务又多，故而没来打扰。今日怀祖要来，正好来还上次借将军府的书。”

说完，徐怀祖就出来朝易掌珠行了一礼：“易小姐。”

后头的宋若词心口怦怦直跳，眼神飘忽了半天，终于鼓足勇气抬头看了徐怀祖的方向一眼。

徐怀祖抿唇，转身就扶了行礼的风月一把：“姑娘伤还没全好，当心些。”

宋若词愣住了，易掌珠瞧着也皱了皱眉，淡笑道：“风月姑娘也来了。”

“本是不该叨扰，可殿下身边要人伺候，奴婢便跟来了。”风月笑得很是欠揍，“易小姐安好，宋小姐有礼。”

宋若词脸都青了，她是养在闺阁里的小姐，对外头发生的事情都不太知晓，不明白为什么徐怀祖对这个女人这么好。

完了完了，来的路上风月肯定已经说过她的坏话了，那徐少爷会怎么看她？

“先进去说话吧。”易掌珠没注意宋若词的表情，只看着殷戈止道，“爹爹马上要回朝，珠儿还有很多事情没做完，望殷哥哥帮帮忙。”

“好。”殷戈止应了，抬脚跨进门。

风月低头跟在后面，本想走最后，谁知道徐怀祖拉着她的胳膊跟她并排，嘀咕道：“风月姑娘，怀祖的终身大事就靠您了！”

啥？风月眨眼：“您的终身大事，不是在宋小姐身上吗？”

“就是因为在她身上，所以要靠您试出她的真品行，不然娶错了人，怀祖这一辈子便毁了！”

瞧他这一脸凝重的模样，风月失笑，点了点头：“好。”

于是，本应是易大小姐引走殷戈止，让两个未婚男女好好聊天的，最后就变成了三个人一起坐在凉亭里，两个人笑眯眯的，独宋若词绿着脸。

“宋家小姐，”徐怀祖微笑着开口，“听人说小姐擅长写词。”

宋若词勉强笑了笑，看了风月一眼：“徐公子若是要论诗词，咱们换个地方可好？”

“这儿便不错。”徐怀祖道，“小姐害羞？”

不是害羞，是害怕！宋若词戒备地看着风月，忍不住问：“这位姑娘为何坐在这里？要是没记错的话，她是殷殿下的侍女。”

“没错，是我送给师父的侍女。”徐怀祖点头，笑着道，“听说上次在将军府学了些规矩，承蒙小姐帮忙指点了。”

宋若词心里一沉，皱眉道：“公子莫要听人胡言，上次在将军府，小女子什么也没做过！”

风月低头嗑瓜子，动作优雅，事不关己。

徐怀祖点头：“是我误会了？风月还说小姐对她颇为照顾，想好生感谢。”

她会这么说？宋若词不信，可眼下这气氛实在太尴尬了，犹豫再三，她还是道：“感谢就不必了，不过风月姑娘可否回避一二？我有话想单独跟徐少爷说。”

风月点头，很是乖巧地捏着瓜子去庭院里背对着他们站着。

徐怀祖依旧笑着看着宋若词，后者却严肃了神色，低声道：“徐少爷，小女子与这风月姑娘的确是见过，指点谈不上，但她无丝毫自知之明，妄图与易大小姐争抢殷殿下的宠爱，实在过分，还请少爷小心此人，莫要被其容颜迷惑。”

“哦？”看了风月的背影一眼，徐怀祖也跟着严肃起来，星眸灼灼地盯着宋若词，“真有这样的事？”

“上回这将军府里闹得沸沸扬扬，几家小姐都在，公子若是不信，随意找谁来问问就知道。”见他肯听，宋若词便说得起劲了，往他面前凑了凑，眼神古怪，“而且听闻她还是个青楼女子，说话粗俗不堪，您送人去殷殿下身边，也没提前看清她是个什么人吗？”

徐怀祖扶额：“啊，还真是没看清。”

“那现在把人送走也不晚。”宋若词摇头，以一副苦口婆心的样子劝道，“虽说男人都喜欢美貌的女子，可有的人美貌没用，绣花枕头一包草。不止女人，男人也有相貌堂堂却无涵养的，像您这般才貌双全、文武俱佳的公子，倒是不多见。”

这说着说着还顺带夸了他一把？徐怀祖笑了笑，道：“过奖，宋小姐看起来眼界颇高。”

脸上一红，宋若词低头道：“公子说笑。”

“毕竟都是高门出身，眼界高是自然的。”他咧嘴，笑得很是爽朗，“在下的眼界也不低。”

宋若词微微一顿，抬头看他，大着胆子打趣一句：“那小女子能被公子看上，倒是有些本事。”

“嗯。”徐怀祖点头，“在下向来最喜欢寡言少语、精明聪慧之人，不在背后说人长短，不惹是非，很省心。宋小姐恰好就是在下喜欢的这类人，想来你我成亲，也必定是一段好姻缘。”

风月听得一口瓜子喷了出去，呛咳了两声。

宋若词愕然，一时间没明白这话是什么意思，等反应过来的时候，整张脸霎时涨红，臊得坐不住，眼泪儿一冒，起身就要走。

“宋小姐怎么了？”徐怀祖一脸无辜，“在下说错话了？”

宋若词停住步子，又气愤又疑惑地回头问他一句：“公子方才说的话，都是真心的吗？”

“为什么不是真心的？”徐怀祖笑得真诚，“小姐这样蕙质兰心、善良温柔的姑娘，也是少见呢。”

笑得是真诚，话说出来却是有八成的讽刺意味，连站得很远的风月都听出来了，更别说对着他的宋若词。

宋若词气得跺脚，又是委屈又是觉得被羞辱，扭身就哭着跑了。

风月回头目瞪口呆地问了一句：“徐少爷，您这辣手摧花的本事跟谁学的？”

徐怀祖坏笑，朝天一拱手：“承蒙师父教导。”

想起某个人辣手摧花的本事，风月打了个寒战，摇头道：“宋小姐是与您定了姻亲的，您这样不怕回去挨骂？”

正经了神色，徐怀祖道：“本来我也不急着成亲，就算要成亲，也不能跟这样的女子成亲。太麻烦了，话又多，幸好有姑娘在前，还可以试探一二，若当真盲婚哑嫁，怕是要铸成两个人的不幸。”

风月恍然：“这么说奴婢功劳还不小？”

“是的，找师父邀功去！”徐怀祖咧嘴一笑，拉了她就往主院走。

殷戈止正在听易掌珠说话，易掌珠高高兴兴地夸了宋若词好一通，正说到“为人沉稳不小气”，就听得外头一串儿哭声由远及近。

易掌珠愕然抬头，便见“沉稳”的宋小姐哭花了脸跑进来，坐到她旁边就泣不成声。

“怎么了这是？”易掌珠吓着了，“谁欺负你了？”

“风……风月。”脸上花成一片，宋若词哽咽道，“他们太欺负人了！”

风月？易掌珠脸色微沉，转头看了殷戈止一眼。

殷戈止立马严肃起来，侧头问观止：“风月人呢？”

观止颔首，正要去找，就见徐怀祖跟风月姑娘一起进门了。

“你做了什么？”殷戈止很是不悦地问，“怎么惹哭了宋家小姐？”

风月无辜地跪下：“奴婢什么也没做啊，宋小姐让奴婢回避，奴婢就一直站在庭院里，没说过一句话！”

徐怀祖点头：“徒儿可以作证，她当真是一句话都没说。”

见状，宋若词起身想走，却被易掌珠一巴掌按了下来。易掌珠皱眉看着徐怀祖道："一句话没说，怎么把人气哭了？"

"在下也不是很明白宋小姐在哭什么。"徐怀祖皱眉，"在下夸宋小姐聪慧少言，是个不在背后嚼人舌根的好姑娘，都还没夸完呢，她就哭着走了。宋小姐，你是不是很不喜欢在下？所以故意要在下如此难堪？"

到底谁让谁难堪啊？宋若词气急，张口就道："你分明讽刺我是长舌妇，爱说人是非，却说是什么夸奖！"

"宋小姐怎么如此说自己？"徐怀祖皱眉，"就算你当真说了人是非，在下也没有看不起的意思，是真心想跟小姐好，所以说话哄小姐开心而已。"

一听这话，易掌珠立马转头劝道："你这么小心眼做什么？很快就是一家人了，难不成玩笑都开不得？"

"他那哪是玩笑？"宋若词委屈极了，眼泪成串地掉。从小到大谁给过她那种脸色啊，偏偏是自己未来的夫君，她一想起来就难受。

"差不多得了。"易掌珠皱眉，压低声音道，"先前你自个儿不也说这桩婚事难得吗？现在怎么了？想自己破坏了去？"

"可是……"宋若词撇嘴，"他压根不喜欢我，看起来还很讨厌我……"

"那有什么，来日方长啊。"易掌珠摇头，"女人就该温柔体贴点，男人爱说什么，你让他说去就好了。时间久了，陪在他身边的人还是你，他自然懂得珍惜了。"

哭声缓和了下来，宋若词疑惑地看着易掌珠："是这样吗？"

"是啊。"易掌珠道，"宁毁一座庙，不拆一桩亲，既然已经定下婚事，你也该多忍让。"

有道理，宋若词抿唇，连忙擦干了眼泪，抬头看着徐怀祖道："既然是小女子误会了，那就在这儿给公子赔个不是。"

徐怀祖眯眼，看了易掌珠一眼，笑道："易小姐真是善良体贴。"

"徐少爷过奖。"易掌珠眉目温和，"你们两个是天定的缘分，那就该好好相处。"

"可是，方才宋小姐那一顿哭，已经吓着了在下。"徐怀祖叹息，"在下觉得宋小姐这样的女子，在下无福消受。"

宋若词心里一慌，连忙道："方才是我不对，公子别往心里去……"

“已经往心里去了。”徐怀祖捶了捶心口，一副痛苦的样子，“往后小姐就算嫁过来，恐怕在下也难以给付真心，日子也许不太好过。”

宋若词急了，扯了扯易掌珠的袖子，小声道：“我可不想嫁过去受冷落啊。”

“你自己惹出来的，怪得了谁？”易掌珠拂开她的手，低声道，“想嫁就低眉顺眼一点，不想嫁我也拿你没什么办法。”

要嫁人，必须得忍这么多东西吗？宋若词心里堵得慌，又开始拿帕子擦眼泪，低着头不吭声了。

风月默默地站到殷戈止旁边去，感叹了一句：“名师出高徒。”

“过奖。”殷戈止唇齿微动，声音模糊，“都是当师父的教导有方。”

这还骄傲上了？风月咋舌，原来这人脸皮的厚度是与日俱增的。

同样的事情，殷戈止也遇见过，不过处理起来比徐怀祖简单粗暴得多。

当年想进殷大皇子东宫为妃之人数不胜数，皇帝千挑万挑，浓缩再浓缩，最后还是塞了整整八个侧妃给殷戈止。据朝廷内部小道消息，殷大皇子站在皇帝面前冷笑了许久，最后以自己选正妃的条件，收下了八个侧妃。皇帝刚松了口气，打算夸自家这皇儿懂事了，知道体谅父皇的不容易了，结果八个侧妃一入东宫，殷戈止就接了战报，头也不回地上了战场，留下八个费尽心思到他身边的女人在宫里守活寡。

那还不如夜里送去大皇子床上的，起码有个一夜春宵。

风月感叹了一番，抬头看着前头的徐怀祖。

徐家少爷有脾性啊，看人哭得那么惨也没打算说点什么，拱手就朝殷戈止道：“师父不是说今日来将军府让徒儿看看轻功的最高境界吗？”

易掌珠一愣，看向殷戈止：“什么轻功？”

殷戈止颔首：“忘记跟你说了，我在教授他们轻功，没别的地方可以拿来练练，正好这将军府守卫森严，所以想借来一用。”

眼里一亮，易掌珠道：“就是殷哥哥那来去无影的功夫吗？珠儿也想看。”

“那好。”殷戈止道，“就以院子里还堆着的那些书来当物，烦请给贵府护卫说一声，严加注意四周，稍后在下便一人将这些书归去原处。若是惊扰了任何一位护卫，那就是在下学艺不精。”

风月无语望天，这种还东西的方法都想得出来，当真也是因为易大将军不在府上。

易掌珠很是高兴地应了："那珠儿就在府里转悠，看能不能撞上殷哥哥一两回。"

徐怀祖也点头，拱手道："徒儿尽量跟着师父。"

"只要你跟得上。"殷戈止一拍扶手就起身，身影如雾，飞快地飘去了外头。

当真是飘出去的，众目睽睽之下，除了风月，没一个人看清楚他的动作。

徐怀祖当即拎起衣摆追上去，易掌珠也连忙出门，两人跑得头也不回，就留下风月和还在嘤嘤哭着的宋小姐坐在大堂里。

宋若词瞧着人都走了，反而轻松了些，擦了擦眼泪，目光怨毒地看了风月一眼。

风月耸肩："与奴婢何干？"

她今儿什么也没做，话都是宋若词自己在说。徐怀祖本就不喜欢多嘴多舌的女人，撞在刀口上，怪她吗？

"要不是你说我的坏话，徐公子会对我有这么大的敌意？"宋若词冷笑，"你倒是好，置身事外，无辜得很！"

"宋小姐，"大堂里没什么人了，风月就笑眯眯地端着殷戈止的茶喝了一口，润了润嗓子，"奴婢是做什么对不起小姐的事情了，还是德行有失，当着您的面儿勾搭殷殿下了？"

微微一顿，宋若词皱眉："你一个青楼女子，跟将军府家的小姐过不去，是个人都看不顺眼！"

"所以，看不顺眼奴婢，小姐就大义凛然地赔上自己的婚事，末了当事人在外头玩轻功，您一个人坐在这儿哭？"风月摇头，"您可比易大小姐还菩萨心肠。"

身子僵了僵，宋若词反应过来，看了外头一眼，心里也有些恼火，但顾着面子，还是嘴硬道："姐妹一场，帮着出头是应当的。"

"君子之交淡如水，小人之交扎成堆。"风月咯咯笑道，"你们为着所谓的姐妹情谊，不分青红皂白就同仇敌忾，也太草率了。就算有手帕交的感情在，在不明真相之前，也不必为人强出头。况且，易大小姐哪用得着你们出头。”

易大小姐动动手指就能直接捏死她这样的小蚂蚁。

宋若词说不过她，有些后悔，忍不住又呜咽起来。她是太冲动了，弄成现在这个样子，半点余地都没有了。

“想听听奴婢的建议吗？”看她哭得可怜巴巴的，风月便问了一句。

宋若词不哭了，抬头愣怔地看着她，抿了抿唇才道：“你说。”

“徐家公子不喜欢你，那就不必嫁了。”风月坏笑，“找个疼爱你的男人不是更好？本就是高门之女，找人家也不难，与其等着徐家来退婚，不如你大胆点，以今日徐家公子无理为由，硬气地退了他家的婚事。这样既得了徐家的歉意，又保全了小姐的名声。”

宋若词脸上一僵，目光又带了恨意：“你就是巴不得我不好！”

徐家的婚事多少人抢着想要？她怎么可能去退了？

耸耸肩，风月道：“那您就当奴婢没说吧。”

宋若词冷笑一声，道：“掌珠才是不会害我的人，这姻亲不能拆！你不要我嫁，我偏嫁，嫁得好人家，你自个儿气去吧！”

说罢，她提着裙子就起身，进侧堂找镜子补妆。

风月失笑，觉得这种小气的世家小姐也挺有趣的，气起来一跳一跳的，又非得端着架子和规矩，可爱又可怜。

她摇摇头，慢悠悠地抬脚往外走，想去看看殷戈止那边进行得如何了，结果就见徐怀祖蹲在院子里的那堆书旁边，一副很生气的模样。

“怎么了？”风月问了一句。

徐怀祖恼怒道：“压根看不见师父的人！怎么跟也跟不上，干脆在这儿等，反正他要回来拿这些东西！”

旁边的易掌珠倒是不气，反而有些骄傲：“那是你师父轻功卓绝，出入我这将军府都像入无人之境。”

风月沉默，这位大小姐心真是宽啊，放那么个大魔王在自己家里晃悠，也不怕出事！

事实上已经出事了，易将军损失很惨重，等殷戈止把东西都归于原处，那更惨，易将军连怎么损失的都不会知道。

风月摇头叹息，帮着整理了一下院子里放着的书，没一会儿就见殷戈止飞了回来，潇洒地落在庭院里。

“还有一半。”他认真地看着徐怀祖道，“这次看仔细了，跟上我。”

徐怀祖黑着脸摇头：“跟不上，不跟了！”

殷戈止手里拿了十本书，头上顶了五本，嘴里叼了一本，斜睨他一眼就慢悠悠地往外头走。

这是看不起谁啊？啊！徐少爷怒了，刚刚还说不跟，眼下又“嗷”的一声扑了出去。

易掌珠忍不住赞叹了一声：“殷哥哥真是太厉害了。”

女人对男人的喜欢之情很容易从崇拜里滋生，风月点头，很是理解易掌珠的心情。

因为她当年也是用这种目光看着殷戈止的。

这人如同天神，无所不能，一把长戟威风凛凛，斩敌千万。偏生为人不稳重，很是嚣张邪佞，与别的端着架子的大将军完全不一样。

可是后来她就明白了，这样的人，只适合远观，不适合亵玩，更不适合让人有什么非分之想。

现在她得到教训了，易大小姐显然还没有。

同情地看她一眼，风月转身，悄无声息地出了主院。

荀嬷嬷的院子依旧一点声音都没有，但是上前敲了敲门，门“吱呀”一声就开了。

“嬷嬷！”风月笑得甜甜的，“奴婢来看您啦！”

眼里亮了亮，荀嬷嬷笑了，拉着她的手进去道：“你这丫头来得正好，嬷嬷刚做了麻团，来尝尝。”

“这么巧？”风月道，“那奴婢就有口福了。”

拿了麻团给她，荀嬷嬷道：“我还以为下次见你要很久之后。”

咽了嘴里的麻团，风月笑道：“奴婢受嬷嬷所托，自然要早些来回话。”

想起上次自己让她做的事情，荀嬷嬷一震，眼眶突然就红了：“你……去找了？”

“去了。”风月眯眼笑，“奴婢一进村子就找到了那个叫阿虎的伯伯，他头发有些花白了，但精神很好，还能扛着锄头下地。村里的人都说他一直在等媳妇回来，所以没有成亲，也没有孩子。”

荀嬷嬷喉咙一紧，嘴唇直哆嗦，好半天才哽咽道：“是吗？”

“是啊。”风月唏嘘，“他问奴婢小兰是不是出了事不回去了，奴婢嘴大，就说了说您现在的状况。阿虎伯伯说……没关系，人活着就好，他还有几十年可以等。”

面前的老人哑然，眼里骤然涌出泪水来，风月吓得连忙递帕子过去，柔声道：“他没有怪您，您别难过。”

晶莹的水珠从满是细纹的脸上滑下去，荀嬷嬷张嘴呼吸了许久，终于痛哭出声：“是我对不住他！这么多年了，他一个人可怎么过的？”

风月伸手拍拍她的背，道：“您不也是一个人过的吗？”

“可他娘亲一直想抱孙子的。”挺直的背弯了下来，严肃的荀嬷嬷哭得如同当年刚进宫的少女，“先前就一直念叨，说等我出去，一定要生个大胖小子给她抱抱。可都这么多年了……我……我连封信都没能送回去！”

风月抿唇，有些心疼，站起来抱着她柔声安慰：“咱们想办法送您出去好不好？”

“怎么可能出得去！”荀嬷嬷大哭，“都这么多年了，你真当我没想过法子离开吗？出不去的，没走两步就会被抓回来！”

厚重庄严的衣裳下头只有骨头似的，风月吸气，拍着她的背道：“奴婢来想办法。您不会武功，自然逃不出去。若是有人带您，那就不一样了。”

哭声顿止，荀嬷嬷抬头，眼里满是像点亮了整个天空的星星，像小女孩似的期盼地问她：“当真？”

“当真。”风月点头，握拳，“您等奴婢去哄人开心，那人开心了，带您出来便不是什么问题。”

荀嬷嬷愕然，看着这丫头松开她，头也不回地往外跑，心里其实是不抱什么希望的。

然而，她是真的很想出去，哪怕有万分之一的机会，她也会祈祷！

风月蹲在东院墙外，没一会儿就看见个影子从头顶飘过。

那影子在看见她的时候顿了顿，还是无声无息地进去了，再出来的时候，一把就将她捞起来，按在角落的墙上："找死？"

在这儿等他，引了别人来看见他怎么办？

风月抬头，可怜巴巴地道："实在是有事要殿下帮忙，不得已才在此处恭候。"

殷戈止眯眼，伸手撑在墙上，很是不耐烦地道："什么事？"

"想请殿下把荀嬷嬷偷出府去！"

殷戈止愕然，脚下差点没站稳，不敢置信地看着她："你疯了？偷个嬷嬷出去做什么？"

"殿下就当帮奴婢一个忙如何？"风月双手合十，眨巴着水汪汪的大眼睛，"就帮个忙。"

殷戈止冷哼一声，转身就想走。

腰带被人一扯，他止住步子，不悦地回头瞪她："麻烦！"

风月深吸一口气，硬生生憋出眼泪来："可荀嬷嬷真的太惨了，与爱人分隔几十年，老死在这儿都不能出去见上一面。"

瞧着她这眼泪，殷戈止更暴躁了："你哭就有用？"

一听这话，风月咬唇，眼泪立马掉得跟瀑布似的，哽咽出声："殿下……"

殷戈止黑了半张脸，低骂了一声，甩开她就走："知道了！"

一听到这三个字，风月立马抹了把脸，兴奋地跟上去道："她在将军府西边的院子，就是门口挂着艾草的那个房间。"

殷戈止没理她，却是认真记下了，等书一搬完，顺手就去那院子里，将还在发呆的荀嬷嬷搬到了府外巷子里。

风月回到主院的时候，就看见他正在跟易掌珠辞别。

"东西物归原主，在下还有事，先走一步了。"

易掌珠笑着点头，又看了看后头气鼓鼓的徐怀祖，转身便拉了宋若词推去前头。

"徐公子慢走。"不知道是羞的还是恼的，宋家小姐脸蛋通红，身子微微发抖。

徐怀祖抿唇，还她一礼，却是什么也没说，跟着殷戈止就走了。

风月走在最后，回头悄悄看了一眼，就见易掌珠拉着宋若词的手，柔声劝着："没关系的，谁家姑娘要嫁人还没受过点委屈？"

宋若词摇摇头，拎着裙子就去追前头走得飞快的人。

"师父还有急事？"看殷戈止走得那么快，徐怀祖忍不住问了一声。

殷戈止面无表情地道："再走慢了，她等会儿可能要生气。"

"谁要生气啊？"追上来的风月好奇地问。

殷戈止抿了抿唇，没回答，出了将军府的门就上了马车，让观止七拐八绕地停在巷子口，然后道："你们都别过来，我去接个人。"

接人？徐怀祖和观止都一脸茫然，还没问是什么人呢，就见殷大皇子飞快地消失在巷子里。

风月眯眼，像是想到了什么，立马跳下马车追上去。

荀嬷嬷一脸茫然地在屋顶上吹着风，看着下头熙熙攘攘的人群，还是回不过神。

"我出府了？"她喃喃自语。

"对。"冷不防一阵风刮过来，前头不知从哪儿落了个俊朗的男子来，板着脸对她道，"出来了，现在我带你下去。不要惊叫，有点高。"

哆哆嗦嗦地爬上殷戈止的背，荀嬷嬷瞪大了眼："您……"

"有什么话回去问风月即可。"

"咻"地一下从屋顶上落到地面，荀嬷嬷吓得心脏都快停止跳动了，额头上冷汗涔涔，张大嘴不知道说什么好。

殷戈止看得有点为难，就这么把人带回去，那小妖精要是又哭怎么办？还是先让她歇会儿吧。

于是，他顺手就将荀嬷嬷放在巷子里的大酒坛子上，冷漠地看着。

背后突然有声音问："殿下，您打算用荀嬷嬷泡酒？"

殷戈止有些走神，没注意四周，冷不防被这声音吓了一跳，但还是很镇定地转头看着风月道："没有，她有些累，我让她在这里休息休息。"

风月疑惑地看他一眼，连忙走过去将荀嬷嬷扶下来，轻声问："您还好吗？"

荀嬷嬷呆愣地看着她，僵硬地点头："无妨，无妨……"

"没事就好。"风月笑道，"咱们回去说话吧。"

风月转身要走，荀嬷嬷却没动，于是被她扯得一个趔趄。

风月一顿，转头看着她："怎么了？"

"腿……有点发软。"荀嬷嬷哆哆嗦嗦地说着，看了那头的殷戈止一眼，道，"缓缓才能好。"

来得晚了没看见刚刚殷戈止的壮举，所以风月只当荀嬷嬷是因终于出了将军府太兴奋了，就乖乖地等着她缓过来。

殷戈止摸了摸鼻尖，一本正经地道："忙帮完了，我先上车去。"

"好。"风月朝他笑得灿烂，目送他出巷子，然后挤眉弄眼地看着荀嬷嬷，"您瞧，咱们这不是出来了吗？"

心有余悸地看了看地面，荀嬷嬷长叹一口气，总算是缓过神了，眼里又有了水光："殿下……竟然会做这种事。你……"

她刚想问风月你是不是跟殿下关系甚好，旁边这人就一把抓过她的手，话语带笑："殿下是一个心肠极好的人，知道您的难处，就将您救出来了。"

心肠极好的人？想了想那位殿下的威名，荀嬷嬷摇头，完全看不出来啊！

车上人多了起来，徐怀祖在看见荀嬷嬷的时候，嘴巴张得老大："师父，这是谁？"

坐得有些挤，殷戈止伸手就将风月捞进怀里，然后舒坦地坐着道："风月的远房亲戚。"

风月跟着傻笑点头，荀嬷嬷愕然地看着他们，低头沉默。

徐怀祖心大，也当真没多问，只夸了一句："这位大婶气质不俗，跟宫里的教习嬷嬷可有一比。"

荀嬷嬷颔首致谢，风月继续傻笑，可不就是教习嬷嬷吗？

超载的车艰难地回到了使臣府，殷戈止让风月去安置荀嬷嬷，转头就对上观止担忧的神色。

"主子。"他低声道，"您没有发觉您最近越来越……宠着风月姑娘了吗？"

远房亲戚怎么也能住在使臣府？

殷戈止皱了皱眉，认真地低头反省片刻，然后问："有吗？"

观止扶额："您竟然半点没察觉？"

摆摆手，殷戈止道："现在有用，先宠着。"

观止一愣，神色更加复杂，看着自家主子远去的背影，忍不住叹了口气。

欺人不易，自欺倒是简单。

风月高高兴兴地把荀嬷嬷安顿在了客院，然后抱着被子就滚去了殷戈止的床上，一副讨好的笑脸："殿下，奴婢能来您这儿蹭床睡吗？"

桌边的殷戈止看着手里的东西，头也不抬："你要是先问过我再滚上去，会显得更有诚意。"

"嘿嘿嘿。"风月麻利地把自个儿的被子放好，然后趴在冰凉的玉席上，舒服地叹了口气。

书上的字看不进去了，殷戈止抬眼睨了睨床上的人。

他好像当真对她太温柔了，以至于这人都敢在他床榻上瞎蹦跶了，这该怎么办呢？

荀嬷嬷在使臣府睡了一夜，第二天起得很早，风月打开门的时候，她已经穿戴整齐地站在院子里了。

"我要走了。"眼里的愁绪消散得干干净净，荀嬷嬷笑起来分外慈祥，"我得去找他，可不能让他再等了。临走之前，有些话嬷嬷想告诉你。"

风月点头，关上门让殷戈止继续睡，然后走到荀嬷嬷身边乖巧地看着她。

"我在易贵妃身边多年，替她教训过人，也伺候过她的起居。看见过一些不太光彩的事情，也见过易贵妃在宫里夜夜垂泪到天明。

"易贵妃是有心上人的，我常听她唤'麒麟'，睡着了唤，醒着一个人的时候也唤。她经常写家书去将军府，怎么送出去的我不知道，但半个月能有十几封，封在一个信封里送走。这些，便是我这么多年的所见所闻。"

麒麟？风月点头，却忍不住问："您告诉奴婢这些做什么？"

叹息一声，荀嬷嬷道："本来不是什么秘密，也不算什么重要的事情。

但因着这些东西，我被关在将军府二十多年，想想也觉得不甘心，总要找个人说出来才舒坦。”

风月失笑，示意她在原地等着，然后无声无息地回了一趟屋子。

再出来的时候，风月手里就多出一沓银票来：“知道这些事情，足以让易将军回城的时候派人追查你的下落了。嬷嬷，带上阿虎伯伯，能有多远走多远吧。”

荀嬷嬷微微一顿，低头行礼：“你我萍水相逢，受此重馈颇为不妥，我与他都有手有脚，不会饿死的。”

回头看了一眼紧闭的门，风月使劲将银票塞进荀嬷嬷怀里，小声道：“反正不是我的银子，您就当是殿下的大恩大德吧。”

荀嬷嬷一惊，连忙摇头：“身为奴婢，怎么能偷……”

“不是偷的！”风月满脸严肃，“奴婢怎么会做这种事！”

看她这神情，荀嬷嬷松了口气，道：“你是我教过的那么多人里头，最懂规矩的一个。”

风月连连点头，对啊对啊，她可懂规矩了！

不过懂是一回事，守不守就是另外一回事了。

天刚破晓，风月拎起睡得迷迷糊糊的灵殊，让她跟观止一起将荀嬷嬷送出城，然后蹑手蹑脚地回主院，轻轻地推开虚掩着的门。

应该没被发现吧？风月侥幸地想着，偷偷摸摸地进去，将门合上，然后转身。

“啊！”

冷不防对上一个人的眼睛，风月吓得差点翻白眼。

殷戈止靠在门后，衣裳都没穿整齐，衣襟敞开，露出结实的胸膛，腰带松松垮垮地系着，难得没掉下去。一听她尖叫，他不悦地伸手堵了自己的耳朵。衣袖滑落至小臂，手臂的线条分外好看。

“吵死人了。”他低斥一声，“做贼心虚？”

风月伸手捂了捂心口，气得跺脚：“您醒了不会说一声吗？躲在这里吓人做什么！”

殷戈止轻哼一声，扛起她就往床榻的方向走：“你这么偷偷摸摸的，我要是直接告诉你我醒了，你还怎么偷银票？”

“都说了不是偷！”风月鼓嘴，“那是您还奴婢的，上回在梦回楼，您拿了奴婢的银票！”

“理直气壮。”殷戈止冷哼一声，一爪子将她拍在床上，不满道，“好生睡觉，再乱动弹，你就滚回去自己睡！”

感受了一下玉席的凉意，风月老实了，依偎在这位大爷的身边，再也没敢动弹一下。

荀嬷嬷坐在马车上，车慢悠悠地从北城门出去，刚出门口，就听得一阵马蹄声由远及近。那声音震天，少说也有四五十匹马同时在狂奔。

驾车的观止反应极快，顺手就把缰绳塞进灵殊手里，自己钻进了车厢。

灵殊半睡半醒，迷迷糊糊地接着缰绳，抬头往前看了一眼。

深蓝色的旌旗，迎风猎猎，直接从面前飞了过去，上头还有一个硕大的“易”字。

“易？”灵殊眨眼，转头掀开车帘看着观止道，“易将军回城啦？”

荀嬷嬷吓得脸色苍白，连忙拉下车帘死死地按着。观止倒是镇定，低声道：“你继续往前驾车，到了那村子再说。”

“好。”灵殊点头，捏着缰绳看了看，学着观止的样子一挥，“驾！”

本来是慢悠悠走着的马，瞬间狂奔起来，带着他们从易家军旁边经过，安全地驶出了易大将军的视线。

日上三竿的时候，不阴城已经炸开了锅，独使臣府这两人慢悠悠地更衣洗漱，一点也不着急。

“主子！”观止从外头回来，着急道，“出大事了！”

“来喝口茶。”风月一边用膳一边递给他一个茶杯。

都什么时候了还喝茶？观止瞪眼：“易将军回来了！”

桌上两个人一个盛饭，一个优雅地吃饭，半点也没被惊到。

“这事，昨日太子就说过了。”慢悠悠地盛了一碗饭给风月，殷戈止道，“他回来，该着急的是太子殿下，与咱们这些闲人有什么干系？”

风月点头：“就是！”然后接过碗来继续吃。

观止愕然，看看这个，又看看那个，突然觉得好像当真是自己大惊小怪了。对啊，他着什么急啊？

不阴城的街道上响起了连绵不断的马蹄声，并着铁甲碰撞的铿锵之音，齐齐朝宫城而去。

宫门缓缓打开，叶御卿一身太子朝服，笑着迎上远处那深蓝色的旌旗。

“大将军一路辛苦。”

传闻里受了重伤的易大将军此时满脸严肃，浓眉细眼之间染了不少灰尘。一身铠甲也不知是多久没脱过，站得远都能闻见浓重的汗味儿。

“不敢劳太子殿下远迎。”翻身下马，易国如半跪拱手，“老臣有负皇恩，特地来向陛下请罪。”

“大将军何出此言？”叶御卿上前，微微弯腰，双手将他扶起来，一脸钦佩，“您已经是为国鞠躬尽瘁，一次战败，父皇也不会怪罪。”

“殿下仁德。”易国如终于笑了笑，拱手道，“有您这样的太子，是烨国之福。”

“哪里哪里，有您这样的将军，才是烨国之福。”

两个人笑得虚情假意尽显，好一番行礼推让，最后还是一起进了宫门。

使臣府，主院软榻上。

风月抱着一个枕头问：“易大将军会怎么做呢？”

殷戈止抱着风月及一个枕头道：“按兵不动，止血养伤。”

“可他就不气太子吗？”风月眨眼，“尤其您还让安世冲把护城军的练兵场挪去了北郊，正对着易大将军的归途哎！大将军如此敏感多疑之人，定然会觉得太子已经对他生了戒心，一旦太子继位，他这大将军肯定没个好下场。”

撑着下巴，殷戈止看着怀里这人道：“你倒是聪明。”

风月后背一凉，立马往他胸膛上一靠，笑着抬头道：“都是您教得好啊！”

“哦？”殷戈止道，“我可不记得自己告诉过你护城军的练兵场换了位置。”

笑意一僵，风月低头：“奴婢好歹也能收到点风声。”

殷戈止眯了眯眼，一把将怀里的人拎得转过身来，面对面地盯着她问：“除了绿豆糕，你到底是怎么传递消息的？”

在他眼皮子底下搞这些名堂，他却半点都没察觉，这本事不小啊！

风月垮了脸：“哪有您这样直接问的？还给奴婢留活路吗？”

自己查不出来，竟然恼羞成怒要她开口说？凭啥？那可是她的筹码。

殷戈止有些恼怒，道：“我很讨厌人在我这儿耍花样。”

“您放心。”风月笑道，“奴婢的花样都是冲着别人耍的，断断不敢在您面前摆弄。不过倒是有件事，殿下，您可知这烨国之中，有没有什么重要的人名麒麟的？”

麒麟？殷戈止垂眸想了片刻，道：“这两字颇大，拿来当名倒是没人受得起，不过易国如年少成名之时号‘麒麟将军’，别的就没听说过了。”

麒麟将军？风月一惊，脸色突然就变得很难看。

“怎么了？”看她这样子，殷戈止正经起来，“有事？”

“有大事。”风月眨眨眼，看着他问了一句，“您知道易贵妃吗？”

“知道，易大将军同母同父的妹妹。”

风月干笑两声，深吸一口气，皱眉道：“荀嬷嬷走的时候跟我说易贵妃有个心上人叫麒麟。”

殷戈止神色古怪起来，坐直了身子，看着她问：“当真？”

“荀嬷嬷应该不会骗我。”风月想了想，道，“她还说易贵妃经常送家书出去，半个月十几封封在一起送，不知道是怎么送出去的，但内容大概咱们已经拿到了。”

殷戈止沉思片刻，抱着她起身，走到对面的花架旁边。风月很自然地伸手将花架上摆着的铁盒拿了下来。

里头是上次誊抄的古怪的信。

一封封地展开来看，殷戈止眼里暗色流转。风月也没问，就安静地等着。

片刻之后，殷戈止下颌微微紧缩：“真是千年的老狐狸。”

“怎么？”风月眨眼，“哪里不对劲吗？”

“但愿是我多想。”殷戈止道，“不过宁可信其有，你快想个办法联系太子，让他小心易贵妃。”

幸好还有太子给的印鉴，风月立马就让观止拿着东西去南宫府上报信。转身回来的时候，就看见殷戈止站在屋子里，眼里满是兴奋的神色。

“他可终于回来了。”低沉的声音在屋子里响起，风月听得微微起了点鸡皮疙瘩。

这一瞬间，她仿佛又看见了战场上的殷戈止，高举长戟，远远看着对方的元帅，目光热情又嗜血。

正想悄悄退出去，殷戈止却低声道：“风月，你最近要小心。”

难得听他用这种语气喊自己的名字，风月顿了顿，继而笑道：“奴婢有什么好小心的？”

“若是我不在，你要出门，就把观止和干将都带上。”殷戈止道，“明日将军府的帖子大概就要过来了，到时候，我只能一个人去。”

风月很想说：您老是成精了吗？连人家明天会给您送帖子都知道？万一大将军忙着其他的事情，想后天送呢？

第八章

不该死的呢

然而，第二天一大早，将军府的家奴当真恭恭敬敬地递上了请帖：“易将军请殷殿下过府一叙。”

观止拿帖子进来的时候，风月正在给殷戈止更衣，闻言就吓得给他衣带打了个死结：“真来了？”

殷戈止低头看了一眼自己的衣裳，很是嫌弃地道：“你能不能专心点？”

毕竟是跟着大魔王混的，风月觉得自己那么大惊小怪，显得没见过世面！于是她点点头，拿起另外两条衣带，很专心地又打了个死结。

殷戈止轻轻摇头，不知道是感叹什么，无奈地出了口气。衣裳一穿好，他立马把风月扔得远远的，拂袖出门：“观止，守好府里。”

“是！”

看着他那潇洒的背影，风月抓着门框感叹，大人物就是大人物啊，去狼窝都这么镇定，跟去春游似的。不像她，压根不敢在易大将军面前出现。

易国如应该是整个烨国唯一一个认得出她是谁的人。

说来也巧，因为跟着自家老头子行兵打仗，风月见过易国如两回，都是在双方人少且主帅正面交战的时候，易国如使一把长枪，关苍海惯用大刀，这两个半老不老的男人经常在四周乱战之时，立在最显眼的位置，摆着最耀眼的姿势，相互僵持。

彼时的她没规矩惯了，遇见这种场景，二话不说上去朝着易国如就是一刀。

那时候易国如好像还在朗声说着话，就是什么“英雄惜英雄”“有幸与将军一战，在下死而无憾”之类的，反正周围的人都任由他们两人对峙，无人上去打扰，他们可以尽情地拿将军的架子，耍一代英雄的威风。

然而他没想到澧国阵营里有个不按常理出牌的关清越，上来一刀砍在他手臂上，要不是护甲够硬，那手臂一定会被砍落在地。

易大将军慌了，惊愕地看了动手的人一眼。

关清越抬头，朝他笑得很不恭敬：“你话怎么这么多啊？要打就打啊！”

那张脸英气十足，却分明是个女儿家的，手里的大刀寒光凛凛，力道半分不输男儿！易国如震惊之下，也就牢牢记住了这五官长相。

现在想起来，风月很后悔，要砍他就砍他，砍了就跑不就好了？做什么站在那儿抬着脸跟人呛声啊？虽然呛得那老不死的脸发青，可是现在这情况……万一撞上易国如，那她就是一个钉在墙上的“死”字啊！

人果然应该多做事少说话！风月扼腕。

一袭白衣飘飘，殷戈止很是优雅地跨进了易大将军府的大门。

脚一落地，十几束寒光骤然朝他冲来！杀气笼罩，气氛凝重！然而，到底是见惯了大场面的人，殷戈止眉毛都没动一下，脚站定，抬头满脸茫然：“在下可是来错了地方？”

四周寒光顿收，易国如穿着常服，笑着迎上来道：“殿下切莫见怪，府里人没调教好，见着人都动刀动枪的。”他假意往后呵斥了一句，“还不退下去？”

“是！”一片整齐响亮的应答声，震得殷戈止皱着眉捂了捂耳朵。

“怠慢了。”易国如朝他拱手，细长的眼睛眯起来，“殿下里头请。”

好一个下马威啊，摆明一场鸿门宴，你老实点那就是下头的人不懂事冒犯，你不老实……那下头的人动刀动枪，等动完了再教训他们就是了。

殷戈止心里嗤笑，易大将军可真是没自信啊，回来了还在府里加守这三十余人，是当他有什么通天的本事？

“殷哥哥！”易掌珠在主院等着，一看见他便笑，“父亲真是看重殷哥哥，还要亲自出去迎。”

殷戈止颔首，宠溺地看她一眼，然后在旁边坐下。

易国如不动声色地看着自家女儿跟他的眼神交流，微微皱眉，又舒展开来，坐在主位上笑道：“老夫不在的时候，小女承蒙殿下照顾了。”

“应该的。”殷戈止道，“有照顾不到的地方，也只能请将军多体谅。”

“殿下本事了得，怎么会照顾不到呢？”易国如轻笑，“听闻殿下得了闻风令，最近在京城之中很是风光呢。”

果然是问罪来了，殷戈止垂眸，轻轻转着拇指上的玉扳指，长长地叹了口气。

易国如挑眉：“怎么？老夫哪里说得不对吗？”

“将军没有说错，在下只不过觉得太子殿下实在高明，故而感叹一句罢了。”

“哦？”神色微动，易国如问，“太子何处高明？”

“将军还看不出来吗？”脸上的表情微苦，殷戈止摇头，“在下安居一隅已久，本就不欲干涉烨国朝政，就算贵国陛下邀在下教导皇子，在下也是极力推脱，怎么现在就接了这闻风令了？”

这个问题易国如在路上就想了很久，他只能觉得是殷戈止有向他报复的心思。可当真回来坐在他面前，看着他这一张正气凛然的脸，易国如不免又觉得自己想多了。

殷戈止是何等光明磊落之人，输得起，战败就二话不说随他回烨国。这样的人，怎么可能报复他呢？毕竟在殷戈止眼里，他是堂堂正正打下了澧国十城的，英雄当惜英雄才是。

那么，到底是为什么接了闻风令？

想起北郊外头的护城军，又想起太子那愈加虚假的笑意，易国如捻着手指，眼神深沉了起来。

殷戈止也没多说，安静地垂眸坐着，给了他半炷香的时间酝酿，而后才幽幽开口道："闻风令于在下，不过是摆设，将军心里很清楚，要是没有太子殿下，将军的那些人，是万万不可能在这短短一个月之中尽数折了的。"

有十块闻风令也不成啊！

易国如抿唇，轻笑道："殿下的意思是太子利用您质子的特殊身份，来折断老夫的左膀右臂？"

"非也。"殷戈止摇头，取下玉扳指握在手心，抬眼看着他道，"太子殿下要利用的，其实是将军对在下的信任。要折断的，还有在下对将军的亲近之意。"

将闻风令放在殷戈止手上，太子对易大将军一派的人大开杀戒，那么易国如回来必定对殷戈止产生嫌隙，这一年多以来两人和谐友好的关系，就要在这一场杀戮里消弭于无形。

怎能不说太子殿下高明？

易国如闭眼，轻笑了一声："昔日小儿，如今也长成了国之储君。"

但殷戈止的话，他绝对不敢全信。

出去半载，这不阴城竟然就翻了天，易国如深觉自己失算，冷静了一会儿，再睁眼，看殷戈止的眼神也就温和下来："殿下被卷进这争端之中，实在是池鱼之殃。"

"算不得在下无辜。"殷戈止淡淡道，"毕竟将军对在下多有庇护是真，多有信任亲近是真。被太子逮了空子，实乃情理之中。闻风令造成的后果，在下自然也该承担。"

"殷哥哥。"易国如还没开口，旁边的易掌珠便听不下去了，"这与你有什么相干啊？你那段时间还一直住在将军府避嫌……父亲，殷哥哥什么也没做，是太子哥哥太过妄为啊！"

易国如就这么一个女儿，打小疼着长大的，一听她说话，心里就忍不住偏了三分："是这样吗？"

"是啊是啊。"易掌珠连连点头，"珠儿被逼无奈的时候，殷哥哥也很着急的，只是他什么也做不了。闻风令……说得好听，一块牌子而已，殷哥哥这样的身份，拿着那牌子也什么都做不了啊。"

听着这话，殷戈止突然觉得风月真是个机敏的姑娘，有她这样的人陪着同行，他实在是比易将军幸运了太多。

易国如又陷入了沉思，易掌珠抓着他的胳膊轻轻摇晃：“父亲好不容易回来，不同咱们吃顿饭，净说这些做什么？”

“你饿了？”看了看时辰，易国如笑道，“分明还早。”

“那也该让人提前准备才是。”易掌珠撒娇道，“在家里不谈国事嘛。”

“好好好。”易国如柔和了神色，宠溺地看着她道，“你说什么就是什么吧，半载没陪着你，是为父失职，得好生补偿才是。这样，你先去厨房看看有什么东西，然后吩咐人准备午膳如何？”

看自家父亲神色温和了，易掌珠点头就应道：“好。”然后提着裙子就跑了出去。

大堂里只剩下两个人的时候，易国如再度开口：“太子为政暴虐，朝中众人多有不满，殿下若是能及时脱身，便是再好不过。”

“将军放心。”殷戈止拱手，“将军一回国都，在下便让人将闻风令送还去了太尉府，想必有将军在，太子也不会再将此物塞给在下。”

言下之意，就是将军不在国都，所以他才被迫拿着闻风令。

易国如点头，终于不再盯着他看，而是眯着眼看了看外头的天：“老夫此生有过很多对手，最钦佩的，也不过殿下与澧国的关将军。可惜关将军死于皇室多疑，令人唏嘘。有此前车之鉴，老夫万万不想步其后尘，很多时候，也得用点保全自己的手段。”

他说这话的意思，大概是给殷戈止提前打个招呼——老夫要用阴招了，你看出来也别吭声，老夫自保而已。

但是殷戈止的注意力不在这上头，听易国如说完这话，他第一句问的却是：“关将军死于皇室多疑？”

易国如一愣，身子僵住，眼珠子轻轻动了一下，若无其事地笑着问：“老夫刚刚说了这句话吗？”

殷戈止皱着眉点点头。

“那是老夫失言了。”端起旁边的茶杯，易国如平静道，“关将军到底是因为什么死的，殿下应该比老夫更清楚。都是陈年旧事，也不必再提。”

“将军。”殷戈止沉声道，“如今在下只是质子，不问烨国事，自然也不理澧国事。但关于关将军的事情，还请将军如实告知。”

当年关苍海通敌卖国，通的敌不就是面前的易国如吗？可他怎么脱口而出，说关苍海是死于皇室多疑？

易国如笑着，压根不想继续说这件事，转了话头道：“澧国少一个关将军，后面也总有年轻人能补上空缺。最近听着消息，澧国有个封将军，年轻气盛，连打三场胜仗，将四周小国打了个老实，颇有殿下当年风采。”

封将军？封明吗？殷戈止淡淡道：“镇国侯家的世子，是有些本事的，就是脾气不太好。”

“哦？”能不谈关将军的事情，易国如就很配合地聊天，“怎么个脾气不好啊？”

“他原先与关将军家的嫡女关清越定了姻亲。”慢慢地吐出这句话，看着易国如陡然僵硬的脸色，殷戈止继续道，“可惜后来关将军被满门抄斩，他的未婚妻也死在刑台之上，为此，他半夜硬闯澧国东宫，与在下打过一架。”

易国如想转话题，但是转错了地方。要说澧国谁还与关家有关系又还活着的，那就只有一个封明了。

易国如干笑，眼看殷戈止又要说到关家头上去了，连忙朝外头喊了一声：“去看看小姐那边怎么样了。”

“是。”外头的家奴应了。

易国如回过头来道：“此番边境之战，也遇见不少趣事，殿下要是想听，老夫倒可以说一说。”

深深地看他一眼，殷戈止颔首：“好。”

太阳慢慢地挂在了头顶上，使臣府里，风月拿着绢扇给灵殊扇风，一边扇一边抱怨：“这也太热了。”

灵殊坐在她对面，拿着扇子学着她的模样给她扇风，乖巧道：“您要是还觉得热呀，那奴婢给您抱点冰块回来。”

“这种时候，哪儿有冰块啊？”

“有啊，就在安居街中间的铺子里，专门供给安居街里的贵人的。”灵殊道，“奴婢上次出去的时候看见过。”

真有的话……风月笑眯眯地回头看了看观止。

正在走神的观止打了一个寒战，回过头无辜地睁着眼问："怎么？"

"去安居街抱点冰块回来怎么样啊？"风月笑得唇红齿白的，"我给银子。"

观止垮了脸："风月姑娘，属下一个人，也抱不了多少……"

"灵殊，热吗？"她扭头就问。

小丫头配合地点头："热！"

给她一个赞赏的眼神，风月笑眯眯地又看向了观止。后者青了脸，挣扎了半晌还是小声道："您拿银子吧。"

为了避免殷戈止回来有人告状，风月还多给了银子，足够观止找辆车把冰块运回来。观止竟然感激涕零，拿着银子一溜烟地跑了出去。

在他踏出使臣府的一瞬间，远处响起一声不高不低的哨音，淹没在外头嘈杂的声音里，并不是很显眼。

风月正笑着与灵殊说话，说着说着突然神色一紧，伸手将灵殊抱起来就往殷戈止的房里跑。

"怎么啦？"灵殊一脸茫然。

"出事了。"风月神色凝重，脸上线条紧绷，动作干净利落地将灵殊塞进架子床与墙的空隙里，低声道，"不要发出任何声音，就算有人来找，你也努力闭眼装死，明白了吗？"

灵殊完全不知道发生了什么，但被自家主子这凌厉的眼神看着，捂着嘴巴就点了点头。

外头的打斗声渐渐清晰，风月伸手便将长裙扎在腰上，拢了袖子，很是豪迈地从窗户跳了出去，径直往声音传来的方向冲。

大概是看观止走了，觉得使臣府里没什么护卫，所以十个人很是大胆地直接从大门进来，结果就被暗处蹿出来的干将等人堵在了门口。

十个蒙面人本来还有点茫然，没想通面前这些人是从哪里冒出来的，就看见他们要抓的人站在远处夸张地"哇"了一声，转身就跑，跑得飞快，一溜烟便朝后门而去！

"抓住她！"领头的人呵斥一声，众人瞬间就不恋战了，想摆脱暗卫去抓人。

然而，干将等人又不是吃白饭的，蒙面人一分神，他们瞬间就占了上风，抓着几个心急想冲的，逮着就是一顿猛揍。

瞬间有几个蒙面人倒在地上没能爬起来，但也有两个冲出重围的，直往后门的方向追。

干将急了，一掌劈在人天灵盖，也抽身往后门的方向跑。跑到的时候，却见后门大开，门口有只绣花鞋，两个蒙面人已经远远地追了出去。

干将微微一顿，立马上前将后门关上，然后转头看了看四周。

“您可真是比他们聪明太多了。”旁边躲着的风月笑嘻嘻地道，“还知道我没有出去。”

听见这声音，干将下意识地拱手：“少主……”

“您说什么呢？”走到他面前抬起他的手，风月笑道，“奴婢哪受得起您的礼。”

听着前院的打斗声，干将摇头：“此地不宜久留。”

“有什么不宜的？”她道，“外头没有比这里更安全的地方，再说了，灵殊那小胳膊小腿的可跑不了多快。与其退，不如守。”

府里的暗卫以一当三没有问题，就是事发突然，他们也有点没反应过来罢了。再说，这光天化日的，使臣府又是在安居街附近，动静大了，贼人自然不敢久留。

干将点头，深深地看了她一眼，转头继续去对付蒙面人。风月就不慌不忙地将后门锁死，然后去厨房抱了两罐子油和酒，倒在后门和围墙下头。

追的人一路没看见风月的影子，暗道上了当，很快便折返回来。见后门推不开，两个蒙面人冷笑一声，施展轻功就从围墙外头飞了进来，然后踩在滑腻腻的地上，摔了个半身不遂。

风月微笑，手里拿着火把，蹲在不远处看着他们：“想抓我？”

闻着四处的酒味，又看看满身的油腻，两个蒙面人惊恐地站了起来，连连后退。

“不是想抓吗？来嘛，别怕。”咧嘴笑出一排白牙，风月将火把递到他们面前，妩媚道，“带我走啊，小哥哥。”

两人跟看鬼一样地看着她，挣扎着站起来，立马去开后门，脚底打滑，摔得七荤八素地跑了出去。

好可怕的女人啊！

三炷香的工夫过去了，前院的打斗声才渐渐停歇。

干将喘了口气，正想把没能走掉的人捆起来，猛地想起后院，一拍脑门，喊了一声："坏了！"

那两人去而复返怎么办？

干将连忙跑去后头，却闻见一股子奇怪的味道，他愕然抬眼，就见风月蹲在台阶上，低头感叹："阿弥陀佛，浪费油，浪费酒，暴殄天物。"

"这……"干将傻了眼，"发生什么事了？"

"没什么，挖了个陷阱，敌军已经退散十里，不敢再犯。"风月拍拍手站起来，看着他笑道，"辛苦了。"

听着这句话，干将有一瞬间的愣怔。

关家的人是不是都有这个习惯？打完仗之后，总要侧头跟人说一句"辛苦了"，让人心里说不出是什么滋味儿。尤其是在这物是人非之后再听来，简直让人几欲落泪。

"殷殿下真是神机妙算啊。"一点也没察觉到旁边人情绪的风月笑眯眯地道，"怪不得让我小心，想必我已经被很多人惦记上了。"

"这是自然。"干将觉得有点丢脸，飞快地敛了情绪，低头道，"最近一个月国都大乱，您是在乱中躲了风头。眼下大将军回来，得知殿下身边多了人，自然是想问候一二的。"

"这问候也真是粗鲁。"风月眨眨眼，扭腰就往主院走，娇声娇气地埋怨，"奴婢这样水做的人儿，怎么经得起他们这么吓。哎呀呀，赶快去喝点冰镇银耳压压惊。"

干将："……"

还在躲着装死的灵殊被拎了出来，坐在软榻上喝银耳汤的时候，她突然很好奇地问了一句："主子，为什么每次遇见什么事，您第一件事不是想怎么逃，而是把奴婢藏起来？"

风月笑道："因为你很可爱呀，主子舍不得你死。"

是吗？灵殊皱眉，她虽然年纪小，可是不傻啊，自从被主子买回去，她觉得自个儿也没有什么特别大的功劳，可主子对她实在是好得不像话，她喜欢吃什么就给她买什么，每次遇见什么事情，主子想的都是先保全她。

“为什么呢？”灵殊又问了一声。

斜眼睨着她，风月放下扇子，轻轻弹了弹这小丫头的额头：“想那么多做什么？当有好日子过的时候，就用心过，不必总是堵在那些有的没的上头过不去，不然大好的日子都被辜负了，自己还更加不开心，有什么好处？”

主子说的话永远这么有道理！灵殊握拳点头，拿起扇子继续给她扇风。

殷戈止回来的时候，已经是黄昏时分了。跟老狐狸过招，精力消耗过大，眉目间都染了疲惫。

然而，使臣府的门一开，院子里花香盈盈，两排亮着的石灯一路通到主院门口，有人站在门口的台阶上冲他笑得美艳绝伦：“您回来得正好，晚膳做好了。”

微微一顿，殷戈止抬眼，眼里映着石灯温暖的光，目光轻柔地落在那人身上。天地间好像突然什么都没了，只有这一院子的花草、两排石灯以及对面那台阶上站着的人。

有那么一瞬间，他觉得风月长得当真是好看，虽然脸上的妆浓得过分，穿的衣裳也单薄得让他不舒坦，但……就是很好看。

“主子？”有碍事的声音插了进来，殷戈止回神，侧头看他一眼。

观止沮丧着脸，双手举高过头，手里捏着一根长长的藤条，低声道：“属下请罪。”

“怎么？”抬脚往里头走，殷戈止问，“犯了错？”

“属下失职。”观止举着藤条跟着他走，小声道，“午时出去搬冰块，结果府里出了事，有人闯进来了。”

殷戈止脚步微微一顿，抬头看了一眼前头好端端站着的风月，又继续往前走：“人呢？”

“活捉了三个，都关在了柴房。”

“送官就是。”殷戈止淡然地说着，在风月面前站定，“你看起来倒是一点事都没有。”

“托您的福。”风月伸手拉着他去桌边坐下，“奴婢没给使臣府丢人。”

“没丢人就好。”殷戈止应着，低头看向桌上的菜，眉梢微动，“这些是什么？”

风月傻笑：“清蒸鳜鱼、老鸭汤、蒸肉、水捞白菜。”

“突然这么清淡做什么？”殷戈止道，“你不是一向喜欢吃油腻的？”

擅自做主把一坛子油都倒了，自然是做不出油腻的菜了啊！风月赔笑：“偶尔清淡点也挺好……您去将军府，还顺利吗？”

殷戈止颔首，优雅地夹菜：“成功坐到了山上，现在要做的就是观虎斗了。”

风月惊讶地瞪大眼，道：“易大将军没问罪您收闻风令的事情啊？”

殷大皇子没吭声，只给了她一个意味深长的眼神。

于是风月点头扒饭，边吃边道：“问也问不到您身上去，奴婢多虑了。”

今儿她只吃了一碗饭就放了筷子，殷戈止瞧着，招手喊来外头还举着藤条站着的观止：“将功赎罪吧。”

“但请主子吩咐！”

“去山上打只野兔子回来，要肥的。”

啥？观止瞪眼，看了看外头的天色：“这时候去？”

殷戈止的眼里满是肯定之意。

于是观止捏着藤条就往外冲，风月看得直咋舌：“这也太听话了。”

放了碗筷，殷戈止侧头问她：“太子最近在做什么？”

风月眨眼：“您问奴婢？”

“不然呢？”伸手将人抱起来放到软榻上坐着，殷戈止冷淡道，“这是使臣府，只要有信件来往，我都能知道。”

所以说太子道行不够啊，送信就送信，能不能伪装一下，不要搞成信的样子？看吧，被人逮着了吧？风月心里骂了两句，然后恭恭敬敬地在软榻上跪下了。

“太子殿下在做什么，奴婢不知道，信里的意思也不过是提醒奴婢好好伺候您。”

“是好好伺候我，还是好好看着我？”平静的眼神里带了点刺，殷戈止看着她道，“你也不回个信？”

二话不说，风月伸手就将太子送来的两封信全部塞到了殷戈止手里：“您还是自己看吧，奴婢也不知道怎么回。”

这么耿直？殷戈止挑眉，眼睛盯着她，手里拆开信纸，缓缓低头去看。

第一封信要早些，是让她好好伺候他，还对这丫头一顿夸赞，套着近乎说什么“难得有此良人，卿也当好好珍惜”的废话，大概也就对女人管用。

第二封信应该是最近的，一通看下来，只有一件事略微打眼：言官宁国忠上达天听，为社稷稳固，请皇帝收回无仗之时的兵权。

叶御卿提此事提得隐晦，明面上说的也不过是让风月小心。可这种信送到使臣府，哪是给风月看的，分明是给他看的。

殷戈止嗤笑一声，将信纸捏成一团，似嘲似讽道：“这么着急削易国如手里的兵权，容易出事。”

风月眨眼：“您觉得不妥吗？可如今易大将军身边无兵，一家老小都在国都，皇帝当真下旨收兵符，他能不交吗？”

“他会不会交，我不知道。”殷戈止抬眼看着她，“但是这样一来，太子是当真把烨国最大的将军推到了自己的对立面，以易国如的个性，定然是不会有什么忠君为首的观念。当真逼急了，兔子都咬人，更何况是老虎。”

缩了缩肩膀，风月道：“他会造反吗？可易贵妃没有孩子，他造反名不正言不顺，想想都不可能成功。”

“造反是将士大忌，他不一定会犯。”想起花架上放着的那些信，殷戈止垂眸，“不过其他的就说不准了。”

风月沉默，突然笑着说了一句：“您觉得易将军这样的将军好，还是关将军那样的将军好？”

微微一顿，殷戈止皱眉：“一个是老奸巨猾的枭雄，一个是忠国却叛国的英雄，怎么比？”

“忠国却叛国。”念叨了一下这句话，风月笑道，“是啊，民间也都骂关将军是个卖国贼，奴婢也骂过。只是跟在您身边久了，奴婢突然觉得好奇。要是关将军像易将军这样有本事，是不是就不那么容易被揭发卖国了？”

殷戈止沉了脸，突然有些恼了：“妇道人家，关心这些做什么？该死的都死了，该败的也都败了，往事追来有什么意思？”

该死的都死了，那不该死的呢？

风月捏紧了手，笑得妩媚，低头应道：“是奴婢多问了。”

心里古怪的感觉又起，殷戈止突然问了一句：“你觉得关将军是冤枉的？”

“没有。”风月摇头，“奴婢只是突发奇想问了一句，皇室定的罪，他怎么可能是冤枉的呢？”说罢起身，去桌边倒水。

殷戈止脸色不太好看，眼睛盯着某处走神，等风月倒茶回来的时候，他低声开口：“我向来不信人，只信证据。”

风月点头笑道：“殿下英明。”

伸手抓着她放了茶盏就想收回去的手，殷戈止不解地抬头：“你为什么一边夸我，一边避开我？”

风月眨眨眼，问：“有吗？”

殷戈止抿唇，看了看她这张笑得虚假的脸，骤然松手：“罢了。”

区区妓子而已，他在意她的态度做什么？观止说得对，他就是过于宠着她了，所以将人宠出了脾气。

面前的人笑吟吟的，分明看得懂他的脸色，却又毫无反应，一副无辜的样子，双手交叠放在腹部，站得端端正正的，问他：“殿下还有什么吩咐？”

“没有了，你出去吧。”

“是。”

宁国忠的奏折在朝廷里掀起轩然大波，太子未表态，太子一派的人却是纷纷响应，文臣以忠心压，武将以规矩禀，都让易大将军及徐将军等大将上交手中兵权。

徐怀祖火急火燎地就去了使臣府，推开门就喊：“师父，救命啊！”

殷戈止很是淡然地看着他，伸手给他递了杯茶：“救什么命？”

“您还没听说吗？”徐怀祖瞪大眼，大声道，“朝中上下都在让将军交出兵权，我家老爹已经愁得几个晚上没睡好觉了。”

“嗯。”殷戈止点头，“既然都让交，那为何不交？”

徐怀祖一愣，端着茶喝了一口：“谁手里的兵权舍得轻易交出去啊？那可都是用命换来的，将军要是没兵权，那还不任人拿捏？”

“你说得不对。”后头的安世冲跟着慢慢走进来，先朝殷戈止行礼，而后皱眉看着徐怀祖道，“将军在战场上要兵权杀敌，可下了战场之后，兵权何用？难不成你还能让朝廷养的兵给你当家丁护院？”

“话能这么说吗？”徐怀祖怒了，“你听过澧国的关苍海吧？他就是这全天下交兵权交得最利索的一个，打完仗回来二话不说先去太尉府交兵符，这样的忠臣良将，最后有好下场吗？”

安世冲脸上一白，急忙扯住他的袖子，顾忌地看了殷戈止一眼。

后知后觉地想起自家师父的身份，徐怀祖身子一僵，二话不说“扑通”一声跪在了殷戈止跟前：“徒儿失言！”

殷戈止眼神冷漠：“你觉得他是因为上交了兵权，所以没什么好下场吗？”

“倒不是……”心虚地咽了口唾沫，徐怀祖撇嘴，“只是觉得要是换成易大将军这样手握重兵的，澧国皇帝肯定就不会那么仓促地定罪，一代名将也不至于在牢里畏罪自尽。”

“就算是易大将军这样手握重兵的人，通敌卖国，那也一定会被斩首！”声音陡然大了些，吓得屋子里的人都是一震。

旁边的风月低着头，不声不响，眼里倒满是凉意。

殷戈止突然就闹了脾气似的，起身道：“身为将领，纵使有通天的本事，那也只是为君征战之人，若想逆君，除非准备万全到谋朝篡位的份儿上，不然必定会成为皇权下的亡魂！这点道理都不懂，还打什么仗？”

“可是，”徐怀祖忍不住嘟囔，“您怎么就知道关苍海一定逆君叛国了？”

“我怎么知道？”眼神陡然冷下来，殷戈止看着他笑了笑，“因为我是踩着山鬼谷里数万将士的尸骨爬出来的，因为那一场平昌之战，是我同他一起打的，你问我怎么知道？”

“师父息怒。”安世冲半跪在徐怀祖旁边拱手，“怀祖他一向口无遮拦惯了，并非有意顶撞。”

徐怀祖也蔫了："徒儿不知其中原委，还请师父恕罪。"

屋子里安静了许久，殷戈止平静了，眼里的红色慢慢退去，重新在椅子上坐了下来，捏着眉心道："说这么多，也不过一句话，如今太子想收兵权，徐家既然向来与太子一派无冲突，那不如顺水推舟，将兵符上交太尉。"

徐怀祖皱眉："师父当真觉得这是一条出路吗？"

"你若信我，不如回去劝令尊一二，也比负隅顽抗到最后还是得把手里的东西交出去来得好看。"殷戈止道，"不过交也得看时机，若是易大将军肯先将北境十万大军的兵符上交，那令尊便可将手里的五万兵权悉数给出。不可早不可晚，不可多不可少。"

徐将军手里的五万驻军是养着的，以备战之用。说是五万，但他那般好养兵的人，真实的兵力定然不止五万，不过只交这么多就够了，多交也没好处。

徐怀祖叹了口气，很是纠结。安世冲道："眼下是多事之秋，你与宋家的婚事还是缓缓为好。"

"说什么缓不缓啊？我已经让我爹去退婚了。"徐怀祖道，"她跟我没法在一起过日子，我不喜欢，拼着被我爹打一顿，这亲我也不成。"

风月听着，微微摇头。

被男方主动退婚，那宋家小姐之后要再找婆家，可就难了。先前不听她劝谏，如今怕是里里外外的脸都丢尽了，不知道要怎么哭。

不过这与她都没什么干系，她躲在人麾下这么久，也是时候做自己想做的事情了。

两家少爷闹腾了一会儿，看殷戈止心情不好，连忙行了礼跑了。殷戈止侧头，就见风月面无表情地站着，那神情，跟他每天在镜子里看见的一模一样。

"你做什么？"他问。

风月垂眸："奴婢是突然想起一个很严肃的事儿。"

"什么事？"

"您觉得以易大将军和三司使山大人的关系，大将军回来了，山大人贪污的事情能有个结果吗？"

殷戈止一顿。

这段时间他一直忙着抓太子想抓的人，倒是忘记了真正该抓的人。山稳河与易国如多有金钱往来，此事若是落实，倒是能让太子名正言顺地收回易国如手里的兵权。

“你有什么线索？”殷戈止问。

风月笑道：“现在是没什么线索，不过马上就是该拨款给北境军重整旗鼓的时候了。”

有金钱流动，那线索自然是不会少的。

殷戈止点头：“我会让人多留意。”

“您的人能留意到哪儿去？”娇笑一声，风月眨巴着眼道，“还是奴婢来吧。”

朱来财一早就被殷戈止捞出来关在暗牢里，此事安世冲知情，出于对师父的信任，安少爷瞒着没吭声，一直让人养着。

如今想起这茬，殷戈止就去牢里看了看他。

朱来财已经被关得瘦了一大圈，见着人来，直接哭了：“殿下，您想要听什么，奴才都可以说啊，放奴才出去吧！放奴才出去吧！”

殷戈止低头嫌弃地看着他这模样，都没有靠近，只低声问：“你是三司使府上的账房，应该知道他所有的金钱流动，是吧？”

“是，是！”朱来财点头，想了想又有些沮丧，“可是奴才在世人眼里是个死人，您就算要奴才做证人，奴才也做不了啊。”

“那些事不用你做。”殷戈止道，“你只要粗略告诉我几笔大的出账和入账即可。”

犹犹豫豫地看着他，朱来财问：“只要说这些，奴才就可以出去了吗？”

“或许。”

“好，让人拿纸笔来，奴才现在就开始写！”

挥手让观止把笔墨给他，殷戈止眼里光芒暗转。

风月去响玉街街尾的郑记糕点铺吃早点，热情的老板娘拉着她就上了二楼，然后脸色凝重起来：“您要奴婢安排的人，奴婢已经统统安排下去了。幸好这几年没少在四处安插人手，现在要用，也能用得上。”

淡然地往嘴里塞了最后一块绿豆糕，风月微笑：“这是天要亡他，有太子和殷戈止两个助力，咱们能省不少的事情，只要把山稳河扯下马，这一仗就能算咱们全胜。”

郑氏叹息：“您其实可以不用这般费心，直接等太子和殷殿下将易将军处置了，大不了多等上几年，总能等到的。”

“我没那个耐心。”风月摇头，“等不及的。”

已经过去三年多了，再等几年，她怕是谁也追不上了。

郑氏抿唇，还是把袖子里的东西塞给她：“这是咱们的人的分布情况，您好生看看，方便安排。”

打开那东西看了看，风月点头：“我知道了，辛苦你们了。”

晚上的梦回楼依旧是热闹非凡，风月蹲在后院里等，没一会儿忘忧就钻了狗洞进来，微笑着看着她道：“姑娘久等。”

回她一个笑容，风月伸手把东西递给她，看着她仔细收进袖子里，才问：“太子对你好吗？”

脸上微红，忘忧点头：“很好，没让我吃什么苦，他是个好主子，对人很温柔。”

风月点头：“那你可以好生跟着他，这件事结束了，也就不必再与我有来往。”

忘忧浑身一震，脸上的笑意消失了个干净：“东家。”

“怎么了？”风月眨眼，“我是真心说这句话，不是要赶你走，也不是责备你。你已经受了这么多年苦，余生要是还牵扯在这些事情里，那也太惨了。”

忘忧白着嘴唇摇头道：“奴婢的命是东家救的，报仇的机会也是东家给的，怎么能……”

“你永远是属于你自己的。”风月“啧”了一声，痞里痞气地道，“别念恩啊，咱们也算是互惠互利，毕竟你的仇人死了，对我也算是好事，所以你不欠我的，卖身契金妈妈也已经销毁了，你现在是自由身，只管叫我一声风月。”

忘忧愕然，愣怔地看了她许久，垂了眼眸道："先前金妈妈告诉奴婢您是东家的时候，奴婢觉得她疯了。从踏进梦回楼奴婢就觉得这幕后的东家很厉害，经营这么大一座青楼，与各家贵人都有些往来，还能容得下那么多身怀怨怼的姑娘，东家起码也该是个顶天立地的男儿，有贵重的身份、深沉的心计。"

摸摸鼻尖，风月不好意思道："让你失望了。"

"没有。"眼神灼灼地看着她，忘忧深吸一口气，眼眶微红，"东家比奴婢想的还要厉害，比所有男人都厉害。您什么也没有，甚至跟奴婢一样落在这青楼里，但您还是让断弦解脱了，也让奴婢解脱了。"

忘忧轻轻提了提裙摆，重重地朝风月跪下来，磕了三个响头。

风月吓得往旁边一跳，连忙将人拎起来："行了行了，你知道为什么我直接将断弦扔出去吗？就是因为这样谢来谢去哭来哭去的太麻烦啦！我不喜欢这样子，咱们站直了好好说话。你如今跟了太子，他的确是个好主子，但宫里形势复杂，你切记要让太子小心易贵妃，我给你的东西，也一定要让太子好生斟酌，这才是你该做的。"

忘忧抿唇："奴婢明白。"

"此地也不宜久留，你收拾好你自己的东西，就快点回去吧。"

"好。"深深地看她一眼，忘忧转身就准备上楼，走了两步还是忍不住回头，朝她一笑，"希望东家最后也能让自己解脱。"

风月一顿，咧嘴笑得白牙闪闪："会的。"

总会有那么一天的。

第九章

蛇毒的威胁

易将军府。

易国如一踏进那客房就变了脸色，沉声叱问：“谁进来打扫过了？我不是吩咐过这地方不准任何人进来吗？”

正端着点心过来的易掌珠吓了一跳，小声道：“这是……上回女儿让人打扫的，灰尘太多了……”

脸上一僵，易国如直叹气：“珠儿，你怎么就不将为父的话听进去呢？”

“一间客房而已啊，您也没说这里有什么不能碰的东西。”易掌珠很委屈，“您要是提前说了，珠儿万万不敢让人打扫的。”

“我……”抹了把脸，易国如摇头，“罢了，你先告诉我进来打扫的那个家奴在哪儿。”

“不是咱们府上的人。”易掌珠咬唇，“是殷哥哥身边的丫鬟。”

“什么？”易国如愕然，“你让殷殿下身边的丫鬟来打扫咱们的府邸？珠儿，这合规矩吗？”

易掌珠咬唇低头：“最近发生了很多事，您不知道，殷哥哥身边那个丫鬟很让人讨厌，女儿是为了教训她，才让她打扫的。”

易国如气得头一阵晕，道：“罢了罢了，你先回房休息。”

“是。”看了看手里的点心，易掌珠红着眼就原封不动地端回去了。

易国如黑着脸打开地砖看了看，他藏着的所有东西都在，好像没有被人发现似的。

不对，要是这里面的东西没被人发现，那冷严那几个人是无论如何也没证据被定罪的。这里头很多东西是他留着以后好牵制这些人的，可现在，他想牵制的人都已经在太子的手里半死不活，没了作用。

“薛良。”他喊了一声。

外头有人进来，拱手应道：“将军。”

“我让你们抓的人呢？”

头埋得低了些，薛良小声道：“使臣府有暗卫，是卑职们失算，人没抓到。”

他不敢说不仅没抓到人，他们还有两个人很是狼狈地裹着一身油和酒回来，据说是被那丫鬟整的。

太丢人了。

易国如脸色沉得更厉害，转头看着他：“我一直让你们注意殷戈止的动向，身边什么时候有了这么个丫鬟，我怎么不知道？”

“消息传得慢了。”薛良道，“那丫头到殷殿下身边也就是这两个月的事情，是徐家送的人，卑职们也不知道该怎么查。”

徐家？徐家倒是一直中立，未曾与他有过什么纷争，逢年过节也时常走动，算是关系不错，要是他们送的人，那还好说。只是……

“这屋子只有那丫鬟进来过吧？”

“是。”

“那就把她给我抓回来，实在抓不回来，直接灭口也行。”

宁杀错也不放过，若当真是她发现了这屋子里的秘密，还留在殷戈止身边，那就不妙了。

薛良应声而去。

风月回了使臣府，跪坐在殷戈止身边道：“今日城里有个地方会出事。”

殷戈止抬眼看她：“怎么？”

“山稳河把敛来的金银财宝都埋在城南一家磨坊的地窖里。”风月道，

"奴婢已经派人埋了火药，等那一块人少些的时候，就把地窖炸开。"

这才几天的时间，竟然就把人藏赃银的地方找出来了？殷戈止有些吃惊，难得用赞赏的眼神看了看她："了不得。"

"殿下过奖。"风月微笑，"等地窖炸开，太子那边便会请太尉大人亲自追查此笔银两的来源。山稳河想掩盖踪迹是来不及的，他手下会有很多证人。"

将书扣在桌上，殷戈止深深地看着她道："你筹谋已久？"

"有备而来罢了。"面前的女子微笑，"山稳河出事，将军府必定被波及，到时候就看太子殿下和您的本事了。"

殷戈止心里微紧，突然问："你想要的到底是什么？"

"您看不出来吗？"风月眨眨眼，伸手搂着他，笑得媚气横生，"奴婢想要您开心呀，这么千方百计地哄着您，为您做事，就想让您喜欢奴婢。"

殷戈止斜睨她一眼，伸手将她的手拿下来放在掌心："你这样的人，其实是该死的。"

微微一顿，风月笑道："奴婢知道您舍不得。"

"从哪里知道的？"

伸出另一只手划在他心口的位置，风月笑得花枝乱颤："这里。"

被她手指点着的地方微微一慌，殷戈止有些恼："你未免太过自信。"

"咯咯咯。"风月边笑边摇头，正想再调侃他两句，却见面前这人瞳孔突然一缩，接着自己腰身就是一紧，被他扯得同他一起倒在那软榻上。

有凌厉的风从身后穿过，小小的一股，却透着深重的寒意，令她后脑勺生疼。

风月皱了眉，侧头就听得旁边墙上"铮"的一声响，有细小的箭头扎进了墙壁，泛着蓝色的寒光。

倒吸一口凉气，她"哇"的一声就抓紧了殷戈止的衣襟："殿下救命！"

这样的刺杀，殷戈止已经是见怪不怪了，但在使臣府里发生，还是头一回。

殷大皇子单手搂着她起身，低喝一声："观止！"

外头的人应声进来，声音紧张："主子，有人闯入，人数众多，您与风月姑娘先去安国侯府坐会儿吧。"

都让他们转地方了，那情况是真的很危急。殷戈止想也不想就要走，风月却白了脸：“灵殊！把灵殊带上！”

“观止会救她的……”殷戈止头也不低，却觉得心口一紧。

怀里的人抓着他心口的衣裳，眼神里带了说不清是什么的浓烈情绪，她一字一句道：“你得救她。”

谁不救灵殊都可以，他不行。

殷戈止皱紧了眉，很想不听她的话，一个丫鬟而已，真给她脸了！

可是，不知怎么的，看着她这眼神，他还是转了方向，去了一趟客院，将灵殊一并拎走。

从后门出去，风月抿唇：“殿下，我与灵殊都不会武功，您先将我们藏在旁边的店铺里最为妥当，您自己去安国侯府就好。”

“这都已经出来了。”殷戈止不耐烦道，“一起去就好。”

“再往前的路口，易守难攻，来人若是聪明，定然设伏。”风月沉声道，“以一拖二，再以寡敌众，非明将之举。”

殷戈止微微一愣，忍不住低头看了她一眼。

“易守难攻，以寡敌众，明将之举”，这种话，她竟然说得出来。不知道是不是他想多了，这很像战场上人的口吻，不该从一个妓子嘴里吐出来。

看了一眼旁边半开着门的店铺，殷戈止顺手就将灵殊扔了进去，然后搂着风月继续疾走。

“殿下！”风月瞪眼，为啥只扔灵殊一个啊？她也想被扔出去！

殷戈止眼神平静地看着前头，一字一句道：“我死你死，我生你生。”

有他在，就算以寡敌众，也不会让她丢了性命。

被这话震了震，风月哑然，只觉得耳边的风呼呼的，有那么点不真实。

走神了好半晌，她才笑眯眯地问道：“殿下的意思，奴婢是有资格跟您同生共死了？”

看着前头路口冒出来的黑影，殷戈止眼神凌厉，嘴角微微勾起：“不，我的意思是说，我活着，你得陪着。我死了，你也得陪葬。”

风月：“……”

刚刚的一点感动顿时消弭于无形，她很想露出獠牙，给他脖颈上来一口。

然而，杀意瞬间笼罩了过来，十几个穿着常服、气势不凡的人当真在街口埋伏，一看见他们，瞬间就围了上来。

扫视了这些人一眼，殷戈止挑眉：“将军府的？”

虽然没蒙面，可这些人都是小兵小将，从来没在这位殿下面前露过脸，他怎么认出是将军府的？众人一时惊慌，然后就有三个走神的傻蛋被一脚踹翻在地。

“殿下，”一个脑子不太灵光的武人耿直地开口道，“易将军只是想请这位姑娘去府上说说话，您不必这么紧张。”

搂着怀里人的手一紧，殷戈止眯眼：“请她去说话？”

这阵仗，分明是请她去送死的！

他就是诈一句，要不是将军府的人，他可能还会猜是三司使府的，没想到这人直接自己说出来了，那他绝对不能把人交出去。

“别乱动弹。”低声跟风月说了一句，殷戈止将她放在自己身前，镇定地活动了一下手腕关节。

风月乖巧地站着，完全不给人添乱，看着那群人冲上来，镇定地放软身子，任由身后的人搂着冲锋陷阵。

殷戈止是个多恐怖的人呢？以前的战绩都可以不提，光是现在，在十几个练家子的包围之中，他竟然脸色都没变一下，同时躲避多处进攻，抓着这些人配合上的缺口，一掌拍在人后脑勺的昏穴上，又快又狠又准，没一会儿就掀翻了三四个。就算有人趁机抓住了他的胳膊，这厮反身一甩，力气大得直接将人甩了出去，重重地砸在远处围墙上。

风月在他怀里觉得无比安心，这些人连她衣角都碰不着。

先前说什么以寡敌众不明智，是在其他情况下。在遇见殷戈止的时候，只要不是千军万马，这种小打小闹的人手妄图控制他，都是不明智的。

殷殿下威武！

看他这干净利落的招式，还只用了一只手，风月终于有心情抽出手给他鼓了鼓掌。

抱着她的人冷哼了一声，似乎对她这掌声颇为不屑，十几个穿常服的士兵挣扎着相继倒下，殷戈止伸手抓过刚刚说话的那人，轻声道：“易将军想让人过去聊聊，就从我这儿请，不请自来，还要带走人，就别怪我不客气。”

那人目光惊恐地看着殷戈止，缓缓地点头，犹豫地看了风月一眼，突然眼神一凛。

殷戈止反应飞快，立马将他推出去，然而那人的袖子已经抬起来了，细小的针直接射进了风月的肩膀。

瞳孔一缩，殷戈止暴怒，飞身上前抓着那人便喝：“解药！”

这种细针是烨国士兵近战之时常用的，上头淬了他们惯用的蛇毒，以前他还吃过亏，幸好澧国军中大夫研制出了解药。

但现在，他没带那解药在身上，蛇毒发作又快，让人回澧国去取都来不及，只能问下毒的人要了。

哪知被抓着的人还颇为硬气，仰着头道：“将军下了杀令，解药是不可能给您的。”

杀令？殷戈止眼里染了红色，伸手就掐住这人的咽喉：“我让你看看什么是杀令！”

甚是壮硕的男人，被殷戈止掐得双脚离地，眼睛突出，脸上青筋都慢慢浮现，惊恐地张大嘴，却是什么也没能再说出来。

“殿下。”镇定地找到肩上那没入肌肤一半的针，风月伸手拔了出来，低声道，“这是易将军的人。”

“送到我面前找死，谁的人都没用。”眼睁睁地看他咽了气，殷戈止甩手就将尸体扔出去，抱起风月便转了方向往将军府走。

风月这才慌了，连忙道：“奴婢没中毒，没事的！”

没中毒？殷戈止一愣，低头认真看了看她的脸色。

一炷香的时间过去了，她脸色如常，当真没有变化。

“你穿的衣裳太厚了？”殷戈止微微眯眼，问了一句。

风月心虚地点头：“是啊，没刺到奴婢。”

不可能，那么近的距离，她穿的分明又是薄纱，若是没刺到，刚刚也不用拔出来了。

突然想起了什么，殷戈止伸手猛地拉下她肩上的衣裳。

细小的针孔渗了血，像一颗朱砂痣，在她肩上分外明显。

风月白了脸。

烨国打仗屡用阴招，牛毛针淬蛇毒这种事情也是常做，鉴于澧国有将领死于这种近身阴招，澧国大皇子殷戈止下令，所有澧国士兵统统在战前服用解毒的汤药，重要的将领更是要服用御医研制出的丹药，吃过之后再不畏蛇毒。

现在，她不畏蛇毒。

抱着她的手陡然紧了，殷戈止眼里的神色诡异，盯着她看了好一会儿：“家住北宣门附近，时常看我去校场？”

“殿下……”风月喉咙也有点紧，眼珠子滴溜溜转着，“这是个巧合，奴婢体质很特殊。”

“仰慕我多年，只想陪着我一生一世？”

放她站在了地上，殷戈止后退了半步，压根没理会她这苍白的解释。

夏日炎炎，这少有人来往的街口却刮着狂风，风吹得殷戈止衣袍猎猎，碎发遮眼，吹得风月身子僵硬，动弹不得。

千算万算，她没有算到有这么一出。易将军府她去不得，可现在……就算不去都已经很糟糕了。

面前的人刚刚有多护着她，现在就有多愤怒，站在离她半步之遥的地方，站在一群昏迷的人中间，眼里掀起惊涛骇浪：“你到底是谁？接近我，到底有何目的？！”

风月沉默，心里飞快想着对策，又将澧国从军的女儿家的名字统统想了一遍。

没有合适的名头可以借用，一个谎接一个谎，殷戈止只会更暴怒。

可是，她还不能死啊，尤其不甘心死在他手里。

怎么办？怎么办？

“奴婢……没有您想的那么复杂。”风月勉强笑了笑，看着对面的人低声道，“只是蛇毒，您也不能马上将奴婢钉死啊，奴婢家里养蛇，也是不畏蛇毒的，不行吗？”

眼里清澈了一些，殷戈止点头：“好，你家养蛇，所以不畏蛇毒，那我请你吃枸杞如何？”

风月一僵。

服用解毒丹的时候，御医就特意叮嘱过，解毒丹虽好，但唯一的坏处就是有一味特殊的药与枸杞药性相冲，若是在服药之后误食枸杞，会腹部绞痛难止，轻则痛上好几日，重则丧命。

然而最重才丧命，比起眼下的情况，风月觉得这算一条活路。

“好。”笑吟吟地应下，她道，“枸杞有什么不能吃的？”

殷戈止垂眸，深吸一口气，慢慢将浑身的怒气都敛回来，一字一句道：“你最好别骗我，不然不管你多有用，我都会送你下黄泉。”

眨眨眼，风月失笑：“殿下，您方才才说您生奴婢生，这就不算数啦？”

男人的话果然是不靠谱啊。

没有理会她，殷戈止眼里千尺冰封，拎着她就往响玉街走。

风月一路走一路笑：“您轻松点啊，别这么快就把奴婢当罪人看待，奴婢没有罪。”

“闭嘴。”

“嘤嘤嘤。”眼里满是叹息，风月道，“奴婢还以为您很喜欢奴婢，不管发生什么都会保护奴婢呢，没想到还是巴不得奴婢有罪该死。”

“……”

不是他狠心，她若当真服用过澧国御医特制的解毒药，那她的身份就太可怕了。澧国就算允许女子从军，可有本事服用御医所制解毒丹的从军的女子，一只手都数得过来。

有那样身份的人，怎么可能在烨国为妓？

郑记糕点铺今天生意不错，郑氏正给人包着点心呢，冷不防看见风月被殷戈止抓着走了过来。

郑氏心里一跳，捏紧了手，努力镇定。等人到了柜台前头，她才笑眯眯地开口问：“客官需要点什么？”

“枸杞。”殷戈止淡淡道，“加了枸杞的糕点有吗？”

风月微笑着看着她，努力想让她镇定点。

然而郑氏吓了一跳，看不明白这是什么状况，皱眉道：“咱们这铺子里没有加枸杞的糕点。”

“那烦请老板娘去买上一两，回来给她吃如何？”盯着郑氏，殷戈止淡淡道。

郑氏瞪大眼，下意识想摇头，却见旁边的风月使劲朝她使眼色。

买啊！不买要出事的！

郑氏倒吸一口凉气，实在不知道发生了什么，咬咬牙，低头道："好。"

她飞快地跑过一整条响玉街，脚步踩着奇怪的节奏，使得路边打铁的大汉顿了顿，卖花的姑娘回了头，街头杂货铺的老板也放了手上的东西出来看。

出事了？

然而，看归看，现在殷戈止身边的风月什么话也不能说，这条街上自然没人救得了她。

郑氏磨蹭了很久，终于带了一两枸杞回去。殷戈止伸手就拿枸杞泡了水，皱着眉看着枸杞散开、膨胀，却没有马上递到风月手里。

风月一笑，很是豪爽地将杯子接过来喝了一大口。

殷戈止瞳孔微缩，愕然地看着她。

"您担心什么呢？"放下杯子，她笑道，"奴婢说过奴婢只是因为家里养蛇，所以不怕蛇毒，那吃点枸杞又怎么了？"

糕点铺人来人往，客人们都好奇地看着这两个好看得不像话的人，看一向笑眯眯的老板娘难得脸色苍白，纷纷疑惑发生了什么。

墙上供着的财神爷面前的香燃完了一根，殷戈止深深地看着面前站着的人，她表情如常，除了脸色有点苍白之外，一点痛苦的神色也没有。

没有反应。

捏了捏拳头，殷戈止垂眸："是我多想了。"

捂了捂心口，风月可怜巴巴地道："您那样子真是吓人啊，奴婢要是吃不得枸杞，会有什么后果呀？"

手心全是冷汗，殷戈止抿唇，正要说话，却听得一声巨响由远及近，慢慢地响彻整个不阴城！

"轰隆——"

这声音像极了打雷，惊得殷殿下一个哆嗦。四周的百姓也纷纷跑上街去看，风月"哎呀"了一声，道："炸了。"

炸了？

猛地想起她在使臣府里说的话，殷戈止转身就往外冲。

风月没走，笑眯眯地站在原地，等那人跑得没了影子，才伸手抓着郑氏的衣袖，声音极轻地道："劳烦扶我上楼坐会儿。"

郑氏回神，心情很是复杂地扶着她上楼。

门刚一关，风月就蜷着身子倒在了地上，痛苦地喘着气。郑氏咬牙，从衣袖里掏出一包药粉倒在杯子里，兑了水就往她嘴里喂。

"您……殿下怎么会让您吃枸杞？"

挣扎着喝了药，药劲没上来，风月疼得满头是汗，蜷缩着身子吞吞吐吐地道："您……应该庆幸，我还有吃枸杞的机会。"

"他发现什么了吗？"郑氏很着急，却不知道怎么办，只能将风月抱到旁边的软榻上，轻轻拂着她的背，"您先别想别的，把这股劲缓过去，疼也是能疼死人的！"

风月点头，闭着眼睛大口喘息，那模样令郑氏看得眼泪直掉："这是造的什么孽！老天爷不开眼，罪全让好人受了！"

很想劝她说坏人也不会好过的，然而一股股绞痛翻涌上来，风月意识模糊，说不出话来了，疼了半晌，等缓和下来的时候，倒是闭上眼睛睡了一觉。

殷戈止去风月说的磨坊附近看了看。没有人员伤亡，倒是不少百姓往滚滚浓烟里冲，一边冲一边喊："金子啊！全是金子！"

然而他们没能冲进去，太子的人仿佛一直在旁边等着似的，眼下已经飞快地出来控制了场面，只故意当着众人的面把一箱箱金子往外运，引得百姓震惊不已。

"这是什么地方？怎么这么有钱啊？"

"一个破磨坊能有什么钱？背景倒是有，说是朝中哪个大官家的姨娘家的舅子开的。"

"这可就耐人寻味了。"

"可不是，这么多官兵围着，肯定有一出好戏。"

殷戈止眯眼，想了想，转身去将军府附近蹲着。

这惊天一炸炸出了金银无数，消息传得极快，两个时辰之后，朝中上下已经议论纷纷，太子殿下更是直接带着折子去了御书房。

于是，山稳河坐不住了，起身就从自家府院的后门出去，直奔将军府。

这是天要亡他啊！那磨坊是他最宠爱的姨娘家的舅子开的，只要一查，绝对能查到他头上，眼下只有易大将军能救他，不然他就死定了！

他急急忙忙地要进将军府，却在靠近后门之时被人拦住了。

“山大人，”殷戈止目光平静地看着他，“借一步说话可好？”

一看见殷戈止，山稳河魂儿都没了，哪还想跟他说话呀，第一反应就是扭头跑！

然而没跑两步，殷戈止还是站在了他面前，眼神冷了不少：“在下在鬼门关面前拦住大人，大人却这般不识好歹？”

山稳河很想哭，他不知道将军府算什么鬼门关，但是面前这位殷殿下，却是真正的阎王爷啊！

“殿下，”他双腿一软便跪了下去，堂堂三司使大人，被那一声轰鸣吓破了胆，跪别国的皇子都跪得格外耿直，“您放过老夫吧！”

殷戈止低头看着他：“若不是想放过您，在下为何要出现在这里？”

微微一愣，山稳河不解地抬头。

面前站着的人眉目慈悲，像宽和的佛祖，怜悯地看着他：“山大人，你近两年吞军饷三十余万两，受贿十万，行贿二十万，证据都已经交到了在下手里，在下若是有意与大人为难，为何还要来找大人？”

山稳河脸色一白，跌坐在地，吓傻眼了。

这些事殷殿下怎么会知道？他以为朱来财一死，这些事情统统会被带进棺材里！现在怎么办？证据在殷殿下手里，那不管怎么求易国如也没用啊，易国如毕竟只是个将军，又不是皇帝。

“这将军府的门，您要是踏进去了，怕是要落得个‘畏罪自尽’的下场。”看了看将军府的围墙，殷戈止沉声道，“弃车保帅，这一招大人是用在朱来财身上的，怎么就觉得易将军不会用在您身上？”

他要是被定罪贪污，那钱款一定会查明来处去向，到时候将军府首当其冲，定然被牵连。

可他要是在这时候死了呢？

后背一凉，山稳河站了起来，朝殷戈止深深一鞠躬：“殿下救命啊！”

“大人请。”指了指旁边的巷子，殷戈止道，“在下愿意为大人指一条明路，但到底要不要走，就看大人自己的决定了。”

山稳河脚步一抬，又有些迟疑，皱眉问了一句：“殿下为何要帮下官？”

殷戈止淡淡道：“因为大人罪不是最重的。”

也不是他最想弄死的。

山稳河在官场打滚这么多年，也算是老狐狸了，一听殷戈止这话就知道自己还有活路，连忙跟着他去了巷子里头密谈。

“眼下只有两条路。”在前头站定，殷戈止缓缓回头，一身白衣显得单纯无害，脸上却是冷漠无情，“要么，大人一个人扛下所有的罪责，被满门抄斩；要么，大人把钱款流向全部上书给陛下，太子定然会体谅大人，保住大人全家上下的性命。”

钱款流向最大的就是将军府，只要他肯说出来，那太子殿下是一定愿意保全他的。但是……

山稳河轻笑一声，摇了摇头：“殿下，官场中事可没那么简单，揭发他人说得简单，被揭发的人要是死不了呢？那下官岂不是完蛋了？一家老小照样不得安宁。”

他效忠易国如多年，也没有说翻脸就翻脸的道理，就算被定了死罪，只要他守口如瓶，那易大将军就有可能会想法子救他。而殷殿下不过是曾手持闻风令，抓过不少人，断然没有易将军来得靠谱。

殷戈止微微摇头道：“大人大概是没想明白，您可以再仔细想想在下方才说的话。”

方才说的话不就是这些？有什么好想的？山稳河正要笑，却猛地一震。

等等，他刚才是不是还说过手里已经有他银子流入支出的证据了？

山稳河倒吸一口凉气，抬头看向面前这人。

分明是翩翩少年郎，眼里的神情却让他都微微发寒，眼里映着他慌张的神色，那薄唇一启，少年郎慢悠悠道：“烨国的律法在下不算通读，不过按照太子殿下那以民为本、痛恶贪污的性子来看，您这两年四十万两流入，二十万两流出，足够让他亲自监斩了。”

接着，殷戈止又补充了一句：“具体是四十万三千八百五十七两，那七两银子的零头，还是个小商人孝敬给贵府前账房的。”

山稳河腿一抖，面无人色，看着地上，眼珠子左右晃动，手心里全是汗。

本还以为殷戈止可能是诈他的，但能把这银钱的数字说得这么具体，那手里头可能当真有东西。

证据在殷戈止手里，就算他不揭发易将军，易将军怕是也要被拖下水。一旦被拖下水，为了保全自己，易将军无论如何也不会对他伸以援手的。

怎么办？

“看起来大人不打算接受在下的建议，那在下先告辞了。”没有多劝的意思，殷戈止转身就走。

“殿下！”山稳河连忙拦住他，“您……就这么走了？”

“不然呢？”殷戈止面无表情，“该说的都已经说完了，剩下的大人自己斟酌，也与在下无关，在下不过替太子传个话罢了。”

说罢，他扭头就走。

山稳河愕然，按照他多年纵横官场的经验来看，这种情况下，对方怎么也应该多劝会儿啊！就算不多劝会儿，难道也不给他点利诱什么的，好让他更容易倒戈吗？

没有，在殷戈止这儿，什么也没有，爱听不听，说完就走。

于是山稳河纠结了，站在原地等了好一会儿，才偷偷摸摸地原路返回自己的府邸。

等殷戈止回到使臣府的时候，风月已经很是平静地在摆弄院子里的花花草草了，看见他进门，抬脸就给了他一个灿烂的笑容：“您回来了？”

看她一眼，殷戈止没吭声，径直往屋里走去。

风月可能当真没吃解毒丹，不过她当真让他起了疑心。一旦起了疑心，他就无法跟她像之前一样亲近了。

观止一直查不出风月的来历，加上她对自己的了解及太多的巧合，殷戈止觉得宁愿防上一防。

看着这人一脸的冷漠，风月挑眉，放下手里的花，笑眯眯地跟着他踏进屋子，看他坐下来，伸手就去揉他的肩：“您做什么不理奴婢呀？奴婢要是哪里做得不对，您可以说呀。”

听着这怪声怪气的话，殷戈止皱眉：“你也该有个丫鬟的样子。”

“奴婢怎么就没有丫鬟的样子了？”伸手从背后搂着他，风月娇笑，“您说的啊，奴婢可是您的通房丫鬟。”

通房丫鬟，不勾搭主子的话，那跟普通丫鬟有什么区别！

殷戈止抿唇，努力想严肃一点，至少把她的手推开吧？可是不知道怎么的，他手都抬起来了，却还是没能把她掀开。

温软的身子贴着他的背，这种感觉就像是置身冰天雪地的他突然被人带进了温暖如春的屋子，人都是向往温暖的，怎么可能舍得离开？

殷戈止眯了眯眼，眼里满是茫然，看起来很像在雪地里迷了路的狼。

“主子,”观止兴奋地蹦进来,全然不顾面前二人的亲昵,径直开口道，“太子殿下派人围了三司使府邸，山稳河本来已经离开了，不知怎么的，又一头撞了回去，现在已经在大牢里了。”

殷戈止回过了神,板着脸道:“你继续盯着,有什么消息就回禀一声。”

“是。”

眼波流转，风月笑眯眯道：“山大人要遭殃了，易大将军今晚一定睡不好。”

“你很高兴？”殷戈止抬头看她，“按理说，你先前那般不要命地救易掌珠，我以为你对易将军一家应该是颇有好感。”

救易掌珠是因为他跟叶御卿都看重易掌珠啊，搭个救命之恩什么的，不是更容易混熟吗？想起这茬，风月笑了笑。说来易掌珠要讨厌她也不是没道理，毕竟她一开始接近他们的目的就不单纯，碎一下手骨，换来殷殿下的在意，实在是不吃亏。

“易将军一家如何，奴婢不在意。”她笑道，“殿下想做的事情，奴婢一定会帮着做。”

想起今日在街上自己心口那一阵几欲窒息的感觉，殷戈止皱眉，伸手将她扯到怀里，睨着她道：“你的这些花言巧语不如收一收，说太多了，以后当真要是背叛我，你会死得很惨。”

风月吓得抖了抖，眨着无辜的大眼睛看着他：“殿下多虑了，奴婢怎会背叛你？”

她从来都没想过要单纯地效忠于他啊！

屋子里烛光盈盈，两人郎情妾意，就以这种亲密的姿势对视了整整一炷香的时间。殷戈止眼神冷冽，风月笑意温柔。

殷戈止松开了她，别开头道："如此便好。"

您放心才是真的好啊！风月狗腿地端了茶塞到他手里，然后乖巧地站在他身后给他捏肩。

殷戈止没喝她的茶，只是看着茶盖，轻声问了一句："你以前当真经常在北宣门附近看见我？"

风月点头笑道："是呀，奴婢不是说过了吗？您经常去北宣门外头的校场，奴婢时常守着看您。"

"那，你看到我的时候，我身后跟的是八人的仪仗，还是六人的仪仗？"

又给她挖坑？风月眯眼，认真地想了许久，道："应该是六人的。"

殷大皇子去校场一向不搞排场，带的人肯定不多。虽然她没亲眼看过，但就算猜错了，她也能说是记性不好。

然而，听完她的回答，殷戈止竟然没有再说什么。风月想，难不成自己蒙对了？

三司使入狱，今儿朝中很多人睡不好觉，晚饭过后，安世冲和徐怀祖更是直接抱着被子来了使臣府。

"怎么？"殷戈止斜眼看着他们，"想来我这儿睡？"

"师父！"徐怀祖哀号，"烨国朝中上下乱成一团，我家的人来来往往，压根不打算让徒儿睡好觉哇！徒儿只能来您这儿求一夜好眠了！"

安世冲一脸愁容地跟着点头："山大人与朝中众人来往较多，此番磨坊地窖藏金一事，朝中一直没出定论，但山大人一被抓，难免牵连。听说易大将军已经进宫去了，现在还没出来。"

好整以暇地在软榻上坐下，殷戈止问："徐将军和安国侯府也牵扯进去了？"

微微一愣，安世冲立马皱眉摇头："家父虽算不得名流雅士，却也是不爱财不争利之人。徒儿最近接手家中关系往来，都是君子之交，账上无半分不义之财。"

徐怀祖也摇头："我老爹虽然肚子里没墨水，可也没坏水，过什么节都不收贺礼的，还给家里人发过节的银子呢。"

"那便是了。"殷戈止道，"这件事用不着你们关心。"

"师父，"徐怀祖撇嘴，"徒儿们如今也算有官职的，关心朝中大事是理所应当。再说了，地窖里那么多金银，多半都是民脂民膏。此等天理难容之事，徒儿们也想等个结果。"

风月伸手递给他们糕点，笑眯眯道："两位少爷真乃国之栋梁。"

"姑娘过奖。"安世冲抿唇，"在下与怀祖都太过年轻，还担不起什么大任，若他日烨国又将与人一战，我俩至多不过是当个先锋兵。"

听着这话，殷戈止抬头看了他一眼："你倒是想得远。"

"不算远。"眼里陡然多了些忧色，安世冲抿唇，犹豫了半晌才问，"师父觉得如今烨国在列国之中，可算强盛？"

殷戈止垂眸，手指轻轻地摩挲着茶杯："能安居一隅，就足以称为强盛。"

一年前大胜澧国之后，烨国便是无人敢犯，就算如今大景南征北战，与烨国小有摩擦，可也没敢当真举兵攻烨。从这一点上来说，烨国已经是很厉害了。

安世冲皱眉："可是徒儿觉得烨国这一年来实在太过安逸，没有大仗，小仗输得竟然也不少，朝廷官风不正，多人被揭发贪污，三司使竟然吞了这么多金银，那定然是百姓日子苦，将士难以暖。长此以往，烨国恐怕是要毁在这安逸之中。"

徐怀祖惊讶地看他一眼："你想得也太多了。"

风月垂眸。

安世冲想的是对的，这就是烨国的现状。

烨国与澧国之战，一战就是好几年，双方的实力和消耗是一样的，甚至可以说澧国更强。烨国胜只胜在阴诡手段，折了澧国的关苍海，之后不知从哪儿窃取了澧国的机密，让澧国猝不及防，连失数城，最后一败涂地。

胜了之后就容易骄傲自大，在烨国君主和百姓的眼里，他们完胜澧国，甚至带回澧国引以为傲的大皇子为质，大皇子还自愿改名"戈止"，愿止两国之戈，足以证明他们烨国是列国之中数一数二的，甚至与大景打上一仗，也不是没有获胜的可能。

自大之下，必定出乱子，没有外患就会有内忧，官员贪污，将军拥兵，君主骄奢，民不聊生。长此以往，等澧国恢复了元气，就是烨国大难临头之时。

然而，烨国朝中上下没有一个人意识到这点，就连最为清醒的叶大太子，也只是在遏制贪污之风，完全没有警醒烨人。

安世冲想到了，但很可惜，他什么也改变不了。

殷戈止难得用赞赏的眼神看着他，坐直了身子道："你能这么想，烨国也不算无可救药。"

徐怀祖一愣："师父还觉得世冲想的是对的啊？"

"自然是对的。"殷戈止道，"如今天下局势多变，能居安思危才是聪明人。要是上位者也能像世冲这样想，那就不会坐视南境被大景骚扰而置之不理了。"

眼里亮了亮，安世冲道："师父也觉得烨国的态度应该强硬些？"

"自然，澧国已衰，若是没有新的对手，烨国便会在这安逸之中一天天消沉下去。"殷戈止诚恳道，"与其忍气吞声，看烨国内乱，不如制造外患，内忧自解。"

安世冲点头，徐怀祖皱眉想了想，也觉得挺有道理的："如今烨、澧修好，若是能共同抗景，未必不是好事。不过现在咱们都做不得主，三司使这事儿一出来，朝廷必定大伤元气。"

是挺伤元气的，风月微笑着想，就算不伤筋动骨，可也够人头疼的了。

本来易大将军战败是件小事，但很不巧，遇上三司使这事儿，太子殿下义愤填膺，当即就将易国如战败的原因全部归结于军资滥竽充数，粮草没有跟上。

对于这种说法，易国如很是不好辩解。要说不是粮草的问题，那就只能是他自己的问题了，相比之下，肯定宁可说是粮草的问题。

但这么一来，山稳河头上的罪就更重了，圣上大怒之下，直接令人查抄三司使府邸，清算历年朝廷账目，查明钱款来源去向。

第十章

你到底是谁

易国如脸色很难看，当夜就去了死牢里看山稳河。

山稳河满身狼狈，已经用过刑了，一双眼在看见他的时候亮了亮："将军。"

"山大人！"易国如表情沉痛，"老夫已经竭尽全力，奈何太子施压，实在无法救你，只能将你山家的香火护着，今晚就能送出京城。"

"多谢将军！"山稳河眼神微黯，却还是笑道，"您有心了。"

易将军这么有心，为的自然是自己不被出卖。事情已经到了这一步，山稳河放弃了挣扎，只求能护住家人，自己死了也就罢了。

仔细打量着他的表情，易大将军道："等大人上路那日，老夫必定相送。"

"多谢将军。"

家人已经在他手里了，山稳河就算想反咬他一口，也是不行的。易国如很放心，又宽慰他两句，便出了大牢。

他前脚刚走，安世冲后脚就打开了牢门。

"关系多就是好啊。"徐怀祖一边往里头走一边感叹，"死牢这种地方，也能来去自如。”

安世冲抿唇：“得蒙祖荫。”

自从侯爷不管事，素来与安国侯府交好的人都时常与他走动了，在很多地方，他的确是方便不少。

殷戈止走在最前面，身边跟着两个穿着斗篷的女子。

来的路上安世冲看到风月去一处院落里接人，接的是个姑娘，却不知道是什么姑娘，只听得那姑娘喊风月一声“东家”，风月笑眯眯地捂了她的嘴。

徐怀祖大大咧咧的，不曾注意这些，安世冲却突然觉得风月姑娘很不简单。别的不说，来这种地方，师父竟然都愿意带着她，那她定然是个明白事的。

“到了。”

刚刚关上的栅栏门又被打开，山稳河有些茫然，半死不活地抬头，却看见了一张梨花带雨的脸。

“香儿！”山稳河惊叫出声，一把将她拉到自己身后，看了看旁边的其他人。

“山大人看来已经有了沉默上路的觉悟。”踏进牢房，殷戈止淡淡道，“只可惜家人无辜，要被大人一并连累至死。”

“不……怎么会这样？”山稳河摇头，看着香儿道，“将军不是把你们接走了吗？”

余荷香泪如雨下：“大人，易将军接走的只有小少爷，毕竟他只有五岁，什么也不知道。但其余的人……要不是得殷殿下相救，奴婢就已经死了！”

身子重重一震，山稳河不敢置信地看着殷戈止。

外头的光很是微弱，殷戈止的表情让人看不清楚，他只低声道：“大人身陷死牢，对外头的事情一概不知，受人蒙蔽也是无奈。在下来给大人送行，也让大人见家人最后一面。”

山稳河的家财，就是藏在余荷香的弟弟开的磨坊里头，他纳这姨娘不过一年，恩宠有加，除了儿子，最舍不得的也就是她。

本来还觉得余生可安，余荷香这样一哭，山稳河慌了，一边安抚她，一边看着殷戈止喊：“殿下！”

“只有一炷香的时间，在下就得告辞了。”听着这凄惨的声音，殷戈止完全不动容，“您有什么话要对她说，就快些。”

一炷香的时间？山稳河紧了紧喉咙，完全顾不得其他的，抓了余荷香到眼前就问：“除了旭儿，其他人都没了？”

余荷香哽咽着摇头：“都在牢里关着，皇恩浩荡，本是判决流放，还未执行，但不知为何有人来带走了小少爷，并且想对剩下的人下杀手。牢里深不见天日，要不是殷殿下，奴婢压根见不着您了！老爷，那些人不是好人啊！这般心狠手辣，小少爷定然也不会有好下场！”

心头大痛，山稳河转身“扑通”一声就朝殷戈止跪了下去，声嘶力竭地喊：“殿下——”

“早已经给过大人两条路，大人不听，愿意相信大将军会救您。”殷戈止淡淡道，“可如今，御书房里支持圣上严处你的是他，挟持你幼子做最后筹码的是他，让大人一人顶下所有罪责，全家不得好死的也是他。”

今儿他们要是不来，他是不是就要这么被蒙在鼓里，稀里糊涂地上路了？山稳河恸哭，连连磕头：“殿下救命，殿下救命！”

“事到如今，我也救不了你。”殷戈止道，“早知如此，何必当初？”

山稳河哭着摇头，不知如何是好，心思百转，越想越气。他临死都想着护易国如安然无恙，易国如却在背后给他玩这些！

同样是来传话，山稳河明显更会相信自己宠爱的女人的话，眼下瞧着想得差不多了，那也该正主出场了。

轻缓的脚步声在牢房的走廊里响起，安世冲和徐怀祖警觉了，连忙小声喊：“师父。”

殷戈止装作没听见，依旧站在原地。

徐怀祖还要再喊，然而已经来不及了，有人来了。

飞快地拉过安世冲，徐怀祖一下就蹿到了下一个牢房转角的阴影里。

哪知风月姑娘已经在这里头站着了，看见他们还笑了笑，算是打招呼。

那师父呢？两人震惊，连忙偷偷伸出脑袋去看。

银色的四爪龙袍扫过宫靴的鞋面，叶御卿摇着扇子，不疾不缓地走了过来，目光落在那打开的牢门上头的时候，轻轻“咦”了一声。

“有客先到？”

殷戈止转身，略微惊慌地低头。

叶御卿挑眉，走过来看了看他，失笑："殿下怎么会来这种地方？"

"随意走走。"殷戈止半点不走心地解释。

看了看地上跪坐着的山稳河，又看了看他旁边穿着斗篷的女人，叶御卿拍手："啊，本宫知道了，殿下是抓着了牢里逃走的犯人，特地送回来了，是吗？"

余荷香一抖，山稳河看了看太子身后，发现只有一个冯闯，立马反应过来，朝叶御卿磕了三个响头："殿下，罪臣有话要说，有话要说啊！"

"怎么？"温和的眸子往他身上一扫视，叶御卿摇着扇子笑道，"昨儿审问的时候，不是还说该说的都已经说完了吗？"

"罪臣该死，求殿下给条活路！"壮硕的身子跪伏在地上，轻轻发着抖，看起来煞是可怜。

"哎呀哎呀！"叶御卿摇头，一撩袍子在他面前蹲下，"大人觉得自己还有活路吗？"

"是没有，是不该有！可是殿下，罪臣手里有与易将军分赃的账本，那些个所谓罪臣贪污的钱财，有一半都是流进大将军口袋里的！北境之军的军饷一年高达六十万两白银，这笔银子到罪臣手里不过留下十万，还有五十万是直接划到将军府的！北境战败，与军饷毫无关系啊！"

这一连串火药扔出来，叶御卿吓得眯了眯眼，伸手就抓着山稳河的衣襟，将他猛地拉起来面对自己，表情阴鸷，声音却依旧温柔："你为何不早说啊？"

"罪臣幼子尚在大将军手中，殿下要微臣怎么说？！"山稳河红了眼，"就算是现在，这些话罪臣也不敢在公堂上说第二遍啊！"

意思很明确，殿下把他幼子救出来，他这些话就可以在公堂上说第二遍。

叶御卿摇头，转头对殷戈止道："易大将军是我朝重臣，这只言片语的就企图让本宫怀疑于他，殷殿下，若换作是你，你当信吗？"

殷戈止面无表情地摇头："不信。"

山稳河额头上满是汗水，哆嗦了一阵，咬咬牙，还是将余荷香推到他们面前。

"她知道分赃的账本在哪里，殿下若是不信，可以先看过账本，再考虑要不要罪臣这人证。"

"哦？"叶御卿笑了，"大人既然如此执着，那本宫也不妨看上一看。"

殷戈止很是嫌弃道："大人也实在太容易被威胁了，要是殿下为你排除万难开堂重审，你又有别的把柄落在大将军手里，不肯再说实话，那咱们不是白忙了？"

"不会！"山稳河道，"除了妻儿，罪臣再无把柄可言！罪臣可以一死，但求保全妻儿啊！"

叶御卿很是动容，转头看着殷戈止问："殿下觉得可信吗？"

殷戈止严肃地点头："暂且一信也无妨。"

"好。"叶御卿道，"那大人就准备准备吧，这两日冯闯会亲自在这儿看着你，保证你性命无虞。至于你家那小少爷，那就得靠殷殿下出手了。"

殷戈止皱眉："殿下，这种事完全可以让暗卫去做。"

"暗卫哪有您这般高强的武艺？本宫身边的暗卫，没一个能自由出入将军府的。"叶御卿道，"再说了，有您出马，山大人肯定更加放心。"

山稳河连连点头！他是懂武功的，以前也是易将军带出来的兵，只因为会文，能管账，所以才一步步成了三司使。论武功，他自然是对殷戈止最为放心。

殷戈止叹了口气，点头应下了。

叶御卿满意道："如此，本宫就不追究殿下为何在这死牢之中了。"

风月听得直翻白眼，这两人真是一个比一个不要脸，商量好的戏码在人家面前演得这么逼真，也不怕山稳河死后知道真相，从地底下跳出来找他们算账！

易国如是没有要害山稳河家人的意思的，不过此人行事向来宁杀错不放过，山稳河信了也是易国如自己造的孽。但山家小少爷是当真在易国如手里的，要怎么救出来，还是个头疼的问题。

叶御卿和殷戈止同时离开牢房走了出去，风月正要跟上，却不小心碰到了旁边的徐怀祖。

猛地想起这儿还有两个观众，风月心里一惊，连忙低头看了看他们的神色。

在徐怀祖和安世冲心里，殷戈止可是神一般的存在啊，要是发现他是在为太子做事，这两人会不会很失望？

然而，事实证明，当一个人崇拜另一个人到了五体投地的地步之时，是完全没有脑子的。徐怀祖看着他们的背影消失在转角处之后，竟然感叹了一声："师父真厉害啊，竟然能这般不动声色地应付太子！"

安世冲点头："不像咱们，竟然这么慌张地躲起来了，还是该跟师父多学学。"

风月好想翻个白眼。

走到牢房门口，叶御卿笑眯眯地看着殷戈止："殿下劳苦功高。"

"过奖，烨、澧若能一直和平共处，在下便心满意足，不敢邀功。"殷戈止拱手。

叶御卿满意地点头，认真道："有本宫在一日，烨、澧便会和平一日，殿下安心。"

殷戈止就喜欢叶御卿这种爱好和平，尤其是爱好烨、澧和平的太子！他当下就神色和缓，颔首目送叶御卿带着余荷香先走。

风月等人从后头出来的时候，殷戈止心情甚好地扭过头来看着她："有事情做了。"

想了想刚才他们说的话，风月笑着后退："奴婢最近身体不太好……"

殷戈止伸手将她捞进怀里，沉声道："为了体现你的价值，还是乖乖听话最为妥当。"

这话应该是玩笑话，但不知道为什么，听在耳里，风月觉得后背生寒，忍不住抬头看了他一眼。

殷戈止神色如常，眼里波澜不惊，看起来什么事也没有。

是她多想了？

安世冲和徐怀祖将出来道："师父，徒儿们先行告退，还要去练兵。"

"嗯，功课别落下。"

"是。"

两个一身正气的少年迎着阳光就走了，留下风月在风中瑟瑟发抖。

“要再闯一趟虎穴了。”背后的殷戈止低声道，“只是这回，老虎在家，很容易被吃掉。”

风月连连摇头：“别的事情都好说，殿下，奴婢可以给您找将军府的轮班执勤名单和换班的时间，甚至府内各处的守卫情况，但您别带奴婢一起去，太危险了。”

“哦？”殷戈止道，“我是想像之前那般去将军府住下，更方便打听消息。易将军对你很感兴趣，以你为借口，也名正言顺些。”

风月头摇得跟拨浪鼓一样，道：“奴婢宁愿在外头被追杀，也不想去直面那种大人物，太吓人了。”

会死人的！

殷戈止眯了眯眼，眸子里掠过奇异的光，轻轻把玩着怀里的人的长发，淡淡道：“有我在，他不会把你怎么样。倒是在我看不见的地方，你更容易出事。”

“不会不会。”风月摇头，“奴婢会好生藏起来的。”

“那要是没能藏起来呢？”

“便是奴婢死了活该！”

殷戈止心口一紧，伸手捏了她的下巴，将人拧过来，微怒道：“你这样，我会更想带你去见见易大将军，看看到底会发生什么。”

“别啊！”风月身子立马软了，可怜巴巴地看着他道，“奴婢不是怕别的，在老虎面前，万一人家一口咬过来，您拦不住怎么办？再说了，府里还有个易小姐，万一您在美人儿面前没把持住，抛下奴婢了，那奴婢找谁哭去？”

轻哼一声，殷戈止道：“我在你眼里是重色忘事之人？”

对呀对呀，风月认真地点头，指着自己一本正经道：“上回观止找您说事儿，您不就是跟奴婢在一起，直接把他关在门外了吗？”

殷戈止：“……”

这是两码事吧？

他还想再说，这不要脸的就已经蹲下去抱着他大腿了，还哀号道：“公子放过奴婢吧……”

“行了。”实在受不住这魔音穿耳，殷戈止不耐烦道，“你先前说的那些东西，统统去查，查好了给我。”

“不用查了呀。”风月转脸就笑，拉着他上车，讨好道，“早就备着的东西，您回去就能让人送来。”

早就备好了？殷戈止一愣：“你一直注意着将军府？”

“这是自然，易将军这样的大人物，难道不值得注意吗？”风月傻笑。

不是说这个，殷戈止摇头：“将军府轮班执勤名单、换班的时间、各处的守卫情况……如果我没记错，自从上次失窃，掌珠就将这些统统换过了。”

“对呀。”风月点头，“所以奴婢费了很大的力气，从人手里又弄了新的。”

“为什么要弄新的？”

“因为有备无患啊！”风月心里有些打鼓，面儿上还是笑，“早晚用得着嘛。”

殷戈止沉默，一双眼漆黑不见底，定定地看着她。

被他看得心里发虚，风月别开了头。

殷戈止垂眼，心里沉得厉害。

马车一停在使臣府门口，天上就开始堆积乌云。殷戈止平静地用了晚膳，正准备去书房看书，一道雷却在天边炸响，“轰隆”一声，惊得他浑身僵硬，站在原地一动也不敢动。

风月还在收拾碗筷，听着外头雨点打在屋檐上的声音，心想这雨可不小啊。

灵殊端了一摞盘子去厨房，回来的时候都淋成落汤鸡了，睁大眼跳到她面前道：“主子，殷殿下心情好像不太好！”

“怎么了？”风月挑眉。

灵殊伸手比画着，夸张道：“刚刚奴婢去放盘子的时候就见他一个人站在雨里，连忙去问他怎么了，要不要伞。结果他很凶地让奴婢走开，自己继续淋雨……瞧那背影，真是好伤感啊！”

伤感？风月眯眼，侧耳听了听外头的雷雨声，猛地拍了一下自己的脑门，然后飞快地拿了伞出去。

殷戈止这人，是绝对不可能把自己脆弱的一面给人看的，所以哪怕是被雷声吓得走不动路，也要留给世人一个顶天立地的萧瑟背影。

只有她知道，他肯定是腿软了。

正被雨淋得生无可恋，殷戈止猛地觉得雨停了，睁眼一看，面前有人打着桃红色的油纸伞，踮着脚将伞遮在他头上，然后冲他笑得暖盈盈的："殿下，回屋去吧，要着凉的。"

殷大皇子抿了抿唇，硬声硬气道："不需要。"

"轰隆——"雷声大作，像是巨大的神明在人头顶发怒似的，一张冰山脸顷刻吓白了。

风月失笑，伸手就拉着他的手，手指钻进他的指间，扯着人就往主屋走。

"放开我。"后头的人声音僵硬道。

风月压根没理他，推着他进屋，伸手就将他湿透了的衣裳一件件脱下来。

殷戈止很想反抗，但雷雨一时难歇，他的身子也一时难动，只能看着眼前这妖精偷笑着扒他衣裳，跟照顾孩子似的往他湿漉漉的头上搭了一条帕子。

两边垂下来的帕子挡着了半张脸，只有他一双灼灼有神的眼睛还露在外头，他很是认真地看着她道："我不怕打雷。"

本来还能勉强忍着笑，一听这话，风月崩盘了，笑出了八颗雪白的牙，声音震天："哈哈哈哈——"

殷大皇子脸色很难看，很想伸手掐死她，却冷不防被她踮起脚一搂，胸口上瞬间有温度传过来。冰冷的嘴唇被人覆上，"吧唧吧唧"地亲了个够本，这人才睁着一双泪光盈盈的眼睛看着他道："您不怕，是奴婢怕。"

"怕得哭了？"殷戈止一脸嫌弃。

笑着抹了抹眼泪，风月点头，然后跟安慰一头大狼似的摸了摸他的脑袋："殿下别担心，不会有事的。"

说这话纯粹是找死，谁担心了？谁担心了？殷戈止很暴躁！

然而，手被握着，身子被贴着，温暖源源不断地传过来，让人觉得很舒坦。殷殿下暴躁地想，算了吧，反正这种事儿也就她一个人知道。

伸手反抱住她，殷戈止闭了眼，垂了头，下巴搁在她肩上道："你要是没有别的任何的心思，我当真可以保你一世无忧。"

"多谢殿下。"风月笑得开心，"那奴婢这一世就交给您了。"

殷戈止抿唇，伸手捏了捏她纤细的肩。

外头风雷阵阵，屋子里却是温香软玉。风月只穿了兜肚，怀里的人跟狼崽子似的蜷缩着，高大的身躯完全不能蜷进她怀里，然而就算这样，风月也觉得很踏实。

不知道这种踏实感从何而来，但是她觉得雷雨天里的殷戈止当真是让她很放心。

然而，就算睡得很好，殷戈止还是做了噩梦——

关苍海抱着自己的脑袋站在他面前，冷着脸朝他道："殿下武断，陛下无情。关家一门冤魂，都该找殿下索命！"

殷戈止皱眉，很是茫然地问："你不是叛国了吗？"

"何以见得？何以见得？"关苍海大笑，"你冤枉了我，关家上下一百多口人的性命，你该拿什么来还？"

心口一窒，殷戈止猛地睁眼。

外头天亮，雨也已经停了，雨后芬芳的气息飘进来，很是醒神。

风月坐在床边看着他，笑眯眯道："殿下该起身了，不是说今日要去将军府吗？东西奴婢都已经准备好了。"

说着，她递过一个黄梨木盒子来。

殷戈止敛了敛神，揉着眉心打开盒子，看了看里头的东西，"嗯"了一声。

"殿下不舒服吗？"风月问，"做噩梦了？"

想起梦境，殷戈止脸色很难看："嗯。"

"日有所思，夜有所梦，殿下就是想得太多。"拿了衣裳替他更衣，风月淡淡笑道，"放轻松些就好了。"

殷戈止抿唇下床，站在镜子前看了看自己，拳头松了又紧，沉默半晌后突然问："你要是做过一个决定，导致很多人死了，后来发现那个决定可能太过仓促，会怎么办？"

换作别人，肯定听不懂他问的是什么意思。但不巧，风月一听就知道他做了什么梦。

笑着给他的衣带打了死结，她低声道："知错不改，会下地狱的。"

殷戈止突然一顿，眉头紧皱。

风月回过神，开玩笑似的道："奴婢是说啊，知错能改善莫大焉，您既然知道您有不对的地方，那为什么不改？"

殷大皇子垂了眼眸，语气不悦道："也不一定是我错了，只是当初形势所迫，无暇亲自查探，所以将事情交给了别人处理，谁承想……他们会处理得那般草率。"

应该是有些隐情的，不然他也不会总是做噩梦。可是，人都已经死完了，也没人再在意这件事，他若是还纠结，似乎有点傻。

若当真……当真是他错了，那他该拿什么来偿还这满门忠骨热血？

心口沉得厉害，殷戈止摇头，脸色极差："罢了。"

罢了？风月嗤笑，谁会同他罢了？逃得过一时，也逃不过一世。

整理好他的衣衫，风月抬眼，真诚地赞美："殿下当真是玉树临风，潇洒倜傥。"

殷戈止轻哼一声，顺手拂了拂袍子，突然觉得有些异样，低头一看。

还是平时穿的白袍样式，只是这材质轻薄，与他往常的衣裳不同。

"殿下真细心。"眼前的人笑得妩媚，"这是奴婢亲手做的夏衫，很衬殿下。"

殷戈止眯了眯眼，突然想起这段时间晚上她一直拿着个东西在缝，随口问过一句，她还说是给灵殊做衣裳。

竟然是做给他的？

心里有点高兴，但表现得不能太明显，于是冷漠的殷大皇子还是板着脸嫌弃道："针脚真粗。"

能穿就不错了，还不高兴？风月垮了脸："那脱下来，奴婢给您换一件。"

侧身躲开她的手，殷戈止转头就往外走，衣袂飘飘，一抹白从风月指间拂过，带着点皂角的香气，她怔然了一会儿。

从没有见过一个人能同时把白衣和黑袍都穿得这般好看，一身落雪，就是浊世里的翩翩公子。满衣染玄，便成炼狱里的嗜血魔头。极善和极恶在他身上好像有个微妙的临界点，一念成佛，一念成魔。

殷戈止啊……

摇摇头，风月回过神，笑着提起裙摆，跟着出去。

殷戈止出发去将军府了，就算风月不去，他也打算就上回将军府的人抓风月的事情，去同易将军要个交代。

风月站在门口目送他，等他走远了，便给了灵殊一两银子："好丫头，再去买一回绿豆糕吧。"

灵殊点头，二话不说就往外冲。

风月抬头看了看这雨后大晴的好天气，心想真不愧是不阴城啊，艳阳高照，不管夜里有过多少风雨，白天都能照得地上不剩丝毫水汽。

山稳河突然被冯闯亲自看守，这让易大将军很是不安，昨夜又是电闪雷鸣，所以他压根没睡着，今日见殷戈止来，也没什么精神。

殷戈止拱手："将军，敢问将军，找敝府丫鬟何事？"

微微一顿，易国如轻轻笑了笑，眼珠子左右动着，慈祥道："倒是不小心惊扰到你了，我听珠儿说你身边多了一个美貌的丫鬟，她有些不开心，所以想着请人过来聊聊。"

殷戈止神色微微不悦，看着他道："将军，在下虽然对易小姐颇为爱慕，但以在下的身份，与小姐恐怕没什么将来。"

言下之意就是你管我身边有什么丫鬟呢？反正又不娶你家女儿！

易国如拍了拍膝盖，笑道："小女也颇为仰慕殿下，若是殿下有朝一日得回澧国，两国邦交仍在，那未必没有可能。"

想得也是够远的。

殷戈止垂眸，正想着要找什么借口才能住下来，谁知道易国如道："罢了，你身边有什么人，老夫也不过问了。但是殿下，外头最近纷争颇多，您不如在府上住两日，避避风头也好。"

避风头？殷戈止心里冷笑，易国如怕是收到风声说他行为有异，所以想把他软禁在将军府吧？正巧，他也想在这里住会儿。

"将军的决定，在下没有意见。"

对于他肯这么配合，易国如还是很满意的，神色都温和了不少，放缓了语气道："就当陪小女聊聊天，她最近心情也不是很好。"

殷戈止颔首，起身行礼之后，便漠然地往外走。

薛良在旁边看着，忍不住嘀咕："将军，殷殿下看起来当真没什么问题，也不知道其他大人为什么怀疑他。"

"再看看吧。"易国如道，"这世道，没几个人能轻信。"

薛良一顿，无声地叹息，恭敬地退到了一旁。

殷戈止安静地跟着家奴走在将军府里，路过之处，都细细打量，再与风月给的东西做对比。

当真分毫不差。

他心里莫名有点焦躁，觉得有点看不懂风月，也不知道她哪里来的这通天的本事。再厉害点，是不是连皇宫里的部署都能知道啊？

她是有问题的，身份有问题，目的也有问题，但在找出她真正的身份之前，他不敢妄动。可是不妄动，那人就像根野草一样，顽强地在他心上扎根，他怕等发现她是毒草要拔出来的时候，整个人都疼。

纵横沙场多年的殷大皇子从来没为感情之事这般操心过，就算三年前那人消失得无影无踪，让他牵肠挂肚，可也没让他烦恼到这个地步！

易掌珠的声音从远处传来，他抬眼，她笑得端庄，冲他行礼："殷哥哥，你终于来了。"

微微一顿，殷戈止停下步子，认真打量她的脸。

其实女儿家的脸这样才能算好看吧？鹅蛋脸、远山眉、水灵灵的杏眼，一身的花香，怎么看都觉得端庄大方。他怎么就会看上风月那样的？狐眸红唇，一身脂粉味儿，笑起来妩媚妖艳，俗气又低贱。

一定是他留她在身边太久了，看顺了眼。旧人常说"日久生情"，也不是没有道理。

深吸一口气，殷戈止回过神，看着她道："我来住上两日。"

"来陪珠儿吗？"易掌珠笑着问。

殷戈止点头。

眼里有光闪烁，易掌珠揉着帕子，想了好半天，突然红了脸："正好……珠儿有话想同殷哥哥说。"

"嗯？"殷戈止心不在焉地应了一声，跟着她一起往前走。

易掌珠嗫嚅半晌，鼓足了勇气开口："我不嫁太子哥哥了。"

“嗯？”殷戈止挑眉，“为什么？”

或者说她什么时候决定过要嫁给太子？太子提亲可是被易大将军拦在外头的，也是她亲口回绝的。

“他想跟父亲过不去。”易掌珠抿了抿唇，红了眼道，“先前那么宠着我，都是假的，我让他放过山大人，他都不听。”

“……你让他放过山大人？”殷戈止有点震惊，“直接去跟他说的？”

易掌珠点头：“是啊，他好像很生气，说我管太多了，直接就走了。”

想起那日太子的态度，她还有点恼：“就算我不该管那么多，他好好说不成吗？那么凶，还将我一个人扔在街上！在他眼里，这些朝廷琐事，必定是比我重要。”

的确是比她重要啊！殷戈止垂眸。

他有时候真的很不明白易掌珠在想什么，做的事情常常能超出他的预料。他觉得荒诞的，她反而觉得理所当然。女人都这么难懂吗？不是啊，风月每次都能跟他想到一起去，还能帮他出主意。

殷戈止摇摇头道：“既然你觉得他不在意你，那的确是不用嫁他了。”

“可是……”红着脸看他一眼，易掌珠道，“珠儿也到了该出嫁的年纪了。”

嗯，出嫁的年纪。殷戈止点头：“那就得好生再找找合适的人家了。”

一听他这话，易掌珠就垮了脸，嘴唇微抖，眼里迅速涌上眼泪来：“殷哥哥你……”

“嗯？”殷戈止很茫然，“怎么？我说得不对？”

他这说法，是压根就没考虑过娶她啊！易掌珠委屈极了，站在原地哽咽，拿了帕子出来抵着鼻子，眼泪哗哗地流。

殷戈止瞧着她，第一反应不是想着她怎么又哭了，而是——她怎么又掩着鼻子哭啊，一点鼻涕也不流，好看是好看，可也不动人啊。要哭就该哭得跟风月那样死皮赖脸的，眼泪鼻涕流满脸，看起来要多伤心有多伤心，他才更容易动容。

殷戈止摇摇头，沉默了半晌，还是伸手递了帕子给她，轻声道：“莫哭了，出嫁是寻常事，能寻得如意郎君就好。”

易掌珠越听哭得越凶——我想要的如意郎君，是你啊！她不明白为什么殷哥哥总是这么迟钝，每次她左暗示右暗示，也不知道他是真不懂还是装不懂，实在太过伤人！

气恼得想走，可想想他平时待自己的不同，易掌珠又觉得他定然是没听懂。拉不下脸再说，又有些不甘心，她长叹一口气，咬牙问："殷哥哥喜欢珠儿吗？"

"喜欢。"

易掌珠皱眉看着他，眼泪直掉："你知道什么是喜欢吗？"

什么是喜欢？殷戈止微微一顿，有些不解地看向她。

易掌珠哭着道："旁的都不说，要是你喜欢的人要嫁给别人了，你是绝对不会袖手旁观，祝她寻得如意郎君的！"

这是喜欢？殷戈止嗤笑，只是男人单纯的占有欲罢了，他还不会袖手旁观风月嫁给别人呢，难不成也是喜欢？

一想到那小妖精说不定当真哪天要穿上嫁衣被抬进别人的家里去，殷戈止眯了眯眼，眼里陡然生了点戾气。

"殷哥哥？"易掌珠不满地问，"你在想什么？"

"没什么。"殷戈止道垂了眼眸，"你别胡思乱想了。"说罢，他抬脚就要走。

易掌珠的眼神陡然古怪起来，看着他的背影，低声问了一句："当真是因为风月姑娘吗？"

殷戈止脚步一顿，莫名其妙地回头："因为她什么？"

"自从她来了，殷哥哥对珠儿完全像变了个样子。"易掌珠皱眉道，"珠儿不喜欢她，她不像一个好人。"

的确不是什么好人，殷戈止认真地点头："我也不喜欢她。"

"那你为什么还留她在身边？"易掌珠不服气。

"有用。"

"区区女子，能有什么用？"易掌珠气极反笑，抹了一把眼泪，眼神灼灼，"她哪里比得上我？若是娶了我，殷哥哥就可以回澧国去，咱们的姻亲就当是两国和亲，比做质子可靠谱多了。"

回澧国？殷戈止皱眉，看了她一眼。

易掌珠觉得自己说中了他在意的事情，顿时有了一些底气："父亲说了，你我要是成亲，大可回澧国去，从此烨、澧无战，还可共同抗敌。”

易国如还真是心疼这女儿啊，为了她的终身大事，竟然给出这么优渥的条件，要是他是一个寻常的质子，现在就该高兴地答应，抱着美人回国去了。

然而，他什么时候回去澧国，他自己来安排，实在用不着别人操心。

“最近府上出事了吧。”别开头，殷戈止直接转了话头道，“瞧着守卫又森严了。”

易掌珠愕然，根本不明白他为什么不说成亲的事情了，他不想回澧国吗？迷茫了半晌，她抿唇，还是回答了一句：“府上来了客人，父亲说为了周全，所以增派了人手。”

“哪儿的客人？”

“这个珠儿不知，父亲也没说，只不让人再靠近西院。”

西院。殷戈止点头，继续跟着家奴往自己要下榻的院子里走，留下易掌珠一个人站在原地，眼里满是茫然。

按照风月给的地图和府里的守卫情况，殷戈止很快安排好了自己要出发的时间和路线。要从西院偷一个人出来不难，只是这回要出府，恐怕会惊动易国如，风险不小。

他习惯了独来独往，再困难的情况也没考虑过让人给自己留后路，所以天黑之时，他脱了风月给他缝的白衣，老老实实地穿上夜行服，推开窗户，隐入夜色之中。

将军府里的护卫半个时辰换一次岗，交接点在各处的路口，所以殷戈止很是敏捷地踩准了点，一路无声无息地去了西院。

易掌珠真是上天派来帮他的，每一次都将易国如出卖得很彻底，山稳河家的孩子当真在西院，刚靠近就能听见那撕心裂肺的哭声。

于是都不用找，殷戈止直接潜入有哭声的房间，打晕陪在旁边的嬷嬷，抱起孩子就出去。

可是，有一个问题是他没有考虑到的——山家少爷一直在哭，哭声震天，他这么把人抱出去，那相当于打着鼓敲着锣地告诉所有护卫：快来呀，我偷孩子啦！

殷戈止脸色铁青，看着怀里这奶娃娃，瞬间很是头疼。

山家小少爷本来就害怕，再看到殷戈止这张脸，就更怕了，哭得眼泪儿哗哗地流。

这怎么办啊？这么小的孩子，要打晕也控制不好力道，说不定就直接打死了。殷戈止皱眉，板着脸伸手捏住他的嘴：“别哭了！”

山小少爷一瞪眼，“呜呜”两声，号得更凶。

堂堂殷大皇子，在面对千军万马的时候没有变过色，今儿算是栽在这个奶娃子手里了，抱着他的双手僵硬，他尝试着晃了晃，但这娃娃压根不领情。

管不了那么多了，再哭下去，别人该来看了。深吸一口气，殷戈止伸手捂了他的嘴，飞快地往外冲。

一飞起来，山家小少爷便傻眼了，倒是止住了哭声，愣然地看着下头的院落。

殷戈止大大地松了口气，连忙带着他从屋脊上一路轻踩过去，然后空中翻滚两圈，稳稳地落在将军府的院墙下头！

终于快出去了，殷戈止放了心，正想越过这最后一层障碍，怀里的小少爷冷不防发出了惊天动地的哭声：“哇——”

一瞬间将军府各处的灯都亮了起来，殷大皇子咬牙，二话不说，立马飞身往城墙外跳。

“抓住他！”将军府的护卫反应极快，立马跳墙的跳墙，开门的开门，直直朝他追来。

殷戈止咬牙，忍不住恶狠狠道：“再哭不带你见你爹娘了！”

山家少爷一顿，殷戈止以为有效果了，连忙侧身藏进旁边的小巷。

结果没一会儿，这破孩子“哇”的一声，更凶猛地号了出来。

小孩子又不是风月，吓唬哪行啊？可殷大殿下不会哄，只能黑着脸将他夹在腋窝下头继续狂奔。

寂静的不阴城被孩童的哭声点亮了，哭声到哪儿，哪儿就亮成一片，殷戈止头一回觉得有些力不从心，躲也没处躲，甩也甩不开这四面八方围过来的人。

正想着要不要试试把这孩子打晕算了，结果却见路边停着的一辆马车掀开了帘子。

“殿下，快上来。”风月的脸在黑夜里格外好看，笑吟吟地朝他伸出了手。

殷戈止一愣，连忙将手里的“祸害”先递给了她，然后跟着坐上马车。

干将驾着车，飞快地往东城门的方向而去。

“小乖乖，别哭了。”风月轻轻拍着他的背，温柔地哄，“等会儿咱们带你去见娘亲和爹爹呀，还有好吃的糖葫芦，姐姐不是坏人。”

她眉眼低垂，动作轻柔，对面的殷戈止看得愣了愣神。

山家小少爷竟然当真不哭了，只是还抽抽搭搭的，颇为委屈地看着她，小手抓着她的衣襟不肯松，戒备地回头瞧了瞧殷戈止。

风月失笑，摸了摸他的脑袋，低声道：“这个大哥哥也不是坏人，只是看起来很凶，他救了你呀，是不是？”

小少爷呆呆地点头，不哭了，毫不客气地往风月怀里一坐，抱着她不撒手了。

殷戈止眯眼：“凭什么？”

凭什么在他怀里那么不老实，靠在女人怀里就规矩不哭了？

“殿下太凶了。”风月眨巴着眼道，“小孩子不禁吓的。”

抬眼看她，殷戈止反应了过来：“你怎么在这儿？”

“奴婢知道小孩子您搞定不了，所以一早让灵殊去准备出城的路子，便在这儿等您了。”风月微笑，“这差事不好办，易大将军多疑又行事果断，您必须在下个路口下车，回去将军府，奴婢负责将小少爷送出城，才能万无一失。”

殷戈止微微皱眉，有点不悦：“你早就觉得我一个人完不成此事？”

“一个人完不成又不丢人。”风月耸肩，“女娲娘娘给这世上放这么多的人，不就是为了大家相互帮忙一起生存的吗？”

可是，殷大殿下很不满意，这样显得他能力不够似的。

“好啦，您快走吧。”风月笑道，“易将军那边，还要您好生糊弄呢。”

说着，她伸手捏了他的衣襟，将他拉到自己面前，“吧唧”一口亲在他的唇上。

山家小少爷还在她怀里，抬头茫然地看着两个人线条优雅的下巴。

这种事情，一般来说，是该女儿家脸红害羞的，但是风月脸上的表情实在太自然了，笑容中还带了点调戏的意味，惹得殷戈止微微恼怒，反倒是不自然起来："没个规矩！"

伸手遮了小少爷的眼，风月笑眯眯道："奴婢没规矩惯了的，您不是早就知道了？"

马车停下，她朝他抛了个媚眼，然后将他推了下去。

车停的位置正好是将军府附近，殷戈止回过神，也没耽误，轻巧落地之后，便如鹰一般朝自己下榻的地方飞去。

易大将军府热闹起来，得知山少爷不见了，易国如立马起身派人去追，追了三炷香的工夫后觉得不对，转头就往殷戈止的房间走。

还有谁能在他这地方带人出去？别的都先不论，就凭这身手，也该先怀疑殷戈止！

猛地推开客房的门，易大将军抬眼往里头扫视，却见殷戈止睡眼蒙眬地披衣起身。

殷戈止不解地看着他问："发生什么事了？"

狐疑地在屋子里扫视了两眼，易国如叹了口气，进去坐下："府里又遭贼了。"

"遭贼？"微微一顿，殷戈止轻笑，"将军府都会遭贼，那这不阴城里还有什么周全的地方吗？"

"殿下说笑。"易国如道，"老夫这府邸就算守卫森严，可也挡不住武功过于高强之人。"

比如殷戈止。

殷戈止点头："说得也是，那将军更要加强防范了。"

看他这半点不心虚的模样，易国如沉了眉眼，低头思索了半晌才道："殿下与老夫，虽也曾战场上为敌，但志趣相投，也能算半个知己吧？"

"自然。"

"那倘若有一日，老夫被人构陷，殿下是愿相信老夫，还是愿相信外人之言？"

殷戈止垂眸："自然是相信将军，将军光明磊落，在战场上就早已得见，只是身边多奸佞，拖累将军罢了。”

要说“光明磊落”，易国如当真是如此，毕竟所有的阴招都是他“身边的人”想出来的，跟他没什么关系，每次战后，他都能利用文人的笔将自己身上的罪孽洗得干干净净，只享胜利的荣光，不受世俗的苛责。

这样聪明的将军，的确是当世罕见。

第十一章

什么是喜欢

殷戈止语气很真诚，易国如也就听进去了，苦笑道：“有殿下这句话，老夫就放心了，毕竟人心险恶，殿下作为老夫的忘年之交，很容易被人利用，这一点，还望殿下多加注意。”

微微颔首，殷戈止应了。

易国如总算笑了，坐在桌边又跟他寒暄一阵，便继续出去找人。

然而，今晚他是注定不可能把人找回来了，风月带着人麻利地出了城，将山家小少爷塞进了余荷香的怀里。

“多谢东家。”

这小少爷是夫人生的，然而跟余荷香很是亲近，一看见她就踏实了，倒在旁边的床上便睡了过去。

屋子里烛光微弱，风月看着她，叹了口气：“抱歉，又要让你继续颠沛流离了。”

余荷香微微一笑，道：“稳河不是个好人，奴婢早知会有这一天，若是能做点什么洗清他身上的罪孽，奴婢万死不辞。”

荷香半年前就离开了梦回楼，她大仇已报，遇上了山稳河，得他厚爱，便跟他走了。走的时候风月提醒过她，说山稳河可能不会有什么好下场，荷香一早就想过今日，但还是无怨无悔。

如今终于到了他要偿还罪孽的时候了，荷香觉得能替他将小少爷留下来，已经算是了了他的遗愿，剩下的听天由命，她也没什么好遗憾的。

多行不义必自毙。

风月唏嘘，伸手抱了抱她，便赶着车往城里走。

山少爷救出来了，那么只要明日让他见一见山稳河，易大将军也就该被拖下水了。本来觉得这些事做起来应该很麻烦，也许要花上几年的时间，但真正做起来，其实也就几个月而已。

外头驾车的干将沉声道："姑娘，最近殿下对您起了疑。"

"我知道。"风月笑着点头，"他那个人，一旦怀疑谁，表现得很明显。"

"那您打算怎么办？"

"能怎么办呢？"撑着下巴想了一会儿，风月笑道，"等被发现的时候，就跑吧。"

"属下觉得殿下未必是不通情理之人。"干将叹息，"如今您与殿下也算是感情深厚，何不试试问问殿下，看他愿不愿意相信您？"

相信她？风月挑眉，眯着眼睛认真地思考起来。

殷戈止会相信她吗？其实就算发现她是关清越，应该也不会马上杀了她，是会给她一个说话的机会的。但，要他面对自己当年做错的决定，他那样的人，似乎是不愿意面对的。

还是走一步看一步吧，多想无益。

"站住！"眼瞧着到城南门口了，城楼上陡然响起一声呵斥。

风月一听就觉得不好了，立马想下车，谁知道前头的护城军动作更快，直接上来将马车团团围住。

出去的时候是找安世冲行的方便，按理说，回来也不该有人拦，除非……

"车上是什么人？为什么半夜进城？"薛良站在城门口，看着马车的方向道，"下来！"

干将神色一紧，一时不知道该怎么办，正想说是使臣府的马车，肩膀却被人按住了。

“各位爷行行好。”车帘掀开，有女人风情万种地露出眉眼，看着四周的人道，“奴婢母亲病重，急着进城请大夫呢。”

一看是个女人，又看了看车厢里没其余的东西，旁边的护城军正想说放行，却被薛良抬手拦住了。

“母亲病重，急着进城？”薛良轻笑，“姑娘，你当谁都不认识这使臣府的马车吗？”

风月心里猛地一沉，大意了，这次她当真大意了，能用得起马车的人本来就少，这薛良又是将军府的人，经常与使臣府来往，自然认得这马车。

她垂眼，长叹一口气，反应极快道：“既然瞒不住，那还是不瞒了，小女子乃使臣府丫鬟风月，刚出城上坟回来，外头没地方住，想着能寻个方便回府去最好。”

使臣府上的那个丫鬟？薛良眼睛一亮，抓了好多次都没抓到的人，今晚倒是自己送上门来了。

“带走！”

干将急了，连忙下车拦在风月面前：“殷殿下吩咐，要将人安全带回，各位官爷莫要与小的为难。”

“我带她去见殷殿下就是。”薛良道，“殷殿下现在在将军府，不在使臣府。”

干将手心冒汗，紧张极了。易大将军一回城，风月就通知过各处，易大将军认得她，所以一旦她即将落在大将军手里，请大家务必想法子相救，不然她一定没命。

可眼下这情况，四周只他一人，护城军和将军府的家丁数量又多，反抗肯定不行。

风月也很紧张，然而她脑子转得快，几乎就想了那么一瞬，然后就将手搭在干将的肩膀上，低声道：“你先走，去找殷殿下。”

干将一顿，很是不放心地看着她。

风月抬头笑得妩媚，伸手理了理鬓发，那是风情摇曳，几个护城军看得愣了愣神。

她迈着小碎步走到薛良面前，笑道：“既然如此，那走吧，军爷。”

薛良一愣，微微皱眉，心想怪不得大将军非要抓这姑娘，大小姐哪是她的对手啊？

“带走。”

双手被捆上了绳子，风月跟在薛良的马后头走，回头淡淡地看了干将一眼。

一定要争气啊！快点联系到殷戈止救命啊！

干将回过神，立马驾着马车往城里狂奔。

本来事情结束，殷戈止是打算睡觉的，但是这一觉怎么也睡不踏实，迷迷糊糊间好像又做了噩梦，心浮气躁地起身，干脆去窗边看月亮。

哪知外头突然一阵骚动，像是有什么人闯进来了。殷戈止皱眉，正想去看呢，就见个纸团儿从墙外飞了进来，落在窗前。

喧哗声跟着就远了，闯进来的人好像引着追兵跑了出去。

殷戈止眯了眯眼，捏起那纸团打开一看。

“风月陷将军府！”

神色一紧，殷戈止立马穿衣往东院走。

易国如是睡不着的，一直在书房里坐着等消息，哪知道消息没等回来，倒是等回来一个人。

“将军！”薛良很是高兴，“使臣府的丫鬟抓到了！”

易国如微微一愣，连忙道：“带进来！”

风月使劲想拖延时间，奈何这薛良软硬不吃，十分迅速地推着她进了书房。

闻到这恶心的属于易国如的气味，她当即便干呕了一声。

“要见姑娘一面，可真是难得。”易国如起身，走到她面前道，“抬头给我看看。”

风月没吭声，脑子里乱成一团。

易国如显然没什么耐心，见她不想抬头，低下身子径直捏了她的下巴，强迫人抬头。

风月闭上眼，死死地将脸皱成一团。

与此同时，殷戈止一脚踹开了门口拦路的薛良，直接闯了进来。

易国如眯眼看着风月这张脸，突然被开门的声音一惊，连忙侧头看过去。

殷戈止的脸色很难看，眼里的神色让他微微心惊："将军，在下说过，将军想找蔽府的丫鬟，可以从在下这儿找，不必亲自动手。"

风月一听，立马跟老鼠似的，挣脱开易国如的手，蹿到了他身后，脸埋在他背上，动也不敢动。

殷戈止眯眼，目光更加不善。

易国如皱了皱眉，缓缓起身，拍了拍手道："殿下何必这么紧张？一个丫鬟罢了。"

"既然是一个丫鬟罢了，将军又何必这么执着？"殷戈止冷淡道，"看来将军先前对在下说的话是不算数的，既然如此，那在下也不必在贵府多打扰。"

"等等！"易国如抿唇，"殿下，恕老夫多嘴，您对这丫鬟是否太过看重了？"

身边一向不曾有人的殷戈止竟然收了个丫鬟，就算是徐怀祖送的，可也未免护过了头。

先前他对殷戈止格外放心，是看在他对珠儿痴心一片的分上，可眼下，这信任怕是有所动摇。

殷戈止沉声道："在下恼的，不过是将军糊弄在下，未曾与在下说真话。"

"那好。"易国如点头，"老夫为此事向殿下道歉，但老夫不希望殿下被人迷惑，做出不智之举。"

"不劳将军操心。"殷戈止眼皮都不抬，"在下的人，在下自己清楚。"

"那殿下可说得出此女的来历？"易国如问。

微微一顿，殷戈止沉默。

有这片刻的沉默，易国如就找到了机会，他其实刚刚并没有看清风月的五官，因为她脸皱得太厉害了。但就算不知道她是谁，殷戈止这么在意的女人，他也绝对要离间了去。

"殿下，自古英雄难过美人关，请听老夫一言。要留此女没关系，但一定要查清来历，以免她有什么不轨之心！"

殷戈止道："此事，在下会查。"

"好。"易国如点头，"若是有需要老夫效力的地方，随时让人来知会就是。"

殷戈止点头，转身想走，却感觉到背后的人在轻轻发抖。

他心里微紧，伸手想把她扯到怀里抱着，却感觉这人身子僵硬，死活不肯到前头来。

"风月？"他低唤，"别怕。"

她不是怕，而是隔得太近了，实在是忍不住浑身发抖，很想一刀朝易国如的心口捅进去！

易国如眼神深沉地瞧着，只觉得这女子仿佛有意避着他，当下便道："姑娘不必担心，有殿下作保，老夫不会对你如何。不过听闻姑娘容貌倾城，不知可否让老夫一观？"

这样的要求虽然略微失礼，但也不算过分。但风月死死地将头埋在殷戈止的背上，愣是没动。

"风月？"对面毕竟是易大将军，今日能糊弄过去就糊弄，总不能落了把柄，不然以后他再找她麻烦，那就糟糕了。

念及此，殷戈止伸手拉了拉她的胳膊，示意她抬头。

风月挣扎，抵在他背上低低地哀鸣："不要。"

"怎么？"殷戈止皱眉，"见不得人？"

风月努力用平静的语气说话，奈何嗓子止不住地颤抖："殿下，奴婢不能见他。"

殷戈止微微侧身看了看易国如，沉声吐了两个字："理由。"

"咱们回去再说可以吗？"风月浑身发抖，"回去奴婢什么都告诉您。"

"理由。"

"……"被易国如知道会死，被殷戈止知道也会死，但只被殷戈止知道的话，她还有一丝活路。

四周气氛紧绷，风月的脑子反而转得飞快，片刻之间就定了主意，指节捏得发白，踮起脚到他耳后用极轻极轻的声音道："奴婢姓关，原名清越。"

殷戈止身子猛地一震，瞳孔放大，他立刻转身将她抓在了手里。

风月飞快地埋头到他胸口，身子抖得更加厉害，感觉天地都毁了，滔天的洪水扑面而来，险些让她不能呼吸！

殷戈止发了怒，这才是真正的怒火滔天，先前的那些个恼怒都只能算是细雨绵绵！分明是靠在他怀里，她却从脸颊一路冻到心口。肩膀陡然被他掐紧，力道之大，让她觉得几乎是脱臼了。

她很想再说点什么，然而舌头像是被冻僵了一样，压根活动不了，她只能轻轻扯着他衣袖，示意他快走。

就算要她死，也得出去再死，要是在易国如面前暴露了，那才是什么都完了！

殷戈止眼里卷起了狂风暴雨，声音沙哑，眼睛盯着面前的人，却是对易国如一字一句道："将军，在下还有事，先走一步，若有失礼之处，还请海涵。"

说完，他一把掐住风月的腰，卷着她就冲了出去！

门窗大开，风从外头灌进来，好一阵凉爽。易国如愣怔地站在屋子里，压根不知道发生了什么事，等反应过来，面前已经没人了。

在吐出这个秘密之前，风月一直心存侥幸，她觉得殷戈止最近对自己这么好，一定会心软，会肯听自己说话，至少不会一上来就想杀了自己。

然而，事实给了她一记耳光，清脆的一声响。

殷戈止掐着她出了东院，绕到假山后头，直接一把将她抵在山石上。后背的疼痛让她清楚地意识到——还想什么柔情攻势啊？就算先前他对她情深似海，但"关清越"三个字一出来，以前的一切都不算数了，她还是得死，死在自己的自负和愚蠢上头。

阴沉的气息从前头压过来，殷戈止这一张脸仿佛来自无间地狱，眼神里满是刺骨的寒针，如雨一般扎进她眼里："关清越？"

沙哑的声音，在夜色里听来像狠戾的诅咒。

他怀疑她很久了，也查了很久。

她骗了他，因为他虽然经常从北宣门去校场，可身边从来只带一个观止，没有八人的仪仗，也没有六人的仪仗，她猜错了。她不是普通的百姓，甚至言语间有些从军之人的味道。她目的不单纯，从一开始就满口谎言。

他想过，她也许是谁派来的间谍，躲在他身边打听消息，抑或是有什么想杀的人，要借着他的手杀了。

但没想到，她想杀的人，很有可能是他自己。

关清越，澧国大将军关苍海的嫡女关清越，赫赫有名的女将军关清越！她分明就是吃过不畏蛇毒的丹药，却还咬着牙吃了枸杞！分明应该是一身傲骨又武功卓越的人，却扮成这低贱下作而软弱无害的模样，就是为了接近他！这么多个躺在他身边的晚上，她都在想什么？是不是在看他什么时候最没有防备，好一刀捅进他心窝？

他心上长的这岂止是毒草，简直是毒蛇！

眼里血红，殷戈止闷哼一声，手握成拳，狠狠往自己心口捶了下去。

一声闷响，风月听得一窒。

"殷大殿下！"她勉强笑了笑，"您可还愿意听我一言？"

抬眼看她，殷戈止眼神冰冷，像是重新冻上来的冰面，瞬间就冰封了千里。

看他没吭声，风月深吸一口气，道："您来烨国，目的无非是给澧国争得生机，我可以帮您。但，您若不要我帮，还是那句话，一旦我死在您这里，您的计划和目的，会以最快的速度，出现在叶大太子的书桌上，以及易大将军的面前。"她顿了一下，继续道，"我活不下去，您也别想再成事。那澧国的万里山河，就让它慢慢走向自己该有的衰败命运。"

方才还狂怒滔天，在听见这些话的时候，仿若一盆冷水浇下来，凉得透心。冷热相遇，身子便僵硬成铁，再难动弹。

"你……"眼里有痛色，也有恨意，殷戈止伸手慢慢地抚上她的咽喉，他喉头上下动着，好半天才吐出一句完整的话，"你连后路都给自己留好了？"

风月勉强笑了笑，耸耸肩，任由他掐着，低声道："在您这里若是不留后路，那就等于自寻死路，不是吗？"

本也没打算这么快让殷戈止发现自己的身份，毕竟她当真还有很多事情要做，在瞒着他的情况下，可能做得更顺利。

但是今儿这情况实在是在意料之外，那种场面，她多拖一瞬，就多一分死的可能。而殷戈止早就开始怀疑她，别的借口，他怕是一点也不会信，也不会带她马上离开。

那她想，不如赌一把吧，赌他对她到底有多少感情，赌他会当场拆穿她，还是带她走。幸好这一赌她赢了，殷戈止理智仍在，她逃出来了，没落在易国如的手里。

但是，她也没赢太多，这几个月来朝夕相处，并没有在殷戈止心里留下太多东西，他现在的眼神，看起来很想杀了她。

所以留后路当真是很有必要的，就算是爱得死去活来，也保不齐哪天兵戎相见。

她叹了口气，抬了抬嘴角："殿下，换个地方说话吧。"

面前的人没回答她，风月一顿，抬眼看他。

依旧是一张冰冷的脸，甚至比以往任何时候都要冰冷，但殷戈止的嘴唇很白，白得像是病了，她看得一惊，下意识地伸手想搭上他的额头。

"啪！"清脆的一声响，他抬手打开了她的手，眼里浓烈的厌恶之意比以往任何一次都清晰："真脏！"

风月微微一顿，咧嘴一笑，拎起裙子朝他行礼："奴婢逾越了。"

"既然已经说清楚了，还何必装成这样子？"他睨着她，说话似乎有些困难，可吐出来的字都跟刀子一样伤人，"关清越，你堂堂关家女将军，脱了战袍穿上纱衣青楼卖身，当真不觉得侮辱那些在战场上死去的将士吗？"

殷戈止伸手捏着她的手腕，眯眼道："好本事，一身钢筋铁骨，是吃了什么才弄得一点内力也荡然无存的？"

看他这气急伤人的模样，风月歪着头失笑道："奴婢看不懂殿下在气什么。"

她抬起手腕，一点点将袖子挽起来，露出她时常捆着的那红色的绸带，找着结口，一点点地拆开。

殷戈止不知道她此举何意，但他被她的话气得不轻。

这骗子，这本该死在斩首台上的人，在骗取他的信任之后，竟然俏生生地说看不懂他在气什么！

他张口就想嘲讽她两句，却被落下来的红绸花了眼。

他记得这绸缎，第一次在梦回楼的时候，她手上就系着。后来手骨碎了，哪怕包扎的时候，这红绸也没取下来。他替她换药的时候，还被她狠狠瞪了。

现在取是做什么……

正想着，一道狰狞的疤痕就落进了他眼里。

心里一沉，殷戈止看着那疤痕，有些不敢置信。

横贯手腕的十字疤，像是被人先横着一刀切开皮肉找到手筋，然后顺着手筋的方向一刀，剖开旁边的皮肉，最后将一截手筋完整地切下，即便是遇见再世华佗，手筋也再难接回去。

这叫“取武”，是用在有叛心的习武之人身上的刑法，背叛大澧皇室，一身武功都不得留。

有那么一瞬间，殷戈止觉得她可能是在开玩笑，所以伸手过去，将她的手腕捏到面前，仔细地看了看。

然而，那疤痕真实得可怕，靠近些，他仿佛能闻到来自澧国大牢里的阴冷血腥。

他刚刚捶在自己心口的那一下，在这个时候终于有了反应，心口猛地紧缩，疼得嘴唇更白。

“你……”

“所以，殿下在气什么呢？”面前的人依旧在笑，只是笑意不达眼底，一双狐眸睨着他，她低声道，“奴婢已经家破人亡，什么也没了，武功是当真没有了，不能构成您的威胁。虽说是有所隐瞒，可也是为了性命着想。如今奴婢主动坦承，也没有要找殿下算这前仇旧恨，您这么着急上火的，倒让奴婢看不明白……是觉得奴婢狡猾，逃出了生天，所以打算再杀奴婢一次吗？”

捏着她的手紧了紧，殷戈止转身，带着她就往将军府外头走。

风月淡笑着提醒他：“殿下，这里是将军府。”

就这么出去，出得去吗？

前头的人没理她，背影看起来有些恐怖。走到后门附近，有人来拦，殷大皇子二话没说，直接抱起她，从这群人面前越了过去。

“殿下！将军有令，殿下！”

殷戈止充耳不闻，走得很快，双手抱着她，掐着她的肩头，也掐着她的腘窝，生怕她半路逃走似的，一路将她掐回了使臣府。

“干将。”

一踏进府门，殷戈止便喊了一声。

干将从暗处出来，不解地看着这场景，然后拱手行礼：“卑职在。”

“你是因为她是关清越，是关苍海的女儿，所以才帮她的？”殷戈止语气很平静，风月却看得见，这人的睫毛在微微发抖。

一听这话，干将“扑通”一声就跪了下去，很是慌张地看向风月。

风月笑着摆手：“暴露啦。”

“卑职该死！”一个响头磕下去，干将埋着头道，“卑职愿意领罚！”

那么忠心的人，他就好奇怎么会背叛自己，原来还有这么一出。他早该想到的，除了他，干将还受过关苍海的恩！

“主子？”观止在门口看着他，很是茫然，“发生什么事了？”

殷戈止没回话，再看了干将一眼，然后抱起风月进了屋子，将门用力关上。

风月被扔在了软榻上，就势打了一个滚儿，很是天不怕地不怕地躺了下去，殷戈止则是慢慢在软榻边坐下。

“你为什么会来烨国？”他问。

风月笑道：“来杀人呀！”

话刚落音，就看见面前这人脸色陡然沉下去。她挑眉，笑嘻嘻地接着道：“您别怕呀，奴婢又没想对您做什么，要杀的人都死得差不多了，现在就剩一个易大将军。”

“不想杀我？”他斜眼。

听着这问话，风月就笑了，“咯咯咯“地笑了好一会儿，才抬眼看他：“殿下这是心中有愧，所以觉得奴婢会找您寻仇吗？”

就算想杀他，也不是现在，也不会这么说出来啊！当谁傻呢？

殷戈止抿唇，他实在有太多的话想问，看着她这张脸，喉咙堵得厉害，一时倒是问不出什么来了。

风月起身，老老实实地跪坐在他面前，坦承道：“既然身份暴露了，您也不能杀了我，那我有话直说了吧。侥幸逃出灭门浩劫，留在澧国有些危险，所以我是打算先来烨国，把该弄死的人弄死，能找到我老爹与易国如串通的证据就找，不能找到的话，那接着回澧国把该弄死的人弄死。”她笑了笑，道，“遇见您是个意外，毕竟我一开始就没打算与您过招，您心机深沉，我很怕自己不是对手。不过当真对上了，那退无可退，只能陪您玩儿了。不过从开始到现在，我可一件对您不好的事儿也没做过，甚至还帮着您诓烨国太子，您应该分得清是非吧？”

殷戈止捏着的拳头一直没松开，他定定地看着她。看到她脸上无畏的表情，看到她微微有点紧张却故作坦然的眼神，他心里一口气堵着，怎么也下不去。

“你关家的罪证，是我传回京城的。”良久之后，他才硬声开口，“你不恨我？”

风月勾唇，眨巴着眼道：“我与殿下之间，只有利益，没有爱恨。”

只有利益，没有爱恨。

殷戈止垂眸，蓦地就笑出了声。

“奴婢喜欢殿下呀，想陪殿下一生一世。”

“奴婢仰慕殿下已久，心心念念，辗转反侧。”

“因为奴婢喜欢您呀。”

多好听的话啊，从她那娇嫩的红唇里吐出来，当真是要迷了人的心智了，他说着不信不信，怎么却好像还是信了。像个傻子一样嘴上硬着，心里软了，任由她在心间放肆，舍不得她伤着碰着。

结果她说，没有爱恨。

堂堂殷大皇子，阅女无数，从未将谁放在心上。本已经挣脱了三年前某个人的束缚，却不想会在这低贱的妓子手里万劫不复。

当真是万劫不复！

头痛欲裂，殷戈止红着眼喘了两口气，狠狠地闭上眼道：“你如今对我来说，没有利益，只有威胁。”

“能威胁着您活下去也不错呀。”风月笑眯眯道，“反正易大将军不会有好下场的，是不是？”

太得意了，殷戈止摇头，冷笑着问：“你怎么知道他一定不会有好下场？”

“因为太子不想放过他，您也不想放过他呀。”风月眯眼，“不过太子殿下肯定不会让他死，而殿下您，手上沾了他的血的话，也会很难交代。

“这件事，不如就交给奴婢吧，奴婢什么都没有，什么也不怕。”

心上的毒草不经他拔，像是自己挣扎着要离开似的，遍布整个心脏的细小根须一点点往外抽，最大的根须连着心脉，痛得心口一阵阵抽搐。

殷戈止受过很多次伤，也有几乎挨近心脏的，也有让他差点没命的，他以为自己不怕疼，毕竟已经习惯了。

但是现在，就因为面前这人这一句不痛不痒的话，他现在竟然疼得眼前一片花白，恨不得狠狠捶几下胸口，也许这样才能好受点。

他抬眼看看面前的人，她脸上的表情多从容啊！还带着微笑，仿佛一点也没有被影响，还眼巴巴地等着他回话。

像傻子一样的人只有他一个。

意识到这点，殷戈止嗤了一声，强行压下所有的情绪，沉声问：“你凭什么杀易国如？”

凭什么？风月挑眉，霎时笑得柳腰直摇：“殿下，我都在您眼前站着说要杀人报仇了，您难不成还觉得关家一点没被冤枉？这么多年来，您做的噩梦不少吧？就没想过让自己解脱吗？”

殷戈止闭眼。

他最不想面对的，就是关家的事情。一面是他亲眼所见，一面是关苍海的铁骨铮铮，再让他做一次判断，他可能还是只能把他押回京城待审。

这是他唯一能做的决定。

问题出在审判的过程，他分身乏术，实在不知道发生了什么，可在她眼里，他大概算是灭了她满门的帮凶，十恶不赦，罪该万死。

真是辛苦她了，忍着这么大的仇恨在他面前曲意逢迎。

心口里的东西跳得剧烈，疼得也更加厉害，深吸一口气，殷戈止低声道：“我在等一个机会，机会到了，你便可以动手杀了易国如。只是……”

转头看向别处，他道：“杀他容易，找他污蔑你爹的证据，很难。”

“我知道。”风月眼里带着讽刺的意味，笑着点头，“一开始我就没打算洗清你们泼在关家门楣上的脏水，也没耐心去洗。谁害的，就找谁报仇便是。”

“你觉得是谁害了你爹？”殷戈止冷笑，“定案的证据是我给的。”

风月点头：“我知道，平昌山鬼谷一战，殿下眼睁睁地看着五万澧国将士被屠戮殆尽，杀气太重。从地狱里回来，您责问我那不会说话的老爹，问不清楚，一怒之下自然就将他送回京城受审。这些我都能理解。但是，回京之后，澧国太尉不知是受谁的意思，草率定案，于狱中逼死我爹，谗言于帝，令帝大怒下旨屠我关家满门！证据是您给的，但有谁去认真看过那些证据吗？有谁去查吗？有谁在朝堂上质问过一句关家何以叛国吗？”

风月笑得眼泪都冒出来了，睨着面前的人，一字一句道：“没有呀，他们早就看我关家不顺眼，功高震主，令陛下也多有不安。恰好大皇子会打仗，能顶替关将军的位置，那把关将军拉回来砍了，大家都能睡个好觉，何乐而不为呢？哈哈哈！宠佞臣，容小人，害忠骨，灭英魂，大澧皇室做得好呀！定然能千秋万代，世世昌盛。而我能做的，不过就是报杀父灭门之仇，其余的，与我何干？”

她是理智的，就算分明连他一起恨了，也巧妙地替他开脱了罪责，表示自己不会找他报仇，好让他放下戒心。

然而当真说起旧事，她还是没忍住，红了眼眶。

面前的人终于抬眼看她，眼里的神色复杂得看不清楚。他总是这样，就算泰山塌在他面前了，脸上也是什么表情都没有。仿佛这世间，压根没有值得他动容的东西。

当真是冷漠无情的殷大殿下。

然而殷戈止看着她，却是在想，她原来当真是关家的人。这说话的样子，真像当初关家的二少爷，那背脊挺得很直的少年，也曾双手戴着镣铐，似嘲似讽道：“愿陛下江山永存，再无忠臣！”

关家这一辈的人，分明都很会说话，可关苍海为什么说不清楚啊？在他怒极之时，还说什么“何以通敌，何以通敌”，就不能像这个关清越一样，牙尖嘴利地说服他吗？

使劲闭了闭眼，他有些疲惫：“明日再说吧。”

风月看了看外头的天色，抹了把脸，点头道：“好。”说完转身就打算走。

大概是她转身的动作太果断了，走得头也不回，殷戈止下意识地伸手拉住了她的手腕。

风月微微一惊，停了步子，诧异地回头看向他。

都这样了，还……会伸手拉她？

殷戈止皱着眉，大概也对自己的反应不是很理解，不过她一有要挣脱的动作，他还是伸手将人抓紧：“就在这儿睡。”

啥？风月眨眼，忍不住伸手挖了挖耳朵：“您刚刚说什么？我没听清楚。”

殷戈止抓着人就往床边带，身体紧绷，声音冷硬：“你身份特殊，为了避免你要什么花样，从今日起，就在我眼皮子底下，我去哪儿你就去哪儿。”

风月：这算什么？贴身监视？

瞧着这人身上已经没了杀意，话也已经都说开了，风月顿时胆子肥了，不怕死地问了一句：“这么带着我，您不怕时时刻刻都想起关苍海？”

捏着她的手一僵，殷戈止整个人就暴躁起来，咬着牙道：“好歹是你亲爹！你也能这样直呼其名？”

“关苍海没有坟墓呀，碑文都没有，我要是不经常喊他的名字，他在下头一定都会忘记自己叫什么。”风月耸肩，笑得很恶劣，“这是我尽孝的方式，殿下也不允许？”

从刚才的对话里就能看出来，殷戈止还有良心，也没有绝对肯定关苍海通敌叛国，只是证据在前，他也觉得关苍海不一定是被冤枉的。

那她就加深一下他的罪恶感好了，人常说枕边风很有用，那她要努力吹一吹。

殷戈止没回答风月的话，甩手就将她扔上床，然后自己也上去，脱了外裳放好，将她死死压在自己怀里。

有那么一瞬间，风月察觉到这人身子在微微发抖，可仔细一感受，后背分明是冷硬如铁，一切都像是幻觉。

也只可能是幻觉，堂堂殷大皇子，能把什么看在眼里啊？

积压了三年的秘密终于在人前说了出来，风月难得睡了一个好觉，梦里不再有征战杀伐，也没有鲜血遍地，只有一丛丛迎春花，开在大军凯旋的路上。

关苍海骑马走在最前头，关清穆身上的铠甲闪闪发光，不正经的副将许天则摇头晃脑地策马在旁边唱：“昔我往矣呀，雨雪霏霏。今我来思呀，杨柳依依。一朝赢敌呀，不饥不渴。我心开怀呀，皆知我喜。唧哩个唧呀……”

难听的调子使得风月失笑，她骑马走在最后，看着他们慢悠悠地往前去，前头一轮朝阳升得正好。

殷戈止没有入睡，本来还能闭上眼，后来眼也闭不上了，就微微起身，靠在床头看着旁边这人。

她睡得很好，嘴角都带着笑，一定是做了美梦。

黑暗里的眼睛泛着光，殷戈止伸手，想碰一碰她的嘴角，然而手伸到一半就僵住了，想起些什么，手缓缓地收了回来。

殷戈止脑海里浮现出很久以前在梦回楼的画面，金妈妈要风月演将军，他低斥她哪配穿铠甲。这人一点委屈的神色都没有，仰着脸冲他笑得很自在。

那套红白铠甲，穿在她身上的话，应该会很好看吧。只可惜到最后他也不知道她到底穿没穿，演没演。

听他说那些话的时候，她心里在想什么呢？

虽然同是澧国从军之人，他却好像没与她见过面，每次去的都是不同的战场，哪怕同时在澧都，好像也没缘分遇见。世人都说关家女将军顶天立地，不输男儿，他也知道她武功不俗，颇受人夸奖。那样的女子，应该是意气风发，敢立于男儿之上的豪爽之人。她到底是经历过什么，变成了现在这副样子？

殷戈止心口又是一紧，坐直了身子，疑惑地按了按自己的胸口。

这种感觉太奇怪了，先前从未有过。

“你知道什么是喜欢吗？”易掌珠曾这样问他。

黑暗里的一张脸上满是愕然，殷戈止握拳，侧头看向旁边睡得很香的风月，脸色铁青。

半晌之后，他却是哑然失笑，声音极低道：“以前不知道，现在知道了。”

知道了，也没什么用了。

天在漆黑之后很快又变得透亮，风月醒来的时候，殷戈止已经穿戴好坐在屋子里了。

动作够快的啊！风月咋舌。

蹑手蹑脚地下床，收拾好自个儿，风月站在他旁边，看了看他无波无澜的表情，便咧嘴笑道："殿下早啊。"

看她一眼，殷戈止起身往外走："今日太子要亲审山稳河。"

他这态度让风月觉得昨儿什么都没发生似的。她不由得感叹皇室中人心就是大啊，皇子肚里能撑船啊！

然而，门打开，外头的观止迎上来，却是极为震惊地低呼一声："主子？"

"去准备马车。"

愕然地看了看自家主子的脸色，又看了看后头一脸茫然的风月，观止把话都咽了下去，拱手道："是，不过方才灵殊在找风月姑娘，姑娘还是随属下去看一眼吧。"

一听到灵殊找自己，风月立马点头，看殷戈止没反对，于是跟着观止就走。

绕到后院的马厩，观止才低声开口："灵殊没找姑娘，她昨儿睡得晚了，现在还在歇息，是属下有话想问姑娘。"

风月挑眉："怎么？"

"昨日发生什么大事了吗？"观止回头认真地看着她，眼里满是担忧，"主子似乎不想告诉属下，但……分明是休息了一夜，他却好像更加心力交瘁。"

风月茫然地眨眼，道："你怎么看出来他心力交瘁了？我瞧着他没什么不对。"

观止摇摇头道："你们看不出来，我看得出来，主子好像特别难过……从来没这么难过过。上一回看见这种神色，还是在澧国战败投降的时候。"

心里一顿，风月皱眉，他难过吗？难过什么？

"昨天没发生什么大事，就是我差点被易将军抓了，你家主子为了救我，强出了将军府，估计不好跟易大将军交代了，所以心里烦吧。”

是这样吗？观止叹息：“姑娘多照顾主子一些吧，最近他都只爱带你在身侧，有什么事又不肯跟我说……”

听着这委屈的语气，风月逗他：“你也不怕我照顾他多了，你失了宠？”

观止一愣，当真很纠结地低头想了想，然后一脸正气道：“主子能开心些就好。”

风月失笑，心想他到底算是幸运，身边还有这么忠心的人陪着。

第十二章

大仇终得报

驾了马车从后门出去绕到正门口，她坐在车辕上，远远地就看见殷戈止穿着一身白衣靠在门口的柱子旁。

仍旧是她缝的那件，风吹过去，衣袂飘飘，很有仙气。然而他脸色可真难看啊，嘴唇惨白惨白的，无怪乎观止说他看起来心力交瘁。

“殿下——”远远地号了一嗓子，成功地将那人从冥思里惊醒，风月挥舞着双臂，笑吟吟的，“快上车！”

殷戈止失神片刻，又皱眉，刚动身往台阶下头走，就见车轮从一块石头上碾过去，车身剧烈一抖，坐在车辕上挥舞着双手的傻子跟着一斜。

风月傻眼了，她反应很快，知道自己要坠下车，但动作跟不上，就算反手拽住了车辕边儿，身子还是不可避免地往地上栽去！

瞳孔紧缩，她甚至看清了地面上随着车轮飞驰的灰尘，感觉自己的脑袋着地，说不定也能飞得这么精彩绝伦。

然而，就在她额头触地的一瞬间，有人一把将她扯下了车，死死地掐在怀里按着，不安的失重感没了，接着就是一股子滚烫的温度从四面八方朝她扑来。

风月一愣，睁眼看了看。

殷戈止的墨发被风带得飞舞，发质看起来很好，又长又黑。大概是因为刚救了她的关系，这时候他的发丝在她眼里都是盖世英雄。

“多谢殿下。”风月笑道，“不过您身上怎么这么烫啊？”

殷戈止没理会她，板着脸将她推开，看了看停在前头的马车，抬步就走。

“等等。”觉得有点不对劲，风月连忙追上去拉住他。

手心也是滚烫！发高热了吧？

她倒吸一口凉气，立马扯着嗓子喊：“观止！你家主子生病啦！”

殷戈止正要将她的手甩开，却被她这一嗓子号得脑仁疼，黑着脸瞪她一眼：“你叫什么叫？”

风月耸耸肩，道：“您会嫌奴婢多管闲事啊，所以还是叫观止来管，您最容易听。”

观止已经冲过来了，二话不说伸手摸了摸殷戈止的额头，然后惊叫出声：“这也太烫了！别出门了，属下去请大夫！”

“今日说好了要去……”

“还去什么去啊，您看看您这脸色！”观止急了，直接将他的胳膊架起来，然后朝风月喊，“姑娘帮忙！”

风月立马过来，两人一左一右地将殷戈止架进屋子里。

“属下去请大夫，姑娘先照看一二。”

“好。”

观止风风火火地走了，屋子里瞬间安静下来。

殷戈止觉得自己不至于生病，毕竟脑子还很清醒，还能想事情。但是，看了一眼风月递过来的镜子，他皱眉：“你拿我的印鉴去听审，山稳河说了什么，都回来告诉我。”

风月叹息：“殿下，都到这个份儿上了，山稳河不可能还负隅顽抗，肯定是要供出易大将军的。”

“就是因为他要供出来，我才要听他供出什么。”殷戈止伸手将手上的玉扳指摘下来放在她手心，“别耍花样，带上干将，早去早回。”

“那……”

她想问那您呢，可是转念一想，她在意他死活干啥？人家自己不要她伺候的，她难不成还得跟他亲妈似的关心至极？

拉倒吧！风月捏了玉扳指，转身就出门。

殷戈止是个有良知的人，所以风月觉得自己暴露身份看起来也无妨，只要她嘴皮子利索能骗人，又让他愧疚且相信关家是被冤枉的，那她的路反而更好走一些。

摩挲着手里的玉扳指，风月套在自己的拇指上，发现大了一圈，干脆系在腰带上。

山稳河已经在黎明破晓的时候见过小少爷和余荷香了，得知他们由太子照顾，苦笑一声，乖乖地戴上镣铐上了公堂。

叶御卿正在等殷戈止，结果没等来他，倒是等来了风月。

“殷殿下病了。”风月朝他行礼，笑眯眯道，“奴婢替他来听。”

叶御卿眼里有些震惊，又觉得是情理之中的事情，看着她腰间的玉扳指，低笑道：“果然是自古英雄难过美人关，风月，你真厉害。”

“殿下过奖。”风月笑了笑，“能为殿下效劳，是奴婢的荣幸。”

“得你相助，才是本宫的荣幸。”叶御卿优雅地颔首，“你送来的东西本宫都看过了，殷殿下也让本宫小心易贵妃，本宫正在暗地里探查，若是当真，那……”

眼皮微垂，他低了声音道：“不管怎么说，如今烨国还要靠易国如镇守，就算他罪不可赦，可能也会想着法子赦他。这一点，本宫希望你理解。”

理解啊，有啥不理解的？风月微笑，大方地行礼：“能让他尝尝苦头，奴婢已经觉得是万幸，不敢强求其他。”

到底是烨国第一大将军，还真指望烨国太子把他的头砍下来？不可能的，风月知道，殷戈止也知道，所以易国如到底要怎么死，是个很费脑子的事情。

叶御卿提前给她说这话，也就是防着她撺掇殷戈止把易国如逼上绝路，其实不用她撺掇，殷戈止应该也不会让易国如活。

交战多次，殷戈止最清楚易国如每次都是靠什么取胜的，那样心术不正且不光明不磊落的将军，打了胜仗也不会得到对手的尊重。

殷戈止尊重他，还跟易掌珠亲近，那必定是有所图，所图还不少。

因为从一开始就想通这件事，所以风月知道，太子的船，她也只能搭一段路，但殷戈止的船，可以搭到最后。

心里百转千回，面上神色未动，风月在叶御卿的眼里，就是一副心满意足的小女儿姿态，他很是放心："先进去找地方坐着吧。"

"是。"

余荷香将山稳河安抚得很好，上公堂之时，山稳河也就半点没遮掩，将易国如狠狠告了一状，言明军中物资都是从他手上过的，与麾下掌管军饷的人分赃，来往账本，皆有明细。

口供传进宫去，宫中顿时炸开了锅，皇帝大怒，急召易国如进宫，以他德行有失为由，命他立马上交兵权。

兵权这种保命的东西，易国如会在这个关头交吗？不会，易贵妃马上跪在御书房外头，声泪俱下，言明易国如多年来的功勋，为易国如求情。

"皇帝会心软的。"殷戈止脸色苍白地闭着眼，薄唇微启，"幸好我早有准备。"

风月看得摇头，一边给他换帕子敷额，一边道："您卧病在床都不忘烨国国家大事，实在太令人感动了。"

"总不能功亏一篑。"轻咳两声，殷戈止缓缓睁眼，长长的睫毛颤动着，好半天眼里才有了焦距，声音沙哑道，"你可读懂过易将军与人来往的那些信件？"

信件？风月想了想，道："那些诗没看懂，写的都是些日常饮食。"

"嗯。"殷戈止轻轻颔首，"那是皇帝的日常饮食。"

手一顿，风月震惊了："皇帝的？"

她还以为是易国如和易贵妃之间的情诗呢！

"你仔细看看就知道了。"殷戈止道，"烨国皇帝从今年开春就抱恙，想来与他们有些关系。"

皇帝的饮食是很仔细小心的，后妃宫里备的点心都要经过试吃，只有特别熟悉皇帝的人，有着长时间的经验，可以预料皇帝要吃什么，从而下手。

“您的意思是说，易贵妃与易将军对圣上图谋不轨？”风月皱眉，“为什么啊？易贵妃膝下只有抱养的皇子，当今又有大势所趋的太子掌权，就算他们能侥幸害了皇帝，可继位的还有叶御卿。”

“所以我让人提醒太子小心易贵妃。”殷戈止淡淡道，“防的就是这两人联手谋害，以图烨国江山。”

易国如是个有野心的人，从他打仗就看得出来，为了胜利无所不用其极，蔑视烨国的圣旨也不是一回两回，皇帝信任并忌惮他，太子则是直接与他对立，这样的情况之下，易国如想自己坐皇位，倒也能让人想明白。

不过风月还是很震惊，就算她没什么忠君爱国的想法，可这弑君夺位的疯狂念头，也够让她意外了。她忍不住喃喃道：“还能这样啊，那我看澧国皇位上的老头子不顺眼，是不是也可以不忍着，想个办法弄死他就好了？”

屋子里气息一寒，风月身子一紧，连忙转头朝殷戈止拜了三拜：“您就当没听见啊！奴婢瞎说的！”

殷戈止眼神冷冽，睨着她道：“你最好不要有这种想法。”

“没有没有，奴婢说着玩的，怎么能有这种想法呢？关苍海也会从地下爬出来掐我脖子的！”

殷戈止疲惫地闭上眼，道：“若是有朝一日，我要回澧国，你可愿随我一起回去？”

风月微微一愣，好奇地看着他：“您愿意带着奴婢？”

“你只说愿意还是不愿意！”

“愿意啊！”风月连忙点头道，“有您护着，那回去谁还敢欺负我啊？”

不过想想，她又有些泄气：“等您能回去的时候，奴婢怕是都老了。”

“不会。”

“嗯？”风月眨眼，“您说什么？”

殷戈止声音太虚弱，含含糊糊的，让人听不清楚。风月凑到他嘴边想再听，却被他一爪子按下来，瞬间趴在了他胸口上。

他呼吸均匀绵长，偶尔因高热未退而喘息。

风月身子僵硬，茫然地眨眼，抬头看他。

这是个什么情况啊？先前不是还嚷嚷着说她脏，抵触得要命吗？现在怎么的，倒是主动跟她亲近了？

烧糊涂了？

她伸手去摸他额头，手刚伸出去，她就看到他的手抬起来了。上回被打得疼，风月反应飞快，立马将手收了回去！

身下的人半睁着眼，眼里微微有不悦，伸手过来将她屈着的手扯出来，重重地放在自己脑门上。

“啪”的一声响，风月惊得张大了嘴。

他眉头松了，重新闭上眼，安静地睡了过去，留风月一个人目瞪口呆，半晌也没看明白。

这是做啥？赎罪？殷皇室赎罪的方式都这么特殊吗？

不过，感受了一下殷戈止额头上滚烫的温度，风月抿唇，还是赶快去给他换凉水。不管怎么说，在易将军倒台之前，这个人的脑子是能保命的，一定不能烧坏了！

皇宫里。

叶御卿脸色不太好看地往御书房走，根据线报，刚刚易贵妃的痛哭似乎让父皇心软了，父皇找了几个老臣，眼下准备让他去将山稳河爆出来的贪污之事统统压下去。

他心浮气躁，穿着绣龙宫靴在御书房门口徘徊了几圈，愣是没进去。

忘忧低头跟在他身侧，见状轻声道：“殿下不必太忧心。”

“怎能不忧心啊？”叶御卿长叹一口气，摇头道，“这一进去，先前那么多努力，就都白费了。”

“您忘记殷殿下昨日来信说的话了吗？”忘忧道，“他说，在您遇难抉择之事时，只需等待，自有解法。”

“本宫没忘，所以本宫在等。”叶御卿捏着手里的扇子，皱眉道，“可本宫想不明白，能等来什么？眼下这情况，怎么才能缓解？”

忘忧沉默。

叶御卿继续打转，正揪心呢，就听得一声长喝从御书房里传了出来：“传御医！”

心里一紧，他连忙提了衣摆往里头走。

御书房里一片混乱，一众老臣都跪在地上不敢抬头。大太监扶着皇帝，一下下地给他顺着气：“陛下保重，陛下保重。”

“父皇！”叶御卿皱眉上前，就见龙椅旁边一摊偏黑的血，夹杂着些不知道是什么的东西，看着骇人。

“怎么回事？”

大太监连忙跪下：“太子息怒，陛下可能是最近饮食多了些，已经在传御医了。”

什么叫饮食多了些？叶御卿脸色很难看，低头就想到了最近宫外传进来的一些东西。

不知道是风月给的还是殷戈止给的，反正没什么区别，但那一大堆东西的意思就是，易贵妃与易将军感情很深，但家书有异，怕是泄露了帝王的饮食起居，恐有异心，望他多防备。

叶御卿微微眯眼，见御医进来把脉，就站在皇帝身边若有所思。

皇帝虚弱地看着叶御卿：“太子，易将军的事情……”

叶御卿严肃了神色：“父皇，儿臣知道您对易贵妃感情深厚，但此事不仅是贪污那般简单，还涉及您的皇权。容御医仔细验病，查明父皇今日吐血的缘由之后，咱们再谈国事。”

老皇帝很不解，他吐血与国事有什么冲突啊？难不成还有人要谋朝篡位？不可能的，他可谨慎了，吃什么东西，几年都不会重样，若不是在宫里十几年的老人，谁也不会知道他的喜好。所以不会给人可乘之机。

然而，御医把完脉，却是跪下道：“微臣该死，陛下误食毒物，伤了脾胃！”

毒物？皇帝震惊，之后就是震怒，当即就找御膳房问罪，将易大将军的事情暂且抛到了脑后。

叶御卿松了口气，殷戈止所言不虚，还当真是等着等着就等到了解决之法。

现在，只要能查实易贵妃有染指皇帝饮食的举动，那基本就能定罪。

这些事情不是风月和殷戈止要操心的，所以使臣府里依旧是一片祥和。灵殊咬着马蹄糕蹲在床边看着殷戈止，好奇地问风月：“主子，殿下最近是不是跟您学的，睡觉总爱皱着眉？”

看了看殷戈止深锁的眉头，风月伸手给他抹开，淡淡道：“不是跟我学的，人做噩梦就会皱眉，殿下睡得不太好。”

“为什么睡得不太好啊？”

“问心有愧。”

灵殊似懂非懂地点头，笑道：“那您还是同殿下一起睡吧，奴婢瞧着，您二位在一起的时候，殿下总要开心些。”

风月微微一顿，使劲戳了戳灵殊的脑袋：“小机灵鬼，要你多管闲事？还不快去看看观止的药熬得怎么样了？”

灵殊捂着嘴飞快地往外跑。

看着她这无忧无虑的背影，风月轻轻叹息，眼里满是慈爱。

“一直没有问你……”床上的人蓦然开口。

风月吓得一哆嗦，捂着心口回头瞪他：“您醒了也说一声啊！”

抿了抿干裂的嘴唇，殷戈止沉默一瞬，而后开口：“我醒了。”

风月：“……”

心里有种怪怪的感觉，她垂眸道：“您刚刚想问什么？”

“你的身份这么特殊，那灵殊是谁？”看她总是护着那小丫头，一副大姐姐的样子，殷戈止睡着的时候就在想，难不成关家逃出来的人，不止她一个？

风月却道：“她就是个普通的小丫头，没什么身份。”

殷戈止不信，没什么身份，她会说他必须护好灵殊的命？

“您信也好，不信也罢。”风月道，“她是在澧都外头兴和村出生的，祖上三辈都是躬耕于田之人。”

瞧着他眼里的疑惑之色，风月扯了扯嘴角：“要说唯一有些不同之处，那就是她娘亲在关府当了二十多年的下人，从我出生开始就带着我玩。虽然经常听老头子的话教我忠君爱国之道，但也很疼我，以前我闯祸，都是她帮我遮掩。我爹要打我，也是她在前头替我求情。”

殷戈止一怔：“后来呢？”

风月眯眼：“后来我要死了，要被人推上断头台，她穿了我的衣裳，梳了我的发髻，替我走了我该走的死路。”

手微微一紧，殷戈止闭了眼。

“灵殊是她十六岁的时候回村成亲生的，我爹的意思是给她一笔银子，让她回去好好过日子。但是她说她舍不得我，她不在，我肯定天天因为闯祸挨打。所以灵殊刚断奶，她就回了关家，继续带着我。

“关家上下百口人都死干净了，只有一个灵殊，因为这样特殊的原因活了下来。她不算关家的人，却也算是关家能活下去的最后一个人，也是殿下唯一能对其赎罪的人。因为她心里没有仇恨，压根不知道自己的娘亲是谁，也不知道娘亲为什么永远不回去看她。”

风月嘴角带笑，眼里却是半点笑意也没有，轻声道：“殿下，若是有朝一日奴婢不小心没了性命，灵殊这孩子，就托付给您了。”

手微微收紧，殷戈止闭着眼睛开口：“与我何干？”

深呼吸再深呼吸，风月还是没忍住，伸手放在他的咽喉上，咬牙道：“与殿下何干？”

殷戈止想说的其实是她不会死，灵殊也不用托付给他，但是不知道为什么，说出来就硬邦邦地变了样。

他有些恼，睁眼看向她，微怒道：“你欠灵殊一个娘亲，拉上我做什么？”

风月立马笑得仿佛刚刚脸上的阴霾不存在：“拉上殿下还灵殊一个爹呀！毕竟她娘亲，也是间接因为殿下没了的！”

这话一出，殷戈止竟然老实了，不知道是愧疚还是什么，别开头去，半晌才应了一声：“知道了。”

风月缓缓放下点心，继续守在他床边，时不时探探他额头冷热。

一向身体强健的殷大皇子，不知怎么的，这一病倒是很严重，已经好几天了，观止急得上蹿下跳的，连带着风月也只能衣不解带地守在他身边。

在殷戈止躺着的这几天里，烨国皇宫炸开了锅，易贵妃被指有谋刺圣上之心，证据良多，引得圣上大怒，令其幽闭宫中不得出。易将军闻讯，立马想进宫求情，却因为没有允许进宫的圣旨，被拦在了宫门口。

不阴城的局势瞬间紧张起来，明眼人都看得出易大将军府要出事，再不交兵权，怕就要被定个弑君谋逆的罪名，将军之位要被强行褫夺了。

易掌珠哭得厉害，上街去召集以往自己救助过的百姓，扬言要万民上书，证明自家爹爹的清白。然而，那些平时领救济物资领得飞快的人，遇上事儿，都躲得飞快，别说万民书了，能找出十个肯按手印的人都难。

“为什么啊？”易掌珠哭着跑到使臣府，很是难过地问殷戈止，“为什么他们都不肯帮忙？我平时帮了他们那么多！”

殷戈止咳嗽两声，摇了摇头。

风月低声道：“易小姐，殷殿下还病着，您有什么话，不如等他好了再说。”

“还等？”易掌珠哽咽，“爹爹都快被关进大牢了……”

“恕奴婢直言。”风月叹息，“您这样哭，殷殿下也想不出什么办法来帮您，毕竟易大将军贪污之事证据确凿……”

“你懂什么！”易掌珠怒道，“我爹是全天下最疼爱我的人，他怎么可能是坏人！”

床上的殷戈止头疼似的翻了个身，风月也抹了把脸，硬着头皮道：“对您好的人，不一定就对其他人都好。易将军是个好父亲，但不能证明他是个好将军。”

“你胡说！”易掌珠气得跺脚，双眼通红，朝着她便叱道，“你懂什么好将军坏将军？什么下贱的东西，也敢来我面前教训人？我父亲是什么样子，跟你有什么关系？！他至少是个大将军，你呢？你是什么东西？你父亲又是个好人吗？”

“掌珠！”实在听不下去，殷戈止还是坐起了身子，脸色很是难看，“适可而止！”

“殷哥哥，你还护着她凶我？”本来心情就不好，一看他这态度，易掌珠哭得更凶，“是不是我父亲要出事了，连你也想着怎么避开我们？”

“没有。”殷戈止道，“我不会避开你们。”

风月暗暗点头，是啊，是不会避开，甚至还会上去捅一刀。

眼里带了恨，易掌珠恼怒道：“骗子！你跟太子哥哥一样，都是花言巧语地骗我！你们压根都没有将我放在最重要的位置上！”

说罢，她狠狠地瞪了风月一眼，转身就哭着跑了出去。

风月唏嘘：“殿下品位独特，实乃常人难及。”

斜睨她一眼，殷戈止道：“你想知道我为什么跟易将军一家如此亲近吗？”

风月连连点头，想啊想啊！

床上的人看她一眼，淡淡道：“再过几日你就明白了。”

那为啥不过几日再问她这个问题？风月鼓嘴：“殿下，话说一半，真的很让人难受！”

“这样啊。”轻咳两声，殷戈止板着脸道，“反正难受的不是我。”

风月：“……”

她狠狠地将糖罐子放远了，端起旁边放着的苦药就道：“既然殿下不难受，那就先喝药吧！”

殷戈止眯眼：“我觉得身体好多了，可以不用喝药了。”

“您自个儿说了不算，大夫说了才算。”“呵呵”笑了两声，风月舀了一勺药就使劲往他嘴里塞。

殷戈止伸手挡着，暗暗与她较劲：“我说了算。”

“殿下不可任性，不然奴婢要叫观止进来了。”

手上力道没他大，风月一撩裙子就跪到了床榻上，从上往下压，妄图利用身体重量胜过他。

然而，殷戈止双臂跟铁柱似的，就算她快将整个身子放上去了，那勺药还是没能到他唇畔。

双方僵持，眼神拼杀很激烈！屋子里顿时电闪雷鸣！

“主子！”灵殊从外头蹦跶进来，脆生脆气地禀告，“有客人来啦！”

努力拼杀的两个人完全没听见这句话，也没动作，直到四爪银龙袍扫进了门槛，叶御卿温和带笑的声音响起，风月才跟奓了毛似的跳下床去。

“光天化日的，两位也不怕教坏了灵殊？”叶御卿心情极好，一进来还打趣，摇着扇子，眉眼带笑。

整理好裙摆，风月端庄地朝他行礼：“见过太子殿下，方才奴婢在给殷殿下喂药呢。”

殷戈止撑起身，靠在床边微微颔首，算是见礼：“殿下怎么突然过来了？”

“有好消息，自然要过来同你们说。”叶御卿道，“易大将军同意上交北境十万守军的兵符，东西已经送进了御书房。”

“这么老实？”风月很失望。

叶御卿挑眉看过来，她立马又换上一张满是赞叹的脸：“真是精忠为国，易大将军好样的！”

“易贵妃呢？”殷戈止问。

“父皇是当真动了怒，毕竟易贵妃陪在他身边已经十几年了，感情深厚，他没想到她会存了害自己的心思。”叶御卿抿唇，“所以就算易国如上交了兵权，父皇也只是缩短了易贵妃禁闭的日子，没有去见她。”

那也足够了，易贵妃失了作用，就很可能起反作用。风月垂眸，暗自盘算了一番，决定再给忘忧去个消息。

易国如现在算是四面楚歌，他甘心吗？肯定不甘心，但他顾虑良多，也是怕死的，所以在皇室这般逼迫之下，到底该怎么做，就值得细细思量了。

风月不想给他思量的时间。

“殿下的病好似有些严重。”担忧地看了他一眼，叶御卿道，“算来都病了好几日了，也不见好。”

殷戈止咳嗽两声，垂眸道：“劳殿下费心。”

“要不要请个御医来看看？总比外头的郎中靠谱。”

“不必麻烦了。”殷戈止道，“殿下还是多花心思注意易将军吧。”

嗯？叶御卿挑眉，人家都上交兵符了，还有什么好注意的？

“到底是多年的将军，带的兵广布天下，有些时候就算没有兵符，靠他那个人，也是可以调动兵力的。”殷戈止低声道，“恕在下多言，殿下最好在不阴城外方圆百里都布下眼线，一旦有任何兵力调动，务必提前提防。”

叶御卿后背发凉，皱眉道：“不至于吧？本宫也没有逼他上绝路，之后他还是可以带兵打仗的。”

“没有人愿意一辈子带兵打仗，末了还得回国都接受君王的质疑。”殷戈止摇头，“在下乃从军之人，这一点，自然比殿下清楚。”

这些话实在太有说服力了，叶御卿严肃了神色，将扇子一收，行了礼就往外走。

风月垂眸，问："要让安少爷和徐公子过来一趟吗？"

殷戈止深深地看她一眼，低声道："别自作聪明。"

"奴婢误会了？"风月挑眉，"您难道没有打这两位少爷的主意？他们可是一身正气，有宏图大志，要守卫烨国安危。您将他们收为徒儿，又捧上高位，当真别无所图？"

殷戈止闭眼，轻轻叹了口气："有所图，却不至于利用，该他们做的事情，他们自然会去做，用不着我说什么。"

利用的最高境界，不就是你什么都不说，别人还按照你的想法去做了吗？风月摇头："拜师需谨慎啊……"

"我并未亏欠他们。"殷戈止皱眉，"该给的给了，该教的也没吝啬，要的不过是他们一份信任，过分？"

"不过分不过分，是奴婢以小人之心度君子之腹了。"风月媚笑，"殿下息怒。"

殷戈止轻哼一声，看了看旁边矮几上放着的满当当的药碗，又看了一眼明显已经走神的风月，偷偷松了口气，转身背对着她继续休息。

忘忧得了太子允许，去后宫看了一眼易贵妃，不知道说了什么，她走后，易贵妃大哭，送了家书回将军府，想见易国如。

然而，易国如正在忙碌，压根没时间理会她，他需要在很短的时间内下决定——是任由皇权将他步步残害，还是奋起反抗？

没有回音，易贵妃疯了，她觉得自己这十几年来的付出都是白费的，忘忧说得没错，果然一没了作用，易国如就会放弃她。什么深爱，什么承诺，都是假的！就连最后的血缘，他都不想顾及了吧？

肮脏的不伦之情，在易大将军眼里，果然是必须被舍弃的。

易贵妃痛哭失声，等了两日，又送了两封信出去，让易国如来见她，不然就玉石俱焚。

这是一个绝望又恐惧的女子挣扎着想抓住点什么的疯狂举动，她不可能当真跟易国如玉石俱焚，只是想吓唬吓唬他，好让他快点来见她，也让她安心。

很可惜，这两封信都到了叶御卿的手里。

今时不比往日，易国如的势力出现了倒台之势，要抓他们传递消息的渠道就容易了些。太子殿下在宫里的眼线，很幸运地截获了这两封信。

一打开信，叶御卿差点也疯了。

缠缠绵绵又哀哀怨怨的语调，哪像妹妹跟哥哥说话，分明像是被抛弃的情人，哀哀切切地要人来见她。更有露骨至极的句子，如“当时明月小绣楼，褪红裙，欲语还休。如今泣草芳菲殿，断书信，君可怜见”。

世人只知道易国如与易贵妃是亲兄妹，却不知道易贵妃还是一个小小婴儿时，便被易家收养。

没敢耽误，叶御卿将这些书信立马送去栖凤宫，给了自己的母后。

南宫皇后可不是省油的灯，当即抓着易贵妃闹到了陛下面前去，要陛下以羞辱皇室的罪名处死她。

等易国如听见消息的时候，皇帝已经下了杀贵妃令。

这样的局势，压根不给他退路。易国如怒了，连夜奔出不阴城，派薛良去召集旧部，准备先奔往西边，蓄势谋反。

然而，不阴城外的三千驻兵刚调动，就被叶御卿察觉，安世冲和徐怀祖带着护城军前往阻拦镇压，太子连夜进宫，与皇帝于御书房密谈。

易国如戎马半生，怎么也没想到自己最后会被两个毛头小子挑下马去，滚落在城郊的泥土里，狼狈至极。

“是谁？”他躺在地上抖着嗓子问，“是谁要害我？”

“大将军，回城进宫说话吧。”安世冲道，“我等不过都是尽职责，没有要害您一说。”

“不……不可能。”易国如连连摇头，“我中计了，有人准备好了要害我！”

易贵妃怎么会突然被人抓住把柄赐死，被抓的还是与他之间那难以启齿的情事？他那爱他至极的妹妹啊，怎么可能会出卖他？他一时冲动要谋反，但这些人怎么像是在这儿等着他一样，他一有举动，就被拿下了？

这下头上的罪名可就大了啊……

怎么会这样呢？就算叶御卿心机深沉，有意与他作对，可也不可能布下这样周密的局啊，就像一只硕大的蜘蛛，织再大的网，也该有漏洞，不可能将他网得这么死！

一定还有谁，一定还有谁在背后要害他！

声嘶力竭的长啸声划破城郊的黑夜，凄惨不甘，传了老远，然而使臣府里，依旧是灯光盈盈，花香四溢。

二号蜘蛛殷戈止躺在床上幽幽道："你竟然能想出这样的招数。"

三号蜘蛛风月笑眯眯地应道："殿下过奖。"

不把易贵妃那儿的娄子捅出来，易国如哪能这样冲动地离开不阴城啊？他不离开不阴城，那殷戈止让叶御卿布下的眼线，不也就没用了吗？

叶御卿织了网，要削弱易大将军手里的兵权，以巩固皇权。殷戈止在他后头织网，要让易大将军身败名裂，跌进尘埃。而她，就是那个最后织网的，要易国如粉身碎骨，不得好死。

三张网，层层相叠，终于将易国如这奸贼捂死了。

"殿下觉得烨国会怎么处置易大将军？"风月问。

殷戈止平静道："震慑、囚禁、施恩、重用。"

这是皇室的老套路，先将人置之死地，然后让他劫后余生，将领会格外感激，从而更加效忠。

风月皱眉："殿下打算袖手旁观？"

袖手旁观？殷戈止嗤笑："别说我不会，就算我想，他们也不会让我袖手旁观。"

为什么啊？风月有点不解，不过看到殷戈止这苍白的脸色，还是没问，舀起一勺药就塞进他嘴里。

殷戈止皱眉："苦。"

"男子汉大丈夫，说什么苦不苦？"风月挑眉，"您好歹是受澧国百姓爱戴的将军，跟个女娃子似的怕吃药，像话吗？"

不像话又怎么了？反正没别人知道。殷戈止冷哼，万分嫌弃地盯着她手里的勺子，那眼神灼热得像是想直接把这勺子瞪断。

风月看得有点好笑，都说人一生病就变回了孩子，果真不假。

喂完一碗药，她给他塞了颗果脯。

殷大皇子的眉头总算是松开了，看起来心情好了些，咬着果肉问了她一句："现在想见易将军了吗？"

见易国如？风月有点害怕，可转念一想，不对啊，现在易国如都落马了，就算看见她又能怎样？她在外头，他估计还在牢里头呢。要怕，也该是他怕才对。

“想！”

“那好。”殷戈止微微颔首道，“等过两日，你便去见他，有什么想问的，都可以一次问个清楚。”

这说得多轻巧啊，就跟他是烨国的大皇子似的！风月皱眉：“易将军怕是会被秘密关押，有专人看管，想见很难。”

给了她一个漠然的眼神，殷戈止吐了果核，翻身就朝床里头睡了。

风月坐在床边，咬牙切齿地想，为什么这人总喜欢装神秘呢？什么话都只说一半，也不怕咬着舌头？

然而，当真只过了两天，叶御卿就亲自上门，郑重地将一块令牌放在殷戈止的手里。

“殿下，有劳了。”叶御卿诚恳地看着他道，“易大将军武功高强，党羽众多，想去探监的人也实在太多，一般的人守不住，父皇的意思是让您去太尉衙门住两日。”

风月咋舌，心想这烨国皇帝还真是会找人啊，不怕得罪人又武功高强的，可不就是殷戈止吗？上好的狱卒人选。

殷戈止脸色很难看，强行咳嗽两声，虚弱道：“太子殿下，在下生着病，实在难当此重任，更何况易大将军怎么说都对在下有恩，此等差事，恐怕……”

“太尉府里有不少精兵在，除非情况危急，否则也不用殿下出手。”叶御卿拱手道，“太尉府也有好大夫好药材，都能为殿下所用。并且，殿下也不用面对易将军，挡着外头其他人即可。其实本不用劳烦殿下，只是太尉大人向来事务繁忙，最近为这件事所恼，求陛下开恩施以援手，安国侯府又推荐了殿下，故而……”

殷戈止长叹一口气，表情很是为难，犹豫再三，问了一句：“那若是太尉衙门看守失职，让犯人逃脱了，陛下要连在下一起问罪吗？”

“不会。”叶御卿摇头，“此事是本宫来请的殿下，若是出事，只要与殿下没干系，那殿下都不会被问罪。”

“好。”殷戈止这才应了，“那在下就往太尉衙门去一趟。”

叶御卿笑着颔首道：“真是辛苦殿下了，不过……要是掌珠想见易将军的话，您可以放她进去。”

这么长时间了，虽然很多时候与易掌珠是逢场作戏，可看她那模样也实在可怜。叶御卿对女人向来心软，想着也算给殷戈止一个人情，毕竟他很喜欢易掌珠，总不能让人家做事，还让人家为难。

殷戈止果然很愉悦地应下：“多谢殿下。”

叶御卿放心了，回去继续跟皇帝研究怎么恩威并施。

殷戈止拿起太子给的令牌，转头就放进了风月手里。

风月一笑，与他一同乘车去太尉府，只是马车往响玉街绕了一圈，在杂货铺面前停了一会儿。

杂货铺的手艺一如既往地好，虽然找材料费了一天的时间，但东西送来的时候，殷戈止这样的火眼金睛，都没能认出来哪个令牌是真的，哪个是假的。

“你去哪儿寻了这么多能人相助于你？”殷戈止实在没忍住，问了一句。

风月笑得贼眉鼠眼的：“秘密。”

她的秘密，他很好奇，却也不敢去打探，怕挖出来的东西又是鲜血淋漓的。

殷戈止闭着眼无声地叹了口气。他在太尉衙门里安心住下，等着易掌珠来。

易掌珠来得很快，大概是听见了殷戈止进了太尉衙门的消息，急急地来走后门，完全忘记了上回自己说的话，眼巴巴地看着殷戈止问：“我可以去看父亲吗？”

“可以。”殷戈止点头，“你想去看，随时可以去。”

这反正是太子允许的。

易掌珠笑了，很是感动，拎着食盒接过令牌就往死牢走。

易大将军连坐牢享受的都是大将待遇，单独的牢房，专人看守，五十个狱卒从里到外围了个严实。

易掌珠一进去就觉得不舒坦，皱眉道：“父女相见，也需要这么多人看着吗？”

接过令牌的狱卒满脸犹豫，谁都知道易国如死不了，那这易大小姐，是得罪好，还是不得罪好？

想了想，狱卒还是派人去问了问殷戈止，殷戈止一挥手就给了特权——易小姐探监，狱卒可以回避。

出于对“殷殿下深爱易小姐”这件事的认知，狱卒们觉得这命令不意外，太子那边既然没什么特别的吩咐，那就照办吧。

于是，易掌珠天天给易国如带饭菜来，殷戈止还怕她一个人走那黑漆漆的牢房不习惯，特别准许她身边的丫鬟也跟着进去。易掌珠有时候走在街上看见了好吃的点心，还让丫鬟拿着令牌给自家父亲送去。

易国如很感动，觉得有殷戈止在真是好啊，有这样的特权，他牢里的日子都没有那么苦了。虽然自家女儿很笨，问她外头什么情况，她都说不清楚，但是能经常有人给他送吃的，那就不错。下次丫鬟来的时候，他一定要吩咐她们带点纸笔，好让他传消息出去。

然而，这天夜里，他等来了风月。

穿着丫鬟的衣裳，拎着令牌和点心，风月低着头进了大牢。莲步轻移，裙摆一下下地扫在绣花鞋上，看起来像是春风拂花，风情万种。

殷戈止在牢外的阴暗处站着，抬头看着天上的月亮，眼里神色晦暗，拳头始终没松开，半晌之后，隐入黑夜，从牢房的瓦檐上飞过，准确地找到了易国如的牢房所在的位置，踩着瓦片，半点声响也没出。

隔着栅栏将点心递进去，风月低着头道：“大小姐说这一家的绿豆糕很好吃，请您尝尝。”

这两日吃的各式点心不少，易国如低笑：“她可真是会念着为父，这都什么时辰了，还让为父吃。”

“大小姐也是怕将军受苦。”

咬了一口绿豆糕咽下去，易国如突然觉得有点不对劲，抬头看向栅栏外头的人：“今日怎么不是点钗过来？”

“点钗姐姐忙，便托了奴婢。”

“哦……”又咬了两口，将一块绿豆糕吃尽，易国如皱眉，“太甜了，不吃了。”

吃一块就够了，风月微笑，终于缓缓抬头看向他。

牢房里灯光昏暗，易国如本不太想注意一个丫鬟的，但敏锐的他察觉到了气氛不对，猛地抬头。

月光从小窗口倾泻进来，流淌在这人精致英气的五官上，恍然间他好像回到了厮杀的战场之上，有英武的女将军穿一身红衣，衬着白色的盔甲，手里一把大刀，直往他手臂上砍来！

易国如倒吸一口凉气，惊得后退好几步，跌坐在草堆里：“关……关……”

“我还睢鸠呢。”风月龇牙，笑得很是狡黠，“易将军，别来无恙啊？”

浑身冷汗往外冒，易国如皱眉，觉得自己是花了眼，忍不住凑过来再看她几眼，然后色厉内荏道：“你不是死了？！”

“托将军的福，我全家都死了，就我命硬，苟延残喘地准备来找将军唠唠嗑。”拍拍衣裙，风月站起来，居高临下地看着他，眼里神色冰冷，“将军做过什么事，不会都忘记了吧？”

易国如瞳孔微缩，低头道：“你在说什么，老夫听不太懂。老夫与你爹，怎么也算是挚友……”

风月咬牙，起身拎起食盒猛地砸在那栅栏上，一声咆哮惊天动地：“老头子都已经死了，你为什么连魂都不让他安？还挚友？他要是有你这样的挚友，死都死不安宁！”

被晚辈当场这样呛声，易国如脸色很难看：“你……想做什么？”

他一边说一边仔细听外头的声音。这么大的动静，难不成都没有狱卒来看看？

的确没有，托易掌珠的福，易家的人来探监，狱卒们都习惯性偷懒，只有门口的十几个人还守着。死牢太深，这点声音，响彻牢房，也传不到守门人的耳朵里。

“做什么？聊天呀！”风月欣赏着他脸上微微慌了的神情，红着眼睛笑，“这么好的晚上，将军怎么能不同晚辈说说自己陷害他国良将，使诈夺取军情的好手段？怎么也要让晚辈瞻仰一二呀！”

易国如脸上的肌肉抽搐，他别开头："你爹做的事，你怎么会知道？又凭什么说我使诈陷害？"

"你的意思是我爹当真将澧国的军机泄露给了你，还用的是最愚蠢的书信，留足了把柄等着人来抓？就在你们大军获胜的关头，你们也没救他，就眼睁睁地看着他被押回澧国国都？"挖了挖耳朵，弹了弹指甲，风月笑得风情万种，指着自己的脑门，"你看我像傻子吗？"

易国如沉默，平昌之战是他打得最不光彩的一场仗，他自然不愿意提起，更没理由在这儿像被审问似的，将自己做过的事情都一五一十地说出来。

然而，他的肚子竟然开始绞痛，痛得他白了脸。

"绿豆糕好吃吗？"栅栏外头的人如从地狱归来的索命鬼差，笑得阴森森的，"还想吃吗？"

易国如脸色难看至极，立马去抠自己的喉咙，却是什么都吐不出来了。

"你敢对我下毒？"

"为什么不敢？"风月眯着眼睛好奇道，"你是烨国的将军，又不是澧国的，死了也与我无关呀。"

"你！"易国如是当真慌了，努力平静下来，捏着拳头道，"给我解药！"

"好说好说。"风月伸手掏出一颗红色的药丸，咧嘴一笑，"我也就是好奇我爹是怎么被你套进去的，说清楚了，解药就给你。"

"休想！"

风月脸色一沉，看他这傲骨铮铮的样子，甩手就将药丸扔了出去。

"哎！"易国如慌了，连忙伸出手来抓着她的衣袖，"解药给我，你想听什么，我说就是了！"

反正这大牢里也没别人！

脸上重新挂上笑意，风月伸手又掏了一颗解药出来，在他面前晃了两下："说吧。"

易国如忍着疼咬牙道："烨澧之战，关苍海是我多年的敌手，只要有他在，这一场仗三年之内肯定打不完。为了烨国百姓，我只能出此下策——绑了殷殿下身边的副将贺兰长德的家人，威胁他提前告知行军路线和军中情况。他说殷戈止与关苍海密谋了一夜，然后大军往山鬼谷的方向去了。都是读过兵书的人，我自然能猜到他们的部署，使了一招反间计，提前做埋伏，让殷戈止带的那几万士兵覆灭在山鬼谷中，留他带着亲信回去，跟关苍海内讧。

“本也没指望这一招能有多大效果，吃了殷戈止一支精锐军队就不错了。谁承想，关苍海被押解回京，竟然就被满门抄斩了——你们效忠的不是明主，那些伪造的书信，虽然笔迹模仿得很像，但是如果仔细看的话，应该还是能找出破绽的。”

他嘴里说着，眼睛却盯着风月手里的药丸：“我……我要疼得说不出话了，先给我吃药吧？”

风月神情有些恍惚，眼底水光潋滟，却是忍着，没在这老匹夫面前哭出来，只板了脸，伸手把那红色的药丸给他。

易国如接过去就塞进了嘴里，咽下去之后，觉得腹痛有所缓和，便松了口气，目光里满是戒备：“知道了这些，你又能怎么样？”

“不怎么样，虽然我相信我家古板的爹不会做坏事，但能得你亲口证明，自然是更好。”回过神，风月低笑，“不过易大将军啊，你口口声声为了百姓，为什么又要克扣自己麾下将士要吃的粮食，要穿的衣裳？”

易国如脸色微僵，嘴上的胡须动了动，他嗫嚅半天，吐出两个字：“荒谬！”

看起来是不打算承认，不过风月也不关心这个，该问的问过了，该做的也做完了，她站直身子，笑眯眯地低头看着他问：“您知道绿豆糕里放了什么，所以无色无味吗？”

这天下无色无味的毒很少，能致命的毒，基本都是苦的臭的，所以易国如那会儿吃着绿豆糕没觉得不对，却不知怎么还是中毒了。

“你放了什么？”他好奇地问。

“少量砒霜。”风月笑道，“不足以让您死掉，顶多是腹痛难忍。”

“那……”那为什么还给他吃解药？

风月伸手又掏了一颗红色的药丸出来，笑眯眯道：“您看着这个，就不觉得眼熟吗？”

红灿灿的颜色，看起来很可爱，吃起来却是极苦。方才腹痛太过，为了活命，易国如没多想，现在仔细一看，后背不由得起了一层冷汗。

“绝命丸！”

他亲自让人研制的毒药绝命丸，放在客房里的机关之中，必要的时候才拿出去让人用。此毒剧烈无比，服用一炷香的时间之后，便会七窍流血而死。

怎么会在她手里？

“不，不可能，你一定是在吓唬老夫。”易国如连连摇头，白着脸道，“我是烨国的大将军啊！我也是唯一能证明你爹清白的人，你不要我活着吗？我要是活下去，说不定你爹还能翻案……”

“翻案？”风月笑了，笑得双肩直颤，“翻案有什么用啊？他们能活过来？不能，说不定还要被那些曾经害死他们的人哭哭啼啼地骚扰，何必呢？您死了就行了。

“易大将军，其实要是我不来，您可以在这儿等着，等着烨国的皇室给您开恩，让您感激涕零，让您重新回到战场上，重新为皇室效命。若干年后，这一场狂风暴雨都会散去，没人记得您曾经跟自己的妹妹苟且，也没人记得您有过造反的心思，经时光洗涤，您又会是受人爱戴的大将军。”

易国如瞳孔微缩，恼恨地看着她，终于嘶吼出了她的名字：“关清越！”

“我在呀。”风月摇着腰肢笑得如银铃，媚眼如丝，“可惜，就是因为我在，大将军的未来全毁了，您就得死在这不见天日的大牢之中，七窍流血，凄惨无比。手下有万千将士又如何？眼下要死了，谁能救你？你下地狱去，谁能拉住你？”

被万蚁撕咬的感觉慢慢席卷全身，易国如倒在地上，眼睛睁得很大，不甘心地看着风月。

他是运筹帷幄的大将军，他有很多手段可以使，他也有很多人可以利用，怎么能就这样死在这里？不可能！他一定是在做噩梦！

“痛苦吗？绝望吗？”女子的娇笑声萦绕在耳侧，易国如很想堵住耳朵，却觉得鼻子下头一热，喉咙如刀割般疼痛起来。

“您好生享受啊，这可是您最后能活的一炷香的时间了，哎呀呀，大将军，您的样子可真难看！”

易国如喘着粗气挣扎着，眼里泛白，断断续续道：“世上……怎么……

会有你这样的人……”

怎么能这么不按常理出牌，直接来杀了他？杀了他，烨国动荡不安，强敌必定趁机攻烨……

哦……她不是烨国人，是澧国的……

心脏的跳动声响彻整个脑海，易国如嘴里喃喃念着，却是连话都不能再说清楚，支支吾吾，嘴唇嚅动着，眼里的神色慢慢涣散。

看着那流到地上的血，风月觉得痛快至极，转身迈着莲步，在那将死之人的哀号声中，慢慢地踏出牢房。

牢房门口的月光亮极了，亮得她恍惚回到从前。

“清越！”洪亮的吼声穿透寂静的关府大院，声音由远及近，没一会儿，整个关府就像是活过来了。

关苍海甩着满脸的络腮胡子，提着木棍边追边斥：“女儿家怎么可以喝酒？你以后还想不想嫁人？”

“不嫁不嫁，女儿陪爹爹打一辈子的仗！”关清越笑眯眯地回头道，然后一边飞奔一边往嘴里倒酒，穿过假山，拉过路过的丫鬟挡在自己面前，“二哥也偷喝了，您做什么不追他只追我啊？”

“混账！男儿与女子能一样吗？让外人看见，不说我关家教女无方？”

“谁说我撕烂谁的嘴！”关清越大笑，“不过老爹，您当真还要打我吗？这最后一口女儿红，要被我喝完了呀。”

这是她出生的时候关苍海亲手埋的酒，打算在她出嫁的时候用来宴请宾客的！

关苍海气得胡子一翘一翘的，瞪着铜铃大的眼睛，出手如电，抢了她的酒壶就跟宝贝似的抱在怀里，朝她直吼：“你个混账！”

“爹爹总是不会说话，好听的词儿不会说给皇上听就罢了，连骂女儿也就这一个词儿！”朝他做了个鬼脸，风月翻墙就飞了出去。

“注意仪态！女儿家！”

知道啦，女儿家！要端庄！将来要嫁个好人家！也免得娘亲担心。

风月失笑，边笑边摇头，她眼前看见了关家的大门，可一抬脚上去，那大门的台阶就碎了，接着整个关府都破裂开去，消散于无形。

心里一慌，她朝天上伸手，想抓着点什么，然而夜幕深沉，手松开，只一轮月亮挂得高高的。

牢房门口的狱卒疑惑地看着她的背影，有人已经进大牢去查看犯人情况了，有人则是上前来，想问问这个丫鬟怎么了。

风月还没回过神，冷不防觉得腰身一紧，有人从天而降，抱起她便往黑暗里隐去。

“我的月亮！”

“闭嘴！”殷戈止脸色沉得难看，带着她一溜烟就回了下榻的房间。

易国如的死讯马上会传开，她竟然还有胆子留在那里！

关紧房门，殷戈止低斥：“快换衣裳！”

“您一直在外头？”风月目光呆滞。

殷戈止抿唇，不耐烦地吼：“先把这身衣裳换下来！”

第十三章

等我一起回

他在外头，就在他们的头顶上，他们说的话，他都听见了。

殷戈止心里很乱，活了二十多年，他头一回体会这种做错了事不敢面对人的感觉。他从小就很让父皇省心，一次祸也没闯过，没想到如今一闯，倒是闯了个没法弥补的。

关苍海……当真是冤枉的，那关家满门的鲜血，谁来偿还？面前这个人，该有多委屈？

然而，心里越慌，他面上反而越镇定，看起来像什么也没发生一样，凶巴巴地让人换衣裳。

风月失笑，喃喃道：“可惜您没听见……”

殷戈止垂眸，不耐烦地自己拿了衣裳出来，将她身上的系带解开，亲手替她更衣。

“殿下？”回过神来的风月好奇地看他一眼，“您怎么了？”

“什么怎么了？”殷戈止板着脸，语气很差，“还不快换装束，等着人来抓你？”

“是要换装束，您帮奴婢换，奴婢也没什么意见，但是您的手怎么在抖啊？”

“……我有点紧张。”轻轻吸了口气，殷戈止道，“易国如一死，烨国必然掀起轩然大波，是个人，都该紧张。”

是吗？风月眨眼，伸手捏住他修长的指尖，挑眉笑道：“先前您问奴婢知不知道您为何与将军府多有亲近，那时候奴婢不知道，现在知道了。”

被她掌心的温度烫了一下，殷戈止抿唇，别开了头：“知道了？”

“嗯。”自己动手将外袍脱了，又去扯腰带，风月低笑，“殿下是聪明人，怕是早就想好了会有要杀易国如的这一天，所以与将军府亲近，一旦易将军死了，您的嫌疑不就小得多了？”

谁会怀疑到殷戈止头上啊？他一向视易将军为忘年交，又深爱易掌珠，烨国上下的人，就算怀疑叶御卿，也不会怀疑他殷戈止。

裙摆落在地上，露出了修长的腿。风月靠近面前的人，抬头望着他的眼睛，抵着他的身子继续解上襦：“殿下好手段，深谋远虑，非常人所能及，只是，都准备得这么周全了，怎么还犯险亲自出去接奴婢呢？”

殷戈止垂眸看她，眼里的神色深邃难懂：“你出事，第一个受牵连的就是我。”

也对哦，毕竟她这张脸挺好认的，虽然没给狱卒看到脸，可当真当场被抓着照着灯一看，那殷戈止定要被找去问话。

“咯咯咯”地笑了几声，风月扯了上襦，雪白的锁骨衬着红色的兜肚绳结，她看起来跟妖精似的：“那就多谢殿下了。”

殷戈止喉头微动，伸手搂住她的腰，将人往自己身上压了压。

风月低呼，媚眼如丝，道：“奴婢大仇刚报，殿下这般亲近，也不怕奴婢一时兴起，跟殿下来个玉石俱焚啊？”

“你舍得？”殷戈止面无表情地问。

心里一跳，风月横眉：“有什么舍不得的？”

也对，她嘴里那些个情话都是哄他的，自然也不会当真把他放在心上。

压着她腰的手慢慢握成拳头，他闭眼，语气平静：“我没说你舍不得我，只是仇没报完，你舍得死吗？”

这就很尴尬了，她会错意了？风月咧嘴，立马转头看着地上：“殿下，这些衣裳早销毁为好。”

松开她，伸手扯了自己的披风披在她身上，殷戈止低下身去，将那几件衣裳捡起来，浇上酒就扔到火盆里焚烧。

“殷殿下！殷殿下！”三炷香的工夫，孟太尉就急忙冲了过来，“殷殿下，易将军死于大牢，中毒身亡了啊！”

早已调整好情绪的殷戈止已经跟风月一起等在外室半晌了，一听这话，风月倒吸一口凉气，殷戈止则是一巴掌拍在旁边的案几上：“什么？”

这语气，要多惊讶有多惊讶，充满了不敢置信和怒火，他上前抓着孟太尉就吼：“你怎么看人的？”

孟太尉有点蒙，茫然地看着他，心想，自己难道不是过来问责的吗？毕竟那死牢放人进去，都是殷殿下允许的啊，现在被他这么一吼，怎么感觉是自己的过错？

“殿下……”

“快，去大牢看看！易将军武功高强，怎么可能被人下毒还不反抗？”

“殿下……”

“还磨叽做什么？马上知会宫中！”

“……是。”听出这位殿下语气里的焦急，孟太尉扭头就走。谁不知道殷戈止与易大将军是最亲近的，眼下暴怒，他还是躲开点为好。

以死牢为圆心，一阵惊涛骇浪席卷整个不阴城，一向落锁后便不再开的宫门首度在半夜开启，一串官员鱼贯而入，又有一串宫人鱼贯而出。

叶御卿急得衣冠都没有整理好，匆忙上车赶到太尉衙门。孟太尉跪在门口，看见他就拱手行礼：“殿下……”

“你还喊什么殿下！”叶御卿怒道，“都说这太尉衙门是整个不阴城最安全的地方，大人能告诉我，易大将军怎么会在您这儿出事吗？”

孟太尉额头上冷汗涔涔，连忙道：“下官看守，从未怠慢，但是，是殷殿下允许易府的人送吃送喝的啊！一个时辰之前易家的丫鬟拿着令牌来送吃的，她一走，易大将军就出事了！”

“哦？”叶御卿边走边问，“那丫鬟人呢？”

“……”

步子一顿，叶大太子气极反笑，侧头看他：“没抓到？”

“下官该死！”

叶御卿猛地一拂袖子，一踏进牢房就看见殷戈止正在满眼通红地训人。他怒斥：“一个个都是死的吗？我说过送来的食物要多检查才能送给大将军，你们是聋了还是哑了？”

狱卒万分冤枉地跪在地上：“那丫鬟送来的糕点，是先让咱们尝了再送进去的，没什么问题呀！”

“那大将军怎么出事的？”殷戈止咆哮，“他怎么出事的？你说啊！”

吼声震天，叶御卿反而冷静下来了，还上去劝了劝：“殿下息怒。”

殷戈止红着眼睛转头看叶御卿，伸手扯着他的衣襟，很是无礼地将他拉到偏处，咬牙问：“殿下不会对易大将军动杀心的，是吗？”

叶御卿浑身一紧，摇头道：“本宫不会做如此鲁莽的决定，易大将军于社稷有功，父皇都说不能动他，本宫更是不希望看见他这样的下场。”

“那会是谁呢？”殷戈止捂眼，一副极为痛苦又懊恼的样子，“我怎么不来亲自看着啊……”

这模样，任谁看了都动容。叶御卿唏嘘，压根不计较戈止扯自己衣襟的无礼行为，悲痛嘛，可以理解。

“殿下，本宫给殿下的令牌，殿下只给了掌珠吗？”

“是啊。”殷戈止抹了把脸，“只有有令牌的人才能进来，狱卒们刚刚也说了，只有易家的人拿着令牌来探望过，最后一个丫鬟，也是拿着那令牌的。”

叶御卿微微皱眉，转身就出去吩咐：“请易家小姐过来一趟。”

易掌珠正在睡梦之中，莫名其妙地就被人带到了太尉府。叶御卿没忍心告诉她易将军的死讯，只问：“令牌呢？”

易掌珠有点茫然，伸手将荷包里的令牌掏出来递给他：“这个吗？”

叶御卿微微一顿，接过来翻看一番，点头：“你给过别人吗？”

“没有啊，只有我和点钗拿着牌子给父亲送吃的，其余时候这牌子不离身的。”

怎么会这样？叶御卿示意人先将易掌珠扶去休息，然后拿着牌子去问狱卒：“你们确定来人拿的是这个？”

“是的！”几个狱卒连连点头，“不见您的令牌，咱们怎么敢放人？”

这就怪了，叶御卿皱眉，很是不解地转头看向殷戈止：“殿下，这……”

殷戈止表情痛苦，声音沙哑：“殿下一定要查出凶手，给易将军在天之灵一个交代。”

叶御卿深吸一口气，头疼地扶额：“此事，先交由孟太尉详查，本宫先回宫复命。”

“殿下慢走。”殷戈止勉强起身行礼。

风月在屋子里没出去，窗台是空的，她很自在地坐了上去，跷着脚，笑着看着外头的天。

多可笑啊，那么简单的一个局，就害死了忠心澧国十几年的将军，现在真相还只有她一个人知道，仇也只有她一个人来报。

抬了抬手，她有点想喝女儿红，埋了十年的那种。

空空的掌心被塞了一壶酒，风月一惊，猛地侧头。

殷戈止回来了，脸上的神色看起来有点奇怪，手里有两个酒壶，递给了她一个。

“喝吧，暂时不会有你我什么事了。”

殷大皇子这么上道？风月咧嘴，接过酒壶跟他碰了碰，仰头就往喉咙里倒。

上好的花雕，呛得人眼泪直流。她咳嗽两声，眼里秋波潋滟：“殿下看起来，似乎有心事。”

殷戈止站在窗边抿了抿唇，看着她道：“没有。”

“当真没有？没想过大事已了，奴婢对您的威胁不存在了，杀了奴婢最为妥当吗？”

她曾那么嚣张地威胁过他，在他怒极之时，拔了老虎嘴上的毛。不管怎样，殷戈止应该都是记恨着的，一旦威胁不存在，他怎么也该将她的皮扒两层，剁碎了喂狗都有可能，毕竟皇室的尊严和面子是很重要的。

然而，面前这人竟然没什么特别的反应，还给酒她喝？

摇晃两下手里的酒壶，风月眯眼，笑道：“您该不会在酒里下了毒吧？”

殷大皇子轻哼一声，拂袖坐上软榻，睨着她道：“这儿的日子这么无趣，若是将你毒死了，要我一个人熬着不成？”

心念微动，风月眨眼，很是意外地看着他。

不想杀她了？她还以为就他先前那发现她身份的恼怒模样，现在会立马弄死她啊！难不成狼改吃素了，殷大皇子也有能包容人的一天？

殷戈止垂着眼眸，灌了一口酒，没再理会她。

风月眯眼，突然有了个坏主意，抱着酒壶笑眯眯地蹭去人家跟前问："殿下这酒是哪儿来的啊？"

殷戈止道："太尉府地窖里偷的，藏了不少好酒。"

……竟然还趁乱偷酒！风月咋舌，谄媚道："这点酒哪够喝啊？咱们再去搬点回来呗？"

斜睨她一眼，殷戈止一脸正气道："偷窃是恶行！"

然后他起身轻轻打开门，招手示意她跟上。

风月目瞪口呆地看着这言行不一的主子，捞起长裙扎在腰带上，蹑手蹑脚地跟了出去。

太尉府里的酒烈，两个人都微醺，趁着今晚太尉府大乱，四处看守松懈，两人很顺利地就到了后院，找到了酒窖。

于是，玉树临风的殷戈止站在外头放风，风月就撅着屁股将酒一坛坛地从酒窖里拽拉出来。

"适可而止。"回头看她一眼，殷大皇子忍不住提醒，"太多了拿不动。"

"不是有您在吗？"风月笑眯眯地扯了八坛子酒出来，跑过来拿绳子吊好四坛挂在殷戈止手上，又跑回去自个儿提上四坛，像秋日喜获丰收的农人似的，喜笑颜开地将绳子挂在肩膀上，然后腾出手来带上旁边的"媳妇"，道："走，回去！"

殷戈止脸上满满都是嫌弃，真的，好歹是关家的女儿，怎么能这么豪放不羁？

想起关苍海，殷戈止抿唇，任由她十指扣着，手还紧了紧。

风月傻笑，抱着酒坛子就要从正门回去，殷戈止手疾眼快，连她带酒坛子一起捞起来飞过院墙，稳稳落地。

"你听见什么动静了吗？"门口巡逻过去的护卫好奇地看了看四周。

另一个护卫摇头："风太大了吧，嘿，最近的天气也真是奇怪，这空气也奇怪，都带酒味儿了，像酒窖被人打开了似的。"

"瞎说，都没人，谁去开酒窖？"

“也对，去那边看看吧。”

嘴巴被人捂着，风月的眼睛滴溜溜地转，等那两个护卫走了，她才伸手扯下殷戈止的手，撇嘴道：“这儿的人怎么都傻里傻气的？”

“你当世上的人都同你一样心思灵巧？”说完，他又觉得这话怎么跟夸她似的，连忙补上一句，“诡计多端！”

风月咧嘴，顺手打开一坛子酒就喝，殷戈止看得连连摇头，一把扛起她就走。

被人扛在肩上，风月也是自在得很，撑起身子仰头倒酒，吧唧两下嘴，惬意道：“我有五斛珍，换君醉一轮！”

“念点女儿家该念的词。”

女儿家该念的？风月认真地思考了片刻，跷起兰花指勾着绳子就唱：“罗襦宝带为君解，燕歌赵舞为君开呀！”

殷戈止黑了脸，打开门进屋去，反手将肩上的人放下来，一把按在门上，顺便将门关了。

风月身子一跌，又靠在踏实的雕花门上，轻启贝齿，盈盈笑道：“殿下好粗鲁，好凶恶，好不怜香惜玉哦！”

“你是哪门子的香玉？”殷戈止垂眸看她，淡淡道，“分明是战场上的凶刀。”

“咯咯咯。”伸手戳了戳他的胸膛，风月媚声媚气道，“像奴婢现在这样的刀，可杀不得敌，只杀得多情男儿的心哪。”

被她戳得烦躁，殷戈止抿唇，目光流连在她半启的唇上，很想张口咬了，免得她净说这些个蛊惑人心的话！

然而……刚一低头，面前的人飞快地别开了脸，道：“酒好重啊，殿下不要先放下来吗？”

“……”手微微收拢，他站直身子，看着她从自己身前溜走，跑到桌边去放了酒。

说不出来是什么感觉，殷戈止抿唇，下颌线条微微紧绷，眼帘半垂，沉默了半晌才转身，跟着去放了酒。

“酒是个好东西啊！”风月贪婪地闻着酒香，笑眯眯道，“殿下喝醉过吗？”

“没有。”殷戈止面无表情地摇头道，“不是很喜欢喝酒。”

是不喜欢喝，还是不怎么能喝啊？风月眼里满是奸诈的笑意，伸手递给他一坛子：“今儿是您说的喝酒，那咱们喝个够吧，谁都别端着，能喝就喝，喝醉了也无妨。”

殷戈止皱眉，看起来有点抵触，不过他越是抵触，风月就越是来劲，跟他碰了碰酒坛子，嚣张道：“奴婢先干为敬。”

说罢，她当真一仰头，跟喝白水似的，咕嘟咕嘟将一坛子酒喝完了。

殷戈止表情很镇定，心里很却震惊，忍不住低头闻了闻自己面前的酒坛子。

当真是酒吗？

“殿下？”放下酒坛子，风月眼带挑衅地看着他。

殷戈止沉默了一会儿，抱起酒坛子，也想猛灌下去，然而，刚灌一口，就被呛了一下。

“哈哈哈——”

喝了酒壮了胆子，风月不要命地说了实话：“您堂堂男儿，喝个酒怎么跟姑娘似的？”

这话谁能听得下去？殷大皇子脸都青了，冷哼一声，抱起坛子就往嘴里灌，虽然洒了不少，但是能这么快喝完一坛子，风月还是忍不住鼓了鼓掌：“您脸色竟然都不变一下？”

殷戈止轻哼：“酒量好。”

风月点头，很想顺着这话夸夸他，可是看着他有些起雾的眼，忍不住问了一句：“酒量当真好？”

“当真，比真金还真！”殷大皇子一边说一边很认真地点头，一张脸依旧是那般俊朗无双、棱角分明，可是……瞧着这神态，怎么有点不对劲啊？

眼珠子转了一圈，风月笑眯眯地撩起裙子踩到凳子上蹲下，跟地痞流氓调戏良家妇女似的挑着他下巴问：“我是谁啊？”

“关风月。”他眯了眯眼，认真道，“关家人。”

这算是清醒呢，还是不清醒呢？风月眨眼，又问：“那你是谁？”

“澧国大皇子，殷沉璧。”他认真道，“你看，我都知道，我没醉。”

风月转过头，满脸唏嘘，嘀咕道：“这么认真地回答我，才是真的醉了，大皇子的酒量真不怎么样啊，亏我拿了这么多坛。”

“嗯？”

“没什么。”转头对着他一笑，风月又塞了一坛子酒到他手里，“接着喝啊！”

殷戈止皱眉看着那酒坛，想推开，然而旁边的人很温柔地哄道：“喝完才是好孩子哦！”

好孩子要喝这个？殷戈止嗤之以鼻，然而手不听使唤，还是去抱起来，咕嘟咕嘟地往嘴里灌。

“哇，沉璧好乖啊！”风月捏着嘴角，尽量不让自己的脸笑裂了，压着笑意哄他，“怎么样啊？好不好喝？”

殷戈止坐不直了，身子直晃，有些气恼地嚷嚷一句：“头疼！”

“乖啊，想不想头不疼？”风月坏笑着问。

认真地想了好一会儿，殷戈止点头，一脸期盼地看着她。

摸了摸下巴上不存在的胡须，风月老成道：“长辈们有个治疼痛的好方子，你觉得头疼的话，就念‘疼笨猪’，多念几遍，自然就不疼了！”

大概是不舒服极了，殷戈止想也没想，揉着额头就念：“疼笨猪、疼笨猪……”

“哈哈哈哈——”一串刺耳的笑声响彻整个太尉府，殷戈止双眼茫然地看着她，嘴里还念着，眼神无辜极了。

风月很是不忍心，笑够了，伸手就将他的脑袋抱在自己怀里揉了揉：“没想到殿下喝醉了这么好欺负啊！哪还有平时拒人千里的样子，真可爱！嗷嗷！”

被揉得发髻散乱，殷戈止很是不满，却靠在她胸口没动弹，眼里水雾弥漫，没一会儿就醉得睡了过去。

风月乐了好一阵子，扛着人送上床去，蹲在床边低头看着他。

这人……要不是澧国的大皇子该多好啊，要是未曾与关家的惨案有关系，那该多好啊……

伸手从他的鼻梁上一路滑到嘴唇，她低笑着收了手，长长叹一口气。

太尉府里一片慌乱，这处小院倒是酒香满溢，一位俊朗男儿，一位娇俏美人，潇洒自在，仿佛没人打扰，就能一直这么过下去。

然而，没人打扰是不可能的，一大早，太阳刚露头，易掌珠就一路哭着冲了进来，跪到殷戈止床边，哭得撕心裂肺，以至于风月睁开眼的时候，还以为殷戈止薨逝了。

宿醉的殷殿下睁开眼，一瞬间也有点茫然，很是艰难地转头看了看床边。

“殷哥哥！”易掌珠哭得眼睛都肿了，抽抽搭搭着道，“我父亲死了，被人害死在牢里了！”

殷戈止微微一顿，撑着身子坐起来，声音沙哑道：“我知道。”

“他怎么会被人害死呢？珠儿不明白！那么好的人，谁会想要他的命？这烨国江山，都是靠他打下来的，烨国的百姓，也是靠他才能过上安稳的日子啊！”

埋在被子里的风月终于忍不住探出头来，说了一句实话：“烨国江山是皇室先祖打下来的，易大将军当真没有那么大的功劳，他赢的都是对外的侵略战，跟烨国的百姓也没什么关系。”

“你！”易掌珠被这突然冒出来的人吓了一跳，不可置信地看着风月，又缓缓转头看着殷戈止，眼泪直流，“都什么时候了，殷哥哥你竟然还同她在这儿苟且？”

殷戈止皱眉，看了风月一眼。

风月耸肩，不能怪她啊，昨儿是他自己睡着了直哼哼，拉着她不撒手的，她只好在这儿睡了，况且，易掌珠哪只眼睛看见他们苟且了？衣裳都穿得好好的啊！

见这两人都沉默，易掌珠继续哭道：“好啊，反正我现在家破人亡了，也没人在意我，我……我走就是了！”

“掌珠！”殷戈止道，“易将军的尸身还要你收殓，你走哪里去？”

“我收殓？你呢？”易掌珠抬眼再度看他，眼里已然有了恨意，咬牙道，“你口口声声说尊敬我父亲，现在怎么不去给他收尸？任由他被人害了，怎么也不去查清楚？”

看着她这疯狂的模样，殷戈止眼神凌厉了些，语气也陡然变了：“易小姐，收尸是三族之人才能做的事情，在下无权逾越。将军被人所害，太子已经交由孟太尉彻查，也不是在下能管的。你每次在责问别人之前，能不能弄清楚状况？”

易掌珠被他这语气一惊，有点傻眼，茫然地看着他。

“你是很善良，也是被易大将军捧着长大的，不谙世事，天真无邪，这些都难能可贵。可是易将军已经不在了，你不能任性一辈子，出了事就找别人负责，找别人哭，谁也不是生来就要为将军府做事的，你是在麻烦别人，请别人帮忙，是不是该客气些？”

长这么大，易掌珠还没被人这么吼过，当下就愣住了。

殷戈止被人吵醒本来心情就不算太好，加上宿醉头疼，说话便不留余地了：“你总说太子对不起你，他不帮你，不宠你了，可是你这些年来是怎么对他的，自己不记得了？堂堂太子，被你拒之门外就罢了，还要随时听你差遣，将你视为最重，不然你就不高兴，在皇后娘娘面前抱怨。他脾性好，对你多有宠爱，你呢？哪次见着我，顾及了他的颜面？不是每每将他抛在脑后，半点面子也不给吗？

“你也怪在下不宠你，不对你好，不会说话，可是小姐又何曾好好跟在下说过话？想做什么想要什么不直说，非要在下去猜，猜不到还生气。如此次数多了，在下耐心自然不够。

“人欲得爱，必先自爱。可只自爱，不报人以爱，除却大将军，谁不会对你失望？”

风月听得伸出爪子鼓了鼓掌，是这个道理。

易掌珠沉默了许久，深深地看着殷戈止，咬牙道：“若是连爱都要有回报才能爱下去，那殿下的感情可真是一文不值！”

乍一听好有理的一句话啊！爱就该是无私的，不需要回报的！

可是，风月眨巴着眼睛问：“易小姐，您最开始不是也很喜欢殷殿下吗？现在怎么瞧着，没那么喜欢了？”

“他对我都这样了，我还要继续贴着他不成？！”易掌珠怒道，“我一个女儿家，还没有这么不要脸！”

所以，男人就活该不要脸，一直单方面对人好，来维持这份高贵的爱吗？一旦维持不下去了，就是这份爱不够真，不够浓？

风月笑了笑，将头埋了回去。

殷戈止叹息："罢了，你还是去处置后事吧。"

易掌珠气恼地站起身，问道："你的意思，就是你不管了？"

"恕在下无能为力。"

"好！"深吸一口气，易掌珠点头道，"话是你说的。"说罢，她扭身就出去了。

殷戈止揉了揉眉心，起身去关了门，然后褪了外袍，重新躺下休息。

瞧着人已经清醒了，风月不敢再造次，恭恭敬敬地低声问："殿下，您也不担心担心易小姐啊？"

"她父亲死在你手上，我去担心她？"殷戈止侧头目光幽幽地盯着风月道，"那我是不是该把你捆起来送去正堂？"

风月缩了缩脖子，赔笑："不是您自己说过您喜欢易小姐吗？如今人家的父亲间接死在您手里，您也不表达一下愧疚？"

"该表达的愧疚，这一年间已经表达完了。"殷戈止道，"从入烨开始，我对她有求必应，那就是我全部能做的，毕竟易国如必须死，但她也算无辜。现在，该死的死了，该表达的也表达尽了，各归各路。"

风月轻轻打了个寒战，忍不住道："本来奴婢以为自己已经够狠了，结果您才是狠字辈的祖宗啊！一年前就开始补偿人家，易大小姐要是知道您说的喜欢，都是对她父亲将死的补偿，会不会气死啊？"

"喜欢是她让说的，不是我要说的。"殷戈止道，"是她自己要的十五岁及笄礼。"

啥玩意儿？风月张大嘴，还有这种及笄礼？

殷戈止一脸淡然道："我刚入烨的时候，不阴城众多闺阁小姐都爱往使臣府走，易小姐瞧着不高兴，有一回又刚好撞上人家问我可有心上人，于是就跟我说以后但凡有人问，就说我喜欢她。见我犹豫，她就说算是送她的及笄礼。"

风月愕然，低头想想，又完全能想明白，毕竟殷戈止这样的人，走哪儿都会被姑娘们围攻。人是易大将军带回来的，又对易小姐很好，易小姐理所应当觉得这个人就该是自己的人，不能被别人惦记。殷戈止对易掌珠又是真的不错，害得她差点觉得他是真的瞎了，会喜欢易小姐。

“可是……”风月皱眉，“好歹相处了这么久，人都说日久生情，您当真没半点感情吗？”

殷戈止白了她一眼，冷声道：“若她是一个相处起来让人觉得舒坦的姑娘，下决定的时候，说不定我还会犹豫一二。”

可惜了，实在是觉得很折磨人，以至于他觉得一年的补偿足够了，半点愧疚感都没有。

他真不是一个好人。

沉默地看了殷戈止一会儿，风月翻身起床，打水洗漱。

殷戈止想继续睡，奈何外头渐渐吵闹起来，实在睡不着了。

易大将军的死讯没能传出不阴城，天亮的时候，皇帝甚至下了旨意给易大将军求医，更不计他所有罪名，要他养好伤上战场。

一时间众人都蒙了，殷戈止带着风月回使臣府的时候，连观止都来问：“易大将军救回来了？”

殷戈止冷笑一声，摇头道：“已经去地府报到的人，谁能救得回来？”

“那……”

“易大将军是烨国镇国将军，景国本来就屡屡犯境，有意攻烨，要是让他们知道了易大将军的死讯，大军怕是立马就压境了。”进屋坐下，殷戈止道，“这怕是烨国皇室的缓兵之计。”

可惜，缓得了一时，缓不了一世，景国早晚会攻烨。

没兴趣听他说什么，风月打着哈欠看了看四周，模样很是慵懒。灵殊蹦蹦跳跳地递了绿豆糕过来，她也不避讳什么了，当着殷戈止的面就拆开夹层里的东西看。

“已经准备妥当，三人先行回澧，澧都有人接应。”

这些人怕是一直等着，昨儿一听见易国如的死讯，就开始收拾东西准备回澧了吧？风月笑着摇头，都是不喜欢背井离乡的人，却陪着她在这烨国一待就是三年，也是不容易。

响玉街一条街都曾经被烧毁，后来重修，整条街的店铺都换了掌柜，新开了杂货铺、糕点铺、打铁的、卖花卖酒的，有一段时间不阴城一直以这条街为奇。因为恢复得太快了，而且很多都是澧国来的难民，衙门甚至还在这条街上增派了巡逻的衙差，以防有什么暴动。

然而，三年过去了，响玉街因为这群人而变得繁华热闹，一次乱子也没出过。常有人夸这条街上的人热情温暖，没人知道，杂货铺的掌柜曾经是澧国的百夫长，打铁的壮汉曾经是澧都有名的力士，就连卖糕点的郑氏，也曾穿过护甲从过军。每一个穿着普通衣裳面带微笑的人，背后都有一段很精彩的故事。

这些，就不必说出来吓人了。

“想回澧国？”殷戈止突然问了一声。

风月回过神，挑眉看了看手里的信，又看了看头都没往她面前偏一下的人，忍不住皱眉：“您后脑勺上也长了眼睛？”

对于她这种冷笑话，殷戈止连捧场都欠奉，冷淡地扔下一句：“要回去，也要等我一起。”然后就起身去桌边倒茶了。

风月咋舌，忍不住捏着信跟上去，笑着讨好道：“您看样子还要几年才能回去，奴婢就不用您操心了啊？”

她自己走就好了！反正现在两人的合作关系也算告一段落，各归各路挺好的，不然以后万一哪天他想起自己被威胁的耻辱，要找她报个仇怎么办啊？

而且，回澧国的话……他们怕是也走不到一起去。

慢悠悠地喝了一口茶，殷戈止回头看她，目光平静：“通关文牒你有了？”

“这个可以想办法，奴婢有银子！”

“过了边关，要进澧都，你经得起盘查？”

“呃……也可以想想办法。”

“廉恒时常在城门口巡逻，碰上他，你也能想办法？”

“……”风月有点恼，面前这一脸镇定、目光幽深的人一点也不可爱！还是喝醉了好！瞧现在这模样，肯定又想算计她！

咬咬牙，她仔细想了许久，小心翼翼地开口：“那殿下有办法啊？”

“嗯。”殷戈止道，“我不日也可回国，可以带上你一起，这样便会一路畅通，也无人敢拦。”

不日也可回国？风月震惊了：“您是质子啊，要押在烨国的，怎么可能想回去就回去？”

当烨国是梦回楼呢？

殷戈止轻蔑地看她一眼，扭头不语，背影看起来高大伟岸，透出一股子属于高手的旁人看不穿的气息。

皇宫里御书房的灯亮了一宿，圣旨颁下去了，一众老臣和叶御卿，包括烨国皇帝，都没敢退下休息。

宁国忠脸上忧色浓重，叹息着开口：“大将军已经身故，消息再捂着，迟早也是要传出去的。以老臣之见，当尽早想办法，提前做好应对景国的准备。”

“宁大人所言，大家都明白，可是怎么准备啊？”旁边的徐将军叹息一声，“最近几个月，朝中能打仗之人，都被太子殿下处置了，眼下当真打起来，谁能领兵上阵？”

“徐将军此言差矣，那些人是罪有应得，怎能怪殿下处置？我泱泱烨国，也不是没有可用之将，令公子不也是年少有为？”宁国忠道，“与其说找人打仗，陛下，微臣倒是觉得，可以寻求盟国，相互支持。这样，景国也该有所忌惮。”

一根木棍好折，两根呢？三根呢？

皇帝眼睛一亮，看向太子：“皇儿觉得如何？”

叶御卿脸色不太好看，被点了名，才拱手道：“宁大人言之有理，但……眼下最快能寻求的盟国，也就澧国与昭国而已，昭、澧已经停战，就实力来说，昭国为先，但就相邻距离来说，还是该先与澧国商量。唇亡齿寒的道理，澧国不会不懂，只是这样一来，澧国在不阴城为质的皇子就该放回去，以表明我国诚意。”

皇帝听得点头：“你既然都明白该怎么做，那为何看起来还有所顾忌？”

叹息一声，叶御卿道：“父皇，澧国大皇子殷戈止足智多谋，放他回去，儿臣始终有纵虎归山之感。”

“哎，殿下此言差矣。”安国侯爷站出来笑眯眯道，“正是因为殷殿下足智多谋，善于征战，才该放他回去啊。有他领兵，澧国也才堪称我国助力。”

“有道理。”徐将军也点头，“殷殿下虽然善谋略，可对咱们烨国一向很是亲近，不带恶意。就连教导犬子和安国侯府的少爷，都是尽心尽力，半点不藏，足以见其宽厚仁德之心。”

安国侯爷一开口，皇帝的心就偏了点，再加上徐将军这话，皇帝点了点头道：“时间紧迫，要做就得赶紧做，不然等景国当真打进来了，再做这些，就未免难看。”

皇室颜面很重要啊！

叶御卿还是有些迟疑，然而一众老臣都赞成先将殷戈止送回澧国，再派使臣去谈联盟之事，他也就选择了沉默。

本以为殷戈止会一辈子留在烨国的，谁承想会出这样的事情，到底是命运使然，还是什么人在背后拨弄？

皇帝既然下了决定，那下头的人也只有做。叶御卿离开皇宫，疲惫地揉着眉心，让车夫去使臣府。

“奇了怪了。”马车经过响玉街，车夫忍不住嘀咕了一句，“往常那么热闹的地方，今儿怎么这么冷清？”

叶御卿心不在焉地听着，掀开车帘看了一眼。

以前一贯繁华的响玉街，今儿好像很多店铺都没开门，街上的小摊儿也少了，有不少店门口还挂了要卖铺子的牌子。

易大将军一死，人心惶惶，少不得有远见之人要提前变卖家产，去更安稳的国家过日子。叶御卿不觉得奇怪，但是再往前走，他惊奇地发现梦回楼竟然也关了门。

本来是白天，关着门也寻常，可要是往常，那露台上少不得要站几个早起的姑娘，迎着风花枝招展的。

今儿一个也没有。

“停车。”

马车在梦回楼的大门口停下来，叶御卿皱着眉上去推开了门。

正将银票收进怀里的金妈妈吓了一跳，看了一眼进来的人，立马笑道：“公子，梦回楼白天不接客的。”

还开着啊，叶御卿抿唇，松了眉头，笑着道："最近街上不少店铺关了门，在下路过此处，还以为梦回楼也关门了呢。"

金妈妈一顿，抿了抿鬓发，张着红唇就笑："公子说的哪儿的话呀，梦回楼怎么会关门？只不过奴婢有事要回乡一趟，也给姑娘们放个假，都休息休息。"

"嗯。"风月反正已经被赎出去了，这儿的姑娘，叶御卿不是很在意，扫视了四周一眼，就转身走了。

金妈妈拍拍心口，目送他出去，然后飞快地回了房间，收拾好包袱，闩上正门，从后门出去，挂了锁。

梦回楼里的姑娘该报仇的已经报仇，还有仇没报的，那定然是仇家不在烨国。能回澧国去，小蹄子们一个个跑得比什么都快，甩着帕子踩着莲步，将金妈妈留在了最后。

背上包袱，金妈妈回头看了一眼这梦回楼，笑着摇摇头，坐上街口的马车，一路往城外而去。

风月正在角落里算着自己的小九九，想着是把殷戈止打晕了自己偷溜呢，还是趁着他用膳的时候挖个地道跑呢。

还没想出来具体该怎么做，门就被人推开了。

叶御卿疲惫的声音响起："殷殿下，有圣旨到。"

当朝太子亲自来传旨？风月傻眼了，立马蹦跶过来跪下，期盼地看着他，想听听叶御卿念圣旨是什么腔调。

然而，很遗憾，他没念，一挥手，倒是旁边的太监捧着圣旨上前，挺着腰杆捏着公鸭嗓道："奉天承运，吾皇诏曰：澧国皇子殷戈止，止两国之戈，修国之好，厚国之祚，朕深感欣慰。念其思乡之苦，特赦其返回澧国，带牛羊五十头，金银三千两，传烨国友善之意，达我邦同进之情。钦此。"

殷戈止半跪行礼，双手接了圣旨，表情很是茫然地看向叶御卿："殿下？"

"您没想到会有这样一天吧？"叶御卿感叹，"本宫也没想到。"

风月心想：我呸，我没想到才是真的，这两老狐狸谁不清楚啊？

“承蒙殿下照顾了。”殷戈止神色凝重道，“只是在下两名徒儿是不能跟在下回国的，待启程之后，还望殿下多督促。”

“你放心。”叶御卿道，“他们时常去宋将军的校场习武，功课从来没落下。等哪天当真上了战场，也必定成为你的好帮手。”

“如此，那在下就放心了。”殷戈止颔首。

叶御卿还是很不安，虽然殷戈止看着温和无害，离开澧国一年有余，回去能不能站稳脚跟都是问题，但他依旧觉得，这人很是可怕，像一把长戟，很远都能伤人，刀口还尤为锋利。

放他回去，当真是对的吗？

想了许久，头有些疼，叶御卿叹了口气：“罢了，殿下好生准备吧，这是通关文牒和文书，全部都在，拿着就可以出烨国，什么时候动身，派人知会本宫，本宫让人护送。”

“多谢殿下。”

转头看了风月一眼，叶御卿目光深深：“殿下要带风月姑娘回去吗？”

“自然。”

“那，就后会有期了。”

风月浅笑，双手交叠，放在腰间朝他行了礼：“后会有期。”

一阵风从外头卷进来，不阴城又是艳阳高照的好天气。风月的裙摆被吹得轻轻扬起，上头绣着的春燕衔泥图仿佛活了一样，印在了叶御卿的眼里。

叶御卿转身，踏出使臣府的大门，头也不回地往东宫而去。

殷戈止捏着圣旨站了许久，脸上看不出什么情绪，但是观止知道，他很高兴。

来烨国一年多了，走的时候多少人觉得大皇子再也回不去了啊，如今只过了一年，他就要回去了。

谁也不知道这背后经历了多少算计和阴谋，所有人看见的，可能就只有殷戈止一张波澜不兴的脸。有不明情况的，可能还会说他幸运。

但幸运，是实力堆出来的。

风月看殷戈止的眼神，已经跟看怪物一样了。

最开始她还觉得自己能看透他的想法，要着小聪明在人家的眼皮子底下瞎蹦跶。现在回头看，殷戈止从踏入烨国的那一刻起就在算计，算计着易大将军该怎么死，算计着自己什么时候回澧国。就算没有她，这些事情也是会发生的，只是早晚而已。

不过她至少缩短了他回国要花的时间，也不是一点功劳都没有。

强行安慰了一下自己，风月闭眼，换上谄媚的笑，凑到殷戈止跟前问："您要收拾行李吧？要奴婢和灵殊帮忙吗？"

"已经收拾好了。"旁边的观止道，"您和灵殊的行李倒是还没动，属下也不知道该收拾什么。"

风月："……"

这人，该不会也是一听到易国如的死讯就让观止收拾东西了吧？只有她一个人反应迟钝？

看着她脸上这羞愤的表情，殷戈止缓缓开了尊口，轻声安慰："不必多想，跟着我就好了。"

风月很感动，殷大皇子竟然会这么温柔地哄人了！

然而，接下来的一句就跟冰块儿似的从她头顶上浇下来："反正你也想不出什么来。"

捂了捂心口，风月咳嗽了两声，企图吐点血之类的出来表达一下自己的气愤，然而呸了半天，就呸出点唾沫，血星子都见不着，还惹得旁边的殷戈止嫌弃地护着袍子退开了去。

罢了罢了，她笨就笨吧，反正现在能搭顺风车回澧国，那是最好不过的了，毕竟响玉街的某些人实在特殊，真想过关口，也有难度。

"殿下最多能带多少人啊？"她问了一句。

殷戈止打开手里的文书看了看，道："上头说的是随行人等一律放行。"

至于这随行人等有多少人，那就看他心情了。

风月听懂了，立马笑得跟金妈妈似的，甩着帕子就给殷大殿下捏腰捶腿，到了用膳的时间，还亲自下厨做了一桌子好菜，十分狗腿地把肉都往他碗里塞。

殷戈止淡然地看着她，目光从她已经很灵活的双手上掠过，落在她很是单薄的身子上。

“我不喜欢吃肉。”

正在努力给这位大爷夹肉的风月一听，立马将自己的碗跟他的碗换了一下，嘀咕道：“早说啊，我喜欢吃。”

旁边的观止愣了愣，上来就想拦着她，毕竟这碗是她用过的啊，自家主子这么爱干净的人……

却见主子平静地接过碗，从容地拿起筷子，夹了素菜，低头细嚼慢咽。动作自然，仿佛这碗本来就是他的。

灵殊正在东张西望，冷不防看见对面的观止青了脸，好奇地张口就问：“观止大人怎么了？脸色这么奇怪？”

跟喉咙里噎了石头似的，观止努力咽了口唾沫，摆手干笑：“没事，没事……”

殷戈止看了他一眼，风月努力吃着肉，压根没抬头。

一顿又是三碗饭，观止觉得风月姑娘真是太能吃了！可是自家主子为什么吃过饭之后，心情还好起来了？往常都嫌弃地看着风月姑娘，今日倒是一声没吭，还把肉都留给姑娘了。

低头沉思了许久，观止看风月的眼神带了点敬畏。

殷戈止将出发的日子定在了第二天，叶御卿一边在心里咒骂他真是一点准备的时间也不给，一边微笑着派人送了很多礼物去。

不阴城中消息灵通的人纷纷跟风，一股脑地送金银细软来，方便携带又贵重，很是贴心。尤其是安国侯爷，耿直地塞了一套金镶玉头面来，瞧着就价值连城。

选这东西的时候安世冲还不安过，自家师父又用不着，为什么要送头面？

可是拿过去的时候，安世冲就明白了。

殷戈止挡了很多人的金佛玉观音，独独留下了他送上去的东西，还颔首低声道：“侯爷有心了。”

说着，他头也不回，伸手准确地抵在旁边那人的脑门上。

风月看起来很困，垂首低眉，跟小鸡啄米似的点着头。她刚要失去意识睡过去，脑门就被殷戈止抵着，惊醒了。

“嗯？安少爷来了？”睁开迷蒙的眼睛，风月笑得傻乎乎的，“多谢啊。”

安世冲领首，目光落在这两人身上，看破也不想说破。可旁边的徐怀祖是个大嘴巴，张口就道：“师父怎么这么厉害啊？不回头都知道风月姑娘要睡过去了？”

风月一愣，扭头看殷戈止，他面无表情道：“她打鼾，我听见了。”

谁打鼾啊？风月怒了，大半夜的不让人睡觉，还要赔笑，她没扔下他一个人在这儿，已经是很顾念他心情了，不识好歹是不是？

……就算是，她也没办法啊。

风月深深地为自己的命运感到悲哀，抹了把脸，委屈道：“奴婢实在太困了。”

“那徒儿们就不多打扰了。”安世冲拱手道，“明日还要去校场，恐怕不能送师父了。”

“无妨。”殷戈止深深地看他们一眼，“你们能将为师留下的东西好生研习，就算对得起为师了。”

两人手里一人拿了一本新的谱子，是殷戈止亲手写的武学要领和每日要练的功课。安世冲和徐怀祖纷纷点头，朝殷戈止跪下，磕了三个头：“师父一路顺风。”

“谱子上最后一句话，好生领悟，能省去你们不少的纠结。”殷戈止亲自送他们出门，拉着门要关上的时候，微微笑了笑，“等读完的时候再看，现在看，你们也看不懂。”

两人愣怔，被自家师父这一笑晃花了眼，等回过神来的时候，面前的大门已经关上了。

安世冲是个守规矩的，师父说读完再看，他就读完再看。可旁边的徐怀祖不羁惯了，当即就翻到了最后一页，对着月光眯着眼睛看上头的字。

“将者，为国而战，国乃道义，其余皆可抛。”

啥意思啊？徐怀祖挠头：“这话说了不跟没说没两样？”

安世冲也有些茫然，将军为国而战，的确是这个道理，可为什么要留在最后一页，特地嘱咐他们好生领悟？

关上门回到主院，殷戈止一侧头，就见个没规矩的丫头靠着旁边的院墙流着哈喇子，睡得死去活来的。

灵殊站在她旁边，想把她叫醒，又不知从何下手。

“我来吧。”殷戈止走过去，优雅地撩了撩袖子。

灵殊立马惊慌地摇头：“不用劳烦殿下了，观止说您爱干净，主子身上蹭脏了……”

话音没落，面前裙摆一扬，自家主子已经被人抱进了怀里，在墙上蹭的灰统统蹭到了殷戈止的玄袍上，这位殿下却好像不怎么在意，更别提暴怒了。

咦？不对呀！小灵殊想不明白了，先前殿下穿白衣的时候，观止不小心碰翻了茶杯，溅了点茶水在他身上，殿下那脸色可难看了，分明是极为爱干净的表现。如今主子这一身脏兮兮的，他怎么就不黑脸了？

殿下的心思，真的很难猜啊！

灵殊痛苦地捂着小脑袋，决定不想了，看自家主子有着落了，立马回自己的屋子去睡觉。

知道要回去了，风月以为自己会失眠，会紧张，会激动。然而事实证明，殷戈止的凉玉席实在很舒坦，她一觉睡到第二天出发前半个时辰，惊得浑身冷汗，一蹦老高：“我的行李！”

殷戈止甩手就将一个包袱砸在她脸上，面无表情道：“已经收拾好了。”

“怎么不叫醒我？”嗔怒着抱着包袱，风月连忙下床，拎着灵殊进来给自己梳了个发髻，换了身衣裳，然后拎着她准备出门，“一切都准备好了？”

观止在门口套车，雇佣来的车夫正蹲在门口闲聊。殷戈止表情冷淡道：“不用你担心。”

“那……那您能在城郊等等吗？”风月干笑，“还有一些人可能要与咱们一同上路。”

还有一些人？殷戈止点头，想着不过就是她的人，应该不会很多。

结果到了城郊，看见对面的人，殷戈止震惊了。

满满两马车啊！还不是正常搭载，一辆车上至少塞了八个人！

对面车上的人也很震惊，看着他们这边，压根不敢下车过来。

风月笑眯眯地挥手："秋婶、尹叔，大家都过来行个礼啊，一路上还要靠殿下照应呢。"

殷戈止皱眉，心想：我堂堂皇子，哪能那么随随便便接受百姓见礼？

但是，当看清那群人的长相之时，殷戈止脸色铁青。

"参见殿下。"一堆脑袋埋下去。

分明穿的都是普通百姓的衣裳，瞧着却个个都眼熟！

"尹将军、罗副将、秋夫人。"殷戈止咬着牙，一个个名点过去，赫然失笑，"三年前众多将领失踪，我还以为是被奸人所害，没想到各位竟然是另寻了出路。"

尹衍忠叹息："吾等愧对殿下。"

虽愧对，他却不觉得自己做的是错的。关大将军枉死，朝野有人一手遮天。他们难救一代名将，也对澧国皇室灰心，一收到风月的消息，就义无反顾地弃了官职，跟着她远赴烨国。

第十四章

不爱吃兔肉

目光在他们身上流转，殷戈止说不出来自己是什么感觉。怪不得关风月如有神助一般，消息来往迅速又隐秘，就算他知道了糕点铺，也挖不出她的关系网，原来澧国这一批人，统统在她手上！

他气吗？他当然气，毕竟这些人受澧国朝廷俸禄，是该为澧国效忠的。然而，关家一出事，他们竟然统统弃了官职，举家离开澧都，离开澧国。

父皇如此忌惮关苍海，也不是没有原因的。

风吹来，衣摆动，气氛凝重。

风月见这站着的跟一群跪着的都不开口说话了，便“哎哟”一声笑着上前打圆场：“都愣着做什么啊？等着人家发现响玉街不对劲，追着咱们一锅端啊？快上车吧，趁着时辰还早，天黑之前咱们最好能赶到下一个大城。”

殷戈止收了目光，转身就上车。

他一走，下头跪着的人也就松了口气，纷纷站起身。秋夫人一把将风月拽过去，小声道：“少主，您可只说有法子带咱们回澧国，没说是让大皇子带咱们回澧国啊！”

这也太可怕了，虽然他们对澧国皇室有意见，但对大皇子那绝对只有愧疚啊，毕竟也是一个认真带兵有谋有略的，也曾带他们打过胜仗，当初他们一声不吭就走了，也没跟大皇子说过什么。如今再见……实在太难为情！

风月干笑："夫人，我也不想的，但是咱们这一群人的脸都很难顺利过关口，有大皇子在，不是更方便吗？他恰好也要回国！"

"您心怎么这么宽啊？"史冲凑了个脑袋过来，畏惧地看了那头殷戈止坐着的马车一眼，然后低声道，"关将军的死与大皇子脱不了干系！"

笑意一顿，风月垂眸："我知道。"

"那您还……"

"形势所迫。"风月耸耸肩，扫视了一下四周不知道什么时候围过来的人，认真道，"放心吧，我有分寸的。"

众人的眼神里都满是担忧，秋夫人叹着气拍了拍她的手背："自个儿多当心，咱们也会替你多留意的。"

"好。"

殷戈止坐在马车上，车帘翻飞，他微微侧头就能看见外头的场景。

一群昔日的大将围成了一个圈儿，像她家一群亲戚似的，朝着她絮絮叨叨地说着什么。风月乖巧地点头，小身板站得直直的，总算是有了一丝硬气。

然而也就一丝，曾经武功卓绝的女将军，现在是个手筋全断的毫无内力的废人，背挺得再直，也回不去从前了。

殷戈止手微微收拢，闭了闭眼。

风月上车来的时候，脸上的笑意格外谄媚，让他看得不舒服极了。

她道："殿下，这些人都是潇洒惯了的，也曾忠君爱国，就是后来累了，才会跟我一起来烨国。"

这话是在给他找回点面子，还是那句话，皇室的颜面很重要啊！总不能让他觉得在这些人心里，澧国皇室不值得效忠吧？

虽然他们的确就是这么想的。

第一眼的震撼慢慢散去，殷戈止的表情又十分平静了，从面儿上看，压根不知道他在想什么。

“来去是他们的自由，毕竟没签卖身契。”他道。

风月更忐忑了，咽了口唾沫问：“您这样说，就是不会同他们为难了，是吗？”

斜睨她一眼，殷戈止嗤笑：“你觉得我会怎么为难他们？一进澧都就让人把他们绑了关进大牢？”

风月连连点头，她就是这么想的！

但很快她发觉有点不对劲，连忙又摇头：“您千万别这么做！”

殷戈止深深地看了她一眼，心想反正就算自己想当好人，这人也不会相信，那不如就当个坏人好了。

给了她一个很坏的眼神，殷戈止冷声道：“我要不要那么做，就看你的表现了。”

表现？风月一愣，顿时有点愁苦。赶路已经很辛苦了，她还要表现？

不过看在他一向说话算话的分上，她咬牙想，表现就表现吧，反正也经常跟他献殷勤，都习惯了！

于是接下来的旅程中，众人就目瞪口呆地看着风月以万分狗腿的姿势跑前跑后。殷戈止要坐凳子，她先拿帕子擦干净；殷戈止要喝水，她双手奉上；在林间夜宿，殷戈止嫌衣裳做的枕头不舒服，她就贡献了自己的大腿，一边给他扇风，一边打着哈欠哼小曲儿。

罗昊一把将尹衍忠拖去打野味，边走边道：“这什么情况？少主看上大皇子了？”

“嘿，先前在澧国，只要是个姑娘家，谁没看上大皇子啊？少主当年虽然勇猛，可到底也算个姑娘家，看上大皇子很正常。”

“可是……”罗昊担忧至极，“先不说大皇子看没看上少主，就说关将军的事，大皇子一向维护皇室，恐怕……”

说起这个，尹衍忠也很惆怅，他们都是看着关清越长大的，这姑娘实诚又死心眼，遇上这等难题，要怎么做啊？

他们对大皇子倒是没什么成见，毕竟平昌一战他们也有不少人在，很能理解大皇子的心情，虽然他也有错，可有大错的是澧国圣上，是太尉，是那些煽风点火要立马处死关将军的人。

但是，大皇子太乖顺了，一向都很听他父皇的话，哪怕表面上叛逆一两次，心里还是偏向父皇的。再加上他从出生起就居东宫，虽未封太子，可皇帝分明就是一直把他当太子对待的，让他参与朝政、统领大军。如此厚待之下，就算大皇子德心仍在，也不可能为着一点证据也没有的冤案，与皇帝作对。

两人都长叹了一口气，一个感慨地望天，一个忧伤地看地，然后两支箭射出去，天上落了一只鸟，地上倒了一只兔。

殷戈止睡醒的时候，烤肉的香味儿就已经满溢在四周了。

秋夫人就坐在对面烤兔子和鸟，看见他睁眼，便想张口喊风月。然而，殷大皇子竟然抬手示意她别吭声。

坦白说，这一路上秋夫人是不太待见大皇子的，毕竟她很疼风月，看他这么折腾人，多多少少都有些不满。谁都知道大皇子风流满澧都，从未对谁上过心，更是对迎回去的侧妃不闻不问，甚至在离开澧国之时将人全部遣返回家。这样的男人，风月贴着做什么？

然而眼前，风月靠在树干上睡得口水直流，殷大皇子缓慢地撑起身子，竟然往旁边放了一个衣裳做的枕头，伸手到她脖颈后头，轻轻一搂就将人从树干上揭下来，放在了枕头上。

四周都是半睡半醒的人，只有秋夫人睁大了眼，错愕地看着殷戈止那难得柔和的神色。

他动作不是很温柔，甚至有点粗暴，难得风月没被弄醒，靠在枕头上舒服地吧唧了一下嘴。

这画面，怎么说呢，有一种诡异的温馨之感。

“殿……殿下。”回过神，秋夫人低声道，“兔子烤好了，您要来只腿儿吗？”

殷戈止回头，有礼地颔首，接过兔腿，优雅地吃了起来。

天亮的时候，众人纷纷醒来，嗷嗷叫着脖子痛背痛。风月伸了个懒腰，睁开眼就见半只香喷喷的兔子递到了眼前。

“啊呀，有肉吃？”她惊喜得眼睛都亮了，接过来就打算开吃，雪白的小犬牙都露出来了，然而抬眼一瞧见面前神色清冷的殷戈止，她一顿，将兔子递过去，讨好道，“您先吃呗？”

"我不爱吃兔子。"殷戈止嫌弃地看了看她，别开了头。

于是风月心安理得地一个人啃了起来。

之后继续上路，风月意外地发现秋夫人神情古怪，像是想说什么，又开不了口。

"怎么了？"休息的时候，她抓着人就问。

秋夫人看着她，轻叹一口气："没什么，觉得兔子肉挺好吃的。"

什么乱七八糟的？风月一脸茫然，看她不想再说，也就没追着问，继续跟在殷戈止身边，好好地表现自己。

眼瞧着要出烨国边关了，鉴于一路都很顺利，众人也就稍微放松了些。

没想到，刚一放松，刺客就出来了。

过了这么久，他们离开烨国的路线定然是被人摸透了，再加上随行的护卫到了边关附近就返回不阴城了，带着一群"普通百姓"的殷大皇子，就很像一只嗷嗷待宰的小肥羊。

先前说过，烨国很多人对澧国不友好，他们不希望烨国与澧国联盟，更不希望澧国能重振河山。于是一商量，那些人决定在边关设下五十人的大埋伏，等人一到，立马刺杀。

风月这两日被殷戈止折腾得晚上都睡不好，不是要起来给他倒水，就是要半夜给他做菜，所以白天赶路的时候，她一直在睡觉。

马车陡然停下来，外头叽叽喳喳的，不知道在吵什么。躺在殷戈止大腿上的风月皱了皱眉，想伸手捂耳朵，却睡得手上没力气。半梦半醒间，她默念着，老天爷给她生两只不用使力气就能堵耳朵的手就好了。

突然，她的耳朵就被人捂上了，宽厚温热的手，瞬间将嘈杂隔绝在了外头。

风月眉头松了，舒服地蹭了蹭，安心地睡了过去。

马车里头像是个世外桃源，而外头是人间炼狱。

五十个刺客很是牛气地在这几辆马车周围站着，手里的刀剑明晃晃的，为首的人看一眼车上的"老弱病残"，冷笑一声，不屑道："就不用咱们亲自动手了，你们自尽吧，省得回去还要擦刀。"

车上众人都沉默了片刻，相互看看，齐刷刷地下车。

刺客头目心想，还挺听话啊，也不大哭大叫的，跟普通的愚民完全不一样！

然而，下一瞬，他就看见这些听话的人手里拿了些奇奇怪怪的东西，有人拿着打铁的铁锤，有人拿着烤猪用的长钩，还有拿着算盘和藤条的！

“怎么，想反抗？”嘲讽了一句，那头目挥手就道，“兄弟们，上，让他们知道是咱们的刀快，还是他们的破铜烂铁厉害！”

四周响起一片吼声，五十个刺客同时冲了上来。

什么叫瞎子不怕悬崖高，什么叫初生牛犊不怕虎，尹衍忠感叹，真是人靠衣装啊，要是换一身铠甲在身上，这些瘪犊子还敢冲吗？

罗昊倒是激动了，毕竟当良民太久，都快忘记沙场喋血的味道了。虽然这不是沙场，不过有人要来送死，他们不能不接着啊！

秋夫人温柔地打着算盘，一脚踢飞了冲到她面前的刺客，优雅道：“揍他们！”

于是，五十个胜券在握的刺客，就被这一群“老弱病残”疯狂地反攻了，那使着铁锤的人力气极大，一锤就打晕一个人，“咚”的一声闷响，旁边的人都忍不住伸手捂着脑袋。本来想着女人好对付吧，可那穿着秋香色袍子的夫人脚劲贼大，一脚踹上来，再强壮的人都心口闷痛，眼前泛白。

“傻犊子嘿，再跟爷爷起来打啊！爷爷的长钩是破铜烂铁！”

“让你丫说大话，让你丫说大话！”

头目傻眼了，他完全不知道发生了什么，上头的命令说，这一路也就二十余人，还都是一些不顶用的，他们五十个武功不凡的人，怎么可能打不过？

观止抱着灵殊躲在旁边看热闹，一边看一边感叹：“宝刀不老啊，嘿，真厉害！”

灵殊皱眉，不太喜欢这血腥的场景，头埋到观止怀里，不看了。

刺客折损太多，也终于明白了这些所谓的“普通百姓”都不是省油的灯，于是有机灵点的，直接让同伙掩护，自己提着刀就冲向大皇子的马车。这人掀开帘子，打算一刀捅进去，结果了他！

然而，掀开帘子，他对上的是一道冷若霜雪的目光，又觉那人容色不凡，跟神仙似的，咋这么好看呢？

就在他愣神的这一瞬，殷戈止不耐烦地抽出一只手，一记飞镖送在他脑门上，将人一脚踢飞出去，落在不远处，“嘭”的一声响。

少了只手捂耳朵，风月正要嘟囔呢，那手又飞快地回来了，像什么也没发生过似的，继续替她阻隔外头的嘈杂。

目睹全过程的观止唏嘘，看着落在自己脚边的半死不活的刺客，低声道：“旁边的人你都打不过，还想去动马车里的？想什么呢？”

刺客抽搐着身子，没一会儿就闭了眼。

观止双手合十，朝尸体行了礼，然后继续兴致勃勃地看那边的打斗。

风月睡醒的时候，马车已经像什么都没发生过一样，继续前行了。

她撑着身子坐起来，问：“还有多久到澧国边关啊？”

殷戈止淡淡道：“连夜赶路，明日一早就能过边关。”

风月点点头，掀开车帘看了看其余人。这一路上他们好像都挺沉默的，大概是跟大皇子一路，有点压抑吧？她是不是该想个什么法子，让他们放松一下？

然而跪坐在车辕上往后面一瞧，风月下巴就掉地上了。

罗昊那叫一个兴奋啊，踩在马车顶上蹦蹦跳跳的。秋夫人打着算盘唱着山歌，其余人脸上也满是笑意。

风月震惊，扭头就问马车里的人：“我睡着的时候，他们捡到银子了？”

殷戈止摇头：“没有。”

“那怎么这么高兴啊？”

目光转向别处，殷大皇子一脸冷漠：“可能是今天天气好。”

风月眯眼看了看他，又伸头出去看了看阴沉沉的天，挠了挠头，心想，随他们吧，反正肯定没发生什么大事，不然他们一定会同她说的。

浩浩荡荡的车队终于进了澧国的边关，殷戈止提前将烨国写的国书传回澧都，还附带了亲笔信，问安自己的父皇。

东西传回澧都，澧国朝野一片震惊，谁都以为大皇子去烨国再难回来，怎么这么快又这么毫无预兆地带着烨国国书就回来了？

澧文帝紧张不已，一边让人准备迎接大皇子回宫，一边满脸为难地去东宫找人说话。

“终于回来了啊。”远远看见城楼上的“澧都”二字，风月笑着深吸一口气，眼里神色莫名。

其余人也都很感慨，三年前仓促离开的地方，如今繁华依旧，也不知留下来的那些老朋友过得怎么样。

风月看着殷戈止笑道：“多谢殿下一路相助，进城之后，便分道扬镳吧。”

观止在车辕上听得皱眉，这一路上两位主子的关系不错啊，相处得很好，到地方就分开，也未免太残忍了。只是……想想路上得知的风月的身份，他长叹一口气。

拿什么留人啊？

“你在澧都有地方住了？”殷戈止眼皮轻撩，不咸不淡地问了一句。

风月想了想，道：“应该是有了，一早就有人提前回来安排，想必已经找到落脚处。”

殷戈止手指轻轻捻着，道：“真是辛苦那些人拖着你这祸害了，他们被认出来都无妨，反正身上没罪。可你就麻烦了，本是该死之人，却好端端地活着。一旦被发现，他们都得因为包藏罪臣而被牵连。”

风月微微一惊，皱眉道：“我会关在宅子里不出去的，就算出去，也定然好生乔装，不会让人认出来。”

“是吗？”

“是呀是呀。”

闭了闭眼，殷戈止微恼，一进城，立马拎着风月的衣襟，将她扔下了车！

“殿下真是一如既往地不温柔！”

风月撇撇嘴站起来，接过观止递过来的行李，朝殷戈止抛了个媚眼，如同在梦回楼初见，舔着嘴唇，妖媚万分：“不过，多谢殿下，后会有期。”

殷戈止冷哼，摔了车帘，低喝一声：“观止，回宫！”

“是！”

几辆马车就此往两个方向而去，风月笑眯眯地挤上旁边的马车，长长地松了口气：“回来啦，去收拾好，咱们按计划行事吧。”

“好。”众人纷纷点头。

皇宫门口，皇子和公主及文武百官站了好几排，一看见殷戈止的马车，南平公主当即扑了上去，哽咽着喊了一声：“皇兄！”

掀开车帘，殷戈止缓缓下来，伸手接住自家爱撒娇的妹妹，然后看了前头一眼。

“恭迎殿下回宫！”所有人一齐行礼，有的拱手，有的跪下，只中间那一个穿着银灰色四爪龙袍的人，没动身子，微微颔首便罢。

看了看那人的装束，殷戈止有些茫然：“澧国立太子了？”

抓着他袖子的手一紧，南平连忙小声道：“父皇是以为皇兄回不来了，所以才立了二皇兄，刚立没多久……”

“皇兄一路舟车劳顿，有什么话，拜见父皇之后再说吧。”殷沉玦上前，僵硬着脸道。

殷戈止颔首，眼里神色晦暗，朝后头的重臣们一一颔首示意，然后抬脚踏进了这久违的澧国皇宫。

在他决定跟着易国如回烨国为质的时候，澧文帝很是痛心地跟他谈过，说就算他走了，澧国也会等他回来，他永远是父皇最值得骄傲的儿子，是唯一能住进东宫的皇子。就算父皇再喜欢这皇位，早晚有一天，也会把这位置放在他手上。

殷戈止是感动过的，毕竟澧文帝当真很痴迷皇权，这么多年不立太子，也是不想有人名正言顺地分了他手里的权力。能给他说这样的话，是当真疼他入骨。

但是现在，看着这陌生又熟悉的宫殿，望着前头走着的穿着四爪龙袍的人，殷戈止突然想通了。

澧文帝不是不敢立太子，是不敢立他为太子。给他东宫，让他打仗，但从未将朝中大权分过他一丝一毫。与其说他像皇子，不如说他更像个将军，那种只能为皇室所用，不能在皇帝有意放权之前风头太盛的将军。

他突然明白为什么那么多人宁可跟着关清越颠沛流离，也不愿留在澧国继续效忠皇室。对亲儿子尚且如此提防，父皇当真给过别人信任吗？

“皇儿！”颤抖的声音在朝堂上响起，殷戈止抬头，发现自己已经登上了高高的殿前台阶，抬眼就能看见那坐在皇位上的人。

澧文帝满脸慈祥，激动得起身走下皇位，在他面前张着双手道："你终于回来了！"

殷戈止深吸一口气，抬脚走到他面前，没迎上去，只缓缓跪下，行了个正正经经的问安礼："此别一载有余，敢问父皇龙体可安？"

澧文帝手已经伸出去了，有点尴尬，但听他问安，还是收回手笑道："一切安好，此回皇儿去烨国为质，带回烨国有意结盟的国书，实乃澧国的大功臣。"

"是啊。"大学士杭翰义应和，"不过陛下还是先让大皇子行完礼，之后移驾洗尘宴，再行细说吧。"

"好，好。"澧文帝点了点头，回到龙椅上坐下，看着殷戈止行完礼，然后满脸笑意道，"摆驾福禄宫，三品以上的爱卿，随朕一起过去。"

"谢主隆恩——"

殷戈止想过很多次自己回来的时候，洗尘宴会有多热闹，然而当真坐在上头，看着四周笑得小心翼翼的人，他突然觉得没什么意思，还不如回去吃一碗风月煮的面。

新立的澧国太子殷沉玦举着杯子朝他道："皇兄受委屈了，如今回来，该好好享福才是。"

"是啊。"主位上的澧文帝慈祥地笑道，"朕一听说你要回来，立马就让营造司修葺了亲王府，待会儿宴罢，可以让玦儿带你去看看。"

东宫已经易主，那他自然要去住亲王府。殷戈止抬眸，平静地问了一句："父皇打算封儿臣什么亲王？"

"孝亲王！"澧文帝拍着大腿赞赏道，"你这孩子最孝顺，担当得起这封号。"

好一座大山压下来，殷戈止暗嗤，嘴上却道："多谢父皇。"

瞧他脸色不太好，澧文帝有些尴尬。他也知道自己这举动定然是让人寒心的，可是没办法啊，沉璧这样的人，若是居太子之位，那谁还将他这皇帝放在眼里？他不是没试过，让殷沉璧参政七日，短短七日啊，朝中上下竟然对他赞不绝口，禀告什么事情，竟然都要问上一句"太子意下如何"，若他当真是太子，有名正言顺的参政权，那还不翻了天？

殷沉玦就是个让人放心的太子，资质平庸，也没什么野心。立他起来，朝中有储，大臣们放心，他手里的权力也不会被分了，天下依旧唯他独尊。

这样多好！

至于沉璧，他有大将之才，那就当个亲王，做个将军，保卫澧国疆土，也算物尽其用。

澧文帝脸上的笑容更柔和了，看着殷戈止，十分和蔼地问："先前皇儿遣散那些侧妃，也是为她们好，可如今你回来了，还有几个人尚未改嫁，要不接回来？也免得你亲王府空荡。"

"儿臣还有事情要做，暂时顾不得儿女情长。"面无表情地放下酒杯，殷戈止说了这么一句。

"哦？"澧文帝问，"你还有什么非做不可的事情？"

"有。"殷戈止抬眼看着自家父皇，一字一句道，"查清当年关苍海通敌叛国之事，还关家满门一个公道。"

宫廷乐师弹着的古琴突然走了一个音，尖锐的一声响，整个福禄宫都安静下来。

殷沉玦手里的杯子差点掉了，澧文帝脸上的笑意也慢慢收敛，扫视一眼下头神情各异的大臣，抿着唇低声道："给你接风是高兴的事儿，为什么要提这种扫兴的旧案？关家通敌罪证确凿，已经定案，也已经满门抄斩了。现在翻案，有什么好处？"

好处？殷戈止捏紧了手："儿时，是父皇教儿臣的：天理昭昭，不会放过一个坏人，也不会错怪一个好人。现在要翻案，父皇怎么不问对错，却问好处呢？"

澧文帝微微有些不耐烦，心想：老子教你这些是让你用在别人身上的，为什么反过来用在老子身上了？还问对错？老子就是对的，跟老子作对，就是错的！

不过这皇儿实在不好得罪，他还是只能压着火，尽量温和道："就算问对错，皇儿，关苍海通敌难道是对的吗？"

"是啊！"威武将军楚敬元开口道，"当年关家之案，的确是证据确凿才定下的罪。如今都三年过去了，多少人证物证都已经不复存在，要翻案，凭什么？"

下头众臣纷纷点头附和。

殷戈止低笑，笑意不达眼底，浑身气息冷硬，缓缓地从座位上站了起来。

四周的人都下意识地往旁边躲了躲。

“当年关将军通敌的证据，是儿臣让人送回澧都，交由父皇审理的。”殷戈止开口，低沉的声音响彻整个宫殿，“当时父皇似乎很信任儿臣，查也没查，关大将军的罪就定下了。现在，儿臣带着从烨国易将军嘴里亲口听到的话，也送到父皇手里，希望父皇信任儿臣依旧。易国如说，他从未与关将军有过私下往来，而是买通了当年儿臣身边的副将贺兰长德，提前得知行军部署，算出儿臣与关将军密谋的计划，从而设伏败儿臣于山鬼谷。事后，利用儿臣怒极的心境，使了反间计，让人模仿关将军的笔迹，造了所谓通敌卖国的书信。”

四周哗然，澧文帝脸色分外难看，殷戈止挺身而立，不紧不慢地接着道：“未能识破这等伎俩，是儿臣愚钝。可未能彻查就定下关家的罪，又是谁的不对？”

“你放肆！”这话直指自己，澧文帝没忍住，拍着桌站起来道，“沉璧，你这话是犯上！”

“父皇若是问心无愧，怎会觉得儿臣犯上？”殷戈止勾唇，眼里满是冷冽的水汽，使得澧文帝微微颤抖。

“父皇！”眼看着要起冲突，殷沉玦连忙起身道，“今日是喜庆的日子，何必因为这点事情争执呢？皇兄你也是……光凭易大将军的话就信了吗？他可是串通关苍海的人，自然要为关苍海开脱了，也只有你这么傻才会信，还回来气父皇。”

“我能传达此言，就有法子保证是真话。”殷戈止淡淡道，“只是，父皇看起来很不想相信。”

只要是他不愿意相信的，就算是铁打的事实摆在面前，恐怕也不会信。

“关家叛国之名已定！”澧文帝沉怒道，“来人啊，传旨！今日起，朝中上下，但凡有提及此事者，斩！”

一个“斩”字，震得殷戈止心口凉透。

这旨意别人都不用接，就是对着他下的。澧文帝恼羞成怒了，意思就是你要查你就去死，谁也不准再提这事来有硌硬朕，朕掌握生杀之权，朕最大！

群臣跪地，殷戈止眼里涌过惊涛骇浪，最后还是一片死寂。

扫了扫衣摆，他抬脚就往外走。

“放肆！”澧文帝喊，“洗尘宴没结束，你去哪里？”

“斩首台。”清冷的声音随着风飘进来，却像化成了巨大的铁锤，狠狠地砸在澧文帝的头上。

澧文帝气得直拍桌子，怒喝：“不孝子，你给朕回来！”

雪白的衣摆从门槛上扫过，轻柔的料子随着风翻飞得极具仙气，殷戈止头也没回。他年少时积压着的叛逆，这回像是统统爆发了，震得满朝文武百官脸色苍白。

“陛下！”丞相石鸿唯连忙出列跪倒在地，“大皇子身负烨国国书，身系两国太平啊！陛下，不可斩！斩不得！”

澧文帝当然知道斩不得，可是这孩子怎么去一趟烨国，回来就与自己作对呢？澧文帝气得不轻，他原先还能威胁震慑一下，现在这么严肃的圣旨扔出去，竟然吓不住他了？

现在该怎么收场？他当真去斩首台，哪个不要命的敢砍他啊？

皇宫里一阵兵荒马乱，殷戈止带着观止，潇洒地踏出了宫门。

他不会矫情到当真去斩首台，自然有地方要去。

风月已经在一个大宅子里安顿下来，吃了郑婶做的一顿好饭。

“啊，赶路太久了，已经很久没吃到这么好吃的菜了！”风月倒在郑婶怀里撒娇，笑得灿烂，“还是郑婶做的东西好吃。”

对面的秋夫人摇头：“少主，您自己分明也会做菜，瞧大皇子吃得那么高兴，想必味道很好。”

风月顿了顿，坐起身子，摆摆手：“先不提他了。”

“为什么？”罗昊伸头问道，“少主不是挺喜欢大皇子的？”

“……我喜欢他个鬼！”风月横眉怒道，“你们是不知道我过的什么日子，殷大皇子又挑剔又麻烦还爱折磨人，总是把我当丫鬟使唤！要不是为了咱们顺利回来，我才不想跟他一起呢！干将，你说是不是？”

干将坐在角落里啃着骨头，满脸心虚，很敷衍地点头。

秋夫人挑眉："我瞧着大皇子对你不错啊，总比对咱们好多了，先前我想拿他那件白袍子去洗，他那眼神吓人得……哎哟喂，不知道的还以为我要偷他衣裳！"

正在吃肉的灵殊抬头问了一句："是那件很轻薄的白袍子吗？"

"对啊。"

"哦。"灵殊点头，一本正经道，"那是主子给他缝的。"

风月想一把捂住这丫头的嘴，奈何手不够长，没来得及。

一瞬间屋子里就响起整齐划一的起哄声："哦，原来是这样呀——"

风月老脸一红，一掌拍在桌子上："怎么样了？就算他殷戈止芳心暗许，那我也看不上他啊！"

这话说得比经常吹牛的李掌柜还能耐！众人又是一阵哄笑，正要七嘴八舌地打趣呢，门"嘭"的一声就被人踹开了。

殷戈止面无表情地站在门口，眼神越过众人，很精确地落在了风月头上。

风月差点咬着自己的舌头："殿……殿下？"

一瞬间屋子里就安静了，众人划拉着各自的矮桌，抱着桌子和坐垫退到两边，很有默契地让了一条路。路的尽头，就是一脸惊慌的风月姑娘。

殷戈止跨进门来，眼里似嘲非嘲，似笑也非笑，一步步慢慢地朝她走过去。

这场景，很像是盯准了猎物的狼，认为猎物反正逃不掉了，就盯着猎物慢慢靠近，让它享受死亡前的恐惧与不安！

风月咽了口唾沫，"嘿嘿"笑了笑："殿下，这么快又见着您了……您怎么知道我们住这儿的？"

角落里的干将打了个哆嗦，努力吃肉，企图装无辜。然而，满屋子的人都没动，就他一个人吃得津津有味的，风月一眼就看见了，眯了眯眼，咬牙道："是我疏忽了！"

白袍子已经扫到了她跟前，殷戈止居高临下地看着她，眼里满是不屑："看不上我？"

"不不……"风月连忙摆手道，"您听我解释啊！"

"不听。"殷戈止抬了抬下巴，表情凝重，那眼神凌厉得仿佛下一刻就会一巴掌给她劈下来！

风月吓得闭紧了眼，双手抱头，做防御姿态。

然而，等了许久，这一巴掌也没落下来，倒是有人低声道："我饿了。"

啥？风月睁开一只眼，疑惑地看着面前的人，很想说"姑奶奶这儿又不是饭馆，你饿了找御厨不就好了"。

然而，一对上他的眼睛，看见这高大如山的人眼底的落寞，她心里一紧，发生什么事了？

风月没开口问，一把就将殷戈止拉下来坐在自己旁边，然后喊了一声："郑婶，添副碗筷！"

"好嘞！"

瞧这一巴掌没劈下去，众人都很失望，少了一场好戏看啊！不过殷大皇子这时候不在宫里吃洗尘宴，怎么跑他们这儿来蹭饭了？

大家眼里都有疑问，但谁也没问出来，都各自装作很自在的样子继续吃饭，耳朵却是往主位的方向伸得老长。

一桌新的饭菜端到了殷戈止面前，瞧着他吃了一碗饭下去，风月才问："宫里出事了？"

"没有。"殷戈止轻描淡写道，"洗尘宴上的东西不好吃。"

这个理由让屋子里的人都是一怔，郑婶感叹道："原来我做的饭菜比御厨做的还好吃。"

"得了吧。"秋夫人失笑，"他们都哄你开心呢，下次少放点盐啊。"

"秋夫人的盘子吃得最干净，也好意思说这话？"尹衍忠摇头，"小心下回没得吃。"

众人都哄笑起来，整个宅子里气氛融洽，不像是少主和下属，倒像是和和美美的一家人，吵着闹着，有不服气的，打开门就出去比画比画，比画完了回来继续喝酒。

殷戈止看得晃了神，嘴唇微微抿着，眼里流露出一种奇异的神色。

风月惊讶地看着，问了一句："殿下，您这是……在羡慕吗？"

回过神，殷戈止冷哼："谁羡慕了？"

分明就是羡慕啊！风月撇嘴，拿了筷子给他夹了个鸭头："您吃这个吧，跟您很配。"

低头看了看碗里那鸭子的嘴壳，殷戈止眯眼：“你活得不耐烦了？”

“是啊。”反正彼此之间的威胁都不存在了，风月也就壮着胆子道，“您要是不高兴，就去告发我好了，让人抓我回去砍头！”

殷戈止皱眉，很是不爽地看了她一眼，然后继续低头吃菜。

“少主！”有人冲进来，一溜烟跑到风月旁边道，“出大事了！”

看了看他头上的汗，风月笑道：“史冲大哥，有话慢慢说，不用这么急。”

史冲抹了一把汗，直喘气，压根没注意风月旁边坐着的人，张口就道：“真的是出大事了！大皇子在福禄宫顶撞圣上，说关将军是冤枉的，要给关家翻案，皇帝震怒，说谁再提这事儿砍谁脑袋！眼下大皇子已经出宫，下落不明！”

众人都倒吸一口气，风月也瞪大了眼，缓缓转头看向旁边的人。

史冲一边擦汗一边奇怪地看着他们：“你们都往旁边看什么……”

说着，他自己也看过去，吓得腿一软，差点跪地上。

殷戈止表情平静地抿了一口茶，放下茶盏，抬眼看向他：“消息传出来了？”

“传……传出来了。”史冲咽了口唾沫，硬着头皮道，“今晚不是您的洗尘宴吗？三品以上官员都在，而且不少宫人和太监在场，众目睽睽之下出这么大的事情，自然会跟长了翅膀似的……”

“那就好。”殷戈止颔首，拿手帕擦了嘴，看向风月，“如此一来，你又得求我帮忙了，少主。”最后两个字带着点调侃的意味。

风月羞愤不已，咬牙切齿道：“皇帝要砍您脑袋，我为什么还要求您帮忙？”

“因为我的脑袋他不会砍，而我，可以想法子替关家翻案。”殷戈止勾唇，抬了下巴，垂着眼皮看她，“这件事，整个澧国，只我一人能做到。”

风月猛地一震，万分不解地皱眉看着他：“您为什么要替关家翻案？关家当年的罪名可是您定下的！”

“不是我。”殷戈止打断她的话，很是认真道，“我只给了证据，定罪的不是我。”

“那不是一样？”冷哼一声，风月咬牙道，“您当初要是信我老爹，就不会把那些证据送出去！”

“不一样。”殷戈止皱眉，“我从来对事不对人，既然有关将军通敌的证据，又有败仗在先，任何一个有理智的人，都不会靠自己的想法来判断对错，一定是交由司法，三审定案。”

“……”被他这话说得哑口无言，风月气急，狠狠地别开头。

旁边的秋夫人叹了口气，站到风月身边扶着她的肩膀，柔声道：“殿下说的不是没有道理，只是恨乌也及屋，不管怎么说，皇室无为，任关将军冤死，任关家被灭门，都是事实。”

“我知道。”殷戈止抿唇，“所以有错，我便改，总不能连改错的机会都不给我。”

“您现在怎么就知道是错的了？”风月嗤笑，“就因为相信我？”

殷戈止斜睨她一眼，满脸嫌弃：“你真把自己当回事。”

风月：“……”

“我是听见了易国如和你最后的对话。”看到这人撩袖子要揍自己的模样，殷戈止淡淡地开口，“我听见了。”

风月一震，惊愕莫名：“您不是说您当时在外头吗？”

“是在外头，在你们头顶的房顶上。”

“那您为什么不告诉我？”

原来不止她一个人知道真相，不止她一个人背负着关家沉重的冤情，这世上还有别的人知情！

那怎么不早说！

莫名觉得有点委屈，风月鼻子一酸，眼眶就红了。

殷戈止别开头，袖子下的手握得指节苍白：“多说无益，还是做吧，我会替关家翻案，就当是补偿……”

“殿下，您在施恩的时候，有没有问过别人愿不愿意接受？”风月冷笑，“补偿有什么用？我这人脸皮厚，不在意名声的，翻不翻案，我不关心。”

“……”

“我回你们澧国来，不过就是找人报仇，谁想冒着被杀头的风险，在您家那冥顽不灵、好坏不分的父皇手底下翻案？错怪了人可以说抱歉，错杀了人，抱歉还有用吗？”

最后一句话是嘶吼出来的，一想起自己那满脸络腮胡严肃又忠诚的老爹，风月的眼泪就跟不要钱似的，哗啦啦地往下掉。

七岁的时候，她老爹抱着她念“只解沙场为国死，何须马革裹尸还”；十岁的时候，她面前摆上了兵书和《忠君论》；十五岁上战场的时候，老爹跟她说别怕，大丈夫为国而死，死不可惧！

然而他并没有为国而死，而是死在他一生效忠的人手里，冤都难申。

换谁来，谁不恨啊？

殷戈止皱眉看着她，抬起手，抬到一半又僵硬地收回来，冷声道：“既然你不接受，那我就不管此事了。”

啥？旁边的人被他这快速的转变弄得回不过神，虽然大家都想着简单报仇很好，可要是能平反冤情的话……秋夫人叹了口气，看着他道：“殿下可以管的。”

“管来做什么？”殷戈止下颌紧绷，道，“我不管倒是什么事都没有，一说要管，你们看她多凶。”

这话说得人哭笑不得，风月也一时错愕，脑子里绕了几个弯，瞬间觉得自己好像挺无理取闹的，可是又总觉得哪里不对，他这话听着是挺有道理的，但……她真的是因为他要管才这么凶的吗？

“就这样吧。”殷戈止起身，淡淡道，“我也累了，先回王府了，多谢款待。”

“哎哎。”众人纷纷请他留步，然而殷戈止像是当真生气了，走得潇洒至极，头也不回。

风月愕然，粗鲁地抹了一把眼泪，撇撇嘴：“不管就不管嘛，真当我要求他帮忙不成？罗大哥，咱们准备东西去！”

被拽着的罗昊一脸纠结，看着她道：“少主，大皇子没有坏心。”

“易国如直到死，也一直觉得他没坏心。”风月翻了个白眼，气哼哼道，“你们为什么都觉得殷戈止是个好人啊？他这人分明危险极了，不知不觉就容易把人算计进去，你们还偏偏愿意相信他？”

想起这一年来大皇子是怎么在烨国潜伏的，众人都打了个寒战，瞬间敛了点神。

不能怪他们轻信，实在是……若是能翻案，也未尝不是一件好事。不过想想烨国那些人的下场，呃，还是算了吧，不劳大皇子费心了。

罗昊立马扭头去拿了乔装用的东西，趁着天黑，出去踩踩地盘。

风月裹了束胸，换了男装，贴了满脸的络腮胡，给脸上抹了灰，瞬间变成了一个猥琐的大叔。为了保险起见，她还顶着这一身跑回主屋去调戏了灵殊一把，结果差点被干将一拳打过来，还好她躲得快。

“天衣无缝！”满意地摸了摸自己的脸，风月带着罗昊就往外走，留下众人一脸震惊。

“刚刚那是谁？”

“听声音，是少主。”

“……太可怕了。”

连他们这些亲近之人都认不出来，那别人一定更认不出来，少主很安全。

澧都繁华不输不阴城，尤其是晚上。不阴城歇得早，澧都则是到戌时三刻才会尽歇。所以风月上街的时候，四处还是亮堂堂的。

“还是澧都好啊。”罗昊“啧啧”感叹，“闻着味儿都知道下一条街是什么地方。”

风月哼笑，正想打趣他两句，冷不防听得马蹄声由远及近，连忙拉着他躲到旁边。

“驾！”几匹毛色鲜亮的马哗啦啦地从旁边飞奔而过，为首的人像是很着急，嘴里不停地吆喝着，马鞭也抽得狠，黛色锦袍的衣摆翻飞，卷起的风吹得风月没能睁开眼。

“大晚上的，竟然在街上疾驰。”旁边有百姓嘀咕，“谁家的啊？”

“你连他都不认识？”衣着光鲜些的人揣着手道，“封大将军啊！镇国侯家的世子，打退了昭兵的那个。”

风月身子一僵，封明吗？

封明是关清越人生里的噩梦，一向顶天立地、潇洒不羁的关清越，自从十五岁那年遇见他，人生的轨迹就被扭曲了。

十五岁的及笄礼，镇国侯恰好来拜访，彼时十六岁的封小世子就眼睛眨也不眨地盯着她瞧，瞧着她行完礼，扭头就对镇国侯说了一句：“爹，我想娶她！”

关清越一个没站稳，吓得直接从台阶上滚了下去，额头上起了老大一个包！

封明慌忙去扶她，关清越气不打一处来，狠狠一脚就踹在他胸口，双手叉腰，咬牙切齿道：“娶你个头哇！”

关家老爹脸都青了，说好今日要规规矩矩守礼节的，不然以后嫁不出去，她倒好，踢了镇国侯世子不说，还爆粗！

于是，这场及笄礼，关清越被关苍海揍了一顿，并且恨死了封明。

没想到溺爱儿子的镇国侯，当真让媒人来说婚事了！关清越这叫一个气，扛着三环大刀就站在关府门口，来一个砍一个，来两个砍一双！

媒人们纷纷被吓走，到最后，封明自己来了。

“你为什么不肯嫁我？”他很生气地问。

“不为什么！”关清越咬牙，“我不喜欢你！”

“那你试试啊，谁成亲之前都不一定是相互喜欢的！”

“我不，我要嫁给我喜欢的人！”

“你喜欢谁？”

头一撇，下巴一抬，关清越很是骄傲道：“澧都女儿，定然都喜欢大皇子！”

封明脸黑了，扭头就走，第二天再来的时候，身上就带了伤。

“怪不得你喜欢他。”封世子很是气愤，却又不得不服气道，“武功不错。”

关清越傻眼了。

第十五章

你教的对错

后来得知封家这混世魔王，竟然在她说了那话之后就去宫里找大皇子打架了！结果当然不用说，但是这行为怎么比她还不守规矩啊？这样的人她要是嫁了，那以后澧都里一定会多出个“雌雄双煞”来，人人见而远之。

不行，不能嫁！

可是，婚姻都是父母之命、媒妁之言，轮不到她做主，她在这边负隅顽抗，那边关苍海已经拿着婚书回来了。他脸上的表情轻松得像是黄昏时分终于把剩菜卖完了的菜贩子，那叫一个舒爽。

关清越气哭了，背起自己的大刀就离家出走，更是在即将被找到的时候混进了东宫，躺到了大皇子的床上。

她不想成的亲，谁也不能强迫她！真要强迫，那先给封明戴个绿帽子好了！

彼时她没有想过自己的将来还会与大皇子有什么牵扯，只是单纯要跟封明过不去。

没想到命运弄人啊……

看着那群骑着马的人的背影，风月抿唇，摸了摸头上的头巾，低了脑袋，继续跟在罗昊后头走。

殷戈止在洗尘宴上说要给关家翻案，那皇帝也拦不住这消息四散，封明是听说了此事，所以才半夜策马往王府跑。

“孝王府”，一看见这牌匾，封明就觉得好笑，皇帝老儿还想拿“孝”字压殷沉璧，结果却被自己的皇子狠狠打了脸，也不知现在是不是在宫里气得半死。

下马上前，封明压根没想过敲门，直接一脚就将那朱红色的大门踹开，一边往里走一边喊：“殷沉璧，你给我出来！”

刚回府还没喘口气，就听见这嚣张的声音，殷戈止眯了眯眼，心情突然很不好。

要是他没记错的话，封明与关清越是有过婚约的。先前还不知道风月是关清越，他还跟人说过，此人放荡不羁，为着关家的事进宫找他打过架。

如今知道了，再看这个人，就有点不顺眼了。

房门被推开，封明气势汹汹地冲了进来。一年未见，他功夫倒是进步颇大，下盘极稳，虽然还是喜欢大吼大叫，却没了之前的心浮气躁。

殷戈止垂了眼皮，抿了一口茶，冷淡道：“封将军深夜造访，有何贵干？”

封明很是不爽地看着他，轮廓极深的脸上露出点别扭的神色：“你要替关家翻案？”

“都知道消息了，还来问我做什么？”

封明挖了挖耳朵，“嘿”了一声：“从烨国吃了炸药回来啊？老子又没惹你，你火气这么大做什么？”

殷戈止冷笑：“对于不速之客，难道还要双手奉茶？”

不理睬他的态度，封明在旁边坐下，拿起茶壶就往自己嘴里倒了口茶，然后抹了把嘴道：“说正经的，你想怎么翻案？”

殷戈止心里不舒坦，连带着说话都冒火星子：“父皇已经下旨，再提此事者斩，将军想说正经的，不如去斩首台上说。”

封明脸色一沉，嗤笑：“自古广言纳谏兴国，独断专行亡国。为了不让陛下亡国，臣等冒死也要进谏——关家是冤枉的，关将军不会叛国！”

殷戈止拳头微紧，很不耐烦地起身，居高临下地看着面前这人：“你不是一直很喜欢找我打架吗？”

“嗯？”封明一脸茫然，“打架？”

这个时候谁想跟他打架啊，都统一立场了不是吗？

“今晚我心情好。”殷戈止伸手慢慢将白袍脱下来，朝他冷笑，“要不要打一场？”

以往封明进宫找他打架，殷戈止都是不情不愿地应付，几招把他撂倒就消失无踪，半点也不尊重对手！见他今日难得有了兴致，封明立马点头，脱了外袍，跟着他出去。

老实说，这一年多的征战让封明成熟了不少，所以不会像以前那样被殷戈止揍着玩儿了。可惜，一交上手，封明还是能感觉到自己差了一大截，尤其今天殷戈止不知道吃错了什么药，出招极狠，要不是他躲得快，一定会被打成重伤！

“太可怕了。”封明唏嘘一声，皱眉抬头，“到此为止，今儿我不是专程来同你打架的。”

“关家的案子，不用你管。”殷戈止收手，很是冷淡道，“我自己会处理。”

“那怎么行！”封明瞪眼，“关清越是我未婚妻，被冤枉的是我老丈人，这事儿不管怎么看，我都比你有管的立场。”

四周的风好像突然凉了点，刮得衣裳翻飞，殷戈止捏着拳头，轻声问：“就算翻案，你想如何？”

想如何？封明抱着胳膊道：“自然是把该娶的人娶回来了。”

殷戈止心里一沉，眼神陡然凌厉，伸手就抵着他脖子，杀气四溢：“该娶的人？”

“这些你不用管。”封明别开头，有些心虚，“反正我也要替关家翻案就对了。”

他知道关清越还活着，只是不知道她在哪儿，但是，只要把关家的罪名洗清，那她应该就可以回来了吧？那粗鲁耿直的丫头，也不知道这些年在外头吃了多少苦。

封明心里唏嘘，但他不敢表现出来，就算大皇子莫名其妙想替关家翻案，但在案子当真翻过来之前，不能让大皇子知道关清越还活着！

然而，面前这人沉思良久，竟然开口问了他一句："当年帮关清越逃脱的人，是你？"

褐色的瞳孔一缩，封明严肃了神色，一把挥开殷戈止，别开头道："大皇子在说什么，我怎么听不明白？"

孝亲王府与烨国的使臣府一样冷清，除了观止，没人会来这里。殷戈止也懒得跟他绕弯子，直接道："先前我还在想，关清越都被关在牢里受刑了，哪来的本事偷天换日，逃出生天。如今看见你，倒是能想明白了。"

封明倒吸一口凉气，震惊地看着殷戈止，伸手就抓着他的衣襟将他扯了过来："你见过清越？"

殷戈止挣开他的手，冷笑："不回答我的问题，还指望我回答你的？"

封明咬牙，脸上的线条紧绷，犹豫了半晌才松了口："我一人的行为，与镇国侯府没有半点关系。"

殷戈止转身去庭院里的石桌边坐下，理了理袖口，道："从头交代一遍吧，怎么回事？"

"为什么要告诉你？"封明不太乐意，笔直而浓厚的眉毛倒竖起来。

然而，殷戈止幽幽地说了一句："我见过关清越。"

下一瞬，封明就在他旁边老老实实地坐下，不情不愿地交代："关将军被害死在大牢，关家面临满门抄斩，我救不了她全家，但能救她一个，所以精心安排，等到临刑前几日，利用天牢里的人脉，将关清越换了出来。"

关清越当时是不愿意出来的，也不愿意让人替她去死，还是关家的人用报仇之事威胁她，最后把人打晕了，才给抬出去的。

为此，他没敢告诉她是自己在背后救她，本来那位姑奶奶就已经够讨厌他了，这罪加一等的事儿，他才不会坦白。

"之后她离开了烨国，去哪儿了，我不知道，现在在哪儿，我也不知道。"说起这些，封明其实有点难过，因为她给很多人写信，带走了他们，却没给他写过一封，哪怕是骂他的也好啊。结果她一走三年，音信全无，完全没把他当未婚夫嘛！

听到最后一句，殷戈止心情莫地好了点，起身整理好衣襟，转头就往屋子里走。

"哎哎！"封明伸手就拦住他，"我都说了，你难道不该把她的下落告诉我？"

殷戈止心平气和地转头看他一眼，茫然地问："我为什么要告诉你？"

"你刚刚不是说……"话说到一半，封明咬牙闭眼，一拳朝他打过去！

这狡猾的人，刚刚就说见过关清越，可没说等他交代之后，会告诉他关清越的下落啊！

混账！

殷戈止勾唇，敏捷地躲开这一拳，飞身就进屋，闩上了门。

观止收拾完了过来，就看见封明眼神阴鸷地举着火把要点堆在主屋门口的柴。

"封将军！"观止吓得声音都劈了，连忙跑过去拦住他，"您做什么啊？"

封明举着火把，黑着脸道："这厮躲在里头不出来，我把他房子烧了！"

观止哭笑不得，使劲儿掰着封明的胳膊，但是没能掰动，索性双手抱上去，颤抖着道："您这是谋害王爷啊，将军！"

"我不管！"封明怒道，"他再不告诉我，我就把他王府一起烧了！"

观止抹了一把头上的汗，觉得心里很苦。要是别的主子来闹事，那都好说，可以讲道理。但遇上这位封将军，那简直是有理说不清！他冲动起来，那可是当真会干出烧王府的事情的！

"有话咱们好好说！"观止哭丧着脸问，"您想知道什么啊？"

想起那个人，封明喉头微动，眼眶竟然有点湿，嘴巴张了又合上，最后他像是泄了气，扔了火把，甩开观止，转身往外走。

罢了，殷戈止不愿意说，那他当真烧了这儿也没用。与其问，他不如自己找。

"将军！"门外一直等着的随从满脸焦急，一看见他出来就连忙迎上来道，"刚刚传来的消息，贺兰家的宅子一片慌乱，贺兰大人已经收拾了东西只身逃走。"

被大皇子当着那么多人面指证，说是被易国如收买卖国，虽然皇帝没在意，可贺兰长德不傻啊，趁着还能跑，那有多远跑多远！

封明沉了脸，立马翻身上马，一边策马狂奔一边骂：“龟孙子，幸好老子反应快，让人去守着贺兰府，不然说不准当真让他跑了！”

贺兰长德日子过得不错啊，这几年退回澧都当了个监察使，油水丰厚，也没什么要操心的，身子都胖成个球了！当真是好人不长命，祸害遗千年！

看他抓着人不扒一层皮下来！

这头追得风尘仆仆，那头逃得仓仓皇皇。贺兰长德本来以为出了城就安全了，他刚得到消息就跑路，别人的反应怎么也不该有他快吧？虽然收拾东西耽误了点时间，还有些讨人厌的婆娘叽叽歪歪地挽留他，但是能趁夜出城的话，他的命怎么着也能无虞。

然而，他没想到，出了城门一里地，马车竟然猛地一震，接着整个车厢就往旁边倾斜，重重地砸在了地上！受惊的马飞奔，车里的人哀叫连连，等后头的人终于将缰绳斩断的时候，他已经浑身是血了。

颤颤巍巍地从车厢里爬出来，贺兰长德正要抬袖子擦血，冷不防看见面前有两双靴子。

他心里一紧，抬头就看见一张很是陌生的长满络腮胡子的脸。

“大人好歹是监察使，怎么跟做贼似的，半夜奔逃啊？”风月看着他，很想阴森森地冲他笑，然而一看见这张脸，她连笑都笑不出来，眼里的恨如千尺瀑布，瞬间就要将面前的人冲个稀巴烂！

这该死的奸贼！

贺兰长德被她的眼神吓得差点钻回车厢，他皱眉，色厉内荏地问：“你是谁？”

风月慢慢蹲下来，捏着匕首看着他，声音阴冷：“我是你的梦魇。现在开始，你最好快点跑，不然被我抓到，就会像这样！”

话音刚落，她手里的匕首狠狠插进了贺兰长德的脚踝！

“啊——”撕心裂肺的痛呼响彻整个城郊，听得人毛骨悚然。

正追得没了方向的封明眼睛一亮，立马朝着那声音传来的方向跑去。

锋利的匕首穿透骨肉，脚筋断裂的声音透过匕首传到风月的掌心，她红了眼。

“痛吗？”她轻声问，“怕吗？”

看见她跟看见鬼似的，贺兰长德一边哀号一边往后退。脚废了，他咬牙，挪动得很艰难，眼里光芒暗闪，看着那长满络腮胡子的人朝自己靠近，立马摸着了袖子里的暗器，趁人不备，飞快地甩过去！

到底是会武之人，就算安逸多年荒废了功夫，但底子还在啊。刚刚他一时情急，没反应过来，现在知道反抗了。

险险避开那暗器，风月勾唇，睨着他道："手上挺有劲的啊？"

旁边的罗昊上前，逮着他两只胳膊，用力一卸！

"不啊——"贺兰长德痛得在地上打滚，如一只因偷吃变得肥头大耳的老鼠，被人逮着痛打，扭曲着、挣扎着，看着瘆人。

"再不跑，我就过来了。"风月捏着匕首，一步步往他面前走，"天道好轮回，苍天饶过谁啊，贺兰大人！"

"你……我与你无冤无仇，你这是做什么！"贺兰长德吓得浑身发抖，痛得眼泪直流，拖着一条腿和两只手，用另一条好的腿挣扎蠕动，企图远离他们，神色惊恐，像是看见了黑白无常似的。

风月这才笑了，慢慢地追着他走，一字一句道："无冤无仇？贺兰大人真是贵人多忘事，您出卖澧国的抗烨大军，导致关苍海被冤枉叛国，与我，也算是无冤无仇？"

贺兰长德倒吸一口凉气，瞪大眼，眼白翻出，声音尖细地吼："你是关家的人？"

风月很想再吓唬他一下，然而，不远处却有马蹄声响起。

有人来救他？

风月神色一凛，给了罗昊一个眼神，后者立马抽出长剑架在贺兰长德的脖子上，然后转头看向东面。

有几匹马急匆匆地往这边而来，一看见倒在地上的马车，为首的人就松了口气，低骂道："跑得可真够快的！"

一听这声音，风月后背汗毛倒竖。

封明翻身下马，黛色长袍款式很是潇洒，走路之间衣摆翻飞，与夜色相融，只腰上那铜铸的腰带在黑夜里隐约发光。

他一阵风似的从她面前过去，看也没看她，先看了一眼半死不活的贺兰长德，再抬头想看看是哪位壮士出手相助。

“罗副将？”一看见这张脸，封明震惊了，“您回澧都了？”

罗昊干笑两声，点了点头，眼神有点飘忽。

封明微微挺直了背，像是察觉到了什么，缓缓转头朝身后看去。

月光皎皎，月下有个穿着男装的人，在他说话的时候，已经跑了五十步之远！

“关清越，你给我站住！”封明一声咆哮，双眼涌上血色，拔腿就追。

风月这叫一个慌啊，一边跑一边捏着鼻子喊：“你认错人了！”

“我呸！”封明怒斥，“整个澧都就你看见我会跑那么快，你当我傻啊？给我站着！”

要是以前，他追她，可能还追不上，但现在，不知是他功夫进步太大还是怎么的，没一会儿，竟然就抓住了她的肩膀。

封明压根没多想，反手就将人扣进自己怀里，抱得死紧。

铁打似的手臂，勒得风月直咳嗽。她伸手想揍他，看看自己柔弱的小拳头，叹了口气，翻着白眼道：“封将军，自重啊。”

“自重？”封明松开她的脖子，捏着她的肩骨，双眼灼灼如星，“那是什么意思？”

风月：“……”

伸手弹了弹他的手，她有点头疼：“关家获罪，你我之间的婚事自动解除，就算是老朋友久别重逢，您也不必这样。”

封明眉头皱了皱，不甘不愿地收回手，认真地看着她道：“我知道你一定是想回来报仇，我不急着跟你谈儿女情长，你要做什么，我帮你。”

“不必麻烦了。”风月捂脸，“您要是没来，贺兰长德都死了。”

贺兰长德？

封明这才想起来自己出来的目的，伸手拽着她就回到贺兰长德面前，皱眉道：“他都已经半死不活了，与其杀了，不如留着提供呈堂证供，证明关将军是无辜的。”

“不。”风月摇头，“我就想杀了他。”

“……你原先挺聪明的，现在怎么这么鲁莽？”封明盯着她摇头道，然后吩咐罗昊，“把人捆起来，送去孝亲王府吧。”

“孝亲王府？”风月很是不解，“那是什么地方？”

“殷沉璧的新巢穴。”封明一把扛起她，单手拉着马鞍上马，“他被封了孝亲王，你不知道吗？”

怎么会是亲王？风月挣扎着在马上坐下，问：“皇帝还不打算立太子？”

“澧国已经有太子了，二皇子殷沉玦。”

啥？猛地想起殷戈止那会儿的眼神，风月倒吸一口凉气：“皇帝是疯了吧，放着殷戈止这样的人才不封太子，去封个碌碌无为的二皇子？”

“我也想不明白。”封明策马往前走，不爽道，“虽然我不喜欢他，但他智勇双全，是当世难得的栋梁之材，若为君主，当是百世明主，能护澧国江山安存于乱世中。换了二皇子，那就难说了。”

风月沉默良久，轻笑了一声：“那可真是能走到一条路上去了。”

先前澧文帝花言巧语的，把殷戈止教得多偏袒皇室啊！如今真面目揭下来了，殷戈止那般是非分明的人，怕是不会再毫无理智地护着皇帝了。

可是，他到底已经离国一年有余，当真能与皇帝对抗吗？

想着想着就已经到了孝亲王府，封明勒马，沉声问了一句：“你已经见过大皇子了，也让他知道了你是关清越，是吗？”

风月点头，又有点疑惑：“你是怎么知道的？”

“他自己说的。”抱她下马，封明有点不高兴，“你还喜欢他啊？”

“瞎扯！”风月别开头，眯着眼睛看着后头被罗昊捆着拎下马的贺兰长德，“早就不喜欢了。”

是吗？封明眼睛一亮，咧嘴就笑了，分明很是英俊的脸，硬生生笑得只见眉毛不见眼的，风月看得心里感慨。

年少不懂感情，就觉得非要嫁给自己喜欢的人才行，一点也不珍惜身边对自己好的人。到如今发现自己太冲动的时候，也已经回不了头了。

“走吧，进去再说。”

“嗯。”

殷戈止已经准备就寝了，房门突然又被人踹了一脚，接着就听得外头封明的声音响起：“竟然还闩着门，殷沉璧，你属乌龟的？”

不在意地翻了个身，殷戈止继续睡，却冷不防听见了风月的声音。

“殿下，我们抓着贺兰长德了。”

心口一紧，他翻身坐起，很是不敢置信地看向房门方向。

方才封明走的时候不是还不知道她的下落吗？这才过了多久，两人怎么会一起过来？

他睡迷糊了？

屏息听了听外头的动静，没听见他们再说话，殷戈止松了神色，拍了拍自己心口，幻听而已。

“主子已经休息了。”观止的声音响了起来，带着些无奈，“您二位有什么事，不能明天再说吗？”

看了一眼后头半死不活的贺兰长德，风月耸肩，正想说明天就明天吧，先回去睡一觉，反正这人也跑不掉，但是面前的门竟然毫无征兆地打开了！

屋子里没点灯，殷戈止长发披散，神色看起来很阴暗，居高临下地看着门口的人，不满道：“很吵。”

察觉到这位爷心情很糟糕，风月下意识地缩了脖子：“呃，您很困的话，那还是明天说吧。”

封明眼里神色流转，男人的心事还是男人看得明白，他立马就知道了殷戈止心情不好的原因，当即便兴高采烈地把手往风月肩膀上一搭，耀武扬威道：“怎么？不是不想我找到她吗？我找到了呀，你气不气？”

敢这么挑衅殷戈止，他不怕死？风月皱眉，立马拿开他的手，护着自己的小命，躲到了观止身后。

指节“咔嚓”作响，殷戈止出手极快，跨出门抓过封明就是一个过肩摔！

封明也料到他要动手，一个鹞子翻身稳稳落地，轻哼一声道：“恼羞成怒？”

“不。”殷戈止沉着脸道，“被人吵醒有些烦躁，拿你冷静冷静。”说着，闪身就朝他攻去。

封明心情好，压根无心恋战，左躲右闪，身姿矫健，时不时地还冲人家笑：“大皇子息怒啊，咱们来是有正事的。”

眼看着殷戈止要大开杀戒了，风月连忙喊了一声：“殿下，您看一眼这儿！”

殷戈止身形一顿，满眼戾气地回头，就看见了风月指着的贺兰长德。

“殿下！”与方才贼眉鼠眼的慌乱样子完全不同，贺兰长德眉目间满是委屈，抖着声音喊，“殿下救救卑职啊！”

殷戈止收了手，看着他，慢慢走过来，神色恢复了正常：“长德？”

一听这亲切的称呼，贺兰长德顿时感觉有了生的希望，哀号起来：“殿下，卑职没有背叛殿下，卑职有话要说啊！”

“你还有什么好说的？”封明皱眉。

贺兰长德眼珠子慌乱地转着，道：“卑职不知道殿下为何会相信贼人所言，认为是卑职出卖了殿下，但殿下，您不记得了吗？卑职跟在您身边五年了，多少次用身子替殿下挡过砍过来的刀剑？咱们是一起出生入死过的啊！您已经冤枉了一次关将军，难不成这次还要冤枉卑职吗？”

这言辞凿凿，配合着他身下流着的血，风月看得都有些动摇了，忍不住多想了一种可能——会不会是易国如临死之前，故意拉他下水的？

然而，殷戈止慢慢蹲了下来，看着面前这人平静道：“你头一年跟着我的时候，一腔热血、满脸忠诚，所以我将你提拔成百夫长，带你一起征战。

“第二年，你行为也无差漏，替我挡过刀，忠心耿耿，功夫也进步了，所以我提拔你做副将。

“第三年，你说旧病复发，不愿意去冲锋营，我同意了，带你在身边，让你传递军令。

“第四年，你收了别人的礼钱，提拔一个世家子弟入军做百夫长，念在你家有病母，我只是寻了由头将那人贬了，并且用其他理由轻罚了你。

“第五年，我忙于征战，并未注意你。平昌之战后，你退到澧都，当上了官。现在想来，我有个问题想让你作答：你哪来的银子通融关系，当上这监察使的？”

贺兰长德额头上冷汗直冒，眼里满是惊慌，他想不明白这些事情大皇子是从哪儿知道的，一时间觉得他可能是在诈自己。

然而，话音一落，他的脖子就被掐住了。

“我从来用人不疑，疑人不用，但我疏忽了，忘记了人是会变的。长德，数万将士因你而死，关将军因你蒙冤，你就不觉得愧疚吗？”殷戈止表情凝重，眼里有痛恨之色。

贺兰长德脸上满是悔恨，哽咽道："卑职何尝不后悔？可没有退路啊！皇上何曾厚待过将士？一旦退下来，多少人只领了点赏钱便回家种地！卑职不想啊，卑职想退下来继续当官……可是官场险恶，没有银两哪能成事？易国如老奸巨猾，拿了母亲威胁卑职，又给了很多银子，只求那一次情报。卑职……卑职岂能不说！"

"好一个岂能不说！"殷戈止周身杀气暴长，眼珠突出，血丝满布，恨不得亲手结果了这自己曾经信任过的人！

要不是这人，要不是这人……他何至于助人犯下那滔天大错！

"殿下！"封明难得正经起来，上前就抓住了殷戈止的手腕，"别灭口了啊，这些话要说给皇帝听才行。"

"说给皇帝听？"风月冷笑，"他不愿意听的时候，关苍海活过来跟他说都没用。"

封明心口一窒，扭头看她。

殷戈止点头："跟皇帝说没用，风月，这人你想杀就杀吧，其余的，交给我。"

"好。"风月重新抽出匕首，让观止去拿了个碗，在贺兰长德惊慌的号叫声里，给他手腕上来了一刀，放血。

这种死法温柔又残忍，血流尽才能死，可以慢慢地感受到自己死亡的过程，他想活，旁边却全是等着他死的人。

贺兰长德很是不甘心，然而失血的无力感很快席卷了他，没过多久，他眼睛都睁不开了，却还是不甘心地问了风月一句："你到底是谁？"

风月扯了络腮胡子，抹了把脸，皮笑肉不笑道："认不得我吗？好歹我爹有一年的寿宴，您还来送过礼。"

看着这张脸，贺兰长德哑然失声，肥胖的身子抽搐了几下，眼里翻涌过无数复杂的情绪，喘息着道："我死……我死了，你爹也永远别想洗干净！"

"这个不劳你担心。"端起装满他血的碗，殷戈止道，"你的罪孽，我会让你自己的血来偿还。"

刚还觉得有一丝痛快，一看大皇子，贺兰长德心血上涌，嘴里猛地喷出血来，靠在旁边朱红的柱子上，终于不动了。

封明看得感叹："真不愧是心狠手辣的大皇子，对自己人都这么狠。"

"过奖。"殷戈止微微颔首，看着他道，"镇国侯府不是有门禁吗？已经戌时了，封将军还不打算回去？"

封明满不在意地摆手，转头看着风月："久别重逢，我有很多话要跟她讲，今晚就不回去了。"

殷戈止："……"

风月干笑："恕我直言，封将军，我没有话要同您讲。"

"那你就听我讲。"封明正经起来，褐色的眼睛深情地盯着她，"我能讲一个通宵！"

"不好意思，借过。"雪白的袍子挤到他面前，将对面的人挡了个严实。

封明抬头，就看见殷戈止面无表情的脸。他道："三更半夜，私相授受，于礼不合。"

"礼？"封明嗤笑一声，痞里痞气道，"我这个人是最不讲礼的，整个澧都谁不知道？"

这种不以为耻反以为荣的态度，着实让殷戈止半晌没能接上话。

封明挑眉："说起来也是，说话也得找个地方，反正孝亲王府地方大，不如腾个院子给咱们吧。"

观止抹了把脸，平时看自家主子不要脸看习惯了，没想到这儿还有个更不要脸的。就他说这话，主子没把他扔出去就不错了，还敢问主子要地方跟风月姑娘聊天？

咋想的？

风月站在殷戈止身后，也有些感叹，过去这么多年了，封明怎么还是这么无法无天的？

殷戈止神色柔和下来，语气平缓道："既然将军这么想叙旧，那我也不能不成全。"

眼睛一亮，封明笑了："王爷真是通情达理。"

"好说。"侧了侧身子，殷戈止道，"整个王府就这一处院落打扫干净了，将军要是不介意，就主屋请吧。"

封明一愣，摆手道："这多不好意思，打扰王爷休息。"

“无妨。”殷戈止优雅地颔首，转头就往主屋里走。封明跟着，顺手拉了风月一把，笑道：“这地方安全，还舒坦。”

看了看前头走着的人，风月忍不住扯了扯封明的衣袖，捂着嘴小声提醒：“将军，我觉得您还是别进去为好。”怎么看，殷戈止这种小肚鸡肠的人都是不会让人如愿的。

“怕什么？”封明道，“有我在！”

有他在就更怕了啊！风月咬牙，本来她跟罗昊都可以回去了，可被他拖着，瞧殷戈止那眼神，根本没打算让她走！

将那一碗血放在内室的书桌上，殷戈止淡淡道：“我忙我的，你们说你们的。”

封明微微一愣，皱眉道：“你要留在这儿？”

“将军上门来做客，难不成还要将主人赶出去？”铺了张纸，殷戈止淡淡道，“不觉得失礼？”

“……”是有点失礼，但是殷戈止往这儿一杵，他还怎么跟清越情话绵绵啊？

然而，是他想多了，就算没有殷戈止，风月也跟他说不了情话。

“听闻封将军打了厉害的胜仗。”在外室的桌边坐下，风月当真同他寒暄起来，“想来近况不错。”

“还行。”封明跟着坐下来，打算不管殷戈止了，只盯着面前这人道，“你呢？”

“我在烨国杀了该杀的人，倒也不错。”风月道，“仇报了一半。”

“那……”

那有没有遇见新的喜欢的人？封明很想这么问，可又觉得跟个女儿家似的小气巴拉的！摇摇头，他换了句话问：“需要我帮忙吗？”

风月听着这话，幽幽地看了内室的殷戈止一眼，心想同样是男人，差别咋就这么大呢？人家一上来都是诚诚恳恳地问“需要我帮忙吗”，怎么到他那儿，就变成了趾高气扬的“你又得求我帮忙了”。

差别啊差别！

难得露出一个笑容给他，风月道：“不用了，我自己能完成，多谢你。”

以前一直没被和颜悦色地对待过，现在乍一看她的小脸，封明却皱了眉，目光在她脸上流淌，半晌才道：“你好像长大了。”

被一个分明很幼稚的人说自己长大了的感觉可不太好，风月眯眼：“讽刺我？”

“不是，由衷感叹而已。”封明摇头，“你以前那般张狂，动不动就能和我打起来，现在温和是温和了，也更有礼了，可就是让人觉得像一潭死水，瞧得心疼。”

风月一怔，深深地看他一眼。

原以为他什么都不知道，但是怎么他什么都知道似的？

内室里的砚台“哐当”一声砸在了地上，惊得外头两个人回了神，下意识地起身进来看。

殷戈止正捏着毛笔蘸着血写着东西，砚台碎了，他也没管，只道：“风月，来帮忙，血要干了。”

风月皱眉，心想：老子都不在你府上过活了，为什么还得被你当丫鬟使唤啊？

可是低头一看他写的东西，她正了神色，二话没说就拿了支毛笔在碗里搅和。

“昭罪状？”看着桌上的东西，封明皱眉跟着念，“罪臣贺兰长德，有负皇恩，通敌卖国，陷害忠良，无颜面对天下人……”封明倒吸一口凉气，瞪眼道，“你伪造认罪书？”

“不可以吗？”殷戈止一脸正气，“既然正不能胜邪，那我以邪治邪又何妨？这是他该写的，他死了不能写，那自然由我代笔。”

封明沉默了好一会儿，扭头问风月：“为什么他能把不义之事说得这么理直气壮的？”

风月微笑：“因为别人先不仁，我们后不义，情理之中。”

有道理，封明点头，很快接受了这件事，然后专心地看殷戈止写昭罪状，完全忘记了自己的初衷。

写完原稿，殷戈止抬头看向封明：“将军在京中是赋闲在家？”

“非也。”封明一本正经道，“陛下将皇城宫门附近的守卫都暂交于我，每日要去巡逻三次。”

“那将军所管之处，要是有人靠近，拦还是不拦？”

“拦！”封明眯眼，“除了皇帝，谁都拦。”

“很好！”殷戈止转头将“昭罪状”递给风月，道，“你手下那杂货铺的老板肯定会活字印刷，让他将这份罪状印刷出千份，纸墨皆由孝亲王府结账。印刷完之后，将原稿贴在宫门口的告示栏上！”

风月眼眸微亮，点头道：“好！”

“等等！”封明挑眉，“贴这个在宫门口？”

“不然还有哪儿最显眼？”殷戈止掀了掀眼皮，“有你封将军看着，应该没人能扯下来，等他们看到印刷出的东西，会怀疑真伪，到时候就引导人去宫门口看，一定能激起轩然大波。”

皇帝不听的话，那说给百姓听好了，如果正史非要将关苍海定为叛臣，那就让野史还他清白好了。

风月指节泛白，小心翼翼地将那“昭罪状”收起来，然后飞也似的往外跑。

她不在意名声，真的，可是，若能让关苍海曾经保护过的百姓都知道他们崇敬的将军没有叛国，那她愿意努力。

封明想抓住她，但动作没那么快，只能看着她冲出去。她带起一阵风，吹得他墨发凌乱。

他转头认真地看着殷戈止，语气凝重地陈述：“你看上她了。”

不是疑问，是肯定。向来不为俗事挂心的殷大皇子，今日举动诸多反常，他要是还看不出来，那他就是个傻的。

殷戈止轻轻抬眼，拢了拢袖子，勾唇道：“她与将军，似乎已经没了婚约，我若是看上，有何不妥？”

拳头紧了紧，封明沉声道：“她说她不喜欢你了。”

她不喜欢他，这不是很平常的事情吗？说喜欢他才是逢场作戏呢。殷戈止嗤笑，觉得这句话一点作用都没有。

“我知道自己该做什么，希望封将军也能知道。”起身往床榻的方向走，殷戈止淡淡道，“她现在最想做的是报仇，你若当真想帮她，就别光顾着纠缠她。”

“你要帮她报仇？”封明冷哼了一声，“你以为将关家满门抄斩的圣旨是谁写的？”

殷戈止身子一僵，沉了脸。

封明心情好了点，笑道：“你我都未必有好结果，但是王爷，您好像比我的境遇更糟糕，这样一想，我也就放心了。”

这人说话，永远都让人想一拳揍上去！殷戈止咬牙，目光阴冷地回头，却见封明已经潇洒地转身往外走了。

风月完全不知道背后发生的刀光剑影，一将血书拿回去，整个院子里的人都沸腾了，秋夫人去准备纸墨，史冲去刻字，倒是挑大梁的杂货铺掌柜范铸面泛忧色。

他低声道：“少主，大皇子此举，意欲何为？”

“他不是说要帮关家翻案吗？”风月道，“看起来是诚心的。”

“可是，此举于翻案有益吗？天下毕竟是皇帝的天下，他不承认的事情，闹得民间沸沸扬扬，恐怕也只有获‘顶撞君主之罪’一个下场。”

风月朝他笑得潇洒：“范掌柜，咱们可是亡命之徒啊，本来做的也是掉脑袋的事情，还怕获不获罪？”

范铸一愣，想想也是，只是大皇子那个人从小身上背负的百官和百姓的希望实在太多，他以为大皇子是要走一辈子忠孝仁义之路的，没想到……

“少主！”秋夫人从外头回来，神情愕然，手里捏着一摞纸就到了风月面前，“您见过封明了？”

风月还没来得及回答，旁边的罗昊便道：“可不是见过了吗？封家小子追着咱们少主跑了老半天呢！”

秋夫人有些担忧，皱眉道：“在澧都，多一个人见过少主，少主就多一分危险，你怎么也不知道掩护好？”

罗昊很委屈，他咋掩护啊？事发突然，他以为少主跑了就没事了，谁想到一跑反而被认了出来。

“没关系的。”旁边的尹衍忠道，“封明从小就护着少主，就算自个儿死，也不会让少主死。”

这话使得众人一愣，风月有点不好意思地挠头，干笑道：“秋夫人怎么知道他见过我了？”

秋夫人扬了扬手里的纸，道：“本来还在想这个时辰去哪里找纸墨，结果刚到文林街，就看见封明和几个随从从文轩里拿东西往牛车上放。我正想走呢，就被封明叫住了，让我把那一车的纸墨带给你，还说要去孝亲王府拿银子。”

大半夜的不睡觉，还忙活这些？风月撇嘴，想想今日他那眼神，总觉得心里不踏实，扭头问了尹衍忠一句：“他娶媳妇了吗？”

“没。”尹衍忠耸肩，“自关家被灭，皇帝迁怒于镇国侯府，不少侯府出身的官员都被流放。还是丞相说情，皇帝才任封明为将，抵御外敌。他立了功，镇国侯府才渐渐被宽恕。如此境遇之下，自然难成亲事。”

风月松了口气，拍着胸口笑道：“幸好不是他一直念着我，然后不想娶亲，不然我可罪孽深重了。”

看她一眼，尹衍忠很是严肃地补上一刀：“他今年婉拒皇后的说媒，是您的原因也说不定。”

她哭笑不得，顺手就拿了块镜子来照照自己，一边照一边道：“我有这么闭月羞花、沉鱼落雁吗？澧都那么多好姑娘他不娶，惦记我这个死人做什么？”

“曾经苍海难为水。”

“我呸呸呸呸呸呸！”风月皱眉，“先不说我从前就跟他不对盘，就算对盘，过了这么多年，中间又发生这么多事儿，谁有空理会苍海啊桑田的？要当真是因为我不成亲，那不是给我添堵吗？”

说得也是，儿女情长很误事的！众人纷纷点头。

院墙外的人轻轻捶了捶墙壁，低笑一声，转身离开。

满院子的人开始正经地忙碌，到了黎明破晓之时，活字印刷的东西就能用了，一张张“昭罪状”如雪花似的落满了整个院子，很快，也落满了澧都每一个角落。

百姓识字的人少，看这东西从天上落下来，便以为是天诏，纷纷涌到附近的学堂求解。学堂里的夫子就一字一句地念着，然后解释给大家听，不是天诏，是替忠臣昭雪之书。

最后印着一句“亲笔血书挂于宫门，求达圣听”。

仲夏时分，百姓都有些空闲，一有空闲，就喜欢凑热闹，见有大热闹，那自然就往皇宫门口跑了。

“哎呀，真的有血书啊，瞧这血的颜色，像人血！”

“贺兰长德不是监察使吗？听说失踪了，是怕皇帝处置，所以躲起来写昭罪书，以为这样就不用受罚啦？”

“呸！卖国贼！我就说关大将军那种英明神武的将军，怎么可能卖国，原来当真是被奸人所害啊！”

“我一直相信关将军的！”

“少来，几年前在刑场边你还骂人家关家是卖国家族呢，现在放什么马后炮！”

叽叽喳喳，议论不停，人群之中有人煽动情绪，要还关将军一个公道，一时之间万民附和，嘈杂之声直达宫廷。

澧文帝大怒：你贺兰长德昭罪就昭罪，将血书贴在皇宫门口是什么意思？他不想看，也不乐意看！

于是，禁军到了宫门口，要将那血书揭下来。

“站住。”封明一身银黑盔甲，长剑指地，眉眼含霜，“没有圣旨，任何人不得靠近！”

禁军大统领乐了：“将军，本统领是奉皇上口谕来拿掉这东西的。”

“口谕？”封明勾唇一笑，抱着剑道，“谁知道你会不会假传口谕？我担负护卫宫城重责，除了陛下，谁要靠近这城楼，都得拿手谕来！”

这不是不讲道理吗？他守卫宫城，他们禁军是从宫城里头出来的啊！宫城都让进，凭啥不让靠近宫门？

封明剑一横：我就是不讲道理，你们有本事硬闯？

禁军统领被气得不轻，当即回去皇帝那儿告了一状，皇帝正要发怒，旁边的丞相石鸿唯却笑道：“恭喜陛下。”

“有这等忤逆的臣子，你说什么恭喜？”澧文帝很生气。

石鸿唯拱手道：“何来忤逆啊？有封明这样忠心不二的臣子守卫宫城，任何有歹心的人都不会得逞，只有您的手谕他才认，这哪算忤逆？”

澧文帝一听，觉得还真是有道理，于是当真写了手谕给禁军统领，让他再去揭那东西。

那东西好歹是殷大皇子辛辛苦苦写的，会白白糟蹋吗？不会。知道有人要来揭了，封明便提前让人把东西送回了孝亲王府。

然而殷戈止不在府上，比起没个人气的孝亲王府，他还是更喜欢风月的大杂院。

民间议论持续不断，加上有人煽动，民情沸腾，甚至万民上书，要澧文帝还关家一个公道。

澧文帝不知道这事儿是谁干的，他怀疑过殷戈止，可现在父子关系本就紧张，他也不好当面去问，就只能暴力镇压。

越镇压越乱，朝中很多本对此事不发表看法的大臣也纷纷站了出来，请陛下重视民意。

“民意民意！”澧文帝冷笑，怒而拍桌，“哪有那么多民意，三年前朕斩关家满门的时候，你们不也说民意所趋吗？民意算个什么东西！朕才是一国之主！”

此言一出，朝野震惊，丞相脱帽请罪，百官长跪不起。

“咱们陛下真是好厉害啊！”风月唏嘘，“天下是他一个人的天下，他说了算。”

殷戈止神色不悦，抿着手里的茶，淡淡道：“封明虽然经常做事不过脑子，但有一句话说得很对。‘广言纳谏兴国，独断专行亡国’。”

风月挑眉：“孝王爷，这可是您父皇的国，亡了，您不心痛？”

殷戈止冷笑：“这若当真是他一个人的国，亡了，我还当真不心痛。”

可惜，还有天下百姓，还有黎民苍生，他们何辜？

风月耸肩，没打算跟他讨论国事，只道：“等下我有事出去，王爷要是还想喝茶，就自己来喝吧。”

殷戈止摇晃着茶杯里的渣子，淡淡道：“想去害人？”

“是呀。”风月眯着眼睛，笑得像只狐狸精，“有些不得好死的人，一定要好好害一害。”

斜睨她一眼，殷戈止道：“路上小心。”

就这四个字？风月挑眉，“啧啧”两声：“您的心可真宽！”

“你想对付的人，恰好是我也想找麻烦的人，能给我省力，我为何心不宽？”殷戈止眼眸深邃，微微勾唇，“早去早回。”

瞧他这一副什么都知道又居高临下的样子，风月很想往他屁股上踹一脚！

“月儿！”封明的声音在外头响起，微微有些不耐烦，“你快点啊！”

“来了！”被他这称呼弄得鸡皮疙瘩都起来了，风月抱着胳膊打了个寒战，然后起身就想走。

结果手腕就被人猛地扣在了桌上！

风月一愣，茫然地扭头看着旁边这人，方才还一副世外高人模样的殷戈止，这会儿脸都黑了，轻声问她：“你跟他一起去？”

“当然啊，不然谁还能带我进太尉府参观啊？”

他也能！可这该死的人并未将他放在心上。

深吸一口气，殷戈止面无表情道：“我也去。”

“您去添什么乱啊！”风月甩手，“将军身边带一个丫鬟就够了！”

“……”

半个时辰后，封将军的身后多了一个丫鬟，旁边多了一个主子。

封明很是不理解：“王爷，您去做什么？”

殷戈止冷声道：“太尉府后院的花开得好，本王想去看看，不可以？”

“可以是可以。”封明笑了笑，“但是咱们有正事要做，王爷千万别添乱。”

一个惯常给别人添乱的人，反过来让他别添乱？殷戈止嗤了一声，睨着他道：“封将军知道她要去做什么正事？”

“不知道。”封明骄傲地吐出这三个字，扬了扬下巴，“但月儿想去太尉府，我带她去，这就是我的正事。”

花言巧语！殷戈止冷哼，难不成靠这点嘴皮子，还能感动人？

风月一脸感动地看着封明：“这么多年没见，将军还对我这么好，真是让人愧疚。”

殷戈止：女人真是种肤浅的动物！

封明低头看她，英俊的五官泛着光，透着一种旁人没有的活力，眼神灼灼。他道：“你有什么好愧疚的，我拿你当兄弟，对你好是应该的。你要是觉得愧疚，那就把我也当兄弟。从前的恩怨，咱们一笔勾销。”

一听这话，风月乐了，心口吊着的东西也松了下来，一巴掌就拍在封明的肩膀上，点头道：“好啊，我认你这个兄弟！”

殷戈止嘴角抽了抽，眯眼看着封明问：“你们曾经的婚约，你不在意了？”

“不在意了！”封明潇洒地摆手，笑得温暖，“反正已经作废，她又不喜欢我，那当兄弟更自在。”

什么叫以退为进，什么叫心机深沉？这一瞬间殷戈止当真明白了封明为什么说他的处境更为困难。

岂止是困难，简直是艰险！人家可以用兄弟之名亲近，那他呢？难不成说“风月，我是你父亲冤案里的重要人证”？

狠狠地咬了咬牙，殷戈止表面镇定，气息难平。

早知道在封明十六岁闯宫找他打架的时候，就该让他流放！现在多碍眼哪，还除不掉了！

第十六章

爱卿委屈了

前头两个人竟然已经勾肩搭背地一起走了，殷戈止眯眼，抿了抿唇，突然倒吸一口凉气。

“怎么了？”

听见后头的动静，风月连忙松了手回头，结果就见殷戈止眼眸里满是痛苦，他还隐忍着，装作无事道：“继续走。”

好奇地到他身边看了看，风月挑眉：“您当真还能走？”

“能。”眼里的痛楚渐渐压不住，殷戈止闭眼，深吸一口气，“太尉府后院的花，今日无论如何我也要看。”

封明都被这精彩的表演蒙住了，错愕道：“那花有那么重要吗？您都疼成这样了。”

“哪儿疼啊？”风月问。

闭眼思考了一会儿，殷戈止道：“腿抽筋了，你们扶我一下。”

风月指了指后头，道：“观止还跟着呢。”

殷戈止缓缓回头，观止神色一凛，立马垮了脸道：“属下无能，最近腰闪着了，使不上劲，怕摔着主子。”

“那还是我来吧。”风月捋了捋袖子，一把扯了殷戈止的胳膊扛在肩上，瞬间感觉这厮的重量全往自己身上放了。

“真重！”她嫌弃道。

殷戈止抿唇，轻叹一口气：“有劳。”

人家都这么说了，那半路把人扔了也不合适。风月撇嘴，抬脚就继续往前走。

封明本来还有些担忧大皇子，可走在后头看了看那几乎要倒在风月身上的背影，他眯眼，很快反应了过来。

就像女人的手段只有女人能看穿一样，男人的心机也只有男人能明白。说时迟那时快，封明一个箭步冲上去，伸手拎了殷戈止另外一只胳膊，狠狠往自己肩上一扛。

正在得意的殷大皇子瞬间就黑了脸，扭头看他：“你做什么？”

封明一脸关切，笑道：“怕月儿一个人扶不住您，我来帮忙。”

殷戈止手上用劲，嘴上淡淡道：“不必。”

封明手上的力道也加大，笑得万分欠揍：“王爷不用客气。”

殷戈止半边身子还在风月身上，不敢用太大的力气，反而被封明钳制住了，当下就眯了眯眼：“你这样，本王不好走路。”

“那微臣还可以背王爷。”

力道暗中往来，谁也不肯让谁，封明眼里含笑，殷戈止眸中带冰，双方对峙，电闪雷鸣！有人力道没控制好，时不时推到旁边的风月。

走了好一会儿，风月实在忍不住了，低喝一声，将旁边这两人一起推开，横眉怒吼：“你们还能不能好好走路了？”

两人一顿，殷戈止立马软了软脚，眉头微蹙，用眼神责备封明。

封明一脸愕然，接着对上风月的眼神，听她恼怒地喊：“将军！”

“……我好好走路！”封明抹了把脸，顺带瞪了这不要脸的大皇子一眼，咬牙继续往前走。殷戈止神色愉悦，伸手又要风月扶，却听她凉凉道：“都有力气较劲，哪能没力气走路啊，王爷？”

殷戈止面儿上有点过不去，轻咳一声，神色严肃地活动了一下脚踝，然后若无其事地继续往前走。

观止在后头看得捂着嘴笑，愣是没敢笑出声，到太尉府的时候，憋得脸都青了。

澧国太尉跟烨国的那位风格不同，烨国太尉可忙了，天天都不见人影，澧国太尉赵旭格外清闲，没事遛遛鸟，看看花，日子过得潇洒自在。所以太尉府的大门是敞开的，一看见封明给的信物，护卫立马就进去禀告了。

没一会儿，赵太尉就一路拱着手出来，喜笑颜开道："不知封将军来访，有失远迎！"

转头一看见殷戈止，他脸上笑容一僵，直接跪了下去："拜见王爷！"

"免礼。"殷戈止看了看他这一身常服，"今日大人休假？"

"非也。"赵旭起身赔笑，"最近没什么大事，在下便有些清闲……"

要是知道他要来，怎么也得穿官服啊！

殷戈止微微颔首，面无表情道："大人不必紧张，本王只是来看看你太尉府后院的花，与封将军是偶遇。"

"正所谓相请不如偶遇！"赵旭拍马屁，"王爷与封将军都是我朝年轻的栋梁之材，能一起光临太尉府，太尉府真是蓬荜生辉！"

封明听得嘴角直抽，站在门口寒暄了一阵进去，忍不住小声问风月："这人怎么当上太尉的？"

太尉好歹是三公之一，地位卓然，不是什么人都能当的吧？

风月低着头，皮笑肉不笑地小声道："当今圣上爱好字画，此人擅长书法，尤其颜体乃大家，圣上肯同他亲近，官自然也来得容易。"

字写得好就能当三公？封明皱眉："那完了，我字很丑。"

"所以您就算打了胜仗回来，也只能守宫门啊。"风月摇头，"任人唯亲，也是澧文帝的特色。"

"封将军这边请。"前头的赵旭回头笑眯眯道，"听闻将军也要建府了？"

"正是。"封明抬头，"就是听说太尉府修得别具一格，在下才过来看看，也好知道自己的府邸要怎么修。"

"哈哈哈。"这话赵旭很受用，立马得意起来，"这儿很多东西都是御赐，得蒙圣上厚爱，圣上也时常来这里赏玩，与微臣写字作画。"

"哦？"殷戈止皱眉，"时常？"

封明会意，打趣似的道："怎么可能时常？皇帝出宫，那可是很危险的，且每次阵仗都不小。要是时常来，内侍大人们还不累坏了？”

这语气颇有小孩子嚷嚷“你撒谎你骗人你吹牛皮”的意味，也只有封明能说得这么到位。

赵旭一听就不乐意了，带着他们到了花园，指着那凉亭道：“就上个月陛下还来过，说再过两日天气凉爽些，会再来。”

这件事封明都不知道，也就是说皇帝是微服出宫。胆子可真大，看来得劝谏一二了，皇帝出宫频繁，完全不是好事。

殷戈止回头看了风月一眼。

那化了浓妆、穿着丫鬟衣裳的人，像当初在梦回楼一样娇俏妖艳，没人认得出来。只是，她低垂着头，在想什么呢？

手指紧了紧，殷戈止别开头，若无其事地继续听赵旭说话。

“那边是后院。”赵旭道，“没修整过，就不必去看了。”

“嗯？”封明挑眉，“孝王爷说太尉府后院的花最好看了。”

赵旭一愣，好奇地看着殷戈止：“王爷何时来过太尉府啊？”

殷戈止淡淡道：“原先就听人说过，说太尉府后院的花娇艳，整个澧都没几处比得上。”

赵旭额头上突然出了冷汗，抬了抬袖子，颤颤巍巍道：“谣传，谣传而已。”

“是吗？”殷戈止语气平静，“那倒是可惜了，不过今日听闻封将军休假，本王也想跟赵大人多聊聊，不知可否能在府上叨扰一晚？”

“荣幸之至啊！”赵旭连忙转头吩咐人，“去收拾几间客房出来。”

“是。”家奴应了就走，封明想说什么，看了一眼殷戈止的表情，没吭声了。

风月低着头，她知道殷戈止不是会无缘无故在别人家住下来的人，只是……不是想省力气吗？怎么还自个儿上场了？

见殷戈止没怎么纠结去后院看花的事，赵旭脸上重新带了谄媚的笑容，让自己院子里的姬妾出来，好生招呼客人。

本来是想在这太尉府里四处看看的，殷戈止这么一说，三个人都只能老老实实地在迎客厅里待着，看姬妾起舞奏乐。

风月几度想溜走，都被殷戈止拽住了裙角。她咬牙，这回是当真不明白这人在想什么。歌舞有什么好看的？还没她跳得好呢。

封明眼里也有疑惑的神色，然而，等赵旭起身如厕，殷戈止小声解释道："这太尉府的后院有热闹看。"

热闹？风月皱眉："哪儿来的热闹啊，人家都说后院荒废了。"

"就是荒废了才有热闹看。"殷戈止一边欣赏着堂下翩翩起舞的美娇娘，一边道，"你不就是想要人家不得安生吗？后院那点热闹足够了。"

一听这话，风月眯了眯眼："王爷是想掀他老底？"

对于赵旭的情况，她肯定比殷戈止清楚，这些当年进谗言让关家满门抄斩的人，她都记在心里，时常派人查探，就算挖不出什么大秘密，但一旦有泄露出来的消息，那一定是进了她的耳朵的。

殷戈止说的后院的热闹，应该是指两年前的流言，有人说太尉府像个无底洞，经常有娇艳的美人送进去，像是怎么也填不满似的。还有人说太尉府办过一场法事，说是驱邪，却不知是不是在镇鬼。民间百姓的想象力多丰富啊，什么故事都能编出来，于是就有人说太尉府里的美人肯定年年都有死的，不然怎么可能年年招人，连院子都没扩建？

但是，这种事情也只能止于流言，因为没有丝毫证据，也就不会有人吃饱了撑的去查，至多当成茶余饭后的谈资罢了。

风月抿唇，今日赵旭说圣上时常来的时候，殷戈止有些顾忌地看了她一眼，大概还是怕她起弑君的心思，毕竟昏君归昏君，那是人家的父皇。她要杀，他一定会拦。

可是，赵旭是当年三公九卿之中头一个站出来要皇帝将关家灭门的人。此人酒囊饭袋，说的话澧文帝却听，素来与将军府无仇怨，却在那个时候对将军府举起了屠刀。这样的人，她怎么可能让他好过？而不想让他好过，那就只能把主意打到澧文帝的头上。

"国有国法。"殷戈止垂眸道，"与其双手沾满血腥，不如让他罪有应得。"

罪有应得？风月失笑，摇了摇头，低下身子来，凑在他耳边问："王爷，您当真觉得一旦后院里有热闹，这位赵大人就会获罪吗？"

"当然。"殷戈止道，"天子犯法，与庶民同罪，何况他只是个太尉。"

"好。"风月笑着颔首，眼里满是叹息，"那咱们来打个赌吧。"

“什么赌？”

“要是殿下能让赵旭罪有应得，此人之事，我不插手半分。但，若是后院您翻过来了，他也没有受到该受的处罚，那不管我做什么，殿下都别插手，如何？”

殷戈止眉头皱了皱，深深看她一眼，正想再说，赵旭已经回来了。

于是，风月低头站到了后头，殷戈止也没再说话。

歌舞酒宴之后，封明和殷戈止都去了客院。赵旭一边引路一边赔笑：“这间院子最舒坦，刚好一间主屋，一间侧堂，并着丫鬟侍卫能休息的厢房，很方便。”

“有劳。”封明笑道，“只是我这人半夜喜欢梦游，要是惊到了府上的人，还请大人切莫见怪。”

风月在后头跟着，心想，几年不见，封明也变聪明了，还知道为自己的晚上行动提前找好借口。

赵旭犹豫了一下，觉得世上不会有那么巧的事情，梦游就梦游吧。于是，他点头应下，还吩咐人好生伺候。

结果殷戈止开口道：“本王半夜喜欢出去看月亮，封将军只需注意别吓着本王就好了。”

赵旭抿唇，突然觉得心里不踏实，看了殷戈止好几眼，赔笑道：“这几天天气不好，晚上也没什么月亮可以看，王爷真想看的话，下官可以让姬妾来跳个月华舞。”

“不必。”

“……”

赵旭擦了擦额头，将这两位癖好古怪的主子请进客院，低声叫家奴过来，让他们仔细盯着，然后行着礼走了。

夏日午后炎炎，分外好眠，风月穿着丫鬟的衣裳，坐在客院门口就跟两个家奴聊天：“这府上真好看，比将军府还好看。”

两个家奴年岁都不大，一看这娇滴滴的小美人想说话，都凑过来在阴凉处坐着。

一个道：“自然，咱们大人修这地方颇费心思呢。”

另一个生怕风月注意不到他，急忙抢着道："那可不是，我在这府里八年了，每一处地方我都清楚！"

风月微笑，眼角余光看到两抹影子顺利地翻了墙，然后继续问："后院你们也清楚吗？先前孝亲王说那地方花很好看，我还想去看看呢。"

一提到后院，两个家奴立马色变，瞬间住了嘴，饶是风月媚眼飞得再凶，他们也没再开过口。

这样一看，问题就大了啊。

起身拍了拍裙子，她笑道："不去后院，趁着主子在午休，咱们去别的花开得好的地方看看吧。"

家奴这才松了口气，但是两人不能同时离开，于是商量一阵，划拳定输赢，赢了的家奴就带着风月往花园走。

刚刚来过花园，依稀记得方向，风月停住步子，"哎哟"一声，秀眉紧蹙。

"怎么了，姑娘？"家奴连忙关切地问，"不舒服？"

风月羞得脸上泛红，问："茅厕在哪儿？"

家奴一愣，也有点不好意思，给她指了指方向。

"你不要带路了，我……我自己去。"风月咬着嘴唇，将一个被尿憋得难受又害羞又恼怒的小丫鬟演得活灵活现，一跺脚，扭头就走。

家奴半点没怀疑，就在原地等着。

午后艳阳高照，府里走动的人很少，风月七拐八拐的，也不知道自己拐到哪里了，完全凭运气在找后院。

好在这太尉府没大得太离谱，晃悠了一炷香的时间，真让她看见了个带着锁的荒废院落。

看了看那锈迹斑斑的铁锁，风月寻了个偏僻的角落，直接翻墙！

院墙不高，她上去得还算顺利，就是往下跳的时候，运气不佳，落进了杂草丛，被古怪的气味呛得翻了白眼。

"你胆子也真是大。"旁边响起殷戈止冷淡的声音，"都没功夫了，还敢做这种飞檐走壁的事。"

封明不知道从哪儿蹿了出来，一把将她拉起来，低声道："你不用来的。"

"一个人待着多无聊啊。"风月撇嘴，"不如来凑个热闹，反正我现在就是个小丫鬟，出什么事都有二位爷顶着。”

更真实的理由是，其实她也很好奇，关于这后院的流言，到底是真的还是假的？

殷戈止嫌弃地看她一眼，继续去四处查探。

风月抬眼，发现这院子有点像戏班子，东南方搭着戏台，四周还有些陈旧得看不出原本颜色的布条。

封明低声对她道：“这儿有问题，先前我还不知道你们在说什么，也不知道殷沉璧为什么来这里。进来之后我就发现了，这儿四周墙壁上都贴着鬼画符，摆明是镇着什么东西。”

被他说得四周都像刮了阴风，风月打了个哆嗦，皱眉道：“您说话能不能别这么阴森森的？”

“实话实说啊，不过你别怕，有什么东西来，我都替你挡着。”封明一笑，如骄阳破云，瞧着就让人觉得温暖。

风月抿唇，正想再说点什么，就见那头殷戈止面无表情地拿着耍把戏用的长枪出来了，朝着他们站的位置，一步步走得杀气四溢。

她吓得往封明背后一跳，道：“王爷，有话好好说啊！”

殷戈止冷哼一声，手上使力，猛地就将长枪插进了他们面前的土里。

这儿的土可算不上松软，瞧着这场面，风月下意识地咽了口唾沫，心想还好扎的是土，不是她脑袋。

“你把它拔出来。”殷戈止对封明道。

封明觉得这是一种挑衅的行为，谁还拔不出来似的！于是，他立马松开风月，上前双手捏着长枪尾部，一用力就拔了出来。

似有似无的血腥味儿让三个人身子都是一紧。

“不宜久留，走。”殷戈止正经了神色，一把抱起风月，直接飞了出去。封明后知后觉地跟上，咬牙切齿地骂：“你放开她！”

要他放手？殷戈止冷笑，偏不！

于是，给风月引路的家奴回来的时候，就发现封将军和孝亲王都醒了，正在院子里比画，旁边丫鬟的眼神格外冷漠，像在看两个疯子。

一切都很寻常，没出什么意外。不过晚上的时候，为了周全，赵旭还是增派了十个家奴在客院附近巡逻，确保他们不会梦游出来，也不会出来看月亮。

已经得到想要的证据了，殷戈止就老老实实地睡了个好觉，任凭赵旭担心了一宿。

第二天中午，赵旭正请他们用午膳呢，冷不防见护城军统领廉恒率兵上门，二话不说，直冲后院。

赵旭急了，怒喝道："这是本太尉的府邸，区区护城军，凭什么硬闯？"

旁边正在夹菜的殷戈止幽幽开口："后院有脏东西，为了大人的家宅安宁，还是劳烦廉统领清理了为好。"

廉恒此人，是澧国第一铁面，谁的脸色都不看，谁的面子都不给，大公无私，疾恶如仇。先前一听说他守城门，风月都不敢冒险，就因为他实在太难糊弄。

昨天她就在想，太尉是统管全国兵权之人啊，别说国都衙门了，太尉衙门都在他的势力之下，就算他院子里有问题，谁敢来查？

没想到殷戈止请的是廉恒。

廉恒出马，一个顶俩！

就在赵旭瞪着殷戈止错愕的时候，这位大统领已经一脚踹开了后院锁着的门，让人拿着铲子将土都翻了一遍。

"你们放肆！"赵旭回过神来，怒吼一声，提着衣摆就要去找廉恒理论，哪知一跨出院子的门，就闻见一股令人作呕的腐腥味儿。

"回禀太尉大人！"一个机灵的护城军跑过来道，"在后院发现了很多女尸，已经挖出来三具，其余的还在挖掘。"

一个没站稳，赵旭跌坐在地上，嘴唇抖了抖。

已经挖出了尸体，那他想拦也拦不住了。

腐腥味儿四散，殷戈止放下了筷子，优雅地擦了擦嘴，转头看向封明："封将军，出了这样大的事情，应该禀告圣上。"

封明皱眉："我休假。"

刚说完，想想不对，他拂袖就站了起来，严肃道："休假也不能阻拦我护卫皇城的决心！我先走一步。"

风月朝殷戈止屈膝，很是自然道："那奴婢也告退了。"

殷戈止眼神一凉，下颌紧绷，伸手就扯住她的裙子：“你走哪儿去？”

风月侧头，低低笑道：“王爷，奴婢是将军身边的丫鬟，将军都走了，奴婢还留在这里做什么？”

对这案子的后续，也不关心吗？殷戈止皱眉，手上一松，她就恭恭敬敬地跟着封明出去了。

跨出门的时候，封明回了个眸，头微微低垂，深邃的轮廓在阳光里勾出好看的线条。他嘴角微勾，留给殷戈止一个似嘲似讽的眼神——

人，我带走了。

殷戈止面无表情地看了一眼，冷笑一声，别开了头。

赵旭在外头与廉恒对峙，封明离开的时候，礼貌地选择了不打扰他们，直接翻墙。

太尉府气氛凝重，风月一离开，整个人就松了口气。

“你想做的事，做完了吗？”封明侧头，问了她一句。

风月微笑：“完成了第一步，多谢将军，剩下的我自己来。”

“月儿……”

“停！”风月打了个寒战，皱了皱眉，抬手拦着他的嘴，眼神古怪，“您为什么这么叫我？”

封明挑眉：“我习惯叫你关清越，而不是什么风月，但怕叫错给你惹麻烦，所以叫月儿最好。”

月儿，越儿，反正都一样。

这个理由，风月觉得还可以接受，点头道：“那好吧，到前头路口咱们就分开走，我回大杂院，将军进宫。”

“好，你先走。”

“嗯。”风月扭头就往大杂院的方向跑，跑得头也不回，也就看不见封明站在原地没动，直到她跑得没影，才转头往另一个方向而去。

三个人算是莫名其妙地分工合作了，但不知道为什么，风月回到大杂院等了一整天，一直没等到太尉府的任何消息。

风月扭头看向秋夫人，神色古怪地问：“你们外头的人，什么风声也没听见？”

“嗯，只听说太尉府上出了事，不少护城军赶过去了，具体出什么事，一点消息也没有。”秋夫人挑眉，“您问这个做什么呀？咱们该安排的都安排下去了，不管里头发生什么，只要皇帝再次去这太尉府，那就成事。”

风月沉默，然后笑了一声。

她是想看看殷戈止是输是赢，却没想到这次，神机妙算的大皇子会输得这么惨，还是输在自家父皇手里。

发生这么大的命案，封明又禀告了圣上，要是圣上秉公办事，那太尉府现在早乱了。可惜没有，风声都传不出来，那就表示，殷戈止都没能出来。

殷戈止进了宫，跪在御书房，不慌不忙地侧头，躲开自家父皇扔过来的玉石镇纸。

“赵太尉效忠我殷氏十年有余，也是你说查就能查的？”澧文帝震怒，“沉璧，你一向孝顺，怎么去一趟烨国，回来就跟变了个人似的？”

殷戈止缓缓抬头盯着自家父皇，慢悠悠道：“直到儿臣去烨国之前，儿臣眼里的父皇都是个明君，礼贤下士，黑白分明，赏罚有度。为此，儿臣甚至没有质疑过您说关将军叛国的话里有别的心思，全心全意地相信着您。”

所以听见易国如临死之前与风月的对话，没人知道他有多震惊，那是他头一次想起审视自己父皇的所作所为。父皇教他的，的确是忠孝仁义，可父皇自己做的呢？

本以为父皇是被奸佞蒙蔽，他回来给关家翻案，也能给父皇赎罪。可是当看见二皇弟身上的太子朝服，看见父皇脸上躲闪的神色的时候，他突然明白，一直被人蒙蔽着的，可能是他。

最后一丝希望是在澧文帝那道“再提关家之案者斩”的圣旨里熄灭的，他以为父皇能听进去，可是父皇听不进去，甚至恼羞成怒，那就说明……

父皇一早就知道关家是冤枉的，饶是如此，也因为忌惮关苍海，而将一百多条无辜而忠诚的生命，狠戾地葬送了。

这样的父皇让他觉得很陌生，也让他觉得很茫然。这个从小教自己东西的人都是错的，那他到底是对是错？

他唯一想得明白的，就是对不起关苍海，对不起关清穆，对不起关家无辜死去的所有人，更对不起关清越。

他曾嘲讽她是妓子，不配铠甲，却没有想到，她曾经拥有的铠甲，是他亲手击碎的。

闭了闭眼，殷戈止嗤笑，眼里波光粼粼，看着自家父皇问了一句：“父皇当真值得儿臣信任吗？”

澧文帝一震，接着就变了脸色。

殷沉璧是他第一个皇子，是他薨逝的前皇后留下的嫡子，他自然很看重。

可有人给他算命，说殷沉璧“与父相悖”。

为此，澧文帝用尽心思栽培他，与他培养感情，带在身边长大，就是为了避开这命数。他的皇子，哪能与他相悖呢？更何况这个皇子天资聪慧，将来必有大成，那更加不能忤逆他了！

没想到，二十多年过去了，殷沉璧乖顺了二十多年，终究还是逃不过这命数。

捂了捂心口，澧文帝拍案，怒不可遏：“你放肆！朕是你父皇，你怎么敢说出这样大逆不道的话来！”

下头跪着的人垂眸，没再躲避上头砸过来的东西，被玉质笔搁打破了额，一股子血流下来，他眼前一片血红。

他的父皇分明教过他：世间虽有亲疏，却也有对错。人有错，虽亲近也得罚；人无错，虽疏远不得欺。

现在上头站着的，是谁呢？

御书房里，澧文帝的叱骂声持续良久，殷戈止跪着没动，等到最后，却听得他一句：“太尉府的事情你不要管了，朕知道该怎么处置。”

知道？殷戈止颔首起身，没管脸上的血，淡淡道：“那儿臣等着看父皇的处置。”

澧文帝打了个寒战，皱眉看着他的背影，又气又恼。

“王爷！”一出御书房，不少宫女被他这模样吓得尖叫，有的忙递了帕子来，殷戈止却像是什么都没看见，慢慢地往宫外走。

大云挡日，天地间清凉一片，有风呼啸，卷起那人绣着三爪龙纹的衣角。墨发翻飞，那人走得极缓，背影瞧着让人心痛，众多宫女不知不觉地跟在他后头走，直到快出御书房的地界，他才被侍卫拦下来。

有宫女啜泣出声，旁边的人怪她：“你哭什么呀，弄得我也想哭。”

小宫女哽咽：“我也不知道啊，看见孝亲王这样子，心里就跟着难受。这是怎么了呀……”

眼瞧着那身影要踏出清月门了，御书房里追出一个太监来，接着殷戈止就被拦在了门前。

澧文帝身边的太监颤颤巍巍道：“王爷，陛下有旨，让您在宫里住几日。”

凉意更甚，殷戈止却是失笑出声，眼里流光四溢，身如玉，山将倾，这等风华，那太监都看得失了神。

“好。”他道，“父皇要我留，那我便留。”

风月觉得奇怪，往常殷戈止总是没事就跑到大杂院喝茶，可太尉府的事情都过去三天了，也没见他露面。

她正准备去找封明问问，谁知道尹衍忠那边就有了动静。

“少主，太尉府在准备接驾。”

接驾？风月眼睛一亮，立马将殷戈止抛之脑后，带着人进门，规划接下来的行动。

皇帝微服出宫了，带着殷戈止一起，到了太尉府。

赵旭跪在门口恭迎，穿的是常服，四周也没什么人。

澧文帝上前就将他扶起来，感慨道：“委屈爱卿了。”

“臣不委屈。”赵旭哽咽，“臣多谢皇上宽恕。”

殷戈止站在旁边，眼里没有半点波澜。

府上无数条人命，连案都没立，澧文帝就觉得赵旭是受委屈了，他当真不知道这种无条件的信任从何而来。

看了一眼殷戈止，赵旭的神色有点古怪，看起来是又畏又敬，却下意识地往皇帝身边靠了半步。

澧文帝察觉了，轻叹道：“孝王爷莽撞，不由分说就让廉恒那不讲理的冲撞了爱卿，他以后不会了，爱卿多体谅。”

这种语气，就像是自家孩子到朋友家闯了祸，长辈过来赔礼一般。

殷戈止这才发现，皇帝与这赵旭的关系，是当真很亲密。

回头看了看沉默不言、表情冷淡的孝亲王，赵旭觉得皇帝的话一点说服力都没有。不过到底是皇帝，他也不能恃宠而骄，既然罪责没被追究，那不如见好就收。

只是，孝亲王捅他刀子这件事，他记下了。

“陛下哪里的话，王爷也是一片好心，觉得微臣后院里的尸体有问题。”赵旭恭敬地朝澧文帝拱了拱手，一脸委屈道，“只是微臣后院里埋着的，都是些病死的姬妾，无父无母的，扔出去埋了也可怜，微臣就想，挪后院之地，做她们葬身之处也好。”

澧文帝恍然：“原来是这样，爱卿实在宅心仁厚。”说着，他又看了殷戈止一眼，“听明白了？”

“不明白。”殷戈止眼皮都没抬，负手站立，语气冷淡，“儿臣不知那些姬妾是得了什么病，才会浑身伤痕，骨骼不全。”

澧文帝大怒：“你怎么这般不识好歹！”

赵旭连忙劝：“陛下息怒，王爷不了解个中原委，觉得奇怪也是应当。那些姬妾有的是得了疯病，摔得自己浑身伤痕，还有从楼上跳下去的，骨骼不全，也是自然。”

“你听听，还不够清楚吗？”澧文帝斥道。

殷戈止勾唇，终于抬眼看了一眼自己的父皇，轻声问：“您是一早就知道此事吗？”

澧文帝微微一愣，皱眉道：“不知。”

“那为什么堂堂君主，不持公正，而是无条件站在被告人的那边，斥责提出异议之人呢？”殷戈止双目含湖，有粼粼湖水欲起水花，却终是归于平静，带着些早秋的凉意，“赵大人为官十余年，与父皇同爱书法绘画之事，父皇爱与之亲近，无可厚非。但过于信任，未免置自己于危险之中。”

赵旭脸色终于是难看起来，一撩袍子就朝皇帝跪下了：“臣之忠心，天地可鉴！”

澧文帝伸手扶赵旭起来，想着大皇子也是为自己着想，语气就好了点：“用人不疑，这道理，你还不明白？”

殷戈止垂眸："父皇可还记得前朝景慧帝？"

景慧帝爱马术，宠擅长马术的武将雷益，哪知雷益潜伏十年，却是为了弑君复旧国，最后用一匹疯了的马，送景慧帝走上了绝路。

一提到这个故事，赵旭的腿都软了，他哽咽道："微臣与王爷何仇何怨，为何王爷要如此中伤微臣？"

殷戈止淡淡道："本王正是与大人无仇无怨，所以才说公正话，做公正事，提醒君主小心而已。"

澧文帝沉默了一会儿，又笑道："好了，提醒而已，爱卿与雷益怎么可能相同呢？朕很信任爱卿，相信爱卿绝对不会有害朕之心。"

"陛下！"赵旭感动得跪下磕了响头，老泪纵横，只是转脸之时，看殷戈止的目光就明显带了敌意。

殷戈止视若无睹，看到澧文帝这态度，他终于明白风月为什么要一意孤行，为什么觉得他的想法不会实现。

世人都知道他的父皇是个什么样的人，就他不知道而已。

袖子里的手捏得死紧，殷戈止垂眸，继续跟着他们往后院走。

皇帝驾临，府里的家奴忙碌得很，新上任的管家挑了几个懂事的奴才，拎在杂院里吩咐："陛下来咱们这儿，一向是要与大人吟诗作对，写字画画的，你们都得小心伺候，笔墨纸砚都要用大人珍藏的那几套，谁敢毛手毛脚把东西弄碎了，那就等着掉脑袋！"

"是！"几个家奴应下。

旁边的老管家皱眉道："这些人才进府半年吧？"

新管家是老管家的儿子，闻言撇嘴道："以前的人，年纪都不小了，手上也没什么力气，这些人进府半年，手脚可利索了，平时干活儿从来不偷懒，用他们我才放心呢。"

老管家想反对，可想想儿子说的也有道理，便没多管。

于是，这几个家奴跟着去拿了文房四宝，路过假山，穿过花园，最后将东西递到了内侍太监的手里。

皇帝与赵旭正在谈论最近的大家之作，殷戈止一脸冷漠地扭头看着院子里的花，目光在四周晃荡，盯着墙头某个地方停顿了一下，又若无其事地看向别处。

笔墨纸砚来了，皇帝自然是兴致大起，拿了毛笔就让赵旭研磨，捏着广袖潇洒而作，墨水沾了满手也不在意。

“陛下，府里刚做的点心。”几炷香的时间过去，赵旭招呼皇帝休息，让内侍试吃了点心，然后给澧文帝献上。

出了宫规矩没那么多，澧文帝也懒得拿筷子，直接伸手就拿来吃。

可是，刚吃完一个，还没来得及去拿第二个，一支冷箭就从某处破空而来！

护卫们一个也没反应过来，却是旁边慵懒坐着的殷戈止突然腾空而起，一把抓住那冷箭，衣袍翻飞，眼神陡然凌厉。

“有刺客！”

四周的护卫瞬间就追了一半出去，皇帝大惊，立马怒斥：“给朕把人抓住！”

“是！”

爱权的人一般都很爱命，澧文帝尤甚，当即就转头怒斥赵旭：“你府上的护卫是做什么的？”

赵旭慌忙跪地：“陛下，今日臣府外安排了数百护卫，压根不可能有人靠近啊！”

“不是外头进来的，那就本是在府里的。”殷戈止捏着那冷箭看了看，眼波微动，突然沉了语气，“父皇还是提前回宫吧。”

鉴于是他捏住了这箭，皇帝点了点头，没再伸手去扶地上跪着的赵旭，而是道：“爱卿起来吧，先把刺客抓住了再说。朕先回宫了。”

“微臣……恭送陛下。”

赵旭忐忑极了，也万分生气，见皇帝带着殷戈止走了，立马派人追刺客。

然而，隔着院墙，刺客是谁不知道，府里连个行踪古怪的人都没有，都是穿着家奴衣裳的人，再无别的了。

出了太尉府，殷戈止随手将那箭交给内侍，心里有些疑惑。

他知道风月可能会对父皇下手，也一直防着，可是当真下手了，怎么会连箭头都是无毒的？而且，先前是他太过紧张了，伸手就接住了那冷箭。其实就算他不接，按那箭头的方向，可能也会扎在画桌上，而不是皇帝身上。

她在想什么？

澧文帝上了车都有些生气，他着实是受惊了，再加上想起殷戈止先前说的景慧帝与雷益的故事，心里对赵旭难免产生了几分顾忌。

当官当久了的人，都是会变的吧？赵旭虽为太尉，手里却一点兵权都没有，甚至没行使太尉该行的权力，他会不会也有怨呢？

澧文帝转念一想，与自己一样喜欢字画的人，怎么可能会这么坏？

他突然觉得腹部绞痛，刚开始还能忍，接着就越来越痛了。

“停……停车。”

这声音太小了，内侍没听见，殷戈止又在另一辆车上，以至于皇帝一路疼到宫里。内侍掀开车帘的时候脸都吓白了：“陛下！”

殷戈止觉得不对，大步走过去看，发现皇帝脸色惨白，已经昏了过去。

太医匆匆而来，皇帝在龙榻上昏迷不醒，南平公主和太子也来了，太子皱着眉头问：“皇兄，怎么回事？好端端的人同你出去一趟，怎么就中毒了？”

殷戈止还没开口，南平上来挡在他面前，对太子道：“又不是皇兄的过错，二皇兄这质问的语气未免太失礼！”

“本宫只是问问情况。”

“有这么问的吗？”南平冷哼，扭身看向殷戈止，跺着脚，撒着娇，“皇兄，发生什么事了？”

伸手摸了摸南平的脑袋，殷戈止道：“父皇去了一趟太尉府，遭遇了刺客，那刺客放的冷箭我替父皇挡住了，没伤着他，但是不知道为什么还是中毒了。”

南平瞪大眼，怒道：“在太尉府那地方，怎么会遇刺？太尉大人呢？还不叫进宫来问罪？”

“父皇哪里舍得问太尉大人的罪。”殷戈止淡淡道，“太尉府死了二十多条无辜的人命，父皇都觉得是我冤枉了赵大人。如今龙体无碍，只是中了少量砒霜而已，怎么会问罪呢？”

旁边的皇后皱了眉：“王爷，陛下还昏迷不醒，您说这些话有什么意思？”

“儿臣失礼。”殷戈止颔首垂眸。

南平愕然地张大了嘴，水汪汪的眼睛眨巴眨巴的，有话想问，看了看这满殿的人，还是含蓄道：“那皇兄陪南平去御药房看药吧。”

“好。”殷戈止颔首，朝皇后行了礼，便带着她一起退了出去。

太子皱眉看着，小声道：“皇兄怎么跟变了个人似的？”

南平也有这种感觉，毕竟以前皇兄虽然也冷漠，也没什么表情，甚至也与父皇抗争过，比如自己立妃的事情。但……现在的皇兄，却像是对父皇完全失望了一样，语气里都不再带着从前的尊敬。

她很好奇原因，连忙拽着自家皇兄，边走边一脸严肃地问：“皇兄与父皇之间，是发生了什么吗？”

南平公主也是前皇后所出，与殷戈止向来亲近，所以殷戈止对她的态度是很温和的。

“你眼里的父皇，是什么样子的？”他问了一句。

南平公主握拳，一脸崇敬道：“善恶分明、刚正不阿，父皇是一代明君！”

看着她这表情，殷戈止轻笑了一声。

“皇……皇兄？”南平吓了一跳，缩着脖子忐忑道，“虽然你笑起来很好看，可你笑什么啊？”

殷戈止轻轻摇头，额角有一缕碎发落下来，他闭眼，轻声道：“我笑我自己。”

当初有人问过他这个问题，他回答人的表情，一定跟南平现在一样傻。怨不得当时的季大学士笑而不语，他还觉得那人对父皇不敬。现在想起，许是该去他坟前磕几个头。

为什么会舍得骗自己最亲近的人呢？父皇是不是压根没有想过有一天皇子和公主们发现了真相，会恨他？或者觉得反正他是帝王，顺他者昌，逆他者亡，恨不恨的，都没有关系？

“皇兄……”看着他的表情，南平的声音都微微发抖，妃色宫裙也跟着晃悠，“你别这样……”

“没事。”殷戈止回过神，“你不用想太多，好好在宫里待着，要是无聊了，就去孝王府找皇兄。其余的，不是女儿家该操心的。”

南平似懂非懂地点头，乖乖地拉着他的袖子，跟他一起往御药房走。

皇帝半个时辰之后就醒了，得知自己中毒，龙颜大怒！赵旭连忙带着人进宫，跪在澧文帝寝宫外头磕头。

“陛下，微臣所献点心，全是试吃过的啊！陛下所中之毒，一定与太尉府无关！”

外头正喊着呢，太医就看了看皇帝满是墨水的手，拿水将墨水洗下来查看。

“找到了，毒在墨水之中。”太医唏嘘，“手上有墨水，怎么能进食呢？”

太子叹息：“父皇高雅，极为爱文，一向觉得墨水不污，在御书房写字，手上沾染了墨也是不洗的。但这样的习惯，怕是要很亲近的人才能知道并且加以算计。”

澧文帝一听，当即大怒，鞋都没穿，挣扎着下地，扶着内侍的手就出了寝宫的门：“赵旭！”

“陛下！”赵旭喊冤，“微臣怎么可能有谋害圣上之心，怎么可能啊？”

“毒是下在你府上的墨水里，刺客也是你府上的，你让朕怎么信你！”澧文帝捂着肚子怒喝，气得脸色更加难看，“枉费朕这么相信你，要是今日身边没带孝亲王，那朕是不是要直接死在你府上？”

“微臣冤枉啊！那些刺客……”

“刺客你抓到了？”

“……”赵旭埋头磕地。

“那你有什么脸面来同朕说？”澧文帝跺了跺脚，“来人啊！把赵旭给朕押进太尉衙门，让三司将太尉府给朕查个明白！”

“是！”

殷戈止站在旁边看着下头气愤委屈得以头撞地的赵旭，突然明白了风月的意思。

多小气的人啊，不肯让赵旭死在他该死的罪名上头，偏要嫁祸他、冤枉他，让他也尝尝关苍海当年憋屈的滋味儿。

落井下石不是很痛快吗？那尝尝石头砸在自己身上的感觉吧！

殷戈止眼里光芒暗闪，笑了笑，觉得很有意思，比费尽口舌劝皇帝秉公办事有意思多了，瞧瞧，皇帝现在多生气啊。

他突然很想念风月，想捏着她纤细的腰肢，将人压在怀里，看她狐媚的眼睛滴溜溜地转，看她奸计得逞后得意地笑或者抬着下巴很骄傲地说自己赢了。

那眉眼，一定很动人。

殷戈止身子动了动，掩饰了一下有些尴尬的反应，侧头一脸平静地问自家父皇："儿臣可以出宫了吗？"

念在他这回护驾有功，澧文帝盯着他看了一会儿，摆手道："去吧。"

风月不相关·③
衔月篇
白鹭成双
/著/
若要复仇，嫁我为后生太子，
让流着你关家血脉的人，掌我殷氏江山。
随书附赠
《良辰未迟》
试读小册子
+
超华丽人物卡
+
超精美书签
继《美景未迟》之后惊艳新作！
《风月不相关》系列完结赠新增后记！
“还是你厉害，关家女将军。”“承蒙过奖了，殷氏孝亲王。”

白鹭成双

BAILU CHENGSHUANG

良辰未迟

试读卷

目录

CONTENTS

第一章

这柜子要出吗

要是知道蹭饭的后果这么严重，赵长念今日说什么也不会来。

“去那边搜！”

“是！”

凌乱的脚步声和着侍卫的怒喝从外头传来，听着是越来越近了。赵长念屏住呼吸，缩在角落的柜子里一动也不敢动。

“这边没有。”

“内殿找过了吗？”

“大人，内殿非旨不得入啊。”

侍卫长急了：“找不到刺客，你我人头都得落地！”

侍卫犹豫一二，道：“辅国公就在那边，他能出入这八宝殿，不如请他过来？”

一听这话，赵长念两眼一抹黑。

要是被别人抓着她在这儿，糊弄两句，兴许还有余地，可要是被辅国公叶将白抓着，那就真就有口难辩了。

她真的是冤枉的啊！今儿太后大寿，她作为宫里最没存在感的皇嗣，只是想来蹭点好吃的，谁知道出个恭也能撞见杀人现场？那么高大的典狱史，就在她眼前倒下去，她还以为人家是喝醉了，下意识伸手去扶，谁知道一扶就糊了一手血。

低头瞪眼，她才瞧见典狱史心口破了个窟窿，睁眼看着她，死不瞑目。

怎么看她怎么像凶手。

侍卫追过来的时候，赵长念想也没想就往八宝殿里窜了，能躲一时是一时，总比被人逮个现行好。而且这地方一般侍卫进不来，定能逃过一劫。

谁知道却是闯了鬼门关了！

要不，现在翻窗跑？

主意一起，赵长念伸手就想推柜门。

然而，刚推开一条缝，外头就响起个熟悉的声音："怎么？"

侍卫长半躬着身子站在叶将白后头，为难地道："别的地方都搜过了，只这一处内殿，咱们不得入。眼下酒宴正酣，卑职也不敢惊扰圣驾，只能烦请您……"

说着，朝内殿指了指。

赵长念从柜门缝隙里看出去，就见叶将白着一身湛蓝朝服，缎面生光，微微一拢袖子，眉目间浮了点酒意："什么贼人如此大胆，八宝殿也敢闯？"

说罢，他一扬衣摆就跨了进来。

心跳如擂鼓，赵长念吓得差点尖叫，好在忍住了，慌忙将柜门合拢，伸手捂着自己的嘴，指节发白。

完了完了，她这十几年来安逸平顺的日子，要到头了。

正向她走来的这人是朝中八大元老亲举的辅国公叶将白，位高权重自是不必说，更要命的是，此人极其不好相处，想从他这儿讨个面儿简直比登皇位还难。被他看见她在这儿，定是立马就将她押往司宗府了。

若是别的皇子那还好说，让母妃去父皇面前哭一哭闹一闹，在司宗府关上几个时辰也就回宫了。可像她这种母妃早逝父皇不疼的，进去了是生是死都拿不准。

柜门外头传来了脚步声，云靴踩在织锦地毯上，又闷又沉。赵长念没出息地闭了眼睛，可耳里听见的声音更加清晰——

叶将白拂动了隔断处的帷帐。

打开了一旁的两个矮柜又合上。

又捞了旁边书桌的罩笠。

然后……

起身，直直地朝她藏的柜子而来！

"铛。"

柜门上的铜环被人轻轻叩了一下，磕在木柜上，在里头听来如同炸雷。

赵长念惊得浑身一抽，下意识地想捂住自己的嘴，然而实在被吓得太厉害了，心口的气没提上来，直接打了个响亮的——

"嗝！"

外头的人顿了顿，似是有点不敢置信，又捏着铜环叩了一下。

"嗝！"

赵长念蹲在柜子里掐着自己的脖子，简直恨不得掐死自己，然而不管她怎么掐，都没能止住这打嗝的趋势。这嗝来势汹汹，清脆而富有节奏感，仔细听听，还能跟远处大庆宫传来的鼓乐声和上。

寿果满盘，嗝，生瑞霭。寿花新插，嗝，采莲台。

柜门外安静了一瞬，接着，好像有人笑了一声。

赵长念这叫一个悲愤欲绝啊！早死晚死早晚要死，可为什么要在死前让她丢这么大个人？

士可杀，不可辱！

气性一上来，赵长念伸脚就踹在了柜门上，想以一种大无畏的姿态，挽回点颜面。

然而，这一脚过去，门没开。

“国公？”

殿外传来侍卫长担忧的询问声。

叶将白伸手抵着柜门，平静地应了一声：“怎么？”

“殿内可有异？”

感受着躁动不安的柜门，叶将白脸不红心不跳地回答：“没有，这内殿里寻了个遍也没看见人影，许是逃往别处了。”

啥？赵长念傻了，脚横在空中，整个人顿时呆滞。

“这……有劳国公，卑职再带人往崇阳门的方向寻。”

侍卫长完全没生疑，二话不说就在外头行了礼。接着就是一阵铠甲磕碰之声，似是带着人统统往别处去了。

八宝殿里安静下来，一点声音都不再有。

什么情况啊？叶将白知道柜子里有人，却不揭发？赵长念想不明白，掐了把自个儿的大腿，又咬了咬舌尖，确定不是在做梦之后，伸手就想推开柜门。

“今日太后大寿，典狱史遇害之事，会压到三日之后再禀上。”柜子外头突然响起叶将白的声音，严肃又低沉，“届时，还望七殿下能自首。”

哦，原来是因为太后大寿，今日才不究。

赵长念理解地点头。

嗯？等等？

她去自首？！

赵长念瞪大了眼，终于反应过来，叶将白肯定是一早就看见她了，还以为她是杀害典狱史的凶手，之所以不立马揭穿，是因为她反正跑不掉？可她压根不是凶手啊，顶多算个目击者，怎么就要去自首了？

一把推开柜门，赵长念张嘴就想解释。

然而，内殿里空荡荡的，已经没了叶将白的影子。

走得也太快了！

拖着酸麻的腿，赵长念眼泪都快出来了，她就是个混吃等死的人，怎么就遭这飞来横祸？

……

大庆宫里鼓乐正欢，已经是到了皇子们献寿礼的时候。宫女红提一脸焦急地站在侧门外左顾右盼，远远地看见赵长念回来，连忙迎了上去。

“祖宗，您跑哪儿去了？不是说片刻便回吗？”

赵长念耷拉着脑袋，很是有气无力：“遇见点麻烦，红提啊……”

“您先随奴婢来，要误大事了！”完全没心思听她的话，红提半扶半拖地就把人往内殿里带，“所有皇子都到了，就差您一个，再不过去捧礼，少不得要挨罚！”

太后的六十寿辰办得盛大而热闹，在朝中的皇子都要捧礼上阶以示孝顺。这种场合，一般是当权的几个皇子暗暗较劲，像赵长念这种好吃懒做默默无闻的人，随便捧个体面的古董走个过场也就是了。

偷偷擦干净手，接过旁边宫人递来的礼盒，赵长念小步跑进侧殿，发现的确所有皇子都到齐了，就连一向喜欢踩着时辰登场的太子爷也已经站在里头同人寒暄。

“七皇弟怎么来这么晚？”余光瞥见她，太子随意问了一句。

赵长念扶了扶头顶的玉冠，笑着答：“昨儿吃坏肚子了。”

太子点点头，没多说什么，其余的人也朝她礼貌地颔首，然后便继续各说各的。

这种场面赵长念已经见怪不怪，小时候母妃尚在，就总不让她跟这些个皇兄一起玩，她年少无知的时候问过为什么，后来大一点，发现自个儿胯下比皇兄们少了个东西，就老实了。

比起跟人打成一片，还是小命比较重要。

“时辰到了，各位殿下这边请。”

外头的宫人来传话了，太子一听，抖了抖袍子就捧好了礼盒，领着众人便往外走。

当今圣上爱纵欲，年少之时砰砰砰生了七个皇子，如今有三个已经去了封地，剩下的四个除了赵长念，那叫一个明争暗斗，就算太子之位已经有人，也免不得在这种露脸的场合里分个高下。

赵长念每年最大的乐趣就是看几位皇兄斗宝，这个献个玉观音，那个就要献个成色更好的玉佛，有一年太子还献了东海珊瑚树，谁知道四皇子献上个凤形红珊瑚，硬生生压了太子一头，让人看足了太子的笑话。

当然，因着这事儿，四皇子的下场就不太好了，没两个月就被送去很偏远的封地，叫天天不应，叫地地不灵。

赵长念跟在队伍的最后默默地往大殿里走，心想今年不知道是哪个傻蛋的礼会跟太子撞了。

宫香缭绕，引路的宫人一路将锦绣纱帘儿往两边打开，站着或坐着的命妇们瞧见众皇子，都起身屈膝。赵长念低头安静地走着，就听得大宫女亮着嗓子喊："殿下们来孝顺太后娘娘了！"

内殿最里头的凤座上坐着的人抬起眼来，满目慈祥。

太子上前两步，捧过礼盒就笑："孙儿不才，上天入地也就为皇奶奶寻得这一件小玩意儿，还望皇奶奶看在孙儿诚心的分上，轻饶了孙儿。"

"你这孩子。"知太子向来嘴溜，太后笑着让人接了礼盒，当众打开。

"嚯！"

盖子一开，柔和的荧光就透了出来，大宫女低头一瞧，喜道："娘娘最近一直在念珍珠呢，说今年宫里的珍珠不好。您瞧瞧，太子殿下这就给您寻着颗好的。"

婴儿拳头那么大的珠子，捏起来在灯光下通透得很，太后接过来捧在手里看了看，连连点头："诚儿是个会孝顺的。"

"这么大的珠子，得上百年的蚌才结得出来吧？"旁边有命妇奉承，"可不容易寻呢。"

"之前臣妾见过一颗，只有这颗一半大，都价值千金，轻易得不到。想来太子殿下这回也是破费了。"

"是啊，这还不是有银子就行的。"

女人们叽叽喳喳羡慕起来，那坐在最上头的女人，心里肯定是高兴的。太子瞧着众人这反应，胸脯也挺得直，嘴上还不忘卖乖："怎么寻的有什么要紧，皇奶奶喜欢就好。"

太后笑弯了眼，拉过他来拍了拍手背，让他坐在自个儿身边，然后继续看后头的人捧来的礼盒。

有四皇子前车之鉴，其余人想压太子一头，都不会选一个类的贺礼。不过赵长念看了看，三皇子送的名家字画和五皇子送的机巧酒器，好是好，但都没太子的东海百年蚌珠讨太后欢心，太后再尊贵也是女儿家，女儿家嘛，多喜欢漂亮的饰物，十幅字画也抵不得半颗珠子。

作为一个只想混吃等死的皇子，赵长念准备的贺礼中规中矩，是个看起来体面的古董花瓶，没什么亮眼的地方，随意过了也就是了。

这样想着，轮到她的时候，赵长念就乖巧地上前跪下，捧了礼递上。

大宫女也知道这位七皇子的德行，没抱什么希望，肚子里已经准备好了几句场面话，打算随意应付一二。

然而，盒子一打开，荧光突然大盛，映得大宫女的脸唰白唰白的。

“……”准备好的话全噎在喉咙里，她看了看盒子里的东西，也不知道说什么好了，干脆抖着手直接捧去太后眼皮子底下。

太后不明所以，垂眸一扫，人也怔了怔：“……念儿这是？”

赵长念正低着头数地毯上的牡丹花有几片花瓣，压根没注意发生了什么，听太后像是要问话，她连忙道：“孙儿也不知皇奶奶喜好，只能随意蒙一蒙，皇奶奶若是不喜欢，那……那孙儿便再想想法子。”

内殿里渐渐安静下来，连命妇们交耳嘀咕的声音都消失得干净。

等了许久也没人再说话，这诡异的死寂让人很不安，赵长念转了转眼珠子，终于鼓起勇气抬头看了一眼。

她不看还好，一看差点吓得尿裤子。

太后手捧着她的那个礼盒，从礼盒里拎出一串东海百年大蚌珠来。

没错，是一串，每颗珠子都跟太子送的那颗一样大，足足有十八颗。

太子已经不坐了，站起身看着她，脸色绿得跟御厨房里的嫩黄瓜一样。

赵长念：“……”

这不是她的贺礼啊！

“七皇子这手笔……也真是太大了，铺张了些。”先前奉承太子的人脸色都不太好看，勉强笑道，“最近边关有战事，正吃紧呢，太子尚且知道分寸，殿下怎么就过头了呢。”

不是，她就算想过头，也过不了这个头啊！赵长念要急死了，她不受宠，手里无权，月钱又少，去哪儿弄这么一大串珠子啊。再说了，以她这贪生怕死的性子，做梦都想着要避开太子的贺礼，怎么可能这么不要命地往上凑呢？

“皇奶奶……”

“你有心了。”太后将珠子放回盒子里，面上依旧笑得慈祥，“皇奶奶很喜欢。”

不，您别喜欢啊！赵长念面无人色，看看周围人脸上怪异的表情，再看一眼旁边太子脸上僵硬的笑容，脑海里只落下来两个大字。

完了！

第二章

善良的辅国公

赵长念的母妃原本只是个小昭仪，生了“皇子”之后母凭子贵，被封了秦妃。可能是因为天天担惊受怕，她没活太久。

临死之时，秦妃拉着赵长念的手，就说了一句话——

“你一辈子也别出头，安安稳稳地活着就好。”

牢记这句遗言，赵长念已经安安稳稳过了十九年。原以为一辈子也就这么混过去了，谁承想会突发意外。

如果说四皇子送凤形红珊瑚是打送普通珊瑚的太子的脸，那她这十八颗百年蚌珠，就等于是踩在太子的脸上拿着鞭子抽，还连抽了十八鞭，鞭鞭见血。

可问题是，这鞭子不是她的，也不该是她的。

几个命妇粉饰了一番太平，就让各位皇子入席去。赵长念抖着腿半晌才站稳，几乎是被宫人拖到前殿的。

前殿寿宴已起，美酒佳肴琳琅满桌，然而她一点胃口也没了，就哆哆嗦嗦地想——比四皇兄那块封地还偏远的地方是哪儿啊？她要不要提前收拾好行李？

“殿下。”

有人在叫她，声音听着还挺好听的，赵长念恍惚地想，这人应该长得挺好看。

“殿下。”

一袭朝服飘来了她面前，赵长念愣怔地抬头，发现这人的确长得挺好看，目光慈悲，像是含着千年的秋水，眉心间山色正好，潇潇若和风带云，清月随之入怀。薄唇浅抬，自是三分莫测七分风流。

右边眼角下一颗浅痣，似笑非笑起来，像只修成精的大灰狼。

可是，这只好看的大灰狼，怎么长得这么像辅国公呢？

“在下脸上有脏东西？”叶将白垂眸看着她，低声问了一句。

一个激灵，赵长念终于回了神。

"辅……辅国公！"

看她这魂不守舍的模样，叶将白拧了拧眉："殿下当注意仪态才是。"

"不不不！"赵长念伸手就抓了他的衣袖，焦急地道，"关于典狱史的事，我有话要说！"

叶将白看了一眼后头热闹的酒宴，不感兴趣地道："此事三日之后再论。"

"三日之后，我也不知道自个儿还有没有机会论了。"想起太子那凌厉的眼神，赵长念很绝望，"趁着现在还能说话，咱们还是说清楚为好。"

兴许是她这语气太可怜了，叶将白沉默片刻，竟难得地顺从了，与旁边的宫人吩咐两句，便引着她往后花园走。

一远离人群，赵长念就忍不住开始解释，巴拉巴拉地解释了一大串，说她只是去出恭，真的不是凶手。

"我这小胳膊小腿的，也杀不了人高马大的典狱史啊，这不符合常理！"

叶将白安静地听着，目光在她身上扫了一圈，点了点头。

这个理由很有说服力，当今七位皇子，六位都是英武非凡，只这一位瘦小得跟峨眉山上的猴子似的，风大点都能直接吹跑了。

"所以，殿下看见凶手的模样了吗？"

赵长念哭丧着脸："就只看见个影子。"

"也就是说，您至少看见了一些。"叶将白沉吟，"那恐怕就需要出来作证。"

能说这话，说明他是相信自己没杀人了。赵长念松了口气，然后继续耷拉着脑袋道："要是开审的时候我还在京城，那便作证也无妨。"

"嗯？"叶将白垂眸问道，"出了何事？"

"我的贺礼，不知被谁替换了，换成了十八颗百年蚌珠。"提起这件事，赵长念双腿又打战了，"太子都只送了一颗，我的贺礼竟然是十八颗。"

十八颗啊！这不把她送出去十万八千里才怪。

"贺礼撞了，也是常事。"相比她的战战兢兢，叶将白很平静，眸子微微泛光，像是在赏闲时春雨，悠然道，"殿下若觉得自己是冤枉的，不如去与太子殿下解释。"

与太子解释？赵长念连连摇头："他不会搭理我的。"

像她这样无权无势又不参与争斗的皇子，见面得他一句寒暄还可以，平时想去他宫里拜会，太子都是不见的。

瞧了瞧这寒风里瑟瑟发抖的小可怜，叶将白很是好心地道："那可要在下替殿下引见铺路？"

一听这话，赵长念抬头仰望面前这人，眼里顿时亮起了千盏明灯！

“那可多谢国公了！” 她连连作揖，喜道，“有国公引见，太子定能听我两句话！”

“好说。”叶将白拢着袖子道，“明日未时，还请七殿下准备准备。”

说罢，朝她行了礼，施施然就回宴席里去了。

赵长念热泪盈眶地看着他的背影，心想辅国公其实是个挺好挺善良的人啊，为什么会有人说他心思叵测，危险诡谲呢？瞧瞧，这明明是活生生的救世主啊！

叶将白在朝中地位极高，太子也要让他三分，有他帮忙，赵长念愉快地把心放回了肚子里，甚至开始想，要是这回她能继续留在京城，那一定要把小金库拿出来，送个大礼给辅国公来表达感激之情。

寿宴开始，叶将白回到了自己的位置上。

“你去哪儿了？”户部侍郎风停云端了酒杯挡嘴，低声问了一句。

叶将白温和地笑了笑，道：“酒宴无趣，寻了个乐子。”

乐子？风停云左右看了看，唏嘘摇头。

叶将白这个人吃人不吐骨头的，被他看中当成乐子的人，不知道是谁家的倒霉蛋。

赵倒霉蛋什么也不知道，就觉得事情都会摆平的，欢欢喜喜地去寿宴上混了吃的，然后回宫舒舒服服地睡了一觉，等着叶将白的消息。

她以为叶将白会随便派个人来知会她，但是没想到，第二天午时，叶将白亲自过来了。

“殿下心情很好？”看着面前这张笑嘻嘻的脸，叶将白也跟着笑了笑，语气十分温和。

要不是还穿着男装，赵长念都快对着他流口水了，这个人的气质真是一等一的好，相貌也极佳，就算没那通身的本事，也定能在朝中混个大官当。

“一想到国公竟然会帮我的忙，我就高兴。”赵长念蹦蹦跳跳地引着他往外走，“这么多年了，我这小宫殿里从来没有外臣拜访。”

叶将白跟在她身后，心想外界说七皇子傻也不是没道理的，他去拜访任何一个皇子，人家都一定会请他上座，奉上瓜果点心，好生恭维他一番。

这位倒是好，进门都没让坐，就直接把他往外带了，手还拉着他的衣袖，半分规矩也没有。

而且，这位殿下的手也真是太小了，白白嫩嫩，娘里娘气的。

“国公是刚忙完朝事吧？”前头的赵长念完全没有察觉背后的目光，一边蹦跶一边笑道，“您这么忙，还亲自来帮我。”

叶将白把目光从她手上收回来，浅笑："应该的。"

宰牛杀猪之前都得给它们喂得白白胖胖的，更何况是人呢。

"您有什么想要的东西吗？"赵长念回头，一双湿漉漉的眼睛清澈地望向他，"太贵的我也买不起，但是这么多年攒的月钱也有个千儿八百两的，买件称手的玩器做谢礼还行。"

是个皇子都有几万十几万的身家了，这位倒是好，攒月钱攒了千儿八百的家底，还要给他买谢礼？

叶将白这次是真的笑了，拱手道："殿下客气了。"

他这表情有些古怪，一眼看过去好像在嘲笑她，但等她再揉揉眼睛看，又仿佛是错觉。赵长念停下步子，迟疑地道："我没规矩惯了，也不擅长与朝臣打交道……可是有哪里做得不妥了？"

食指轻轻抵了抵嘴唇，叶将白拢好袖袍，一脸认真地道："殿下没有不妥，比起旁人之油滑，殿下实在率真可爱。"

说好听是率真可爱，说难听点就是蠢，正常人这个时候早该戒备他了，毕竟无事献殷勤非奸即盗，七皇子倒是好，竟然还敞开心扉跟他推心置腹。

有那么一瞬间，叶将白甚至想起了被自己遗忘已久的良心。

当然了，想起的良心也已经在狗肚子里了，没什么用。叶将白抬头看了看宫道，脸上笑容依旧温和而不达眼底："殿下可想好要怎么同太子解释了？"

"这个简单。"赵长念一脸轻松地道，"我没钱买那么贵重的珠子，摆明了是有人弄错了，皇兄只要冷静一些就能想明白的。"

"若是太子不信，非要迁怒呢？"

一听这话，赵长念小脸皱成了一团："不会这么小气吧？"

就有这么小气，当今太子可是个锱铢必较的性子，最在意的就是颜面，太后寿宴上丢了脸已经够他气一壶的了，今儿这罪魁祸首再上门去，定是要让他气上加气。

然而叶将白是不会告诉赵长念这些的，他只笑笑，就继续带人往前走。

没走一会儿，不远处突然跑来了个宫人。

"国公！"那宫人满脸焦急，过来就凑在叶将白耳侧一阵嘀咕。

叶将白收了脸上的笑意，神色凝重地听完，抬头看向赵长念："殿下可能得自己去太子宫里了。"

"啊？"赵长念惊了，立马怂成一团，"我自己去见不着皇兄的吧？"

"无妨，在下已经让人通禀过，太子会见的。"叶将白满脸歉疚，"等陛下那边的事情忙完了，在下再过去接您。”

赵长念想了想，点头：“也好，您先去忙，皇兄只要肯见我就成，待会儿我能自己回去。”

说罢，她朝他咧嘴一笑，放放心心地就朝东宫去了。

叶将白站在原地没动，安静地看着那个瘦小的影子。

一个四皇子被送封地尚不能让陛下觉得太子独断蛮横，那再加一个无辜的七皇子呢？许是能给他添两分思量。

方才还一脸焦急的宫人，这会儿也不急了，只垂头低声禀告：“都安排好了。”

“嗯。”叶将白摸着下巴想了想，“那咱们就等着吧。”

等七皇子从东宫出来，定然就不想给他送谢礼了。

想起方才赵长念那一本正经说谢礼的模样，叶将白还是想笑。在宫里哪能有这么笨的人呢？该经历点事长记性了。

拂了衣袖，叶将白带着那宫人去了议事殿侧堂，悠闲地坐着喝茶，时不时听人回禀两句。

“七殿下进东宫了。”

“七殿下跪在了东宫主殿外头，太子没让起。”

“七殿下跪了一个时辰，跪不住了，动了动腿，被太子以‘藐视储君’之名罚了二十个板子。”

吹了吹茶沫，叶将白唏嘘：“咱们的太子，真的很小气。”

旁边站着的宫人应和地点头，然后道：“板子挨完了，七殿下没回自己宫里，似乎是往咱们这边来了。”

来找他算账吗？叶将白挑眉，优雅地理了理衣襟，便起身，挂上温和的笑容，往门外走。

他这个人最不怕的就是与人对峙，尤其是在坑了人之后，也不爱躲，就喜欢听人气急败坏地骂他两面三刀口蜜腹剑，等人骂完他再给人行个礼，礼数周全，风度翩翩，任谁恨得牙痒痒也拿他没办法。

站在议事殿门口，远远看见七殿下被人用肩舆抬过来，叶将白已经准备好了台词。

然而，肩舆落在门口，赵长念白着小脸龇牙咧嘴地抬头看他，说的却是一句——

“不好意思啊，国公，我给您丢人了。”

嗯？叶将白僵了僵，头一次觉得自己听不懂人话，低头看着她这半死不活的样子，反应了好一会儿：“给我丢人了？”

“是啊。”

怎么就给他丢人了？他与他哪有半分关系？分明是他送羊入虎口，这羊怎么没半点要责怪他的意思？

叶将白沉默，没想明白，一双狐眸半眯，来回扫视面前横着的这人。

赵长念还在自顾自地嘀咕：“国公都替我引见了，我却没能让皇兄谅解，还把他气得连国公的面子都不看，直接打我了，这说出去多丢您的人啊。我也不是故意的……就是没忍住动了动。”

“哎，也不能全怪我，皇兄那殿门口的石头不平，又让我跪那么久，哪能忍住不动呢，膝盖疼。”

“……”

伸手捏了捏眉心，叶将白想笑笑不出来，想气又觉得没必要，脸上的筋抽了半晌，终是道：“殿下不必自责，刚受了罚，便回去休息吧。”

为难地看他一眼，赵长念小声道：“我过来，是还有件事想麻烦国公。”

“什么？”

“我这个样子，回宫里去，红提会吓死的。”撇嘴看了看自个儿的屁股，赵长念双手撑着肩舆上的椅子扶手，艰难地道，“您能不能给我找点药？我先在您这儿歇息好些再回去。”

人都蠢到这个份上了，叶将白也不得不起个恻隐之心：“跌打药在下是随身备着的，殿下里面请。”

第三章

我给你上药吧

议事殿侧堂的内室里专门设了给辅国公歇息的软榻，恰逢秋日，上头已经铺了厚软的褥子，赵长念抱着枕头趴着，虽然疼痛难忍，但也舒坦了几分。

“幸好国公平易近人。”一安顿好，她就忍不住嘀咕，“若是让我就这么回去了，少不得要先写折子递去管事那儿，再列个我能用的药材单子过审，等调派御医来了，人都该疼死了。”

叶将白拱手行了礼便在她身边坐下，掏出一瓶子药来，道：“宫里规矩多，也是为了各位殿下的安危着想。”

说着，他看了一眼自己手里的药瓶，似笑非笑“不检查好的药，可不好乱用的。”

这话其实已经有暗示之意，正常人都该警觉，然而榻上这位完全没反应，随意“嗯”了两声便道：“找个手轻些的宫女吧，我怕疼。”

叶将白：“……”

被气得笑了，他看了看药，又看了看她，干脆道：“不用宫女了。”

不用宫女，那用谁？赵长念愣了愣，回头一看，就见榻边的人撩起衣袖，朝她的娇臀伸出了手。

辅国公亲自给上药，这等待遇太子都不曾有过，是个人都该受宠若惊。

然而，这位七殿下像是惊过了头，伸手捂住自个儿的屁股，扭过头来一脸震惊地道：“您……您亲自来？”

叶将白被她这毫不掩饰的嫌弃噎了一下，不悦地问：“在下没有这个荣幸？”

“不……不是。”赵长念吓得舌头都捋不直了，“这等事情……还是宫女来比较妥当，您这般尊贵的人……”

叶将白和善地笑了，眼下的泪痣看起来慈悲又温柔：“在下只是臣子，论尊贵，何能及殿下？殿下这般防备，是信不过叶某？”

表情很和善，说到后头的语气却是已经带着些不悦。赵长念听得胆战，不敢点头，也不敢摇头，一张小脸青白青白的，都快哭了。

她挨打的是屁股，要上药的自然也是……哪儿能让他看啊！

可看看辅国公这表情，大有“你不让老子上药就是看不起老子，你看不起老子老子就弄死你”的意思。

在屁股和小命之间犹豫了半晌，赵长念哭丧着脸把脑袋往枕头里一埋，不吭声了。

叶将白看了旁边的宫人一眼，宫人颔首，带了其余随从出去守着。等内室里无人之时，叶将白垂眸，说了一句“得罪”，伸手便捏住她的腰带。

指尖下的身子发着抖，像某种濒死的小动物，细软的腰肢不安地缩着，从后头看过去，粉粉的小耳朵已经红透，耳后还起了一层战栗。

至于吗？叶将白心下实在鄙夷，伸手扯了赵长念的腰带，撩起外袍，扯住裤头正要往下，就听得她一声闷哼，带着点哭腔。

真的很娘里娘气！他皱眉看着她的背，眼里的鄙夷愈加深厚。

堂堂皇子，就算是不受宠，也是真龙子嗣，怎么就跟个小姑娘似的？人家三皇子在校场差点废了条胳膊也没吭一声啊，落他这儿，脱个裤子就要疼哭了？

腹诽归腹诽，继续褪，叶将白还是放轻了些力气，待绸裤落去膝盖窝，方才松了口气，嗤笑道：“倒是比写奏折还费些……”力气。

最后两个字没能说出来，他抬头扫了一眼，噎住了。

眼前是一小半截白嫩得不像话的腰身，在昏暗的床榻里泛着莹莹的光，丰盈挺翘的小屁股上带着乌青，像珍珠色的宣纸上渗了紫墨。

再往下，一双纤细的腿夹得紧紧的，成了一条线，从下到上，如绵延的河水弯进了山。

莫名地，叶将白心口一跳，脸上跟着一热，竟是下意识地移开了眼。

可移开之后，他觉得不对啊，大家都是男人，他有什么看不得的？

低咒一声，叶将白闭了闭眼，拿过药瓶拔开了塞子：“会疼，您忍着些。”

赵长念“嗷呜”一口咬在枕头上，羞愤欲死，悲愤交集，已经完全感受不到疼了，脸上炸红，一路红到全身。

雪白的肌肤里渐渐透出红色，粉粉嫩嫩的，像春日里的樱花。叶将白是在认真地给她伤处倒上药粉的，可倒着倒着，目光就忍不住往上看。

七皇子太瘦了，瘦得尾巴骨上有一个小窝。也不知道是冷的还是疼的，整个身子都在微微发抖，看着有点可怜。

倒完药粉，拿手帕抹两下，叶将白收回药瓶放进袖子里，低声道：“殿下伤得有些重，也不知道这药能不能起作用。”

“没……没关系，有药已经很好了。”赵长念没抬头，抖着手就想去提裤子。

然而，手伸到一半，就被人拦住了。

“刚上了药，暂时还不能穿，稍等片刻。”叶将白好整以暇地在她旁边坐着，道，“在下替殿下看着，殿下放心。”

就是有你在旁边看着我才不能放心啊！赵长念暗暗咬碎一口银牙，心想她要是光明正大的女儿身，辅国公就得娶她才能抵消这轻薄了！

也不知道是不是太气愤了，赵长念趴着趴着，竟然开始头晕。

“有点难受……”她皱眉嘀咕了一句，侧头露出一只眼睛看向叶将白，可怜巴巴地道，“头好晕，想吐。”

说话也娘里娘气的，听得叶将白一阵嫌恶。

“许是药不对症，所以难受吧。”看她意识都开始模糊了，叶将白也懒得再逢场作戏，反正她早晚会知道他给的药有问题，索性坦白点，“殿下以后还是别乱用来历不明的药为好。”

尤其是他这种人随身带的药，只会是毒药，不可能是跌打药。

赵长念茫然地看着他。

这眼神像极了谁家走丢的狗，叶将白微哂，低头凑近她一些，指了指自己，问："殿下现在想明白了吗？"

宫里有谁能有本事换掉皇子给太后的贺礼，出手还比太子更大方？又是谁引她去的太子宫里请罪让她被罚？谁给她上的药让她更加难受？

别说是个人了，就算是头猪，现在也该反应过来了吧？

叶将白拢了袖子，似笑非笑地看着赵长念。

榻上这人眼神迷蒙地想了许久，委委屈屈地抬眼瞅他，小声道：“皇兄下手太重了，我可能……可能扛不住了。”

叶将白：“……？”

还怪在太子头上？

气得“唰”地站起身，叶将白头一回风度全失，咬牙切齿地甩着袖子道：“他下手不重，是我！”

是我给你抹的药有问题！你中了我的计！你能不能想明白了怪我一下，让坏人获得该有的成就感？！

然而，赵长念压根没能听完他的话，叨叨咕咕了两句什么，就白眼一翻，失去了意识。

叶将白噎住了，沉默地站在榻边许久，觉得有点头疼。

怎么能有人蠢成这个样子？！

按照叶大灰狼原来想好的剧情来的话，应该是他不动声色地挖坑，引着这位七殿下狠狠摔在里头，然后七殿下抬起她那绝望的小脸冲他嘶吼咆哮——你这个骗子！

凄惨、无助又愤怒。

那么这个时候，叶将白就能拢着袖子玉树临风居高临下地道："自古人心隔肚皮，这教训，殿下可记好了。"

悲悯的语气，配一个薄凉的眼神，多完美，多有趣，多霸气啊！

可是榻上这位蠢蛋完全没有给他任何实现的机会。

内室里安安静静的，中了毒的赵长念昏死在软榻上，脸色青紫。旁边没中毒的叶将白低头看着她，脸色也青紫。

他该做的事都做完了，一切都很顺利，只要再让御医过来看看七殿下的伤势，上禀于帝，加上典狱史的死讯，今年军饷督管的差事就有大半的可能花落别家，不会再让太子吃了肉。

可他就是半点也高兴不起来，还觉得有点暴躁。

"国公，御医已经在往这边来了。"宫人隔着纱帘在外头低声回禀。

叶将白应了一声，拿手帕将赵长念身上残余的药粉擦干净，随手替她放下衣袍，想了想，侧头问了一句："你们谁注意过这位七皇子？"

宫人一愣，似是没想到他会问这个，不过片刻之后还是利索地答："七皇子鲜少出现于人前，消息不多，不过有几位接触过他的大人说，殿下心思单纯，易轻信于人。"

这哪里还叫心思单纯啊，分明就是不要命似的蠢，若是他真的动了杀心，这人现在已经赴黄泉了，还一点察觉也没有。

能活到现在也是个奇迹了。

轻哂一声，叶将白摆摆手："不用管他了，做事去吧。"

"是。"宫人行礼退下。

赵长念觉得自己做了一场噩梦，梦里刀山火海，铁索油锅，让她逃无可逃，浑身上下撕开似的疼。好不容易看见远处有一汪清澈的泉水，她飞也似的跳进去，结果又溺了水，气喘不上来，只能拼死挣扎。

"痛……"

一声呻吟溢出了唇齿，四肢也突然有了知觉。赵长念动了动手指，隐约听见旁边有人在说话。

“臣有罪，请陛下责罚。”

“爱卿何罪之有？是念儿身子骨太弱，这孩子是早产，体弱多病难免的。”

竟然是父皇的声音？赵长念怔了怔，费力地睁开眼侧头。

隔断外头的茶榻上坐着人，透过镂空的花架，隐隐能瞧见明黄色的龙袍。

“殿下醒了？”床边站着的红提低呼一声，欣喜地捏了捏她的手，然后连忙提着裙摆出去禀告。

于是不消片刻，就有宫人来扶她出去行礼了。

屁股疼得已经有些麻木，赵长念眼睛却亮亮的，任由宫人架着她，脚尖儿使劲蹭地，飞快地蹭去茶榻前头。

“儿臣给父皇请安！”

一个双膝跪地，疼得人龇牙咧嘴的，赵长念倒吸了两口凉气，才撑着地磕下头去。

叶将白起身在旁边站着，余光瞥她一眼，抿了抿唇。

别的皇子都已经获恩赏行拱手礼了，就七皇子还要磕头，可她偏生一点不觉得委屈，反而磕得很干脆，要不是地上有毯子，怕是要磕出响来。

不过想想也是，除却大场合集体拜见，七皇子应该有小半年没见过陛下了。

惨兮兮的可怜虫。

皇帝儿子太多了，对这位七皇子又没什么印象，自然也没多少怜爱，要不是叶将白说该来看看，他今儿也不会坐在这里。不过皇室最擅长的就是表面功夫，哪怕已经很久没见这个儿子了，他也还是要慈祥地说：“身子不舒服就别跪着了，起来吧。”

“多谢父皇！”

赵长念起身，坐也坐不得，就只能被宫人架在旁边。不过她是真的开心，苍白的小脸上都透出了红，眼里亮得像是装满揉碎的琉璃。

叶将白不经意地看了一眼，暗骂一句傻子。

最是无情帝王家，皇帝从来不是一个会被亲情打动的人，她表现得再高兴也没用。

“太子这回下手重了些，朕已经让人给他传话了，待会儿他便来赔罪。”皇帝半责怪半安抚地道，“不过你也是，好端端的去招惹他干什么？”

赵长念眨眨眼，小声道：“儿臣知错。”

知个什么错？太子小心眼在前，他陷害在后，这人还真觉得是他自己的错？

叶将白听得心里直翻白眼，忍不住便说了一句：“七殿下这耿直的性子，的确容易得罪人。”

话出口，他就后悔了。

干吗啊这是？帮赵长念可对他没半点好处，做什么要开这个口？他是过来吹皇帝耳边风的，可不是来救济傻子的。

皇帝听着他这话也有点意外，看他一眼，摸着胡须道：“爱卿也言之有理。”

赵长念听着，可不觉得叶将白是在帮她说话，还以为是在指责她呢，小脸一垮，张嘴就想替自己辩解。

叶将白眉心跳了跳，知道这傻子想干什么，连忙赶在她之前开口道：“殿下伤重，还是先去歇着吧。”

“我没事！”一听要让她走，赵长念立马摇头。

叶将白咬了咬牙，维持住脸上的微笑：“御医都说您伤重，差点要没了命，您不用硬撑。”

“我……我还能坚持会儿。”赵长念可怜兮兮地看着他。

好不容易父皇来她这儿坐坐，她想多看两眼不成吗？

不成！

叶将白微眯了眼，她脸色已经这么难看了，身子也抖得跟筛糠似的，说明他的药效很好，足以让皇帝起点儿恻隐之心。可她强撑着说没事是什么意思？拆他台呢？

他扭头，看了红提一眼。

这宫女比七皇子聪明多了，立马扯了扯她的衣袖。

赵长念耷拉了脑袋，撇撇嘴，沙哑着嗓子朝皇帝行礼：“那儿臣就先告退了。”

“去歇着吧。”皇帝摆手，也没多看她。

叶将白斜眼瞧着，就见七殿下跟突然没了力气一样，整个人都蔫了，被人架进内室趴去床上，裹成小小的一团。

隔得远，只能瞥见床上被子的形状，可是不知道为什么，叶将白有个直觉。

这傻子肯定红眼睛了。

第四章

那就听国公的

过了二十多年腥风血雨的日子，叶将白已经习惯与城府深沉之人过招，每每落棋，都要思量周全，以求万无一失。

但对上这位七殿下，他突然觉得运筹帷幄都是多余的，赵长念有什么心思都直接写在脸上，只一眼就看了个通透。

皇帝坐了一会儿，许是觉得这儿不是说话的地方，有想起驾之意。叶将白收回目光，低声开口："陛下，微臣有事启奏。"

"哦？"看了看内室，皇帝微微皱眉，"在这儿？"

"无妨。"

他都说无妨，皇帝也就把屁股落回了茶榻上，捧着茶杯作倾听状。

于是叶将白就把太后寿宴上鸡毛蒜皮的小事一本正经地禀告了一个遍。

赵长念委委屈屈地缩在床上趴了一会儿，耳朵一侧就听见父皇还没走，小声在与辅国公说话，声音低低沉沉的，特别让人安心。

"此事是刑部的过失。"

"寿礼本是不宜铺张，但逢太后整寿，也无可厚非。"

本来身子是极难受的，头昏胸闷，但父皇的声音如午后绵绵春风，吹得她松开了眉头，满足地闭上了眼，还做了一个梦。

梦里她正跑向繁华的锁梧宫，宫里坐着父皇和自己的母妃，两人谈笑甚欢，她举着风筝从外头回来，一袭漂亮的百褶裙卷了暖洋洋的春风，明媚地扬起来。

……

皇帝起驾走了，叶将白随之离开，但走到一半，他又折返回去，站在了内殿。

"国公？"红提战战兢兢地看着他，眼里满是恐惧。

这才是一个正常人看见他应该有的反应，叶将白抿唇，挥手示意她站在隔断外头，然后一撩袍子，坐在了赵长念的床边。

床上的人发着高热，嘴唇苍白，脸蛋却嫣红，也不知是不是做了什么美梦，嘴角傻兮兮地扬着，就差流口水了。

能平顺地活到现在是他的运气，可遇见了他，他的运气也就到这里了。

要是别人，他是不会有半点怜悯之心的，不过看在这人特别傻的分上，叶将白还是摸出了一颗药丸，塞进赵长念的嘴里。

拇指擦过她的嘴唇，冰冰凉凉的，又分外柔软。叶将白怔了怔，几乎是下意识地，又摩挲了一下。

等他反应过来自己在干什么的时候，指腹上柔软的触感已经清晰地传遍了全身。

一个激灵，叶将白猛地收手，跟被什么噎住似的站起来，拿了帕子仔仔细细地将拇指擦干净，然后低咒一句。

近朱者赤近墨者黑，他果然不该跟那个死断袖风停云来往过多。

“国公……”红提欲言又止，她想护主，可实在不敢上前，只能站在隔断外头小声提醒。

叶将白脸色很难看，掀了帘子出去，一句话没说就走了。

红提眼泪都要掉下来了，她家殿下伤重，什么也没做，怎么就得罪了辅国公？若是别人还好说，辅国公生殿下的气，那殿下还活不活了？

赵长念什么也不知道，就觉得这一觉睡得很舒服，醒来的时候屁股还疼得难受，但心情甚好。侧头看看，外面已经将近午时。

“红提？”

帘子应声而动，有人进来，给她递了杯茶。

赵长念顺手接过，撑起身子咕咚咕咚喝完，把空杯子往人手里一塞：“我想吃玉米粥。”

叶将白神色复杂地接着杯子，放在了旁边的案几上：“午膳一会儿就送来。”

嗯？赵长念一愣，猛地侧头，就见叶将白穿着一身月白常服，玉带束腰，风度翩翩地站在她床边。

“国公？”眨眨眼，赵长念一脸感动，“您守了我一晚上？”

叶将白似笑非笑：“殿下多虑，今日在下休假，去太子宫里走了一趟，顺路过来看看您罢了。”

这样啊，赵长念点头：“那也得谢谢您，要不是您，父皇也不会来看我。”

“殿下既然想见陛下，为何不多去养心殿走动？”

谁不想呢？赵长念叹了口气：“走不得，走多了几个皇兄不高兴，要为难我。

虽是想见父皇，但也想过安生日子。”

“哦？”叶将白挑眉，“那最近几日，殿下看来是不得安生了。”

“啊？”赵长念没反应过来，一脸懵懂地看着他，“为何？”

叶将白很是耐心地解释：“典狱史死在太后寿宴上，是太子承办寿宴不力之过，一旦禀上，太子必定大怒，亲查此案。而殿下您，是此案的关键证人，少不得牵扯其中。陛下刚因着您这伤势责备了太子，寿宴上您又抢了太子的风头，诸多事一起算来，您能安生？”

本来就苍白的小脸，听着他的话，直接白成了一张纸。赵长念抖着嘴唇，结结巴巴地道：“国公，我是无辜的啊，这都跟我没关系，不知怎么的就……您能救救我吗？”

叶将白温和一笑，道：“在下若是不打算救，现在也就不会站在这里了。”

眼睛一亮，她连忙拉了他的袖子：“国公有什么法子？”

“以七殿下如今的处境，想躲避是不可能了，不如迎难而上，反而能有一线生机。”“大灰狼”摇了摇尾巴，诚恳地道。

“迎难而上？”单纯的小傻子皱着眉头思考。

“太子要查，您就只能配合，但您能决定这案子的轻重，自然就有筹码与太子抗争。”“大灰狼”又挖了个坑。

“怎么抗争？您教教我！”小傻子二话不说“砰”地就跳了进去。

叶将白暗自唏嘘了一番，然后朝她拱手：“殿下若是信得过在下，明日就与在下一并去养心殿禀上命案。”

这个简单啊，就说两句话，然后凡事让辅国公兜着便好了。赵长念掰着指头算了算，还能赚着一次见父皇的机会，好像亏不了。

“那就听国公的！”

叶将白满意地点头，又给她递了一盒跌打药：“殿下好生养着，除了在下之外，别人说什么话，您都别信。”

这么好骗的人，他一个人来骗就行了，再给别人骗去就大事不妙了。

完全没注意叶将白的表情，赵长念很是豪迈地握拳应下：“好！”

坚定又决绝的小表情，像极了府里养的狼狗，亮着眼睛吐着舌头，仿佛跟着他就一定有肉吃的样子。

第二天叶将白站在朝堂上，耳边是众臣的禀事声，脑海里却是七殿下的那张脸，不知怎的就有点走神。

对面一排后头站着的风停云扫了他一眼，顿了顿，以为自己看错了，又扫了一眼。

好像不是他眼睛的问题，一向在朝堂上口齿伶俐的辅国公，今儿什么也没说，就站在那儿傻乐。

“你看上谁家女人了？”下朝的时候，风停云飞也似的跑到叶将白身边，瞪大了眼睛问。

莫名其妙地白他一眼，叶将白道：“胡说什么。”

噎了噎，风停云倒吸一口凉气：“那……看……看上谁家男人了？”

叶将白：“……”

收回心神，他恶狠狠地瞪了这人一眼，怒道：“你有空瞎说，不如早些把案子做好。”

“哎，我说真的呀。”风停云唏嘘，“这么多年了，我从没见过你脸上露出那种表情，好像是……对，少女怀春！”

停下步子，叶将白扭头看他，和善了表情：“京都怀春少女甚多，令尊三日前送了一堆画像过来，让在下替大人斟酌，在下这便去寻个最合适的，让陛下给大人赐婚。”

一听这话，风停云脸都绿了，连忙后退三大步：“我不瞎说就是了，你别胡来！”

冷哼一声，叶将白拂袖就走。他还赶着去看小狼狗呢，哪儿有那么多空跟这死断袖纠缠。

赵长念的伤势不算轻，哪怕他已经给了解药缓解了症状，但挨的二十下板子是结结实实的，少说也得养上一个月。不过为了跟他一起去养心殿，赵长念特地让宫女备了担架，他一进锁梧宫就见她龇牙咧嘴地趴在上头。

“国公，您来了！”赵长念道，“咱们什么时候出发呀？”

又不请他进去坐，叶将白已经习惯了，站在院子里朝她拱手：“殿下若是方便，这便走了。”

“方便方便！”赵长念挥手就让两个小太监把她抬起来，看了看，略微不好意思地道，“我这仪态差了点，不过实在疼得厉害，也走不了路，等到养心殿再下来行不行？”

“殿下辛苦。”都这样了，也没什么不行的，叶将白引着抬人的太监就往外走。

赵长念趴着，侧头看向走在自己旁边的辅国公，伸手在衣袖里掏啊掏，掏出一个盒子来。

“这个给您。”

叶将白不解，接过盒子来打开一看。

一块品质甚好的白玉，做成了精致的把件，一面雕着猛虎下山图，另一面圆润而合手，握在手里冰冰凉凉的，很是舒服。两头挂了丝绦，一头能系，一头是金穗儿，不想握了还能挂在腰上。

“这？”

看他好像挺喜欢，赵长念松了口气，笑道：“这是说好的给您的谢礼，谢谢您帮了我的忙。”

叶将白怔了怔，恍惚间想起这个人好像的确说过，他有千儿八百两的家底，要给他送东西来感谢他帮他引见太子。

白玉沉甸甸的，没有瑕疵，雕工也精湛，想来没个千儿八百两也拿不到。七殿下这是真心诚意地在感谢他，完全不知道自个儿是被他害成这样的。

莫名地，叶将白移开了视线，觉得有点心虚。

“这要是被人瞧见，能算做行贿。”他抿唇道，“殿下还是收回去吧。”

挡住他递回来的手，赵长念撑起小脑袋左右看了看，一脸精明地道：“这里都是自己人，就算我行贿了，也没人会知道的！”

说罢，她还拿着盒子，一副行贿老手的模样，往他袖子里塞了塞。

叶将白看得好笑，感觉到自己的袖子沉了沉，思量片刻，倒也没再推辞。

给他行贿的人多了去了，就算是个偏远州府来的小县官，送的礼也比这个把件贵重，七殿下是真的穷，也是真的不了解行情。

不过没关系，他心火一向旺盛，有这么个东西捏着也是好的。

扬了扬嘴角，叶将白道：“殿下既然如此厚爱在下，在下也定要好生报答才是。”

“不用啦，不用啦，国公帮我的已经够多了。”赵长念很满足地道，“今日再去见一见父皇，我能开心两个月！”

她说得兴奋，叶将白听着却是有那么一点，就一丁点儿的心酸。

他给别人挖坑，用的诱惑都十分丰厚，而七殿下，真是不费吹灰之力，仿佛什么都缺，稍微给他一点甜头，他就摇尾巴了。

倒让他觉得怪不好意思的。

养心殿就在前头，叶将白示意赵长念先在外头等着，然后提了袍子进去。

“爱卿来得正好。”皇帝坐在龙椅上，似是刚刚发过怒，扭头看见他来，招手便道，“你来看看太子办的什么好差事！”

扫了旁边一眼，叶将白毫不意外地看见了跪得端正的太子殿下。

看来这位主子已经自己来告罪了，倒也聪明。

“微臣此来，也正是有事要禀。”收回目光，他拱手道，“太后大寿本是喜事，但宫闱之中生了命案，实在太过不该。此一事，当从禁军开始问罪，哪怕牵扯之人甚多，也不可姑息。”

太子一脸愧疚地低头：“是儿臣的过失，儿臣只顾着皇奶奶，没管好手下的人，让人钻了空子。”

皇帝恼怒地看他一眼，又看向叶将白：“爱卿所言甚是，但刑部回禀，说线索极少，刺客也没抓住，你看这该如何是好？”

叶将白拱手道：“臣有线索。”

太子一怔，微微侧头看了他一眼。

“哦？”皇帝坐直了些，“什么线索？”

“典狱史出事之时，七殿下正好在场，事后殿下来与微臣说过两句，微臣便替殿下拟了供词。”从袖子里掏出折子，叶将白双手奉给太监，然后收拢衣袖道，“也是不巧，七殿下本该早来作证的，但身上有伤，昏迷不醒。”

七皇子当日为什么被太子责罚，皇帝是不知道原因的，现在这么一听，皇帝略微一思量，倒是皱眉看向了太子。

太子一凛，想张口解释，可辅国公也没说什么指责他的话，他这样跳出去反而显得心虚。可要是不解释，父皇难免往他身上想。

他最近有得罪过辅国公吗？前些日子还送了好些东西呢，今日怎的就这样对他！

《风月不相关》

相性一百问（上）

——本栏目采访自本书大结局之后

主持人：尊敬的各位来宾小可爱，欢迎来到《风月不相关》主角访谈演播室，下面请以热烈的掌声欢迎今天的主角“殷风”夫妇殷戈止和关风月的到来！

殷戈止：主持人你再说一遍 CP 名叫啥？

主持人（望天）：嗯哼，那个，众所周知，二位是言情界相爱相杀的典型代表。在这里呢，我将代表所有读者问一问他们对二位最感兴趣的问题。

关风月：啧，这个主持看上去一肚子坏水，我觉得八成夹带了私货，公子说呢？

殷戈止：哼，看她能问出什么花来！

主持人：我不是，我没有，别瞎说啊！让我们回归正题！第一题，请问平日都怎么称呼对方。

殷戈止：风月。

关风月：公子。

主持人：哎，没有听到小甜心小宝贝之类的有一点点失望，不过仔细想了想，如果两位这样叫对方的话，怕是身边的人每天都活在噩梦里……

殷戈止 & 关风月：有这么可怕吗？那要不等着访谈做完就回去实践一下？

主持人（打了个冷战）：那啥，当我没说。请问，两位的年龄是？

殷戈止：你觉得呢？

关风月：你确定要问女人的年龄？

主持人：……难道这个问题不可问吗？

殷戈止：那倒不是，主要原因是作者也没交代。

主持人：好好好，都是白鹭的锅。下一题，对对方的第一印象是？

殷戈止：妖艳贱货！

关风月：……还行吧，第一次见的时候人模人样的。

主持人：打一架打一架！

殷戈止＆关风月：嗯？你再说一遍？

主持人：怂成一团.jpg。我什么都没说啊，你们刚才听错了！接下来，请问您的性格是怎样的？

殷戈止：温和，公正，讲道理。

关风月：温柔可亲天真善良。

主持人（认真脸）：两位对自己的认识真的很到位呢！那么，对方的性格呢？

殷戈止：心机深沉！死倔！冷酷无情！

关风月：暴力！偏心眼！不讲道理！

主持人：……所以你俩到底为啥还能够和谐相处下去啊？是我我就不能忍了，哪有这么说对象的！

殷戈止：你想挑拨离间？来人，拖……

关风月：因为爱情。

主持人（抱头）：我不是，我没有，别瞎说啊！我哪敢啊！我这是在夸你们相处模式特别！

主持人强行转移话题：两人第一次相遇是在什么地方？

殷戈止：哼，生硬！招摇街，梦回楼。

关风月：……营帐里。

主持人：抱歉，我想问……

殷戈止＆关风月（递眼刀）：不准问！

主持人：委屈QAQ！不问就不问吧，你最喜欢对方哪一点？

殷戈止：……马马虎虎都喜欢吧。

关风月：对不起，没有喜欢的地方……打仗的样子勉强能看。

主持人：我对两位的崇敬之意真的犹如滔滔江水连绵不绝……那么最讨厌对方的又是哪一点呢？

殷戈止：不要尊严地媚笑。

关风月：自以为是。

主持人小声哔哔：风月不媚的话您能这么轻易上钩？

殷戈止：那倒也是。

关风月：我就喜欢你的诚实。

主持人怒吞一口狗粮：你觉得自己跟对方般配吗？

殷戈止：除了我，还有谁堪配她？

关风月：我跟他在一起是为后代积德。

主持人：不知道为什么我听出了一股谜一样的自信。如果用一种兵器来形容对方的话，是什么呢？

殷戈止：系着红绸的大刀。

关风月：长枪。

主持人：这个倒不需要再问理由了，看过《风月不相关》的大概都懂。在遇到对方之前，心中有理想对象的模板吗？

殷戈止：没有。

关风月：没有。

主持人：两位真是难得地立场一致啊！那么迄今为止，对方有没有什么事情做得是你特别不满意的？

殷戈止：企图勾引吴国太子。

关风月：没有早点发现我爹是冤枉的。

主持人：哎，不提了，不提了，一说到这个连我的心都痛了。如果要约会的话，会选择什么地点呢？

殷戈止：崇山峻岭，花田山谷，没人的地方都可以。

关风月：战场。

主持人：风月姑娘选的地方，嗯，很好，非常好！那，两位选择的理由是？

殷戈止：可以肆无忌惮做想做的事。

关风月：想把他打一顿。

主持人：咱不是说的约会吗？还得顺带打架啊？两位的品位真心不一般啊！

殷戈止＆关风月：闭嘴！

主持人：这恕我不能妥协，还得继续提问呢！你对对方的爱如果要用一句话形容，会是什么？

殷戈止：半生欠，余生偿，倾尽所能，至死方休。

关风月：命数吧，对他的感情，就是命数一样，逃不过。

主持人：为什么感觉我们的访谈一下子就高端了起来？嗯，这一定是我的错觉！如果对方提出无理要求，要怎样跟你说，你就会毫不犹豫地答应呢？

殷戈止（别开脸）：撒……撒娇就行。

关风月：先夸我一顿，说我是全天下最好的人，然后拿十个条件跟我换。

殷戈止：……

主持人：不忍直视，有人输在了起跑线上呢！假如有一天对方变心，你会怎么做？

殷戈止：不可能变心，她又不瞎。

关风月：他变心，那我走就是了。

殷戈止（瞪眼）：走哪儿去？

关风月（撇嘴）：等你变心你就知道了。

殷戈止：那我这一辈子是不会知道了。

主持人：你们慢点塞狗粮啊，我觉得吃得有点撑……咳，对方最性感的表情是？

殷戈止（脸红）：……

关风月（咬牙）：你在想什么乱七八糟的事情？！

主持人：QAQ好了好了，不要说了，我懂了！说一个令大家脸红心跳的恋爱细节吧。

殷戈止：她吻我的时候舌头特别软。

关风月：他每次用力抱我，我浑身会起战栗。

主持人：这个问题的答案居然意外地普通呢！对方做什么会让你感觉特别幸福？

殷戈止：陪在我身边，不走。

关风月：半夜起来会先摸摸我在不在他身侧。

主持人：哇，说得我也很想谈恋爱了！偶尔会有对方已经不爱自己的感觉吗？

殷戈止：有。

关风月：没有。

主持人：一场暴风雨正在酝酿……

殷戈止：并没有。

主持人：平日会怎样表达对对方的爱意呢？

殷戈止：带她去看练兵。

关风月：他看奏折的时候陪他坐着。

主持人：你们……都这么一本正经的吗？

殷戈止：这叫投其所好。

主持人：好吧……当年两人都是武力值很高的人，有想过跟对方一较高下吗？

殷戈止：很想，可惜一直没缘分。

关风月：想！但是当时年少，被男色迷了眼。

主持人：说句心里话，我也挺想看两位打一架的，不管是哪种意义上的，都想看……

关风月：为啥我听着不大对劲？

主持人：咳咳，是错觉。如果真的打起来，两位觉得谁会赢呢？

殷戈止：她，这厮打起来拼命，可我舍不下她的命。

关风月：我，习武者，下为用兵，上为攻心，他太刚直，算计不过我。

主持人：啧，被偏爱的都有恃无恐。外表和内在，两位更注重什么？

殷戈止：内在。

关风月：外表。

殷戈止：……肤浅！

主持人：原因呢？

殷戈止：姝女如云，内在才能决定我喜不喜欢。

关风月：外表赏心悦目的我才能好好相处下去。

主持人：我弱弱地投风月姑娘一票，想想如果那人长得都让你觉得不舒服，大概也没有想去深入了解内在的想法吧……

殷戈止：哼，女人！

主持人：哎哟，我只是发表一下个人看法，还请不要地图炮哟！下一题，两位日常会因为什么事情吵架？

殷戈止：她想出宫。

关风月：他不让我出宫透气！

主持人：哇，这真是不可调和的矛盾呢！那谁会先低头？

殷戈止：我。

关风月：哼，我梦回楼的手段又不是放着好看的。

主持人：提到梦回楼的一瞬间我发现有人的脸色似乎黑了一些，哎，是演播厅的冷气开太足了吗？我有点冷……面对特别优秀的对方是不是会有自卑感？

殷戈止：谁能比我优秀？

关风月：会，尤其我武艺尽废。

主持人：如何做到平衡？

殷戈止：夸她，让人搜集典籍，全用来夸她。

关风月：……听他夸我。

主持人：我为什么要作死，问这种明知要被塞狗粮的问题……有吃过对方的醋吗？

殷戈止：有，很多。

关风月：嗯，有。

主持人：回想了一下，感觉还是殷大皇子，哦不，是陛下的醋意更强烈一点呢。都说性格互补才好相处，但据我所知两位性格都很烈，会不会有时候觉得日子要过不下去了呢？

殷戈止：你不觉得这样比较有意思？

关风月：不会过不下去，我俩都会适时低头。

主持人：我这突如其来的羡慕到底是怎么回事 QAQ！在对方面前说过谎吗？

殷戈止：说过。

关风月：说过。

主持人（审视的眼神）：对方对此的态度是？

殷戈止：她没发现。

关风月：气得拿我没办法。

主持人：那陛下撒谎的技术很高端啊！谎言最后怎么圆回来的？

殷戈止：善意的谎言，她不会跟我计较。

关风月：没圆啊，所以最后崩了嘛。

主持人：……行吧，你们开心就好。对方有什么嗜好吗？

殷戈止：杀人。

关风月：……捏我的腰。

主持人：杀人……也算的吗？是我不懂大佬。什么时候会觉得对方是爱着自己的？

殷戈止：睡着了抱着我的时候。

关风月：肯为我让步的时候。

主持人：啧，没想到陛下这么小女儿心态呢！希望收到什么样的礼物？

殷戈止：她亲手做的。

关风月：给我爹的追封。

主持人：都这么久了，陛下还不给关将军追封可不厚道啊！

殷戋止：……

主持人：有没有过一瞬间想从对方的生命中消失？

殷戋止：没有，她这一生无论在哪儿，都注定有我。

关风月：有。

主持人：如果对方真的消失了，你会采取什么措施呢？

殷戋止：上天入地地找。

关风月：各自安好也不错。

主持人：两位的想法真是南辕北辙呢！

殷戋止：今天晚膳时间提前。

主持人：为什么我感到一阵恶寒……两人在一起后有没有什么特别的纪念日呢？

殷戋止：她的初夜。

关风月：……没有。

主持人：咳咳……陛下您也太不矜持了吧！因为页数有限，本栏目下半段采访将在下本《风月不相关 3 衔月篇》的小册子中继续放送！届时还有作者独家后记大放送哦！各位观众小仙女，让我们相约下一本不见不散！么么哒！

魅丽文化

赠品

上架建议：言情／畅销

ISBN 978-7-5500-2827-2

9 787550 028272 >

定价：38.00 元